NICOLE QUIGLEY

Hell wie der MOND und tief wie der OZEAN

francke

Über die Autorin:
Nicole Quigley wuchs auf der Insel Anna Maria, Florida, auf. Dort spielt auch die Handlung ihres ersten Buches „Hell wie der Mond" und tief wie der Ozean, für das sie den ACFW Carol Award für den besten Jugendroman erhielt. Nicole Quigley studierte Kommunikation und Öffentlichkeitsarbeit und hat viele Jahre in Washington, D.C., gearbeitet. Mittlerweile lebt und schreibt sie wieder auf ihrer Heimatinsel Anna Maria.

Bibliografische Information Der Deutschen Bibliothek
Die Deutsche Bibliothek verzeichnet diese Publikation in der Deutschen Nationalbibliografie; detaillierte bibliografische Daten sind im Internet über http://dnb.ddb.de abrufbar.

ISBN 978-3-86827-542-1

Originally published in the U.S.A. under the title:
Like Moonlight At Low Tide

Published by permission of Zondervan, Grand Rapids, Michigan.
www.zondervan.com

Deutsch von Sabine Weißenborn
Umschlagbild: © iStockphoto.com / AndreyTTL & daikokuebisu
Umschlaggestaltung: Verlag der Francke-Buchhandlung GmbH / Sven Gerhardt
Satz: Verlag der Francke-Buchhandlung GmbH
Printed in Czech Republic

www.francke-buch.de

Kapitel 1

Wenn die Leute wissen wollen, was am Anfang meines Abschlussjahres in der Schule passiert ist, dann stellen sie immer nur eine einzige Frage. Sie fragen immer nur, was seine letzten Worte waren. Irgendwie müssen es bedeutungsvolle Worte gewesen sein, das stellen sie sich jedenfalls vor. Die Art von letzten Worten, die ein Mädchen selbst Jahre nach dem Schulabschluss nicht vergisst. Atemlos warten sie auf den Teil in der Geschichte, wo ich beschreibe, wie er vom Boot gesprungen ist, mitten hinein in das vom Mondlicht beschienene dunkle Wasser. Nur das Weiße seiner Haut war danach noch für einen kurzen Moment im Wasser zu sehen.

„Er wollte sich bestimmt umbringen", sagen sie bei diesem Teil der Geschichte immer. „Warum wäre er sonst ins Wasser gesprungen, er hat doch gewusst, dass ihn keiner retten konnte?"

Und dann erzähle ich weiter, genau so, wie sie es von mir erwarten. Ich erzähle davon, wie ich verzweifelt die Wasseroberfläche absuche in der Hoffnung, seinen Kopf irgendwo zu entdecken. Wie ich selbst ins Wasser springe und zehn

Meter schwimme, bevor mir bewusst wird, dass ich das Boot hinter mir kaum noch sehen kann – das Einzige, das mich vor der dunklen, lockenden Tiefe retten kann. Sie wollen hören, wie schwer es war, sich zum Boot zurückzukämpfen, und wie heftig der Sturm bereits tobte, als ich es endlich erreicht hatte. Sie wollen hören, wie ich panisch die Schränke nach einem Funkgerät durchwühlte und keines fand. Wie ich nach einer Leuchtpistole suchte, aber auch damit keinen Erfolg hatte.

Und wenn ich ihnen all das erzähle, dann fragen sie nie – und ich erwähne es auch nicht –, dass sich das alles in vollkommener Stille abspielte.

Um ehrlich zu sein: Er hat nichts gesagt, bevor er gesprungen ist. Und ich habe nicht einmal seinen Namen gerufen. Ich wusste sofort, dass er untergetaucht war, damit ich ihn nicht finden konnte.

Als der Sheriff sein Boot neben meins steuerte und festmachte, waren Stunden vergangen. Stunden, in denen ich nicht weiter hörte als die Natur um mich herum und die Stille. Der Sheriff zog mich aus meinem Versteck unter dem Steuer, wo ich mich in meiner Verzweiflung hingekauert und gewartet hatte. Um uns herum und in unserem ganzen Staat tobte in dieser Nacht der Hurrikan Paul.

In dieser Geschichte geht es nicht um Selbstmord. Aber als ich siebzehn war, nahm sich der einzige Junge, der mich je bei meinem ganzen Namen genannt hatte, das Leben. Es war das erste Mal, dass ich mit einem Fehler konfrontiert wurde, den man nicht wieder rückgängig machen konnte – weder mit Tipp-Ex noch mit Nachsitzen nach der Schule. Egal, was ich den Rest meines Lebens tun werde – diese Tatsache werde ich niemals ändern können.

Eigentlich geht es in dieser Geschichte um drei Jungs. Um

einen, der mich geliebt hat. Um einen, der das nicht konnte. Und um einen, der nicht wusste, wie.

Mein Name ist Melissa Keiser und ich bin auf der Insel Anna Maria in Florida aufgewachsen.

Die beste Beschreibung für diesen Ort ist seine Temperatur: 26° C. Natürlich sind es nicht immer 26° C auf der Insel. Doch die Schwüle in der Luft, verbunden mit dem schwachen, aber widerlich süßen Geruch der Orangensaftfabrik, führt dazu, dass sich alles anfühlt, als wäre es in eine warme Decke gehüllt. Eine Decke, die gerade warm und weich genug ist, dass man schläfrig wird und sich sicher fühlt, die aber jede deiner Bewegungen unendlich langsam und anstrengend macht. Trotzdem ist es die schönste Stadt am Strand, die ich je gesehen habe. Doch dann kommt Wind auf und du merkst, dass du dich vor dem wahren Leben hinter einer Sanddüne versteckst.

Die Insel, über die ich schreibe, kann man nicht vergleichen mit der Insel, die man im Internet findet. Dort gibt es nur die Bilder, die die Yankees oder die grauhaarigen Touristen aus Kanada gepostet haben. Diese Besucher lieben die Insel, wie man nur einen Ort lieben kann, an dem man noch nie gelitten hat. Auf solchen Bildern sieht man Dinge wie Seesterne und Sandburgen und Vögel im Sonnenuntergang. Wenn man den Touristen begegnet, dann bewundern sie die leuchtend bunten Blumen, die wie Unkraut in jedem Graben wachsen, oder die riesigen Fischreiher. Danach setzen sie sich auf die überdachten Sonnendecks der Restaurants am Strand und essen frisch gegrillten Zackenbarsch. Die Insel ist wirklich ein Ort, der so voll ist mit grenzenloser Schönheit, dass ihre Bewohner sogar die glänzenden Pfauen in die benachbarten Städte vertrieben haben, weil sie als Störung empfunden wurden. Das kann man sich nur erlauben, wenn man sich sehr sicher ist, dass man im Wettkampf der schönsten Strandorte ziemlich weit oben steht.

Aber die Bilder im Internet zeigen nicht, wie das Leben in diesem Jahr für mich war und für die anderen, die auf der Insel lebten. Für die Touristen sind wir nur so etwas wie Ausstellungsstücke. Insgeheim fragen sie sich wahrscheinlich, wie es wohl wäre, wenn man seine Kinder an einem Ort großzieht, wo man nur dreißig km/h fahren darf und jeder Laden geschlossen wird, wenn in der Schule ein Footballspiel stattfindet. Und wir tun ihnen den Gefallen und zeigen ihnen, wie man Krabben mit bloßen Händen anfasst. So etwas passiert, wenn man ständig Menschen trifft, die nur zwei Wochen auf der Insel verbringen. Sie kommen, um Urlaub zu machen und Spaß zu haben. Dabei erinnern sie uns immer wieder daran, wie wunderschön die Insel ist, verglichen mit den Orten, aus denen sie kommen. Dort ist man schon froh, wenn man einen Park in der Stadt hat oder einen Baum, an dessen Ästen noch Blätter hängen. Doch wenn die Unterhaltung beendet ist, schaffen wir es trotzdem nicht auf ihre Bilder.

In den letzten Jahren haben diese Touristen nach und nach die Stadtviertel meiner Kindheit zerstört – Haus für Haus – und stattdessen große, rosa verputzte Häuser gebaut, die sich normale Menschen wie meine Familie gar nicht leisten können. Aber darum geht es ja auch gar nicht. Jetzt stehen diese neuen Winterdomizile sechs Monate im Jahr leer, während die Inselbewohner in Betonblöcke auf dem Festland umziehen, weil die Miete dort noch bezahlbar ist. Es ist schon seltsam. Da soll man diese Touristen lieben, weil wir letztendlich von ihnen leben, und doch weiß man gleichzeitig, dass immer weniger Platz für uns ist, je mehr von ihnen kommen.

Ich schreibe nicht über die Insel, die man auf Google findet, sondern über die, auf der es immer noch eine gewisse

Anzahl an Bewohnern gibt, die es geschafft haben, weiter auf diesem zehn Kilometer breiten wunderschönen Landstreifen zu wohnen, ohne dass es die reichen Leute merken.

Als meine Mutter vor über einem Jahr nach drei Jahren im Norden mit uns zurück auf die Insel zog, hatte ich das Gefühl, von einer Flutwelle mitgerissen zu werden, ohne schwimmen zu können.

„Wann kommst du nach Hause?" Sofort bereute ich den Unterton in meiner Stimme, denn ich wusste, was jetzt kommen würde.

„Das geht dich gar nichts an", brüllte Denise ins Telefon, um die Band zu übertönen, die im Hintergrund gerade zu spielen anfing. „Ich habe zehn Dollar auf den Küchentisch gelegt. Geh in den Laden und kauf für dich und deine Schwester etwas fürs Abendessen." Meine Mutter war davon überzeugt, dass zehn Dollar die Antwort auf fast alles war, was mich bedrückte – egal, was es war. Mit Robby war sie nie so umgegangen. Mein älterer Bruder musste nie babysitten. Er war allerdings auch nie lange genug zu Hause, dass wir auf diese Idee hätten kommen können.

„Ich möchte aber nicht die ganze Nacht hier sein, Mama."

„Du hast keine andere Wahl, Missy. Ich muss jetzt Schluss machen." Ich hörte gerade noch die ersten Akkorde der Band, bevor meine Mutter auflegte. Vielleicht würde sie heute Abend im Restaurant wenigstens viel Trinkgeld bekommen.

Resigniert wandte ich mich meiner Schwester zu. „Zum Abendessen sind wir wieder nur zu zweit, Crystal. Zieh deine Schuhe an. Wir müssen etwas zu essen einkaufen."

Sie kämpfte mit der Schnalle an ihren Sandalen, bis ich

mich schließlich hinhockte und ihre Hände zur Seite schob. Diese Dinge waren immer einfach, wenn ich sie selber machte. Meine Schwester war noch zu klein, um mir bei irgendwas zu helfen, und ich war mir sicher, dass sie auch in der nächsten Zeit nicht wachsen würde. Sie war schon seit einem Jahr nicht mehr gewachsen. Wahrscheinlich wäre jeder Arzt darüber entsetzt, wenn wir uns einen leisten könnten. Schließlich war sie erst sieben.

„Falscher Weg", sagte ich leise. Schnell zog ich sie an der Hand in die andere Richtung, sodass wir den Gulf Drive entlanggingen und nicht die Straße durch unser Wohnviertel. Ich war mir sicher, dass Tanya Maldonado uns sofort durch eins der Fenster ihres klimatisierten Hauses entdecken würde. Ich hatte Tanya seit der Mittelstufe nicht mehr gesehen, ziemlich genau seit der Zeit, als meine Mutter mit uns ihrem Freund Dough in die grauen Berge von Pennsylvania hinterhergezogen war.

Obwohl wir uns drei Jahre nicht gesehen hatten, wusste ich doch, dass sie auf mich warten würde, als wäre ich keinen Tag weg gewesen. In der Mittelstufe fand sie alles, was ich tat, unglaublich faszinierend.

Wenn ich meine Haare einmal anders frisierte, konnte sie sich eine ganze Woche lang darüber lustig machen.

„Meinst du wirklich, dass du mit dieser Frisur hübsch aussiehst?", fragte sie mich dann mit zusammengezogenen Augenbrauen.

Wenn ich mir tatsächlich mal neue Klamotten gekauft hatte, wollte sie jedes noch so kleine Detail darüber hören. „Ist das T-Shirt neu? Ich habe genau so eins schon mal gesehen … wo war das nur? Ja, genau, das ist ein Jungen-T-Shirt, habe ich recht?"

Manchmal schaffte ich es, ihr ein paar Tage aus dem Weg

zu gehen, indem ich mich in einer Toilette einschloss und erst in den Klassenraum rannte, wenn es schon geklingelt hatte.

Das hatte sogar ein paar Wochen lang geklappt, bis zu jenem Tag gegen Ende der siebten Klasse. Ich saß auf der Toilette und hielt die Luft an, als Tanya mit ihren Freundinnen hereinkam, um vor dem trüben, alten Spiegel einen ganzen Schönheitssalon aufzubauen. Zwischen dem Schnappen der Make-up-Dosen und dem Klicken der Lippenstifte hörte ich, wie sie ihren willigen Gefolgsleuten die Marschbefehle erteilte.

„Frag die *Messy* mal, ob sie Sam King mag. Die ist ja so in den verknallt. Als würde Sam sich je mit der sehen lassen!" Dass fast jeder meinen Namen mit „Messy" (übersetzt: Schlampe, Chaotin) abkürzte, daran hatte ich mich schon lange gewöhnt. Ich hörte, wie die ganze Gruppe mit den Lippen schmatzte, um die neue Schicht Glitzer-Lipgloss gleichmäßig zu verteilen. „Mir fällt es schon schwer, im Unterricht neben ihr zu sitzen. Ständig habe ich Angst, dass sie Flöhe oder Läuse hat, die ich dann auch kriege."

Die Mädchen kicherten begeistert bei diesen Worten, als hätten sie sich gerade eine neue Choreographie für einen Tanz ausgedacht. Dann verließen alle gemeinsam die Toiletten. Jetzt wussten sie ja, was sie zu tun hatten. Tanya Maldonado hatte ihnen eine Aufgabe übertragen und bis zum Ende des Schultags würde jede Einzelne von ihnen alles daransetzen, um herauszufinden, ob an diesem unglaublichen Gerücht etwas dran war. Hatte sich Melissa „Messy" Keiser am Ende tatsächlich in einen der besten Sportler unserer Schule verguckt?

Ganz ehrlich – ich hatte niemandem, wirklich niemandem erzählt, dass ich für Sam King schwärmte. Doch eines Tages beim Mittagessen in der Cafeteria konnte Tanya in einem einzigen Augenblick alles in meinem Gesicht lesen, was ich zu verbergen versuchte. Sie saß an dem Tisch in der Mitte der

Cafeteria, das beliebteste von allen beliebten Mädchen in der Schule. Von diesem Thron in unserem sozialen Universum regierte sie praktisch die gesamte Mittelstufe.

Als Sam an meinem Stuhl vorbeikam, um in ihre Nähe zu kommen, war ich ganz kurz rot geworden – wirklich nur für einen Augenblick. Doch ich wusste, dass Tanyas Adleraugen auf mich gerichtet waren. Und diesen Augen entging nichts. Mehr Bestätigung brauchte sie gar nicht und sofort packte sie die Gelegenheit beim Schopf. Es dauerte nur wenige Minuten, bis die eine Hälfte der Mädchen an ihrem Tisch mich aus den Augenwinkeln anstarrte und sich die andere Hälfte vor Lachen fast krümmte. Die meisten hatten ihre Augenbrauen so stark hochgezogen, dass man sie unter ihren Ponys kaum noch sah. Anscheinend konnten sie noch gar nicht fassen, was sie gerade gehört hatten. Sie schauten mich an, als wäre ich endgültig verrückt geworden.

Sam war wie wir in der siebten Klasse, aber er hatte auch Freunde in der neunten und selbst die Trainer der Oberstufe kannten schon seinen Namen. Seit das Gerücht gestreut worden war, mied er jeden Blickkontakt mit mir. Ein paar seiner Freunde waren ihm natürlich sofort zur Seite gesprungen, um seinen Ruf zu schützen.

„Du weißt schon, dass du total hässlich bist, Messy?“, sagte einer von ihnen zu mir, als er auf dem Flur an mir vorbeiging.

Ich tat so, als hätte ich ihn gar nicht gehört. Ganz vielleicht, hoffentlich, hatte ich ihn tatsächlich falsch verstanden.

Und dann, in Chemie, so laut, dass ich es auch ein paar Reihen hinter den Jungen noch gut verstehen konnte: „Die ist so hässlich, dass sich die Schweine beißen.“

Mit diesen Worten begann ein neues Begrüßungsritual für mich, dem ich fortan jedes Mal ausgesetzt war, wenn ich die Klasse betrat. Die Jungen fingen sofort an zu grunzen wie die Schweine, um dann in haltloses Gelächter auszubrechen, wenn ich an ihnen vorbeiging. Erst nach der Episode mit Ian Owens hörte es wieder auf. Der zweite Schulsprecher unserer gesamten Schule, Ian Owen, saß in der ersten Reihe. Eines Tages drehte er sich zu mir um, sah mich an und griff sich dann erschrocken mit beiden Händen an den Kopf, als hätte er gerade ein Gespenst gesehen. Das konnte man nicht missverstehen: Ich sah so fürchterlich aus wie ein Gespenst.

Der Lehrer ließ Owen an diesem Tag nachsitzen und danach schien das Ganze seinen Reiz verloren zu haben. So eine Sache war schwer zu übertrumpfen. Doch am Ende dieser Tortur war ich dreißig Schultage hintereinander beschimpft worden. Von fast allen Schülern. Selbst von Mike Lewis, als er auf dem leeren Flur an mir vorbeiging. Ohne dass es jemand sehen konnte, rammte er mir einfach meine Bücher in die Brust. Einige Monate später zog meine Familie schließlich weg, kurz vor dem Ende des ersten Halbjahrs der achten Klasse. Ich habe die Mittelstufe in einer anderen Stadt beendet und bin in die Oberstufe gewechselt, wo mich keiner „Schlampe" nannte und mich auch keiner kannte.

Ich erzähle das alles nur, damit Ihr versteht, was für mich auf dem Spiel stand, als ich drei Jahre später zurück auf die Insel kam. Jetzt musste ich hier wieder in die Schule und würde all die Leute wiedersehen, mit denen ich früher schon in eine Klasse gegangen war. Ich hoffte inständig, dass Schimpfnamen und Grunzgeräusche es nicht durch die Türen der Oberstufe geschafft hatten. Doch ich wusste auch, dass ich niemals das Stigma loswerden würde – die Erinnerung daran, wie es war, „Messy" Keiser zu sein. Für mich gab es nur einen Vorteil dabei, wieder nach Florida zu ziehen: Jetzt konnte ich wieder jeden Tag und zu jeder Jahreszeit schwimmen. Außerdem wusste ich, dass meine Freundin Julie Peterson auf mich wartete. Schon damals schien sie immun gegen die Schande und die Beschimpfungen zu sein, die nun einmal dazugehörten, wenn man meine beste Freundin war. Mir war von Anfang an klar, dass es nur eine Strategie gab, wie ich auf die Insel zurückkommen konnte. Verstecken.

Als Denise endlich von der Arbeit nach Hause kam, war es nach Mitternacht. Ich lag im Bett und tat so, als würde ich schon schlafen. Zuerst hörte ich, wie sie die Schlüssel klirrend auf den Glastisch warf. Dann wurde die Tür zu Crystals Zimmer kurz geöffnet und meine Mutter sah nach, ob bei ihr alles in Ordnung war. Schließlich ging sie an meiner abgeschlossenen Schlafzimmertür vorbei zu ihrem eigenen Zimmer. Vor meiner Tür hörte ich sie plötzlich kichern. Kurz danach hörte ich das tiefere Lachen eines Mannes, den ich ganz bestimmt auch wieder nicht kannte. Regungslos verharrte ich noch fünf Minuten, bevor ich eine weitere Schicht Lipgloss auftrug, das Fliegengitter aufzog und das schwere Fenster so weit wie möglich nach oben schob. Glücklicherweise war unser Mietshaus groß genug, dass wir alle eigene Zimmer hatten, obwohl Robbys eigentlich nur ein Wintergarten war.

Ich rannte über den Rasen und zertrat die hohen Grashalme, die mal wieder gemäht werden mussten. Danach lief ich weiter durch die nicht eingezäunten Gärten unserer Nachbarn, bis ich zur Straße kam. Fast spürte ich, wie sich die Erde unter mir drehte, als wollte sie mir bei meiner Flucht helfen, selbst wenn es keine richtige Flucht war.

Als ich endlich bei Julies Haus fünf Straßen weiter ankam, konnte ich die Musik schon auf dem Bürgersteig hören. Vor dem Haus standen ein Auto und ein Pick-up, die beide keinem aus Julies Familie gehörten.

„Ich hab schon gedacht, du würdest gar nicht mehr kommen!“ Ungläubig schüttelte Julie den Kopf und starrte auf meine Haare, die ich schnell zusammengedreht hatte. „Ich fasse es einfach nicht, dass du samstagabends auf deine Schwester aufpassen musst!"

„Ich habe meinen Badeanzug schon an, falls deine Eltern uns erlauben, schwimmen zu gehen. Wo sind sie eigentlich? Und wem gehören die beiden Autos draußen?"

Mit einem schiefen Grinsen zog sie mich weiter ins Haus. „Meine Eltern sind ausgegangen und noch nicht wieder da."

Ich versuchte, ihren Gesichtsausdruck zu lesen. Immer, wenn sie so schief grinste, wusste ich, dass das noch nicht die ganze Wahrheit war. „Und?", hakte ich nach.

„Nun ... komm erst einmal mit."

Wir gingen durchs Wohnzimmer an den vielen Urlaubsfotos von Julies Familie vorbei. Die ganze Wand war voll davon. Überall hingen teure Bilderrahmen, auf denen mich ihr überheblicher Vater und ihre perfekt gestylte und gebräunte Mutter von irgendeinem Kreuzfahrtschiff oder vor irgendeinem tollen Hotel auf einer karibischen Insel anstrahlten. Sie gehörten zu einer bestimmten Art von Floridabewohnern – nämlich denen, die auf einer Insel wohnen und auch auf Inseln Urlaub machen. Sie wussten genau, was ihnen gefiel, warum also sollten sie nicht auch genau das machen? Ich konnte mich noch daran erinnern, dass sie zu der Sorte Eltern gehörten, die sich beschwerten, wenn ihre Kinder nicht oft genug auf Partys herumhingen. Wahrscheinlich war das der Grund, warum Julie und ich uns so gut verstanden. Wir hatten beide gelernt, viele Entscheidungen in unserem Leben von dem Alkoholpegel unserer eigenen Mutter nach fünf Uhr abzuschätzen.

Als wir auf die hintere Veranda traten, spielten dort zwei Jungs mit einem Feuerzeug. Sie hielten ihre Handflächen so lange über die Flamme, bis es einer von ihnen nicht mehr aushielt und die Hand zurückzog. Ich blieb stocksteif stehen und starrte die beiden an, bis Julie mir ihre Hand in den Rücken rammte. Langsam setzte ich mich auf einen der Stühle auf der Veranda. Ich wusste genau, wer die beiden waren, und fürchtete mich vor dem Moment, in dem sie mich erkennen würden. Doch sie waren so sehr in ihr Spiel vertieft, dass das vielleicht noch ein bisschen dauern würde.

Auf der anderen Seite der Veranda erkannte ich Julies andere beste Freundin. „Hallo, Leigh." Ich winkte ihr kurz zu, als sie ihren Blick kurz von der orange züngelnden Flamme zwischen Brett Smiths Fingern abwandte und mich ansah. Sofort sah ich, dass Leigh Doherty ihre langen, gewellten blonden Haare hatte wachsen lassen. Damit war sie ganz offiziell das schönste Mädchen hier draußen.

„Ich dachte, du würdest heute nicht kommen. Julie hat gesagt, dass du babysitten musst." Sie sagte das so lässig, als würde sie damit eine Unterhaltung von heute Morgen wieder aufnehmen, obwohl wir uns doch schon seit mindestens drei Jahren nicht mehr gesehen hatten.

„Ja, meine Mutter musste eine Doppelschicht arbeiten, deshalb konnte ich jetzt erst weg."

„Das ist bescheuert." Leigh zuckte mit den Schultern. „Du hättest vorhin am Hafen dabei sein sollen. Alle waren da. Übrigens, herzlich willkommen."

„Hey", sagte Brett dazwischen. Er ließ sein Feuerzeug zuschnappen und schaute mich das erste Mal an. „Dich kenne ich doch, oder?"

„Hey", erwiderte ich. Ich wusste zumindest, wer er war. Er war ein Freund von Ian Owens und Mike Lewis und einer der Anführer der Gruppe, die mein Leben damals zur Hölle gemacht hatten. So war das nun einmal, wenn sich die Welt um mich herum in zwei Lager spaltete. Jeder Junge, den ich kannte, war entweder Teil der Gruppe, die mich nicht ausstehen konnte, oder ein Mitglied der Gruppe, die mich nicht kannte. Und jetzt hatte Leigh offensichtlich die Grenze überschritten und ging mit einem der Jungs aus der ersten Gruppe aus.

Nachdenklich zog Brett die Augenbrauen zusammen, als könnte er mich noch nicht richtig einordnen. „Haben sie dich nicht immer *Messy* genannt?" Er grinste selbstgefällig, als wäre es eine tolle Leistung von ihm, dass er sich an etwas erinnerte, das schon Ewigkeiten zurücklag. Wahrscheinlich war es für ihn sowieso nur eine verschwommene Erinnerung an einen Scherz aus der siebten Klasse.

„Halt die Klappe", mischte sich jetzt Julie ein. „Sie heißt Missy."

„Jetzt erinnere ich mich an dich, *Messy*." Trotzig grinste er in die Runde, bis Julie ihm eine Frisbee an den Kopf warf. „War wirklich nur ein Scherz."

„*Missy* ist gerade erst von Pennsylvania wieder hierhergezogen."

„Das ist cool", sagte Brett. Er nickte kurz und ließ sich dann auf seinen Stuhl fallen, als fände er das Thema schon jetzt langweilig.

„Und wie haben sie dich in der siebten Klasse immer genannt?" Julie lächelte ihn herausfordernd an.

„Den Großen. Den König. Den Begehrenswertesten. Du kannst dir einen aussuchen."

„Begehrenswert?" Erstaunt hob Leigh die Augenbrauen, bis Brett seinen Kopf auf ihre Schulter legte, als wolle er sich bei ihr entschuldigen.

Julie rollte mit den Augen. „Keiner nennt sie Messy. Das war in der siebten. Jetzt sind wir in der Oberstufe, mein Freund."

„Ja, das stimmt. Sie sieht auch anders aus." Er ließ seinen Blick von meinem Gesicht nach unten gleiten, als würde er mich begutachten.

Ich senkte die Augen, weil ich nicht wusste, was seine Worte bedeuten sollten. Außerdem hatte ich Angst, dass ihm nicht gefiel, was er sah.

„Mir ist langweilig. Ich geh rein und schau mal, was es im Fernsehen gibt." Mit einem dramatischen Seufzer erhob sich Leigh von ihrem Stuhl. Sie strich sich über ihre blonden Locken und streckte sich beim Aufstehen, sodass ihr schöner Körper richtig zur Geltung kam. Sofort war Brett an ihrer Seite und folgte ihr ins Haus, als wäre er an einer Leine. Kurz darauf verschwanden die beiden in einem leeren Zimmer im Seitenflügel des Hauses.

„Mach dir nichts aus ihm. Er hat seine Pillen heute noch nicht geschluckt."

Ich zuckte nur mit den Schultern. Julie versuchte Bretts Worte herunterzuspielen, aber mir tat es jetzt schon leid, dass ich gekommen war.

„Ist auch egal." Sie schüttelte den Kopf und drehte ihren Stuhl zur anderen Seite der Veranda, als könnte sie so noch einmal von vorn anfangen. „Du erinnerst dich noch an JP, oder?"

Der einzige andere Junge auf der Veranda schob sich seine sonnengebleichten, zotteligen Haare aus dem Gesicht und sah mich mit einem abwesenden Lächeln an. Doch schon nach wenigen Sekunden hingen seine Augen wieder bewundernd an Julie. Ich fragte mich, ob sie merkte, dass er sich für sie interessierte. Das Schweigen zwischen den beiden war so schwer, dass die Veranda eigentlich unter der Last hätte einstürzen müssen.

Ich erinnerte mich noch gut an JP und dass er immer cooler als alle anderen wirkte, weil er fast nie etwas sagte. Außerdem schien er mit den Gedanken ständig irgendwo anders zu sein. So konnten die Mädchen, die ihn umschwärmten, immer glauben, dass er die ganze Zeit nur an sie dachte und sich still und leise nach ihnen verzehrte.

Am Anfang der Mittelstufe wurden wir alle das erste Mal mit Bussen von Anna Maria über die zwei Brücken bis Bradenton auf dem Festland gebracht. Dort sollten wir andere Schüler treffen, die in Stadtteilen lebten, deren Namen wie fremde Ozeane klangen und wo so Sachen wie ungepflegte Vorgärten und Wäscheleinen auf der Veranda verboten waren. Endlich stiegen wir an der Schule in der Stadt aus. Aus unseren Rucksäcken rieselte der Sand und wir kämpften noch gegen den Husten der „roten Flut". Doch gerade weil wir wegen der giftigen Algen, die manchmal unsere Strände verseuchen, mit diesem Husten zu kämpfen hatten, wurden wir nur noch interessanter für die Schüler vom Festland – es war, als würden wir unter Brücken leben und unser Essen noch über einem Lagerfeuer kochen. Und als die Mädchen vom Festland von dem gebräunten Surfer erfuhren, der viel zu cool war, um viele Worte zu machen, und der von allen nur JP gerufen wurde, war es um sie geschehen.

Doch JPs Gedanken kreisten die meiste Zeit um Wellen. Ich wusste das, denn jedes Mal, wenn der Bus uns am Nachmittag endlich zur Insel zurückbrachte, hörten wir alle auf zu reden und beobachteten seine Reaktion, wenn wir am Strand vorbeifuhren. Es gab einen Platz auf der linken Seite des Busses, von dem aus JP gerade noch so die Hütte der Strandwache sehen konnte. Auf der Hütte wehte die Fahne, die den Wellengang anzeigte und signalisierte, wie gefährlich das Schwimmen war. Wenn die Fahne eine andere Farbe hatte als Grün, verwandelte sich JP in ein kleines, aufgeregtes Kind. Sofort sprang er auf und bahnte sich einen Weg zur Bustür, damit er als Erster aus dem Bus stürzen konnte. Eine andere Farbe als grün bedeutete, dass die Wellen für Schwimmer zu hoch waren. Aber es bedeutete auch, dass sie vielleicht hoch genug zum Surfen waren. Denn manchmal zeigte der sonst so stille und ruhige Golf von Mexiko seine ganze Macht und dann machte JP das Surfen Spaß. Das waren die einzigen Zeiten, in denen er sich dafür interessierte, was um ihn herum passierte. Bis jetzt.

Julie biss sich auf die Unterlippe, um von der zarten Röte abzulenken, die sich auf ihren Wangen ausbreitete. Plötzlich war es nicht mehr das einzige Highlight der Winterferien, dass ihre verlorene beste Freundin endlich wieder nach Hause zurückgekehrt war.

Meine einzige wirkliche Freundin auf der Insel merkte gerade, dass sich jemand für sie interessierte. Ich verkrampfte meinen Bauch, um die Gefühle unter Kontrolle zu bringen, die mich mitzureißen drohten. Auf keinen Fall wollte ich eifersüchtig werden, nicht auf Julie. Eigentlich wäre es doch eine tolle Sache, wenn sie einen Freund hätte. Und mir reichte es völlig, auch dabei zu sein und so zu tun, als wäre ich auch erwünscht – sozusagen als Anhängsel – bei den breitschultrigen Jungs, die in ihren Trucks herumfuhren und auch bei heftigem Sturm keine Angst hatten zu surfen.

„Ich bin ziemlich müde. Ich sehe euch dann alle morgen."

„Du willst schon gehen?" Julie konnte ihren Blick nicht von JPs Lächeln losreißen.

„Ja, gute Nacht."

Ich war Jahre weg gewesen, doch Brett hatte mir deutlich gezeigt, dass sich noch alle an mich erinnerten: an das Mädchen, das jeden Tag mit den gleichen Klamotten in die Schule kam, das Mädchen, deren Mutter nie zu einem Elternabend gekommen war. Das komische Gefühl im Bauch wurde wieder stärker, als ich daran dachte, dass ich mit genau diesen Leuten wieder in die Schule gehen musste. Es war, als wäre ich nie weg gewesen. Trotz der vielen Zentimeter, die ich gewachsen war, war ich in ihren Augen immer noch das ungeschickte, dreizehnjährige Mädchen, das ich so hasste. Dieses Mädchen würde mich immer begleiten und seinen schrecklichen Schatten über alles werfen, was ich tat und wo ich war. Schon jetzt wünschte ich mir, dass das Schuljahr vorbei war, obwohl das zweite Halbjahr noch nicht einmal angefangen hatte. Doch wenn es um die Schule geht, gibt es keinen Notausgang.

Als ich in die Nähe unseres Hauses kam, schlich ich mich durch die Nachbarsgärten und blieb vor Mrs Durhams Haus stehen. Sie wohnte direkt neben uns. Hier konnte ich mich immer verstecken. Vorsichtig schob ich meinen Zeigefinger durch ein Loch in ihrer Gartentür und kämpfte kurz mit dem Schloss, bis die Tür endlich aufging und ich die vertrauten Delfinfiguren und Topfpflanzen sehen konnte. An diesem Ort hatte sich in den letzten Jahren kaum etwas verändert. Ich war mit meiner Familie in dasselbe alte Mietshaus zurückgezogen, in dem wir schon früher gewohnt hatten, und ich wusste immer noch ganz genau, welche Häuser in unserer Nachbarschaft wann und wie lange leer standen. Gerade war keine Saison, deshalb würde es auch noch einige Wochen dauern, bis Mrs Durham und all die anderen Großmütter aus Michigan für den Winter wieder auf die Insel kamen. Vor mir konnte ich ihren dunklen, glitzernden Pool erkennen, der nur auf mich zu warten schien. Und natürlich hatte Mrs Durham dafür gesorgt, dass der Hausmeister sich regelmäßig um das Haus und um die Solarzellen kümmerte, damit bei ihrer Rückkehr alles in einem perfekten Zustand war.

Langsam glitt ich ins Wasser und schwamm mit langen Zügen bis zum tiefen Ende des Beckens. Dort ließ ich mich einfach auf den stillen, dunklen Boden des Pools sinken. Die dicken Strähnen meiner dunkelbraunen Haare wanden sich wie Bänder über meinem Kopf. Im Wasser lag für mich eine unglaubliche Freiheit, eine große Stille. Hier war ich ganz allein, mitten in der Nacht in einem fremden Pool, in dem ich eigentlich gar nicht sein durfte. Umso deutlicher spürte ich jede Bewegung des Wassers auf meiner Haut. An diesem Ort nannte mich keiner „Messy“ und meine Mutter würde hier nie nach mir suchen.

Ich ließ mich auf dem Rücken durch das Wasser treiben und versuchte mir einzureden, dass diesmal alles anders sein würde, dass ich diesmal hier in diesem Paradies glücklich sein würde. Und das, was ich brauchte, war so einfach und doch so weit weg, dass es mich fast kaputt machte. Wenn ich es benennen sollte … wenn ich es auf den absoluten Kern beschränken sollte … wenn ich wirklich ehrlich wäre … Ich wollte nur, dass mich jemand hübsch fand. Nur ein Junge musste sagen, dass ich schön war. Damit wäre alles, was die anderen je über mich gesagt haben, ausgeglichen und aufgehoben.

Doch langsam wurden meine Augenlider immer schwerer und ich zitterte in der kalten Nachtluft. Deshalb zwang ich mich, aus dem Pool zu klettern, suchte meine Sachen zusammen und ließ das Wasser aus meinem Badeanzug tropfen. Danach schlich ich mich mit tropfenden Haaren und mit nach Chlor riechender Haut zu meinem Zimmerfenster und kletterte hinein, denn meine Tür war ja immer noch abgeschlossen. Ich war froh darüber, dass sich manche Dinge nicht verändert hatten, vor allem nicht Mrs Durhams Pool.

Als ich gerade meine Rollos herunterlassen wollte, leuchtete ein heller Lichtstrahl aus Mrs Durhams Garten direkt auf unser Haus und tauchte mein Zimmer in ein grelles Licht. Er kam wie ein Blitz aus einem ihrer Schlafzimmer und verschwand so schnell, wie er gekommen war. Nebenan war jemand zu Hause. Ich sprang vom Fenster weg und ließ das Rollo dabei mit einem heftigen Ruck nach unten fallen. Vorsichtig spähte ich zum Nachbarhaus, doch ich konnte keine weiteren Bewegungen erkennen. Mir blieb nichts anderes übrig, als ins Bett zu gehen und mir zu überlegen, warum ich Mrs Durhams Rückkehr nicht bemerkt hatte.

Kapitel 2

Obwohl ich Mrs Durhams Auto in den nächsten Tagen ganze drei Mal auf dem Parkplatz von mehreren Läden am Strand stehen sah, blieb die Frau unsichtbar. Auch fiel mir nie auf, dass ihre Garage offen war.

Abgesehen von dem hellen Lichtstrahl, der um zwei Uhr morgens durch mein Schlafzimmer gezuckt war, gab es kein Lebenszeichen aus Mrs Durhams Haus. Einmal überredete ich sogar meine kleine Schwester Crystal dazu, durch *Sandys Baumarkt* zu laufen, weil ich überzeugt war, durch das Schaufenster Mrs Durhams bläuliche Dauerwellenfrisur im Gang mit den Elektrogeräten gesehen zu haben. Crystal kam aus dem Laden zu meinem Versteck, aus dem ich sie beobachtet hatte, und berichtete mir, dass sie nicht eine einzige Frau im ganzen Laden gesehen hatte.

„Crystal hat erzählt, dass du der alten Frau von nebenan hinterherspionierst." Mein Bruder saß mit einem Handtuch um seine salzwassergetränkten Haare am Küchentisch.

„Das tue ich gar nicht. Ich versuche nur herauszufinden, ob sie schon wieder hier ist."

„Warum willst du das überhaupt wissen?" Robby hob fragend die Augenbrauen, als hätte er das Recht, mich ins Kreuzverhör zu nehmen. Er schien immer genau zu wissen, wann ich etwas verbergen wollte. Obwohl er ein Jahr älter war als ich, waren wir schon seit der Grundschule in einer Jahrgangsstufe, weil er ein Jahr hatte wiederholen müssen. Ich schaffte es nie, irgendetwas zu tun, ohne dass er es herausfand.

„Das geht dich gar nichts an", sagte ich. „Vor ein paar Tagen hat dort im Haus jemand kurz das Licht angeknipst. Es war fast wie ein Scheinwerfer. Ich wollte nur wissen, ob wir neue Nachbarn haben, mehr nicht."

„Hör mir gut zu. Was immer du tust, lass Crystal da raus. Du musst deine Detektivarbeit schon selbst machen. Sonst verdirbst du sie noch."

Crystal nuckelte an ihrem Daumen und blinzelte langsam. Eigentlich war sie schon viel zu alt, um noch am Daumen zu lutschen. Doch ein Blick aus ihren großen, blauen Augen, die zwischen uns hin- und herhuschten, beendete die Unterhaltung. Crystal hatte keinen von uns beiden je verurteilt, nicht einen Tag in ihrem ganzen Leben. Und keiner von uns wollte ihr heute dafür einen Grund geben.

„Ist ja auch egal", schnaubte ich.

„Ich weiß, was du vorhast", nahm Robby das Gespräch wieder auf, als Crystal in ihr Zimmer gegangen war. „Du willst in ihrem Pool schwimmen, so wie du es in der Mittelstufe schon immer gemacht hast. Schließlich ist das der einzige beheizte Pool im ganzen Viertel. Aber es ist doch auch egal, was du gesehen hast. Vielleicht war es nur ein Auto, das vor dem Haus vorbeigefahren ist. Es dauert noch mindestens vier Wochen, bevor die Schneehühner wieder auf der Insel einfallen, und da drüben ist niemand zu Hause. Das Haus ist wie ein Grab."

„Ich bin mir einfach nicht sicher. Ich will nicht erwischt werden."

„Wenn du es machen willst, dann mach's halt einfach. Sei doch nicht immer so ein Feigling." Er wackelte kurz mit dem Kopf, weil er glaubte, ich würde es ja sowieso nicht machen. Er liebte es, mich aus der Fassung zu bringen. Nach dem Skimboarden war das seine Lieblingsbeschäftigung.

Mit einem Ruck stand ich vom Tisch auf und zog ihm das Handtuch vom Kopf. „Wenn ich es machen will, mache ich es auch."

„Okay, Missy. Wenn du willst, kann ich ja mitkommen und dir beweisen, dass keiner da ist."

„Ich habe keine Angst." Meine Haut zitterte bei dieser Lüge. „Außerdem gehe ich immer allein. Du bist nicht eingeladen."

Robby wusste, dass er mich nur so dazu bringen würde, allein wieder zum Pool zu gehen. Ich durfte mir vor ihm keine Blöße geben. Er schien immer genau zu wissen, wie die Leute tickten. Das musste ihn ziemlich langweilen, denn er versuchte eigentlich nie, irgendwelche Leute kennenzulernen. Mein großer Bruder passte nirgendwo so richtig hin. Er war zu schlau, um ein totaler Außenseiter zu sein, und zu apathisch, um beliebt zu sein. Das Ergebnis war, dass ich nicht einen Vorteil davon hatte, dass er mein großer Bruder war. Keine sexy Freunde, die mir die Tür einrannten. Kein Oberschüler, der hinter mir her war. Ich konnte gar nicht in seine Fußspuren steigen, denn er hinterließ keine. Meine einzige Verbindung zu irgendeiner Form von Partyleben war und blieb meine beste Freundin Julie.

Als die Winterferien langsam zu Ende gingen, konnte ich immer weniger mit Julie unternehmen, weil sich ihre Beziehung zu JP in jeden Plan drängte, den wir ausheckten. Die versteckten Blicke zwischen ihnen waren schon nach wenigen Tagen in eine richtige offizielle Beziehung explodiert. Schon fünf Tage nach der Party auf der Veranda hatte JP Julie gefragt, ob sie mit ihm zum Abschlussball gehen würde. Wir dachten beide, dass es eigentlich noch zu früh dafür war. Doch wenn man die Blicke sah, die JP Julie immer wieder zuwarf, konnte man es verstehen. Er würde keinem anderen Jungen auch nur die kleinste Chance lassen.

Sie versuchte die Sache herunterzuspielen. „Der einzige Grund, warum ich schon so früh einen Partner für den Ball habe, ist, dass ich die ganze Zeit hier gewohnt habe. Du warst drei Jahre weg. Wenn die Schule erst wieder angefangen hat, dann lernst du die anderen supersüßen Jungs kennen … Du wirst schon sehen."

Supersüße Jungs. Ich wusste, dass einer auf jeden Fall da war, aber ich hatte ihn drei Jahre lang nicht gesehen. Und ich hatte keine Ahnung, wie Sam King als Oberstufenschüler aussah.

„Und", fügte Julie hinzu, „jetzt, wo JP mein Freund ist, können wir mit allen seinen Freunden abhängen. Einige von ihnen gehen noch nicht einmal auf dieselbe Schule wie wir."

Ich schaffte es sogar, mich wirklich für sie zu freuen, als wir ins Einkaufszentrum gingen, um Ballkleider anzuprobieren. Es war noch zu früh, um eins für den Ball zu kaufen, aber es war nicht zu früh, um davon zu träumen. Die meisten waren rosa und bauschig. Bisher hatte ich mir nie eingestehen können, dass ich so ein Ding jemals auch nur anprobieren wollte, bis Julie mir in der Umkleidekabine eins in die Hand drückte. Vorsichtig schlüpfte ich in den Traum aus Seide und verlor mich in der Hoffnung – wenn auch nur für einen Augenblick –, dass mich vielleicht doch ein Junge aus der Stadt fragen würde, ob ich mit ihm zum Ball ging. Ein Junge, der nicht mit uns in die Mittelstufe gegangen war. Aber wie gesagt, diese Vorstellung dauerte nur einen Augenblick.

Dieser Montag war der erste Schultag des zweiten Halbjahres der elften Klasse. Nächstes Jahr würde ich meinen Abschluss machen. Und in meinem Kleiderschrank hing nichts, was mit einem wunderschönen rosa Kleid auch nur annähernd vergleichbar war. Doch heute Morgen musste ich in meinem Schrank unbedingt etwas finden, in dem ich erwachsen und irgendwie neu aussah – also ganz anders als in der siebten Klasse. Ich hatte Glück, denn ich fand ein schönes tiefblaues Top und eine enge Jeans.

Vielleicht gab es ja doch etwas Gutes daran, dass wir die letzten Jahre in Pennsylvania gewohnt hatten. Jedenfalls waren alle meine Klamotten aus Pennsylvania für meine Klassenkameraden neu. Mein ganzer Schrank war voll mit alten Jeans und Tops, die sie noch nie an mir gesehen hatten, als hätte ich mich gerade erst für das neue Halbjahr komplett neu eingekleidet. Natürlich waren auch viele warme Sachen gegen Regen und Schnee dabei, die ich hier nicht mehr brauchte. Doch es waren genug annehmbare Klamotten dabei, sodass keiner merken würde, dass ich mir für das neue Halbjahr nur ein paar neue Hefte gekauft hatte. Kurz bevor ich ging, warf ich noch einen prüfenden Blick in den Spiegel, um sicherzustellen, dass ich auch nach einer Schüssel Müsli immer noch dünn in den Jeans aussah. Ich richtete mich zu meiner vollen Größe auf, drückte die Brust heraus und zog den Bauch ein, bis ich endlich eine Pose fand, die ich den ganzen Tag durchhalten konnte. Wenn ich schon Tanya Maldonado und Ian

Owens und all den anderen Jungs wieder begegnen musste, die sich sicher alle noch gut an mich erinnerten, dann wollte ich dabei wenigstens so gut wie möglich aussehen.

Denise schlurfte gerade mit nackten Füßen und völlig verschlafen durch die Küche und suchte die Kaffeemaschine. Auf dem Küchentisch lag etwas Essensgeld für Robby und mich. Anscheinend war heute einer der Tage, an dem sie sich dunkel an ihre Mutterpflichten erinnerte.

„Das ist alles halb so schlimm, ihr zwei“, murmelte sie. „Ihr kennt die Kinder ja noch. Wir waren doch nur ein paar Jahre weg.“

„Richtig“, flüsterte ich leise. Genau das war das Problem.

Crystal löffelte riesige Haufen von schreiend bunten Frühstücksflocken in ihren Mund. Sie schien sich zu erinnern, dass heute unser großer Tag war, und lächelte breit.

„Bist du aufgeregt wegen deinem ersten Schultag auf der Insel?“, fragte ich sie.

„Natürlich ist sie das“, antwortete Denise für sie. „Außerdem ist sie eigentlich schon immer ein Kind von der Insel gewesen. Wer will schon in diese alten, blöden Schulen in Pennsylvania gehen? Von jetzt an bist du das ganze Jahr über braungebrannt, mein Schatz.“

Crystal nickte zustimmend. Kurz darauf wollte Robby mit seiner Schultasche über der Schulter aus der Küche verschwinden.

„Robby, kann deine Schwester nicht mit dir mitfahren?“

Ich erstarrte, wollte ihn aber auf keinen Fall zu flehend anschauen.

„Würde ich ja machen, aber in Rickys Truck ist kein Platz mehr. Ich bin schon der Vierte im Auto. Tut mir leid, Missy.“

An der Bushaltestelle kannte ich die meisten Gesichter. Es waren dieselben wie in der Mittelstufe, nur etwas breiter und erwachsener. Ich erinnerte mich nur allzu gut an die meisten von ihnen, auch wenn ihre Gesichter jetzt voller Pickel waren und sie ihre Haare besser frisierten.

Wir murmelten ein kurzes „Hallo" und taten so, als wären wir mit wichtigen Gedanken beschäftigt, die eine Unterhaltung unmöglich machten. Ungeduldig wartete ich auf den Bus und versuchte dabei, nicht an den Nägeln zu kauen. Immer wieder schaute ich verstohlen zu den anderen. Dabei bemerkte ich plötzlich den fremden Jungen, der mehrere dunkle Baumwollshirts übereinander trug und sich an eine Palme am Gehweg lehnte. Er war zu ungepflegt, um hip zu sein, doch irgendetwas an ihm erinnerte mich an JP. Er sah so aus, als würde er sich in seinem Surfanzug am Strand wohler fühlen als in trockenen Klamotten an einer Bushaltestelle mit den anderen. Ich fragte mich, wo er wohl wohnte.

Seine dunkelbraunen, ungekämmten Haare fielen ihm in die Augen und er starrte abwesend vor sich hin. Selbst als Tanya Maldonado in ihren langen Leggins und ihrem enganliegenden Kleid langsam auf die Bushaltestelle zukam, schien er das nicht einmal zu bemerken. Jetzt war ich mir fast sicher, dass der Surfer aus Kanada kommen musste, denn kein amerikanischer Junge aus dem Süden hätte es geschafft, bei Tanyas Anblick so kühl und gelassen zu bleiben. Mit ihrer perfekten Figur zog sie automatisch alle Blicke auf sich. Doch gleichzeitig sagte ihre ganze Haltung, dass die Jungen hier keine Chance hatten, denn sie ging nur mit Collegestudenten aus. Ich war schockiert, dass selbst sie immer noch mit dem Schulbus zur Schule fuhr. Irgendwie kam mir bei dem Gedanken daran meine eigene vertrackte Situation gleich nicht mehr ganz so schlimm vor.

Kurz bevor Tanya bei der Bushaltestelle ankam, schaute ich auf den Boden, um Blickkontakt mit ihr zu vermeiden. Und als ich kurz zuckte und mit der unbegründeten Hoffnung, dass der Bus vielleicht schon kam, aufschaute, schnaufte sie theatralisch und sah mich für einen Augenblick direkt an. Angewidert ließ sie ihren Blick an mir heruntergleiten. Dann drehte sie sich abrupt um, stellte sich direkt vor den Surferjungen und murmelte: „Hi."

Es war so, als hätte sich überhaupt nichts verändert.

Im Bus setzte ich mich ganz vorne hin, denn ich wusste, dass Tanya sich in der letzten Reihe mit ihren Freundinnen beriet. Der Surfer setzte sich nicht nach hinten, sondern ließ sich stattdessen auf einen der Sitze in meiner Nähe direkt hinter dem Busfahrer fallen. Aus den Augenwinkeln versuchte ich ihn so unauffällig wie möglich zu beobachten und brannte doch darauf, ihn kennenzulernen. Aber er schien mich gar nicht zu bemerken. Sobald er saß, steckte er sich seine Kopfhörer in die Ohren und machte seinen iPod an. Dabei schaute er die ganze Zeit nach vorne auf die Straße. Damit schwand meine letzte Hoffnung für meinen ersten Schultag. Die nächsten Tage würde ich wohl damit verbringen, mich irgendwie wieder einzufügen und mich so gut wie möglich unsichtbar zu machen.

In den Unterrichtsstunden, in denen es keine feste Sitzordnung gab, rannte ich immer ganz nach hinten. Beim Mittagessen lungerte ich so lange am Salatbuffet herum, bis Julie kam und wir uns an unseren sicheren Tisch am Fenster setzen konnten. Der stand weit genug weg von dem Tisch der beliebten Mädchen mit Tanya in der Mitte. Die alte Schweineherde war überall: in Englisch, in Chemie und in Mathe. Immer wieder starrten sie mich lange an, wenn sie mich in der letzten Reihe sahen. Manchmal hörte ich auch einen der alten Spitznamen aus ihrem Mund. Doch dann klappten sie oft ihren Mund wieder zu und grinsten mich bösartig an.

Am Abend, als ich endlich aus dem Bus stieg, konnte ich den Surfer nirgendwo sehen. Ich musste also allein aussteigen und wusste immer noch nicht, in welchem Haus meiner Straße er wohnte und aus welchem Küchenfenster er mich wohl jetzt beobachtete.

Doch das war nur wieder einer meiner Tagträume. Die Realität sah anders aus.

Es gab auch neue Leute in der Schule, die mich noch nicht kannten und die auch noch nicht wussten, dass sie mich in ein paar Wochen wahrscheinlich nicht mehr *Missy* nennen würden. Dann nämlich, wenn die anderen einen Weg gefunden hätten, mich endlich vor allen bloßzustellen. Ich hatte solche Angst davor, wieder „Messy" genannt zu werden, dass ich jedes Mal zusammenzuckte, wenn jemand meinen richtigen Namen rief. Immer wieder musste ich mich vergewissern, dass es noch ein i und noch kein e war. Ich hasste meinen Namen. Warum konnten sie mich nicht einfach ignorieren?

Während eines Mittagessens am Ende der zweiten Schulwoche war meine Schonfrist vorbei. Tanya Maldonado schaute von ihrem Platz in der Mitte der Cafeteria direkt zu mir herüber, verzog das Gesicht, als hätte sie gerade saure Milch getrunken, und lachte dann zusammen mit ihren drei Freundinnen neben ihr laut los. Ian Owens hatte gerade wie ein Schwein gegrunzt.

Wäre das Grunzen nicht wegen mir gewesen, hätte ich es vielleicht sogar lustig gefunden. Es hörte sich wirklich wie das Geräusch eines kleinen Ferkels an, was es nur noch komischer machte. Deshalb hörte Ian auch nicht damit auf. Man hätte es auf YouTube stellen können.

Julie zwang sich zu einem Lächeln und fragte mich, wie es mir in Mathe erging. In ihren Augen las ich die unbegründete Hoffnung, dass ich das Grunzen nicht gehört hatte.

„Gut", antwortete ich.

„Oh, das ist ja schön." Sie kaute auf ihrer Unterlippe, als suchte sie nach einem Thema, über das wir noch reden konnten.

Doch wir bekamen einfach kein normales Gespräch hin, wenn wir beide merkten, dass alles einfach wieder anfing – wie früher. Jetzt war es nur noch eine Frage der Zeit, bis sie die ganze Schule daran erinnert hatten, wer ich eigentlich war. Meine Abwesenheit von der Insel hatte nicht lang genug gedauert, um mich zu vergessen. Ich stützte den Ellenbogen auf den Tisch und versuchte, mit der Hand mein Gesicht zu verdecken. Mit der anderen Hand schob ich die Überreste meines Salats auf dem Teller herum. Wenn ich nur nicht zu ihnen hinschaute, würde es vielleicht aufhören, bevor es noch lauter wurde.

„Hi, Mädels", begrüßte uns JP, als er sich auf den Platz neben Julie fallen ließ.

„Wie geht's denn so am Tisch der Stars?", fragte sie und rollte mit den Augen.

„Is' doch egal." Er spitzte die Lippen, als würde sie ihm für die abfälligen Worte einen Kuss schulden. Sie tat ihm den Gefallen.

Ich hatte vergessen, dass JP immer zwischen den Gruppen hin und her gedriftet war und dass er einer von *denen* war. Schon seit der sechsten Klasse. Wo war er gewesen, als das Grunzen angefangen hatte? Hatte er mitgelacht? Ich kämpfte mit den Tränen. In der Cafeteria durfte ich auf keinen Fall weinen.

JP machte seine Wasserflasche auf und ich gab mich der Hoffnung hin, dass er noch an der Kasse gewesen war, als Ian mit dem Grunzen angefangen hatte. „Also, Missy, wie ist es denn, wieder auf der Insel zu sein? Jedenfalls können sich alle noch an dich erinnern, so viel ist sicher. Gerade haben sie über dich geredet.“ Er deutete mit dem Kinn auf den Tisch in der Mitte.

Julie und ich schauten ihn beide böse an. Hatte er das wirklich gesagt?

„Sie sagen alle, dass du jetzt ganz anders aussiehst. Besonders Sam King.“

Die Luft entwich so schnell aus meinen Lungen, dass ich mein Gesicht nicht mehr unter Kontrolle hatte. Julie und ich sahen uns an.

„Warum siehst du denn aus, als hättest du gerade ein Gespenst gesehen?“, fragte JP. Er grinste mich breit an und stopfte sich ein paar unserer Pommes in den Mund.

„Sieht sie gar nicht“, zischte Julie.

„Sam King?“, sagte ich leise. „Den habe ich schon seit der Mittelstufe nicht mehr gesehen.“

„Tja …“ Wieder deutete er mit dem Kinn auf den Tisch. „Er sitzt da drüben mit Tanya und den anderen. Manche Dinge ändern sich eben nicht.“

Ich nahm all meinen Mut zusammen und schaute zu Tanyas Tisch. Alle Jungs sahen ziemlich gleich aus mit ihrem ausgeprägten Kinn und ihren Jacken mit dem Schulemblem. Und dann sah ich Sam. Er lächelte und griff gerade nach einem Glas, das ihm eins der Mädchen reichte. Er war schon immer von einem Haufen Mädchen umschwärmt worden. Abwesend kratzte er sich am Hinterkopf, wo seine weizenblonden Haare auf seinen muskulösen Hals trafen. Sein Gesicht war erwachsener geworden, aber seine Grübchen hatte er immer noch. Und er wirkte noch kräftiger, fast schon wie ein Mann. Irgendwie hatte er es geschafft, noch besser auszusehen als früher. Ich spürte, wie meine Wangen wieder warm wurden, genauso wie damals.

„Komm schon, JP“, unterbrach Julie meine Gedanken. „Was genau hat Sam gesagt?“

JPs Mundwinkel hoben sich ein paar Millimeter. „Eigentlich nicht viel. Er wollte nur wissen, wo du die ganze Zeit gewesen bist. Er erinnert sich an dich, Missy. Das ist alles. Hey, du solltest am Wochenende mit runter zum Hafen kommen. Alle anderen sind auch da.“

Ich war mir sicher, dass Sam King sich an mich erinnerte. Meine Schwärmerei für ihn hätte fast seinen Ruf zerstört, wenn das überhaupt möglich war. Eine seiner besten Freundinnen war Tanya – meine schlimmste Feindin. Und weil ich jetzt die Frechheit besaß, schon ganze zwei Wochen auf dem Campus herumzulaufen und so zu tun, als wäre ich die Neue, hatten sich seine Freunde etwas ausgedacht, damit ich diese Sache auf keinen Fall je vergessen würde. Die Strafe dafür, Melissa Keiser zu sein, wurde nur ein paar Tische von mir entfernt festgelegt und sie kümmerten sich noch nicht einmal darum, ob ich sie hören konnte oder nicht.

Robby jammerte laut vor dem Fernseher. „Warum können die Mädchen hier nicht auch so tanzen wie die?“

„Halt endlich die Klappe!“ Ich warf ihm ein Kissen ins Gesicht, als er Luft holte, um so laut zu schreien, dass Mrs Durham es in Michigan noch hören würde.

Genüsslich streckte er sich auf der Couch aus, sodass Crystal und ich zusammen auf dem Sessel sitzen mussten – aber das machte mir nichts aus. So konnte ich den süßen Geruch ihres Shampoos in ihren langen, blonden Haaren riechen. Es war himmlisch. So verbrachten wir meistens unsere Abende, bevor Denise von der Arbeit nach Hause kam. Robby wartete immer so lange, bis sie durch die Haustür kam. Jedes Mal konnte man sofort das verschüttete Bier und den kalten Zigarettenrauch riechen. Dann sprang Robby auf und verschwand durch die Hintertür, bevor sie ihn nach den Hausaufgaben fragen konnte oder nach dem Abendessen – oder über den nicht gemachten Abwasch schimpfte.

Durch das Wohnzimmerfester sahen wir einen fremden Sportwagen vor unserem Haus anhalten. Noch bevor wir ihn sahen, wussten wir, was das bedeutete.

„Wo sind denn meine Babys?“, rief Denise und kämpfte mit der Haustür.

Robby und ich starrten trotzig in den Fernseher. Nur Crystal schaute zur Tür und freute sich auf ihre Mutter, die nach der Spätschicht im Restaurant nach Hause kam.

„Ihr müsst ja nicht alle gleich aufspringen.“ Denise stemmte die Fäuste in die Hüfte.

Diese Begegnungen liefen immer gleich ab. Auch diesmal kam der fremde, sonnengebräunte Mann nach ihr ins Haus und blieb unschlüssig hinter ihr stehen. Sie hatten alle einen Bart und einen schnellen Sportwagen und keiner von ihnen hatte den Mut, uns länger als eine Sekunde in die Augen zu sehen. Wir wussten alle, warum sie hier waren und dass sie wahrscheinlich nicht wiederkommen würden.

„Das ist Jim. Er ist ein Freund von mir, der so nett war, mich heute Abend nach Hause zu fahren.“ Sie zwängte sich neben uns auf den Sessel, nahm Crystal auf den Schoß und saß selbst halb auf mir. „Und wie geht es meinem Baby?“

Crystal küsste meine Mutter auf die Wange und deutete auf ihr Schulprojekt unter der Lampe. „Guck mal, was ich gemacht habe!“

„Das ist ja toll!“, säuselte Denise. Ich fragte mich, ob sie sich morgen noch daran erinnern konnte.

Der schon etwas ältere Mann stand immer noch an der Tür und trat nervös von einem Fuß auf den anderen, bis Robby mit einem Ruck aufstand. „Hier." Er presste das Wort durch seine zusammengebissenen Zähne. „Sie können sich hier hinsetzen. Ich wollte sowieso weg."

„Und wo willst du um diese Zeit noch hin, junger Mann?", rief Denise hinter ihm her. Aber es war schon zu spät. Es war Donnerstagabend. Das bedeutete, dass Robby vor Sonntagmorgen nicht wieder auftauen würde. Zwischendurch kam er zu den verrücktesten Zeiten kurz vorbei, um sich frische T-Shirts oder Müsli oder andere Dinge zu holen, die er bei seinen Freunden nicht finden konnte. So war es bisher jedes Wochenende gewesen, seit wir wieder da waren.

„Siehst du, was ich meine?", sagte Denise weinerlich zu Jim. „Morgen hat er Schule und ich habe ihn nicht unter Kontrolle. Er hat keinen Respekt mehr – vor nichts, nicht einmal vor seiner eigenen Mutter."

Ich versteckte mich in meinem Zimmer und drehte das Radio auf, bis ich überzeugt war, dass alle schliefen. Leise schob ich mein Fenster hoch, öffnete das Fliegengitter und kletterte nach draußen in die kalte Nachtluft. Mrs Durhams Haus lag still und verlassen da und schien nur auf mich zu warten. Ich hielt die Luft an und lauschte angestrengt, aber ich hörte nichts und sah auch nicht die kleinste Bewegung – noch nicht einmal einen Vogel oder einen Waschbär. Vielleicht hatte ich mir das mit dem Licht in der Nacht vor ein paar Wochen wirklich nur eingebildet. In dem Haus war keiner. Sie war immer noch in Michigan. Und ich konnte heute Nacht wieder schwimmen.

Ein kalter Nordwind war im Laufe des Abends aufgekommen und es war deutlich kälter als noch vor ein paar Tagen. Alle anderen Inselbewohner würden wahrscheinlich sagen, dass es viel zu kalt war zum Schwimmen. Die Kälte in Florida war noch schlimmer als die Kälte in Pennsylvania, wenn man mich fragte. Irgendwie passten für mich Kälte und Palmen nicht zusammen. Deshalb bekam ich auch immer ein komisches Gefühl in der Magengegend, wenn ich von dem kalten Wind eine Gänsehaut bekam und gleichzeitig die braun gewordenen Palmenblätter über mir raschelten. Doch in Mrs Durhams beheizter Oase war das Wasser sauber und fast angenehm warm und außerdem war das Wasser das Einzige, das mich gleichzeitig wach und gefühllos machte.

Ich streifte meine Flip-Flops ab und glitt leise ins Wasser, damit nichts und niemand merken würde, dass ich hier eingedrungen war. Ich ließ mich auf dem Rücken treiben, sodass meine Haare und meine Ohren unter Wasser waren. Keine Welle durchbrach die glatte Oberfläche des Pools. Der bekannte Chlorgeruch kroch mir in die Nase, so willkommen wie ein Zuhause und so sicher und bekannt wie mein Bett. Der Mond ließ sich heute Nacht nicht blicken; nur das Licht der blassen Sterne bahnte sich einen Weg bis in Mrs Durhams eingezäunten Garten. Ich blinzelte kurz, als wollte ich den Sternen sagen, dass ich sie auch sehen konnte.

Wenn es einen Gott gab, der diese Sterne gemacht hatte, dann gab er heute Nacht ganz schön an.

Ich ließ mich weiter treiben und schloss die Augen. Als ich sie nach einer Ewigkeit wieder öffnete, sah ich am tiefen Ende des Pools eine dunkle, große Silhouette stehen.

Erschrocken riss ich den Kopf hoch und kämpfte mit dem Wasser, bis ich mit dem Rücken gegen die Poolwand stieß. „Oh nein!", schrie ich, aber nur ein Flüstern kam über meine Lippen. Wasser floss mir in Strömen aus den Haaren und auf meine Schultern und ich hielt mich verzweifelt an der Ecke des Pools fest.

„Alles in Ordnung", sagte er leise. Langsam kam er um den Pool herum, blieb aber in einiger Entfernung stehen, damit ich noch an ihm vorbeirennen und verschwinden konnte, wenn ich wollte. Jetzt erkannte ich seine dunkelbraunen Haare und sein ausgeprägtes Kinn. Es war der Surfer von der Bushaltestelle, allerdings trug er heute Nacht ein Sweatshirt und kurze Hosen. Er war barfuß, als hätte ich ihn geweckt. Oder als hätte ihn ein Einbrecher gerade aufgeschreckt.

„Wer bist du?", zischte ich.

„Wer ich bin?" Er lachte und hob die Augenbrauen. „Die Frage ist doch: Wer bist *du*, du Eindringling?"

Mein Mund klappte vor Schreck einfach auf. „Ich …"

„Du hast dich verlaufen und dann gedacht, du könntest die Zeit nutzen und in einem fremden Pool ein bisschen schwimmen?"

Mein Herz schlug mir bis zum Hals. Jetzt musste ich unbedingt verschwinden. Ich kletterte aus dem Pool und fing in dem kalten Wind sofort an zu frieren. Meine Augen waren vor Schreck geweitet und mein Mund stand immer noch offen.

„Ich höre?", sagte er und wartete offensichtlich auf meine Antwort.

„Ich wusste nicht, dass jemand zu Hause ist. Ehrlich. Ich wollte nicht …", stotterte ich und versuchte verzweifelt, mein Herz wieder an seinen richtigen Platz zu bekommen. „Warte mal einen Moment. Das Haus gehört Mrs Durham."

„Das stimmt."

Ich stemmte die Hände in die Hüften. „Und wer bist du?"

„Josh Durham."

„Josh Durham?", wiederholte ich. „Oh."

„Ihr Enkelsohn." Er kam einen Schritt auf mich zu. Hier mitten in der Nacht erschien er mir noch größer als an der Bushaltestelle. Seine Schultern wirkten ohne die viele Lagen

Baumwolle beängstigend massiv und viel breiter als an jenem Morgen.

Schnell lief ich auf dem Beton neben dem Pool in Richtung Gartentür, um ihm aus dem Weg zu gehen. „Es tut mir so leid. Bitte erzähle Mrs Durham – deiner Großmutter – nichts davon. Es wird nicht wieder passieren."

„Mir ist das egal. Aber nächste Woche kommt meine Großmutter, und der ist es bestimmt nicht egal. Wie lange schwimmst du denn schon in ihrem Pool?" Er kam weiter auf mich zu, während ich noch ein paar Schritte rückwärts auf die Gartentür zumachte.

Ich legte mir mein Handtuch um die Schultern, um meinen Badeanzug zu verstecken, und versuchte nicht zu zittern. „Ich habe nur … Als ich vor ein paar Jahren schon einmal nebenan gewohnt habe, bin ich hier manchmal schwimmen gegangen. Ich habe nie etwas kaputt gemacht. Ich habe immer alles so hinterlassen, wie es war, das schwöre ich. Jetzt wohne ich wieder hier und da habe ich gedacht …"

„Ich weiß", sagte er.

„Du *weißt was*?"

„Ich weiß, dass du nachts gerne schwimmst. Heute habe ich dich nicht das erste Mal gesehen, weißt du." Ein zaghaftes Grinsen breitete sich auf seinem Gesicht aus.

Ich musste schlucken. Offensichtlich hatte er mich schon ein paar Mal beim Schwimmen beobachtet. Vor zwei Wochen hatte er mir dann ein Warnzeichen gegeben und ich war dumm genug gewesen, trotzdem wiederzukommen.

„Warum schwimmst du nicht tagsüber am Strand wie alle normalen Menschen?"

„Nun, es ist momentan ziemlich kalt. Und ich schwimme lieber allein", antwortete ich. „Es ist nur, ähem … ich weiß es auch nicht." Bei dieser Lüge musste ich wieder schlucken. Ich wusste genau, warum ich so gerne nachts schwamm und wie ich mich dabei fühlte. Frei. Und wunderschön. Und klein. So wie ich mich nie fühlte, wenn ich mit Tanya Maldonado in der Cafeteria saß und sie mich über alle Köpfe hinweg anstarrte oder wenn ich neben dem Surferjungen im Bus saß und ein paar Töne seiner Musik hören konnte, ohne dass er es bemerkte.

Seine Augen ließen mich nicht los. „Ich verrate es auch nicht“, sagte er.

Ich blinzelte und wollte mich bedanken. Aber die Worte blieben mir im Hals stecken.

„Wie heißt du überhaupt?“

„Missy ... ich meine Melissa.“ Ich atmete tief ein und sagte noch einmal. „Ich heiße Melissa.“

„Du magst Missy nicht, stimmt's?“

Ich schüttelte den Kopf. „Es tut mir wirklich leid. Es wird nicht wieder passieren“, sagte ich noch einmal.

Jetzt blieb mir nichts anderes übrig, als aus dem Garten dieses Jungen zu flüchten und zu hoffen, dass er nicht beobachtete, wie ich durch mein Fenster wieder in mein Zimmer kletterte und dabei eine tropfnasse Spur hinterließ. Gerade war ich in meinem letzten Versteck entdeckt worden – an dem Ort, an dem ich bisher immer unsichtbar gewesen war.

Durch mein Rollo schaute ich noch einmal hinüber zu Mrs Durhams Haus. Bis dahin waren es nur ein paar Meter, aber es schien meilenweit entfernt zu sein von unserem Leben hier in diesem Haus, in dem meine Mutter eine Lüge lebte, mein Bruder es nicht mehr aushielt und meine Schwester einfach nichts davon verstand. Ich beobachtete, wie ein Licht in Joshs Haus kurz an- und wieder ausging. Die Dunkelheit zwischen unseren Zimmern war so grell, dass es kaum auszuhalten war.

Kapitel 3

Würde ich es irgendwann mal richtig machen? Das habe ich mich die ganze siebte Klasse hindurch gefragt, vor allem, wenn Ian und die anderen Jungen im Flur hinter mir her grunzten. Wenn es nur eine Sache an mir wäre, könnte ich sie vielleicht noch verändern. Ich könnte sie mit Make-up verdecken oder zu einem teuren Friseur gehen oder mir die richtigen Klamotten leihen oder eine coole Handtasche kaufen oder genau die richtige Strandbräune haben. Das waren bestimmt alles Probleme, die ich irgendwann angehen musste. Doch schon mit dreizehn wusste ich, dass es nicht nur *eine* Sache war, die sie an mir so abstoßend fanden. Es war einfach alles.

Nach so einer Erkenntnis schaut man sich anders im Spiegel an. Statt mich auf das zu konzentrieren, was ich noch verändern musste, suchte ich nach etwas, das ich an mir mochte. Meine Augen vielleicht? Sie waren geformt wie Mandeln und umrahmt von langen, schwarzen Wimpern. In den Zeitschriften wurde so etwas immer als schön gepriesen. Doch letztendlich waren meine Augen doch nur braun und konnten dem Rest meines Körpers auch nicht helfen. Meine Beine vielleicht? Ich schwamm so viel, dass man die Muskeln an meinen Beinen sehen konnte. Aber Muskeln waren nicht unbedingt vorteilhaft an einem Mädchen. Meine Augen und meine Beine waren das Einzige, wofür ich jemals ein Kompliment bekommen hatte. Doch das war unwichtig im Vergleich zu den hundert verschiedenen abfälligen Sachen, die die Jungs mir jeden Tag an den Kopf warfen. Sie waren sowohl Richter als auch Geschworene und zwei dieser Jungs saßen gerade im Unterricht in meiner Nähe. Nur ihre Stimmen waren seit der siebten tiefer geworden.

„Messy", flüsterte Ian von hinten, als Mr Miller gerade mit einem anderen Schüler beschäftigt war. „Warum bist du so eklig, Messy?"

Mike Lewis tat so, als müsse er heftig niesen. „Ha-tschiii. Oh, das ist so eklig, so wie Messy!"

Es dauerte nur ein paar Minuten, bis die ganze Klasse davon Wind bekam und zu kichern anfing. Vielleicht kicherten sie nur so heftig, weil das eigentlich verboten war. Früher hatten sie mich ausgelacht, weil sie noch so unreif waren. Jetzt taten sie nur so, als wären sie unreif, machten sich aber immer noch lustig über mich. Mobbing mit Ironie – doppelter Spaß.

„Ich weiß nicht, was hier gerade los ist." Mr Miller stand mit zusammengekniffenen Lippen vor der Klasse und runzelte die Stirn. „Aber das hört sofort wieder auf."

Ich kämpfte gegen das Bedürfnis, mein Gesicht in den Händen zu vergraben, und rutschte auf meinem Stuhl langsam weiter nach unten, bis ich die Lehne an meinem Hals spürte. Hier konnte ich mich nicht verstecken. Alle drei Minuten hörte ich unterdrücktes Kichern von den Jungs drei Reihen hinter mir. Verzweifelt beugte ich mich über mein Pult und schaute starr geradeaus auf die Tafel, als wollte ich auf keinen Fall auch nur ein Wort verpassen, das angeschrieben wurde. So hoffte ich, ihnen keine Angriffsfläche mehr zu bieten.

Nicht eine Sekunde ließ ich die Tafel aus den Augen, bis die Tür mitten in der Stunde aufging und Sam King den Raum betrat. Heute trug er ein neues Outfit mit einem blau gestreiften Hemd, das an ihm sogar ein bisschen wild aussah – fast so, als wäre er ein berühmter Boxer. Das Blau brachte seine Augen nur noch mehr zum Leuchten und ich spürte, wie ich wieder rot wurde, ohne dass ich etwas dagegen tun konnte. Jetzt konnte ich weder nach hinten noch nach vorne schauen. Nur mein Schreibblock blieb mir als Rettung. Trotzdem schaffte ich es nicht, mich auf irgendetwas anderes zu konzentrieren als auf Sams Worte.

Mr Miller: „Sie haben dieses Fach schon letztes Jahr belegt, oder?"

Sam: „Im Sekretariat hat man mir gesagt, dass ich den Kurs noch mal machen kann, damit ich eine bessere Note bekomme."

Mr Miller: „Ich wusste gar nicht, dass das bei uns jetzt geht."

Sam: „Ich war schon letztes Jahr so fasziniert von Ihrem Unterricht, dass ich einfach wiederkommen musste."

Mr Miller riss Sam das Papier aus der Hand und unterschrieb es widerwillig. „Sie haben die ersten Wochen verpasst. Sie sollten sich besser jemanden suchen, der Ihnen den Stoff erklärt. Setzen Sie sich dort hin, hinter Miss Keiser."

Am liebsten wäre ich in diesem Augenblick aus der Klasse gerannt und nie wiedergekommen. Vor mir entfaltete sich mein größter Alptraum – meine größte Angst. Und mit Ian und Mike hinter mir, die die ganze Klasse immer wieder daran erinnerten, was sie von mir dachten, würde es nicht lange dauern, bis Sam auch wieder mitmachte. Ich konnte damit umgehen, dass sich jeder über mich lustig machte, aber nicht vor Sam. Nicht, wenn er so dicht hinter mir saß. Nicht vor dem einen Jungen, in den ich nun schon seit drei Jahren verliebt war.

Er setzte seinen Rucksack wieder auf und kam den engen Gang entlang auf mich zu. Alles in diesem Klassenraum schien zu eng zu sein für einen muskulösen Footballspieler und ich fragte mich, wie er sich wohl zwischen den Stuhl und das Pult hinter mir quetschen wollte.

Jetzt stand er fast vor mir, tat aber so, als würde er mich nicht erkennen. Offensichtlich wollte er den Unterricht richtig stören. „Das Pult hier hinten, Mr Miller? Haben Sie diesen Platz extra für mich aufgehoben?“

„Genau dahin, Mr King. Und tun Sie nicht so unschuldig.“

„Das fällt mir aber schwer. Ich muss doch noch so viel lernen.“

Alle Mädchen in der Klasse fingen laut an zu kichern.

Lächelnd nickte Sam seinen Freunden in der letzten Reihe zu. Er war offensichtlich mit dem Resultat seines Auftritts zufrieden. Er schaute mich kurz an, als er an mir vorbeiging, und zwinkerte mir zu.

Mein Gesicht gehorchte mir nicht, deshalb konnte ich ihn nur weiter nervös anstarren. Dann zwang ich meine Augen zurück auf meinen Block. Er ließ sich auf den Stuhl hinter mir fallen und ich bereitete mich auf den nächsten Angriff von Ian und Mike vor. Doch er kam nicht.

Als die Stunde vorbei war, drängten sich alle aus dem Klassenraum und schlugen sich auf die Schultern. Sie schüttelten sich vor Lachen, bis sie kaum noch Luft bekamen. Das war der Unterschied zur Mittelstufe. In der siebten Klasse hatten sie sich über Leute lustig gemacht, um zu überleben. In der elften Klasse machten sie es, weil ihnen so langweilig war.

Ich verdrängte die Erinnerung an den Unterricht, bis ich mich am nächsten Tag im Spiegel sah. Aus dem Spiegel starrte mich „Messy" direkt an und ich konnte sie nicht loswerden.

Unglücklich stöhnte ich in mein Handy. „Ich habe nichts zum Anziehen und ich kann sowieso erst weg, wenn meine Mutter wieder zu Hause ist."

„Das ist eine lahme Ausrede und das weißt du auch", antwortete Julie. „Deine Mutter ist bestimmt bis um zehn zu Hause und vorher fahren wir sowieso nicht. JP holt uns ab. Ich komme vorher bei dir vorbei und helfe dir beim Anziehen."

Wie ein eingesperrtes Tier lief ich in meinem Zimmer hin und her. „Julie, ich will dich nicht enttäuschen. Es ist nur … Ich kenne doch fast keinen mehr und ich will auf keinen Fall das fünfte Rad am Wagen sein."

Sie seufzte dramatisch. „JP will auch, dass du mitkommst, und die Leute hier haben sich verändert. Du wirst schon sehen. Wir sind doch keine kleinen Kinder mehr."

Ich hatte es nicht übers Herz gebracht, ihr von Mr Millers Unterricht zu erzählen. „Sie haben sich nicht geändert!", brüllte ich ins Handy.

„Hey, Schwester!"

„Es tut mir leid. Ich wollte dich nicht anschreien … Es ist nur, dass ich keinen Sinn darin sehe, nachts um einen Bootssteg herumzustehen."

„Jetzt machst du es aber kompliziert. Ich verstehe gar nicht, was das Problem ist."

Aber ich. Wenn sie sich schon in der Cafeteria und im Unterricht nicht zurückhielten, was würde dann erst passieren, wenn sie mich am Hafen sähen? Dann gäbe es kein Halten mehr.

„Außerdem habe ich gehört, dass Tanya gar nicht kommt", versuchte Julie mich zu beschwichtigen.

„Was? Warum sollte es mich interessieren, was Tanya macht?"

„Ich weiß, dass dich das nicht interessiert. Aber sie ist mit so einem Typen vom College zusammen, und der ist dieses Wochenende hier. Das ist alles."

Bei Julie musste ich nie um Informationen betteln, nach denen ich mich niemals zu fragen getraut hätte. Wenn Tanya nicht da war, sah die ganze Sache nur noch halb so schlimm aus.

„Ich komm da nicht raus, stimmt's?"

„Sieht nicht so aus", antwortete sie.

„Also gut."

„Okay? Du kommst mit?" Sofort klang sie fröhlicher.

„Ja. Du hast recht. Je früher ich es hinter mich bringe, desto besser."

„Das war nicht ganz mein Plan, aber ich nehme, was ich kriegen kann. Und du ziehst was Schönes an. Abgemacht."

„Danke für die Einladung, sollte ich wahrscheinlich noch sagen." Jetzt musste ich doch lächeln. Ich atmete hörbar aus, um zu zeigen, dass sie gewonnen hatte.

Ich konnte Julies zufriedenes Grinsen am anderen Ende der Leitung förmlich spüren. Sie strahlte immer noch, als sie mit zwei ihrer besten Blusen in der Hand um halb zehn in meiner Zimmertür auftauchte. „In der hier siehst du schlank aus und die hier betont deine Kurven. Nach was ist dir heute Abend? Schlank oder kurvig?" Fragend grinste sie mich an.

Crystal hüpfte aufgeregt auf meinem Bett auf und ab und deutete auf die Bluse, die mich schlank machen sollte. Die Bluse war weiß mit Spitze und sah so aus wie die Blusen für ihre Barbies. Entzückt klatschte sie in die Hände, während ich die Bluse mit einer meiner Jeans anprobierte. Ich konnte ihr nicht widersprechen. Dann kämmte ich meine langen braunen Haare seitwärts, sodass sie über meine Schultern hingen, und schmierte so lange Lipgloss auf meine Lippen, bis sie voll und exotisch aussahen.

„Weiß ist absolut deine Farbe", sagte Julie. „Das passt unglaublich gut zu deiner olivfarbenen Haut."

„Oh, es passt so gut zu deiner Haut", imitierte Robby Julies Stimme und lachte. Er steckte kurz seinen Kopf durch die Tür und rollte bei unserem Anblick mit den Augen. Ich war überrascht, dass er an einem Samstagabend überhaupt zu Hause war.

„Raus!", brüllte ich.

„Warum? Was wäre, wenn ich auch zum Hafen will?" Er lehnte sich gegen den Türrahmen und verschränkte trotzig die Arme vor der Brust.

„Keine Jungs. Keine Brüder, die wie Fischalgen stinken." Ich rannte zur Tür, um sie ihm vor der Nase zuzuschlagen. „Das tust du nämlich. Hast du in der letzten Zeit mal geduscht?"

„Ehrlich", fuhr Julie ungerührt fort, als wäre nichts passiert. „Weiß ist deine Farbe."

Ich winkte ab, als würde ich ihr kein Wort glauben, und streifte mir eine Strickjacke über.

Danach brachte ich Crystal ins Bett. Kurz darauf kam Denise nach Hause. Das war mein Zeichen. Julie und ich drängten uns an ihr vorbei aus dem Haus. „Und wo willst du hin?", fragte Denise.

„Weg", rief ich schnell über die Schulter. Julies Augen weiteten sich aus Angst, dass unser Abend schon zu Ende war, bevor er überhaupt angefangen hatte. Anscheinend wusste sie nicht mehr, wie das bei uns gehandhabt wurde. Ich schämte mich bei dem Gedanken, aus einer Familie zu kommen, in der „weg“ als Antwort völlig ausreichte. Denise überließ es mir, auf mich aufzupassen. Aber das hatte Julie noch nie verstanden. Obwohl ihre Eltern selbst gern auf Partys gingen, wollten sie trotzdem immer genau wissen, wo Julie hinging und mit wem. Außerdem musste sie zu einer bestimmten Zeit wieder heimkommen. Ich fügte also noch ein paar Worte hinzu, damit Julie zufrieden war. „Ich hänge ein bisschen mit Julie und ihrem Freund JP ab.“

„Gut. Dann viel Spaß“, sagte Denise. Ich hatte Julies Namen genannt und mehr wollte sie gar nicht wissen.

Wir sprangen in JPs Pick-up. Julie setzte sich in die Mitte und legte ihre Beine über meine, damit er schalten konnte.

„Hier. Nimm meine Jacke.“ JP legte seine Schuluniformjacke auf ihren Schoß. Sie schaute mich an und biss sich auf die Unterlippe, als wollte sie sagen: *Ist es nicht unglaublich, dass er mein Freund ist?*

Ich starrte auf die Jacke und die Buchstaben, die vorne aufgenäht waren. An diesen Buchstaben konnte man erkennen, welchen Schulsport man machte. „Ich wusste gar nicht, dass du zu einer Schulmannschaft gehörst, JP. Welchen Sport machst du denn?“

„Ausdauerlauf. Das hält mich fit fürs Surfen.“ Er zuckte mit den Schultern, als würden ihm die Buchstaben nichts bedeuten. „Du wusstest wohl nicht, dass ich da mitrenne, oder? Ich stecke voller Überraschungen, Schwester.“

Der Hafen war nichts weiter als ein Landungssteg für die Boote und ein Schotterparkplatz, der von Mangroven umrahmt war. In der Luft lag der süßlich-salzige Duft des Manatee-Flusses, der in die Bucht von Tampa mündet. Normalerweise gibt es dort weit und breit nichts Interessanteres als einen übergewichtigen Pelikan, der etwas zu fressen sucht.

Aber heute Abend kamen jede Minute ein Dutzend neuer Leute an. Nirgendwo sonst auf der Insel war heute so viel los wie hier. Der kleine Parkplatz war nicht groß genug für die vielen Autos, sodass viele in den Straßen der Wohnsiedlung parkten, in der die gut betuchten Bewohner der Insel wohnten.

Es war praktisch eine Einladung an die Polizei, uns einzubuchten.

Julie hängte sich an JPs Arm, während er mit Leuten redete, die ich noch nie gesehen hatte, und trank nach JP aus roten Plastikbechern, die ihnen irgendjemand hinhielt. Es war seltsam, sie so zu sehen: mit Freund. Das letzte Mal, als wir uns in der Mittelstufe getroffen hatten, hatten wir in einer Teenagerzeitschrift geblättert und davon geträumt, endlich alt genug zu sein, um abends länger wegbleiben zu dürfen. Hier fühlte ich mich fehl am Platz. Aus einem Auto dröhnte Hip-Hop-Musik und unter einem der Bäume zündeten sich ein paar Jungs Zigaretten an, die sie ihren Vätern geklaut hatten. Schon bald waren sie eingehüllt in eine Rauchwolke.

Ich kam mir vor wie eine blöde Kuh, weil ich die ganze Zeit so dicht neben Julie stand, als wären wir aneinandergebunden. Doch sie war mein einziger Anker in diesem bedrohlichen Gesichtermeer. Nach einiger Zeit riss ich mich doch von ihr los und schlenderte zu ein paar Mädchen, die halbwegs freundlich aussahen. Sie erzählten sich gegenseitig sehr ausführlich, woher ihr Outfit war und wie sie ihre Haare heute Abend endlich hatten bändigen können, jetzt, wo es nicht mehr so schwül war. Und Julie hatte recht – Tanya war nicht da. Niemand starrte mich außergewöhnlich lange an. Keiner grunzte. Und ich fiel nicht besonders auf, genau das, was ich wollte. Langsam war ich richtig stolz auf mich, dass ich hier ganz allein zwischen all den anderen stehen konnte, bis JP und Julie sich kurze Zeit später einen Weg durch die Mädchengruppe bahnten.

„Du hast bestimmt Durst!" JP hielt mir einen Becher direkt unter die Nase.

„Oh nein, ist schon okay." Ich zuckte mit den Schultern.

Julie schob JPs Becher von meinen Lippen weg und küsste ihn auf die Wange. „Sie will dein Zeug gar nicht."

JP konnte ihr nicht widerstehen. Er drehte sich zu ihr und küsste sie zärtlich auf den Mund.

„Könnt ihr zwei euch nicht einfach ein Zimmer nehmen?", brüllte Sam vom anderen Ende des Parkplatzes. Er heftete seinen Blick auf die beiden, bis sie sich endlich voneinander lösten und sich verlegen die Lippen abwischten. Mit großen Schritten kam er auf uns zu, als gehörte ihm der Ort, als wäre er der Gastgeber und wir seine lang erwarteten Gäste. Die Mädchen um mich herum schauten ihm alle entgegen und brachten ihre Oberweiten noch etwas besser zur Geltung. Sie lächelten ihm zu und versuchten mit allen Mitteln, seine Aufmerksamkeit auf sich zu ziehen. Ich dagegen sah genau in die andere Richtung.

In der Siebten, wo jeder Junge von den Mädchen begutachtet und für süß oder nicht süß befunden worden war, war Sam der Junge gewesen, von dem jedes Mädchen geträumt hatte. Durch seine älteren Brüder, die praktisch den Weg für ihn geebnet hatten, wusste Sam, wie man sich kleidete, wie man ging und wie man ohne dumme Sprüche durch den Stimmbruch kam. Er war der perfekte Junge für alle Mädchen, die sich am Rande ihres Teenagerdaseins befanden. Alle Sympathien flogen ihm förmlich zu, ohne dass er sich groß anstrengen musste.

Aber Sam war kein Junge mehr. Er war jetzt ein Mann. Ein richtiger Mann, der seinen eigenen Kopf hatte und nicht mehr einfach alles seinen Brüdern nachmachen wollte. Das konnte ich jetzt deutlich erkennen. Und ich sah auch, dass nicht jeder Junge den Sprung zwischen süß und sexy so gut geschafft hatte wie er. Ian Owens war dafür ein perfektes Beispiel. Auf der anderen Seite des Parkplatzes sah ich Ian sitzen, der einen Witz nach dem anderen riss wie ein Alleinunterhalter. Er bettelte förmlich um Aufmerksamkeit – so ganz anders als der beliebteste Junge der Mittelstufe, der er einmal gewesen war. Ian war schon früh gewachsen, aber danach von allen anderen Jungs aus unserer Klasse überholt worden. Ich fragte mich, ob seine messerscharfen Kommentare das Einzige waren, was ihm noch geblieben war. Trotzdem grunzte er mir in der Cafeteria immer noch hinterher.

Sam war ganz anders. Nie schien es ihn zu kümmern, ob er zu einer Gruppe dazugehörte oder nicht. Es interessierte ihn einfach nicht. Nicht einmal hatte er mir hinterhergegrunzt, nie ein unfreundliches Wort gesagt. Vielleicht war es sein Schweigen, das meine Hoffnung nicht sterben ließ. Jetzt war er schon über ein Meter achtzig und strotzte vor Kraft. Seine Hände waren riesig und sein Unterkiefer hart und ausgeprägt. Doch er hatte seine jungenhafte Art noch nicht verloren, die umso stärker wurde, wenn Mädchen um ihn herum waren. Und sie waren eigentlich immer in seiner Nähe.

„Wer ist denn das?“ Er deutete mit dem Kinn auf mich, als hätte er nicht erst letzte Woche im Unterricht hinter mir gesessen. Und zwinkerte mir zu.

„Du kennst doch Missy“, antwortete JP. Aber dann lehnte Julie sich an ihn und er vergrub seine Nase in ihren Haaren. Sam schien die Antwort offensichtlich nicht zu genügen. JP musste schon mit ein paar mehr Informationen herausrücken oder wenigstens so tun als ob, damit Sam zufrieden war. „Die ist mit uns in die Mittelstufe gegangen.“ Er machte eine Pause. „Missy Keiser. Robbys Schwester. Erinnerst du dich?“

Sam machte einen weiteren Schritt auf mich zu und stand jetzt viel zu dicht vor mir. Ich konnte die Poren auf seinen Nasenflügeln erkennen, seine glatte Haut, die leichte Bräune auf seinem Gesicht nach einem Tag Arbeit im Freien im Autohaus seines Vaters. „Oh ja, ich erinnere mich." Er lächelte schüchtern. „Willkommen zurück."

Gott sei Dank war es dunkel und er konnte nicht sehen, wie ich rot wurde. Wenn er noch länger so dicht vor mir stehen blieb, würde ich mich aber bestimmt verraten und damit meinen Untergang besiegeln. Hilfesuchend warf ich Julie einen Blick zu, aber die hob nur die Augenbrauen, um mir zu signalisieren, dass sie mir auch nicht helfen konnte.

„Wo bist du eigentlich die ganze Zeit gewesen?", fragte Sam.

„Pennsylvania."

Seine Augen verengten sich. „Warum das denn?"

„Da kam der Freund meiner Mutter her."

„Und jetzt seid ihr alle wieder zurückgekommen? Habt ihr die Kälte nicht mehr ausgehalten?"

„Ja. Ich meine, es war schon cool, mal Schnee zu sehen. Aber sie sind nicht mehr zusammen. Deshalb sind wir wieder zu Hause." Das Wort *zu Hause* durchzuckte mich wie ein Blitz.

„Okay. Und jetzt siehst du irgendwie …" Er lächelte.

Ich bereitete mich innerlich auf eine verbale Attacke vor, aber es kam keine.

Stattdessen biss er sich auf die Unterlippe und schüttelte grinsend den Kopf. „Ich kann immer noch nicht glauben, dass du es bist. Hier." Er drückte mir seinen roten Becher in die Hand. „Was zu trinken."

Unsere Unterhaltung war zu Ende. Mit dem Becher voll braunem, schäumendem Zeug stand ich wie erstarrt und beobachtete, wie Sam sich JP zuwandte.

Ich kann mich nicht erinnern, ob ich zuerst die Lichter sah

oder die Sirenen hörte, doch plötzlich rannten alle Leute wie die Ameisen wild durcheinander. Panisch stürmten sie mit ihrem Bier und ihren Zigaretten und den anderen Habseligkeiten zu ihren Autos zurück oder flohen in einen der Nachbargärten.

Die grellen Lichter des Polizeiautos erleuchteten das Graffiti an der Sturmwand neben dem Parkplatz. Die Buchstaben unserer Schule waren in großen, leuchtenden Buchstaben auf die Betonwand gesprüht, als wüssten die Polizisten nicht sowieso schon, wo sie uns suchen mussten.

Ich rannte zu JPs Auto, doch er und Julie waren mir weit voraus und kletterten schon in die Fahrerkabine. Julie kroch geduckt über JP vom Beifahrersitz auf den Fahrersitz, wahrscheinlich weil er schrecklich nach Alkohol stank. Laute Musik dröhnte aus den Anlagen der Autos, als überall die Motoren aufheulten, und weckte die schlafenden Hunde der Umgebung.

Die wenigen Sekunden, in denen ich regungslos das Chaos beobachtet hatte, wurden mir jetzt zum Verhängnis. Auf halbem Weg zu JPs Auto schnitt mir plötzlich ein Polizeiwagen den Weg ab. Die Scheinwerfer auf dem Dach leuchteten direkt auf den roten Becher in meiner Hand. Ich erstarrte.

„Spring rein!“, hörte ich eine Stimme. Ein silberner Buick fuhr direkt hinter mir vorbei.

„Was?“ Der Scheinwerfer des Polizeiautos blendete mich so sehr, dass ich kaum noch etwas erkennen konnte.

„Ich bin's. Steig ein – *jetzt*!“

Sofort ließ ich den Becher fallen und sprang in das Auto. Als ich mich zum Fahrer umdrehte, beugte sich Josh Durham schon über mich, um meine Tür zuzumachen. Dann drückte er aufs Gas und wir rasten vom Parkplatz. Die Lichter der Polizeiautos wurden immer schwächer, bis wir auf die Manatee Avenue einbogen und sie nicht mehr sehen konnten. Wir waren auf dem Weg zurück zur Insel.

„Glaubst du … glaubst du, sie haben unser Nummernschild gesehen?" Ich rang immer noch um Atem.

„Ist doch egal. Ich habe nichts Illegales gemacht." Joshs Stimme klang ruhig und gelassen.

Ich roch das Bier auf meinem Ärmel, das ich mir bei der Flucht übergegossen hatte, und wusste, dass diese Worte auf mich nicht zutrafen. „Danke, dass du mir geholfen hast."

Schweigen.

„Ich bin mit JP und Julie gekommen. Ich habe versucht, zu JPs Pick-up zu rennen, aber die Scheinwerfer waren so grell, dass ich nichts mehr sehen konnte."

Sein rechter Mundwinkel hob sich zu einem schiefen Lächeln. „Ich weiß. Ich habe gesehen, wie du erstarrt bist."

„Also, die machen sich bestimmt Sorgen um mich. Vielleicht warten sie sogar noch auf mich."

„Wahrscheinlich nicht." Jetzt war ich mir nicht mehr so sicher, ob er tatsächlich lächelte. „JP hat gesehen, dass du in mein Auto gestiegen bist. Sie wissen, dass du bei mir bist."

„Du kennst JP?"

„Natürlich", antwortete er. „Du bist die Neue, nicht ich. Aber du kannst gern mein Handy haben, um ihnen eine SMS zu schreiben." Anscheinend glaubte er, dass ich kein eigenes Handy hatte. Doch Robby und ich hatten beide unsere eigenen Handys, wenn wir auch sonst nicht viel besaßen. Das war das Einzige, das wir jemals von Denises Freund in Pennsylvania bekommen hatten – Crystal allerdings nicht. Jetzt zog ich mein Handy aus der Tasche und schrieb Julie einen kurzen Text. Dabei beugte ich mich etwas in Joshs Richtung, damit er es auch sehen konnte.

Ich wurde nicht so richtig schlau aus Josh, während wir

nebeneinander durch die engen Straßen der Inseln fuhren. Schweigend starrten wir geradeaus, als wir Perico Island hinter uns ließen und über die Zugbrücke wieder nach Anna Maria fuhren. Er fuhr an den billigeren Motels, dem Getränkemarkt und der Stadtverwaltung mit dem großen Eingangsbereich vorbei. Wir fuhren durch die ganze Stadt, an Orten vorbei, die für jeden von uns andere Erinnerungen weckten. Jetzt sahen wir sie zum ersten Mal zusammen, zum ersten Mal nachts – und alles in vollkommener Stille.

Am Tag waren diese Orte sauber und vertraut. Doch nachts in einem Auto neben einem fremden Jungen sahen die Mauern völlig anders aus. Es war, als würden sie zittern und gleich einstürzen, nur um uns eine seltsame, neue Wahrheit zu offenbaren, die Schüler der Oberstufe normalerweise nicht sahen.

Wir bogen in die Einfahrt seiner Großmutter ein. Durch unser Wohnzimmerfenster nebenan konnte ich das unruhige, blaue Leuchten des Fernsehers sehen. Ich fragte mich, ob Josh die Garagentür aufmachen und mit mir bis ins Haus seiner Großmutter fahren würde. Und dann? Würde sich das Garagentor wieder hinter uns schließen? Sollte ich vielleicht jetzt schon aus dem Auto springen?

Doch er blieb in der Einfahrt stehen und stellte den Motor ab. Mit geschlossenen Augen lehnte er seinen Kopf kurz gegen die Kopfstütze. Dann sah er mich zum ersten Mal an diesem Abend an. „Schön, dich wiederzusehen. Diesmal trocken."

Vor Verlegenheit machte ich schnell die Augen zu. „Vielen Dank … noch mal. Normalerweise breche ich keine Regeln, weißt du?"

„Heimliches Schwimmen ist keine Regel?"

„Da hast du wahrscheinlich recht." Wieder schwiegen wir. Ich ballte meine Hände zu Fäusten, um nicht an den Nägeln zu kauen. Wenn ich wenigstens an den Nägeln kauen könnte, wäre die Hälfte meines Gesichts verdeckt und er könnte nicht sehen, wie peinlich mir das alles war. Ich hatte ihm nichts zu sagen. Und doch wollte ich ihn so viele Sachen fragen. „Warum bist du eigentlich hier? Ich meine, ich habe jahrelang neben Mrs Durham gewohnt und dich nie hier gesehen."

Josh fuhr sich mit der Hand durch seine wilde Haarmähne und schaute mir direkt in die Augen. „Ich habe in der Stadt gewohnt."

„Okay?", erwiderte ich und wartete.

„Und jetzt wohne ich da nicht mehr", fügte er hinzu. Nachdenklich schob er seinen Unterkiefer ein wenig zur Seite, was sein Gesicht etwas schief aussehen ließ – oder gerade sehr männlich. Ich konnte mich nicht entscheiden.

„Schon gut. Ich wollte nicht neugierig sein." Ich wollte die Tür aufmachen und aussteigen.

„Und ich will es nicht kompliziert machen. Ich rede nur sonst nicht viel."

Bei diesem Geständnis musste ich lächeln. „Bist du schüchtern oder so?"

„So in der Art", sagte er. „Es dauert einfach etwas, bis ich unter Leuten den Mund aufkriege. Eigentlich ist es ganz einfach. Ich wohne jetzt hier auf der Insel, weil mein Vater wieder geheiratet hat, und ich dachte … Wir dachten alle, dass es wahrscheinlich besser ist, wenn ich hierherziehe. Das war in der Achten. Seitdem bin ich hier."

„Konntest du die neue Frau nicht leiden?"

„Ich passte einfach nicht in ihren Plan."

Sein Blick wanderte durch das Auto, als suchte er etwas, das uns ablenken könnte.

„Aber es ist schon in Ordnung", sagte er schließlich. „Mein Vater und ich verstehen uns gut. Ich sehe ihn ziemlich oft. Außerdem mag ich den Strand, sodass ich sein Haus nicht allzu sehr vermisse. Und meine Großmutter ist ziemlich cool. Sie wollte noch zwei Wochen länger bei meinen Cousinen im Norden bleiben, deshalb bin ich gerade allein hier. Ich darf ihr Auto benutzen, wenn sie nicht da ist."

Die meisten Leute, die ich kannte, würden viel dafür geben, ein Haus ganz für sich allein zu haben. Doch in Joshs Stimme konnte ich hören, dass diese Freiheit für ihn schon lange ihren Reiz verloren hatte.

„Allerdings kann ich nicht nur machen, was ich will", fügte er noch hinzu. „Mein Vater kommt immer mal wieder vorbei, um nach mir zu schauen. Immer ganz zufällig, damit ich nicht vorher aufräumen kann."

„Und deine Mutter?"

Er schluckte und schloss kurz die Augen, als müsste er erst nach den richtigen Worten suchen, um seine Mutter zu beschreiben. „Sie wohnt im Norden. Nach der Scheidung ... wahrscheinlich konnte Bradenton ihr nicht genug bieten und sie zum Bleiben überreden. Ich sehe sie nur ein paar Mal im Jahr. Sie ist nicht mehr wirklich Teil meines Lebens."

Ich nickte. „Hey, ich weiß, wie das ist."

„Wirklich?", fragte er.

„Ich habe meinen Vater nie gesehen. Jedenfalls nicht, dass ich mich erinnern könnte."

Er blickte zu meinem Haus auf der anderen Seite des Gartens. Dann sah er mich wieder an. „Tut mir leid."

Ich zuckte nur mit den Schultern.

„Und Robby ist dein Bruder?"

„Ja", antwortete ich. „Von demselben Vater. Manchmal sagt Robby, dass er sich noch an Sachen erinnern kann, aber ich nicht. Dabei sind wir nur ein Jahr auseinander. Meine Mutter sagt immer, dass er eines Tages einen Job in einer anderen Stadt bekommen hat. Danach haben wir ihn nie wiedergesehen. Keiner weiß, ob das wirklich stimmt, aber es ist die Geschichte, die sie jedem erzählt. Sie meint, dass wir nur eine Sache von ihm geerbt haben: dass wir schnell braun werden. Anscheinend floss noch etwas Indianerblut in seinen Adern, deshalb können Robby und ich länger in der Sonne sein als sie. Sie bekommt schnell Sonnenbrand."

Josh grinste, als er seinen Ärmel hochschob, um seinen Unterarm mit meinem zu vergleichen, obwohl außer der Straßenlaterne kein Licht ins Auto fiel. Ich krempelte meine Strickjacke bis über den Ellenbogen hoch. Unsere Arme berührten sich und ich spürte plötzlich die Wärme auf seiner Haut.

„Du bist wirklich ganz schön braun", gab er zu. „Jedenfalls mehr als ich. Und du bist gerade erst zurückgekommen." Er rückte wieder von mir ab. „Robby ist ein ziemlich guter Skimboarder. Er ist immer gern allein, aber ich habe ihn schon oft unten am Strand gesehen, seit ihr wieder eingezogen seid. Endlich haben wir mal gute Wellen. Und das kleine, blonde Mädchen?" Jetzt lächelte er richtig.

„Sie hat es dir auch angetan, was? Das ist Crystal, unsere Halbschwester."

„Sie ist wirklich total süß. Ich hab sie letzte Woche im Baumarkt getroffen. Sie hat alle Leute gefragt, ob sie Mrs Durham gesehen haben. Irgendwie hat sie nicht kapiert, als ich ihr gesagt habe, dass ich ihr helfen kann."

Ich fühlte mich, als hätte ich einen Schlag in die Magengegend bekommen. Josh wusste, dass ich ihm nachspioniert hatte. „Nun, vielleicht hat sie gedacht, du bist ein Kidnapper oder so." Ich blickte schnell weg, damit er mich nicht sofort durchschaute.

„Zuerst habe ich mich gewundert, warum ein kleines Mädchen meine Großmutter sucht, doch dann erinnerte ich mich, dass ich in der Nacht davor einen Besucher hatte. Wahrscheinlich versuchte dieser Besucher nur herauszufinden, ob er den Pool noch nutzen konnte oder nicht." Er grinste. „Du hast das Auto meiner Großmutter auf dem Parkplatz gesehen und wolltest wissen, ob sie schon zurück ist, stimmt's?"

„Erwischt." Meine Mundwinkel zuckten nach unten.

„Ich habe dich durchschaut, Missy", sagte er trocken. „Ich meine Melissa."

„Schon okay. Jeder hier kennt mich unter dem Namen Missy. Ich kann den Namen also nicht vermeiden. Du kannst mich gern auch Missy nennen."

„Dann erklär mir mal, warum du nachts in den Garten einer alten Frau einbrichst und in ihrem Pool schwimmst, Melissa."

„Es tut mir wirklich leid. Ich wollte nichts so Beklopptes tun. Außerdem habe ich gar nicht versucht, ins Haus einzubrechen. Es ist nur … Irgendwas an einem Pool zieht mich an, vor allem nachts."

Entschuldigend zuckte ich mit den Schultern und dachte, dass er es wahrscheinlich gar nicht so genau wissen wollte. Doch er wartete. Unsere Blicke trafen sich und er hielt meinen mit seinen dunklen Augen fest. Sein Gesicht war ganz ruhig. Er hörte mir zu.

„Ich schwimme einfach gern. Das ist alles."

Sein Mund zuckte. „Das ist nicht alles. Es gibt hier viele Leute, die nachts in fremden Pools schwimmen, aber die machen das meistens bei den Wohnblocks. Doch du hast mein Haus ausspioniert. Außerdem hast du deine kleine Schwester mit hineingezogen. Da steckt System dahinter."

„Willst du es wirklich wissen?", fragte ich langsam. „Ich bin gern allein. Nicht in irgendeinem Hotel, wo noch andere Leute sind. Allein nachts in einem Pool fühle ich mich frei. Als würde ich irgendwie über allem schweben, das …"

„… das dich nach unten zieht?" An Joshs Tonfall konnte ich hören, dass er sich nicht über mich lustig machte.

Zitternd atmete ich aus. Ich hatte ihm mein größtes Geheimnis verraten. Es schien das ganze Auto auszufüllen, sodass es keinen Raum für weitere Worte gab. Und wenn ich nichts unternahm, würde ich einfach zurück zu unserem Haus gehen, wo Denise bestimmt nicht allein in ihrem Zimmer war. Das fremde Auto in unserer Einfahrt war ein sicheres Zeichen dafür. Ich konnte nicht entkommen. Mein Blick wanderte zu seiner rechten Hand, die das Lenkrad umklammerte. Ich stellte mir vor, dass Josh mit mir einfach davonfahren wollte, um nie wiederzukommen. Ich stellte mir vor, wie er gegen den Wunsch ankämpfte, den Motor wieder anzumachen und zurück über die Zugbrücke zu fahren – vorbei an den Polizisten, die immer noch unsere Freunde am Hafen belästigten, und an den Orangenplantagen im Osten.

Auf seinem Handrücken konnte ich deutlich die Venen erkennen, die sich weiter über seinen gebräunten und muskulösen Unterarm zogen.

Er schluckte mehrmals und sein Adamsapfel hüpfte dabei auf und ab. „Wir sollten ins Bett gehen."

Meine Fantasie purzelte wieder in die Realität. Seine Gedanken waren ganz woanders gewesen. „Hast du morgen was Besonderes vor, oder wie?", fragte ich ihn.

„So in der Art."

Die Frage war mir einfach so herausgerutscht, ohne dass ich etwas dagegen tun konnte. Ich hasste Sarkasmus, aber das war die einzige Form der Verteidigung, die ich im Lauf der Jahre voller Ablehnung aufbauen konnte. Hier saß ein Junge mit mir zusammen allein in seinem Auto, das vor einem leeren Haus mit einem abgeschirmten Pool stand, und er schickte mich nach Hause. Ich wusste, dass ich keinen Grund hatte, mich abgelehnt zu fühlen. Ich hatte ihm ja gar nichts angeboten. Aber trotzdem war eine Sache klar zwischen uns. Um ihn herum war eine Mauer, eine Grenze, und diese Grenze wollte er nicht überschreiten.

„Danke fürs Mitnehmen", sagte ich etwas zu lässig. „Wir sehen uns."

Als ich ins Bett kroch, sah ich den ganzen Abend noch einmal wie einen Film vor meinem inneren Auge ablaufen. Da gab es den Jungen nebenan, der mich anscheinend auf Abstand halten wollte. Und da gab es den anderen Jungen, von dem ich nie geglaubt hätte, dass er mich überhaupt sah, der heute Abend auf mich zugegangen war. Josh Durham und Sam King.

Am nächsten Morgen wachte ich davon auf, dass das Tor von Mrs Durhams Garage aufging. Es war Sonntagmorgen und erst neun Uhr. Ich spähte durch mein Rollo und sah, wie Josh das Auto rückwärts aus der Einfahrt fuhr und dann in Richtung Norden davonbrauste. Im nördlichen Teil der Insel gab es eigentlich überhaupt nichts Interessantes zu sehen. Direkt neben meinem Fenster auf dem Sims lagen meine beiden Flip-Flops. Josh hatte mir die Schuhe zurückgebracht, die ich neben dem Pool seiner Großmutter stehen gelassen hatte.

Kapitel 4

Selbst im Januar scheint in Florida die Sonne schon so hell, dass man nicht lange auf helle Flächen sehen kann, ohne geblendet zu werden. Auch heute stach mir das Sonnenlicht, das sich in unserer weißen Einfahrt spiegelte, in die Augen.

Zuerst sah ich nur die Umrisse eines dünnen Mannes, der leicht humpelnd auf mich zukam, als hätte er von seiner harten Arbeit starke Rückenschmerzen. Doch dann sah ich Crystal mit ausgestreckten Armen auf ihn zurennen und wusste, dass das nicht sein konnte. Der Mann hatte noch nicht einen Tag in seinem Leben hart gearbeitet.

„Papa! Papa!", brüllte sie.

„Wie geht es denn meinem Baby?" Er hob Crystal hoch in die Luft und schloss sie dann in seine Arme, während meine Schwester sein unrasiertes Gesicht mit Küssen bedeckte.

„Hey! Du bist hier! Du hast mich überrascht!"

„Deine Mutter hat dir nicht gesagt, dass ich komme? Ich hab sie letzte Woche angerufen."

Mir war klar, warum Denise Dough mit keinem Wort erwähnt hatte. Sie erwartete nicht, dass er tatsächlich hier auftauchen würde.

„Hey, Missy." Dough wandte sich an mich und zwinkerte mir zu. „Wie gefällt es dir wieder in Florida?"

Es ist super hier. Es war einfach klasse, dass ich in immerhin zwei Tagen mein ganzes Zeug in Pennsylvania zusammenpacken musste, weil du und Denise euch zum dritten Mal getrennt habt. Und dann mussten wir umziehen. Mal wieder.

„Gut. Florida ist schön." Ich blickte in eine andere Richtung und erklärte damit die Unterhaltung für beendet. Ich hatte nicht die geringste Lust auf Smalltalk. Außerdem wollte ich auf keinen Fall irgendeine Geschichte über seine neuesten windigen Geschäfte hören oder wie er in einer zwielichtigen Bar in Orlando irgendeinen berühmten Menschen getroffen hatte.

„Yeah", nickte er. „Ich habe Florida auch vermisst. Ich hab's in Pennsylvania einfach nicht mehr ausgehalten." Seine Augen wurden immer größer, als würde er gleich platzen, wenn er den Grund für seinen Besuch nicht bald loswurde. „Ich ziehe wieder zurück, weißt du. Hat deine Mutter dir davon erzählt?"

Bitte sag, dass du nicht bei uns einziehen wirst. Bitte sag jetzt, dass du nicht bei uns im Haus wohnen wirst.

„Ja, unten in Fort Lauderdale. Ich habe da einen Job auf dem Bau gekriegt."

Vor Erleichterung seufzte ich tief und auch zu laut. „Fort Lauderdale? Ich hoffe, du hast deine Klunker dabei."

„Was meinst du?"

Ich bemühte mich verzweifelt um ein ernstes Gesicht. „Männerschmuck. Alle Yankees da unten haben total viel Goldschmuck an und fahren Autos, die sie sich nicht leisten können. Das ist so was wie eine Uniform." Ich spürte, wie ich langsam ausfällig wurde. Es war höchste Zeit, mich zu verdrücken, bevor es noch schlimmer wurde. Schließlich stand Crystal direkt neben mir.

Ohne ein weiteres Wort drehte ich mich um und ging ins Wohnzimmer, wo Robby heftig auf der Fernbedienung für die Videospiele herumtippte, um die Konsole zum Laufen zu kriegen. Er war seit Donnerstagabend das erste Mal wieder zu Hause.

„Rat mal, wer gekommen ist“, sagte ich.

Robby grunzte. „Ich hab's gesehen. Er sollte besser nicht reinkommen.“

Dough blieb in gebührendem Abstand von unserer Haustür stehen und tat so, als würde er sich für Crystals Fahrrad und ihre Fahrkünste mit den Stützrädern interessieren. Doch er machte keine Anstalten, ihr das Fahren ohne Stützräder beizubringen. Wahrscheinlich ging er davon aus, dass er sowieso nicht so lange bleiben würde, bis sie es konnte.

„Mama!“, brüllte ich. „Steh auf! Dough ist hier. Er ist draußen vor der Tür mit Crystal.“

„Ich komme schon.“ Denise erschien in abgeschnittenen Jeans und einem orangefarbenen Top, das ihre gute Figur sehr vorteilhaft betonte, in ihrer Schlafzimmertür. Sie war immer noch ziemlich jung, obwohl ich nicht gern daran dachte, und immer noch hübsch, selbst morgens ohne Make-up, die Haare nur nachlässig zusammengebunden. Ich sah ihr überhaupt nicht ähnlich.

„Warum ist er eigentlich hier?“ Ich verschränkte die Arme vor der Brust und folgte ihr in die Küche. Allein Doughs Anwesenheit brachte Chaos in unser Familienleben.

„Er schuldet mir noch eine Menge Unterhalt für Crystal. Ich hoffe, er ist hier, um endlich zu zahlen.“

„Er hat mir erzählt, dass er einen neuen Job hat und zurück nach Florida zieht.“ Ich machte auf dem Absatz kehrt, um mich im Wohnzimmer neben Robby auf die Couch zu setzten, und rannte direkt gegen die Brust eines großen, muskulösen Mannes. Schockiert starrte ich nach oben auf seinen ausgeprägten Unterkiefer.

„Oh, das tut mir aber leid. Ich wollte dir nicht im Weg stehen." Er roch nach dem Shampoo meiner Mutter und einem Mundwasser, das anscheinend nicht stark genug war. Wasserperlen tropften aus seinen frisch gewaschenen Haaren auf sein Hawaiihemd. Er war einer der vielen fremden Männer, die mit schöner Regelmäßigkeit aus dem Schlafzimmer meiner Mutter stolperten und sich für kurze Zeit in mein Leben drängten.

„Nein, Baby", säuselte Denise ihm zu. „Du bist nicht im Weg. Der Einzige, der hier im Weg ist, ist mein Ex und das weiß er. Deshalb kommt er nicht rein." Sie ging hastig an mir vorbei und küsste ihren letzten Schwarm auf die Wange. „Robby, Missy, sagt meinem Freund Ray guten Tag."

Ich sah meinen Bruder an, der mit der Spielekonsole in der Hand dasaß, und unsere Blicke trafen sich. Unsere Münder waren etwas geöffnet, als hätten wir Schwierigkeiten, das letzte bisschen Sauerstoff im Zimmer einzuatmen. Unsere Mutter hatte mal wieder einen Zug entgleisen lassen und da waren wir nun mitten im Chaos. Unwichtiges Beiwerk.

„Hallo, Kinder. Schön, euch kennenzulernen", sagte Ray und machte keine Anstalten, uns in höflichen Smalltalk zu verwickeln. Seine Augen krochen von der Gestalt meiner Mutter, die sich gerade entfernte, zum Vorgarten, in dem Doug ungeduldig auf und ab ging. Ihm musste klar geworden sein, dass er keine andere Wahl hatte, als neben uns auf der Couch Platz zu nehmen. Doch dort konzentrierte Robby sich gerade darauf, ein dreiäugiges Monster zu vernichten und so zu tun, als würde Ray gar nicht existieren.

Für mich war das das Signal zum Gehen. Irgendwie war es

im Haus auf einmal weitaus weniger angenehm, als draußen bei Crystal und diesem Versager von ihrem Vater herumzustehen. Ich goss mir ein Glas Wasser ein und überließ es Robby, unseren neuen Gast zu unterhalten.

„Kommt deine Mutter nun raus oder nicht?" Doug gestikulierte zur Tür, die ich hinter mir zufallen ließ.

„Ich glaube schon."

Nach einigen unangenehm langen Minuten schwebte Denise in einer grauen Wolke aus Zigarettenrauch aus dem Haus. „Wurde auch Zeit, dass du dich blicken lässt."

„Ich bin aufgehalten worden", sagte er.

Sie blies den Rauch so heftig aus ihrem Mund, als wollte sie eine Mücke töten, die vor ihrer Stirn herumschwirrte. „Ich hatte dich gestern erwartet."

„Nun, jetzt bin ich hier und ich würde die Kleine gern für ein oder zwei Tage nach Fort Lauderdale mitnehmen."

Crystals blaue Augen weiteten sich. Ihr Vater war wegen ihr gekommen.

„Sie muss Montag zur Schule", antwortete Denise. „Verantwortung. Hast du davon schon einmal was gehört?"

„Ein oder zwei Tage werden ihr nicht schaden. Ich bringe sie Dienstag zum Abendessen wieder."

Ich legte meine Hand auf Crystals seidige blonde Haare und streichelte sie, während sie ihre Mutter um Erlaubnis anflehte. Crystal war es egal, dass Doug an dem Tag, an dem wir Pennsylvania verlassen hatten, drei Stunden in der Kneipe um die Ecke zugebracht hatte, weswegen wir Denises Minivan allein beladen mussten. Es war meiner Schwester auch egal, dass er noch nicht einmal rechtzeitig zurückgekommen war, um sich von uns zu verabschieden. Außerdem waren auch die beiden Kisten mit ihrem Spielzeug, die er schon seit Wochen schicken wollte, bisher noch nicht bei uns aufgetaucht.

„Warum um alles in der Welt sollte ich sie ausgerechnet dir anvertrauen?" Denise hob die Augenbrauen, als erwarte sie eine Antwort. „Du hast doch noch nicht einmal deine Alimente bezahlt. Und soweit ich feststellen kann, bist du auch jetzt nicht mit einem Scheck in der Tasche hierhergekommen."

„Nun ja, ich bin da unten ja nicht mit ihr allein."

„Oh, nein!" Ihre Stimme war so laut, dass im Umkreis von fünfzig Metern jeder stehen bleiben musste. „Du hast da unten irgendein Flittchen, stimmt's? Dir schwebt doch wohl nicht vor, dass sich irgend so eine Frau um mein kleines Mädchen kümmert!"

Crystal hielt sich an meinen Beinen fest und vergrub ihr Gesicht in meiner Hüfte.

„Sie ist kein Flittchen." Doug rieb sich das Kinn, als müsste er sich zurückhalten. Es sah ziemlich gespielt aus. „Aber die habe ich auch gar nicht gemeint. Meine Schwester ist da unten auch bei uns."

„Wow, dafür müsstest du wirklich mit dem Titel ‚Vater des Jahres' ausgezeichnet werden!"

„So etwas möchte ich von dir nicht hören, Denise. Wäre es dir lieber, wenn ich mich wegen irgendeiner Kleinigkeit für immer aus dem Staub machen würde? Nein, das würdest du mir mit Sicherheit doch auch vorwerfen!"

Die Anspielung auf meinen Vater traf mich wie ein Schlag in die Magengegend.

Denise schluckte, ihr Blick schoss zu mir und dann zurück zu Doug. „Wie kannst du es wagen ..." Die Vordertür wurde wieder zugeschlagen. Ray machte sich auf den Weg zum Carport, er hatte sein spitzes Kinn auf seine Brust gepresst, als hoffte er, auf diese Weise unbemerkt zu bleiben. Irgendjemand sollte ihm mal erklären, dass ein erwachsener Mann sich nicht unauffällig verdrücken kann, wenn er ein orange-rotes Hawaiihemd trägt.

„Wer ist das denn?“, fragte Doug mit einem Blick in seine Richtung.

„Niemand“, antwortete Denise.

Bei diesen Worten blieb Ray für einen Moment wie angewurzelt stehen und schüttelte den Kopf. Dann ging er weiter in Richtung Carport zu seinem Motorrad.

„Das heißt … niemand, den du kennen musst!“, korrigierte sie sich. Sie rannte zu Ray und streichelte ihm zärtlich über den Nacken. „Es tut mir so leid, Baby. Er wird gleich verschwinden. Bitte, geh noch nicht.“

Ray schob ihre Hand von sich und startete die Maschine. In der schmalen Gasse zwischen meinem Zimmer und Joshs Haus klang das Röhren des Motorrads wie eine Explosion. Langsam fuhr er aus unserer Einfahrt, bog auf die Straße ein und gab Gas. Schon nach wenigen Sekunden war er nicht mehr zu sehen. Denise sah ihm nach und auf ihrem Gesicht konnte ich echtes Entsetzen erkennen. Mit zusammengekniffenen Lippen kam sie wieder auf uns zu und stellte sich neben mich.

Doug schien die ganze Situation überhaupt nicht zu gefallen, jedenfalls kaute er nervös auf seiner Unterlippe. „War das ein Freund von dir?“

Ich legte Crystal meinen Arm um die Schultern und schob sie zum Haus zurück. Sie hatte genug gesehen und gehört.

„Ich will mit Papa mitfahren“, heulte sie. „Ich will Tante Kathy besuchen.“

Dough deutete auf Crystal, als wäre der Protest einer Siebenjährigen ein durchschlagender Beweis dafür, dass er ein guter Vater war. „Siehst du das? Es ist doch nur bis Dienstag.“

Denise warf ihre Zigarette ins Gras und drehte sich um.

Ihre Tochter heulte und wollte weg. Ihr Freund hatte sich verdrückt. Und ihr Ex war auf dem Weg nach Südflorida zu einer anderen Frau. „Okay. Nimm sie mit."

Ich stand wie erstarrt da. Doch Crystal rannte mit einem Jubelschrei ins Haus, um ihre Tasche zu packen, und Denise folgte ihr schweigend. Aus dem Haus konnte ich das laute Krachen der Lautsprecher von Robbys Videospiel hören, so still war es plötzlich. Einer seiner Soldaten war gegen etwas geprallt und explodierte jetzt. In diesem Moment ging mir ein Licht auf. Meine Mutter hatte die ganze Zeit über gewusst, was heute passieren würde – dass Dough erst heute kommen wollte. Dass er uns mit seinen großen Plänen beeindrucken wollte. Dafür brauchte sie Ray. Sie musste Dough zeigen, dass sie im Haus einen Mann hatte, damit sie ihm vor dem Haus in die Augen schauen konnte. Aber es war anders gelaufen als erwartet. Offensichtlich hatte es ihre letzte Flamme irgendwann satt gehabt, neben einem abweisenden Teenager zu sitzen und auf eine Frau zu warten, die nur ihr Spiel mit ihm spielte.

Ich schloss die Augen. Doch die Sonne blendete mich selbst durch meine Augenlider. Als ich meine Augen wieder aufmachte, sah ich Josh, der gegenüber neben dem Auto seiner Großmutter stand. Er sagte kein Wort; sein Gesicht wirkte angespannt, ausdruckslos. Ich senkte den Blick, um seinen Augen auszuweichen, und konzentrierte mich stattdessen auf den Rauch der immer noch glimmenden Zigarette vor mir im Gras. Angewidert kippte ich mein Wasserglas über dem Stummel aus. Noch bevor Josh irgendetwas sagen konnte, machte ich auf dem Absatz kehrt und ging zurück ins Haus. Es gab keine Erklärung für das, was er gerade gesehen hatte. Deshalb wollte ich auch gar nicht erst eine erfinden.

„Ich verdrücke mich für eine Weile von hier", sagte Robby zu mir. „Willst du mit?"

Wie ein Hündchen folgte ich meinem Bruder in sein provisorisches Schlafzimmer, wo er in Bergen von dreckiger Wäsche und unbenutzten Schulbüchern wühlte. Endlich fand er seinen Geldbeutel in der hinteren Hosentasche einer ausgebeulten Jeans. Dann zog er mich am Arm mit sich nach draußen. Das war das erste Mal seit sehr langer Zeit, dass er mir anbot, mich irgendwohin mitzunehmen.

„Wohin?", fragte ich.

Unsere Blicke trafen sich. In diesem Moment wurde uns beiden bewusst, dass wir die einzigen Zeugen füreinander waren. Ganz egal, wie gut wir unsere Geschichte auch erzählen konnten – egal, wie viel Zeit zwischen uns und diesem Tag auch liegen würde: Wir waren die Einzigen, die wussten, wie es an diesem Tag für uns wirklich gewesen war. Hier standen wir nebeneinander und hörten, wie Denise Ray am Telefon anbettelte zurückzukommen – wir sahen, wie Crystal begeistert ihren Koffer packte, um mit einem Vater mitzufahren, der niemals gut genug für sie sein würde. Und wir fragten uns, welcher Mann uns wohl seinen Nachnamen vererbt hatte und wo er jetzt war.

Ich stand auf den Tritträhren der Hinterreifen von Robbys Fahrrad und hielt mich an seinen Schultern fest, während er mit einem Affenzahn die Straße zum Hafen hinunterraste. In Pennsylvania hatte er ein Auto gehabt, doch das hätte die Fahrt bis Florida nicht überlebt. Vor ein paar Tagen hatte er mir erzählt, dass er noch mindestens sechs Monate sparen musste, bevor er sich wieder eins kaufen konnte.

„Erinnerst du dich noch an Bruce P.?", rief er mir völlig außer Atem über die Schulter zu.

„Ja. Das ist doch der regelmäßige Gast aus Mamas Restaurant, oder?"

„Genau, das ist er. Ich kann bei ihm ein paar Stunden in seinem Anglergeschäft arbeiten."

„Das ist ja toll. Bezahlt er dich auch dafür?"

Bruce Paczkowski überwachte und kontrollierte einen der ältesten Häfen auf der Insel und seine Familie brüstete sich damit, schon seit der Landung der Spanier hier zu wohnen. Trotzdem konnte niemand seinen Nachnamen aussprechen, geschweige denn ihn buchstabieren. Deshalb nannten ihn die Inselbewohner einfach „Bruce P.". Nach einer Weile hatte er aufgegeben, sie immer wieder zu korrigieren. Auf der Insel kursierte das Gerücht, dass selbst auf seinen offiziellen Geschäftsbriefen mittlerweile nur *Bruce P.* stand und dass die Gemeindeverwaltung zwei identische Ordner für ihn hatte – für beide Namen.

Als wir bei den Bootsanlegern ankamen, die Bruce gehörten, spürte ich den Geruch von Fisch und Salzwasser nicht nur in meinen Lungen, sondern überall auf der Haut, sodass ich mich nach einer Dusche sehnte.

„Ja, er bezahlt mich. Aber es geht noch um mehr", antwortete Robby.

Ich stieg vom Fahrrad, das er einfach auf den mit Kaugummis übersäten Bürgersteig fallen ließ. Dann sprang er über die Flutmauer und ging zu dem Holzsteg, der am Kanal entlangführte. Fest vertäute Segel- und Motorboote schaukelten stolz auf den sanften Wellen in dem kleinen Hafen. Sie sahen aus wie Pelikane, die nebeneinander auf Holzpflöcken hockten. Am Ende des Bootsanlegers war das Wasser braun vom Schlamm und voller Algen, die auf der Oberfläche schwammen und in der Sonne glänzten. Robby hüpfte über eine Stange und führte mich zu einem Stück Rasen hinter dem Büro, wo uns keiner sehen konnte.

„Achtung, hier gibt es die Stacheligen."

Ich wich den Sandspornen aus, die versuchten, sich durch meine Schuhe zu bohren, und folgte meinem Bruder zu einem kleinen Boot, das hinter dem Schuppen mit den Fischködern auf ein paar Blöcken stand. Verglichen mit den großen Booten um uns herum war es winzig, außerdem hatte es keinen Motor. Doch ich konnte sehen, dass der Rumpf des Bootes schon fast sauber war. Jemand musste schon einige Stunden investiert haben.

„Was soll das alles?“ Ich blieb in einiger Entfernung stehen und erwartete fast, dass mich im nächsten Moment eine streunende Katze direkt aus dem verrotteten Holzstapel neben dem Boot ansprang.

Robby blinzelte im Sonnenlicht und verzog seinen Mund zu seinem ersten Lächeln an diesem Tag. „Das wird mal mein stolzes Boot.“

„Was?“

„Nun, momentan will Bruce noch, dass ich das mit den Ködern für ihn mache. Aber ich darf in meiner Freizeit hier am Boot arbeiten. Im Haus hat er sogar noch einen alten Motor dafür. Und er hat gesagt, dass ich es benutzen darf, wenn das Boot wieder tipptopp ist. Vielleicht kann ich im Sommer sogar damit zum Fischen rausfahren. Du weißt schon, mit den Touristen. Er bekommt einen Teil der Einnahmen und den Rest kann ich behalten.“

Langsam ging ich um das Boot herum. Überall wuchs kniehohes Unkraut und unter dem Bootsrumpf war das Gras schon ganz braun geworden, weil keine Sonne mehr hinkam. Es musste schon eine Weile hier herumstehen. „Braucht man denn nicht irgendeine Bescheinigung, um Touristen herumzuschippern?“

„Keine Ahnung.“ Robby schüttelte den Kopf, als könnte er meinen Einwand damit aus der Welt schaffen. Dann verengten sich seine Augen und er sah mich scharf an. „Nicht alles, was hier abgeht, muss auch in den Büchern auftauchen. Das

Boot ist nicht groß genug, um damit richtig raus auf den Golf zu fahren, aber in der Bucht komme ich damit überallhin. Ich denke, ich kann vier Männer und ihre Ausrüstung mitnehmen, und mich natürlich. Die Makrelen kommen auch bis in die Bucht, da muss man gar nicht bis auf den Golf raus. Und wegen der Ölkatastrophe wird sich keiner trauen, mich von so einem Ausflug abzuhalten. Die sind doch froh, wenn wir wieder rausfahren." Er brach ab, als wollte er von mir eine Antwort hören.

Das Boot war ein Schrotthaufen, dessen war ich mir sicher. Und es würde Geld schlucken wie ein Fass ohne Boden. Trotzdem war es meinem Bruder aufgeschwatzt worden, als sei es eine Goldgrube. Nervös kaute ich auf meinem Daumennagel, um es zu verstehen. „Das heißt, er bezahlt dich dafür, dass du das Boot wieder flottmachst?"

„Nein", seufzte Robby. „Er bezahlt mich nur für die Sache mit den Ködern. Aber das hier ist eine Investition. Ich stelle ihm sozusagen meine Zeit zur Verfügung, dafür überlässt er mir das Boot später, wenn es fertig ist, damit ich die Touristen herumfahren kann. Außerdem bringt er mir dabei auch eine Menge bei. So wie letzte Woche zum Beispiel. Da hat er mich mit raus zum Fischen genommen und mir gezeigt, wie ich mit welchen Ködern fangen kann."

Robby ging langsam um das Boot herum und kratzte hier und da noch eine Muschel vom Rumpf. Noch nie hatte ich ihn so konzentriert bei der Sache erlebt – außer beim Skimboarden natürlich. Ich konnte mir vorstellen, warum die Briten und die Yankees meinen Bruder bezahlen würden, um mit ihm zum Fischen zu fahren. Er war ein Junge von der Insel – jemand, der wusste, wo man Delfine sehen konnte oder die besten Fische fand. Ich konnte fast sehen, wie Robbys blaue Augen im Sonnenlicht blitzten. Wahrscheinlich würden die Touristen bei seinem strahlenden Lächeln auch nicht mit Trinkgeldern sparen.

„Also, ich finde es absolute Spitze." Ich nickte anerkennend und strich mit der Hand langsam über das Boot, bis sich ein Stück Farbe unter meinen Fingern löste. „Du bekommst bestimmt auch eine Menge Trinkgelder. Dann kannst du dir bald ein neues Auto kaufen. Und dann muss ich endlich nicht mehr mit dem Bus zur Schule fahren."

Robby strahlte. „Da hast du recht, Missy. Damit wird sich alles ändern. Wenn ich erst mal richtig Geld verdiene, dann wird alles anders. Dann fühlt sich diese ganze Insel anders an, denn dann sitzen wir hier nicht mehr fest. Und ich kann es gar nicht erwarten, es mit der Bucht aufzunehmen. Dazu brauche ich nur noch ein Boot, dann bin ich der König der Meere."

„Aufzunehmen?"

„Yeah", Robby zuckte mit den Schultern. „Du weißt schon, der Mann gegen das Meer."

Wir blieben den ganzen Tag am Hafen, sodass Denise schon an der Arbeit war, als wir nach Hause kamen. Auch die Waschbären waren schon auf ihren nächtlichen Streifzügen durch die Gärten. Es war viel zu still zum Schlafen, vor allem jetzt, wo Crystal nicht da war. Wieder dachte ich an die Ereignisse vom Morgen. Wie Josh mich angestarrt hatte, als unsere Familie direkt vor seinen Augen im Vorgarten implodiert war – wie im Zirkus. Er hatte fast so ausgesehen, als würde er innerlich ein Bild von der ganzen Szene mit jedem kleinen Detail erstellen, wo jeder von uns seine ganz besondere Rolle spielte. Die große, dysfunktionale Familie der Keisers. Jetzt wusste Josh mehr über mich als die meisten meiner Freunde. Und während der ganzen Zeit hatte er uns nur stumm beobachtet.

Zu Hause ging ich in mein Zimmer und versuchte, meine

windzerzausten Haare in einen Pferdeschwanz zu bändigen. Dabei spähte ich durch meine Rollos zu Joshs Haus hinüber. Irgendwo da drüben machte der wortkarge Surfer seine Hausaufgaben oder hörte die Musik irgendeiner supercoolen Jungsband, nur weil er den Rhythmus so gut fand. Jedenfalls dachte er bestimmt nicht an mich.

Doch dann sah ich etwas draußen auf meiner Fensterbank im Mondlicht glänzen. Ich zog die Rollos hoch und hielt eine Lampe an die Glasscheibe, um es besser sehen zu können: ein kleiner, silberner Schlüssel. In meiner Hand sah er sehr viel weniger beeindruckend aus als auf dem Fensterbrett, viel zu klein für eine Haustür oder ein Gartenhaus. Und trotzdem lag er ohne eine Erklärung einfach so auf meiner Fensterbank. Kein Zettel. Keine Gebrauchsanweisung. Und dann fiel es mir wie Schuppen von den Augen … das musste der Schlüssel zum Gartentor seiner Großmutter sein. Ich konnte kaum atmen, als ich mir vorstellte, warum Josh das getan hatte. Es war aus Mitleid. Er hatte mir den Schlüssel gegeben, damit ich in den Pool flüchten konnte.

Ich war nicht zu stolz, um ihn anzunehmen.

Auch machte ich mir gar nicht erst die Mühe, frische Sachen anzuziehen. Die Verandatür an seinem Haus war geschlossen und ich konnte drinnen weder etwas sehen noch hören. Es gab kein Anzeichen, dass er noch wach war. Vielleicht war das sein Geschenk an mich: die Vereinbarung, dass ich seinen Pool benutzen konnte, wenn ich genauso leise war wie er.

Ich rannte in mein Zimmer zurück, schlüpfte in meinen Badeanzug und zog danach meinen Schlafanzug wieder an. Dann lief ich zur Gartentür, um den Schlüssel auszuprobieren. Das Loch an der Tür, durch das ich immer den inneren Riegel hochgeschoben hatte, war repariert. Ohne einen Schlüssel gab es für mich keinen Weg mehr zu dem Pool – es sei denn, ich würde die Tür aufbrechen. Obwohl ich das natürlich niemals gemacht hätte, hielt ich jetzt etwas viel Wertvolleres in der Hand. Sozusagen die offizielle Erlaubnis zum Schwimmen. Wenigstens heute Nacht konnte ich mir einreden, dass ich kein Eindringling war. Josh hatte mich zu dem einzigen Ort eingeladen, an dem ich Frieden fand. Ich war ein Gast, obwohl keiner von uns beiden das jemals zugeben durfte.

Ich wartete darauf, dass er in der Glastür des Wohnzimmers erschien und an den Pool trat. Ich wartete darauf, dass das Licht anging oder ein Hund bellte, irgendein Zeichen, dass er mich sah und dass er mein Komplize war. Aber er tauchte nicht auf. Schließlich hielt ich den Atem an, steckte den Schlüssel ins Schloss und drehte ihn.

Doch er bewegte sich nicht. Ich versuchte es noch einmal, doch es passierte wieder nichts. Der Schlüssel passte nicht.

„Was ist nur mit dem Schlüssel?“, flüsterte ich zu mir selbst.

„Der ist nicht für dieses Schloss gemacht“, antwortete eine Stimme aus der Dunkelheit. Es war Josh.

Ich machte einen Schritt rückwärts, als er aus dem Schatten des Gartens auf die Tür zutrat und wir uns gegenüberstanden. Er trug ein einfaches weißes T-Shirt und Badehosen, als hätte er den Tag am Strand verbracht und ließe seine Sachen jetzt einfach am Körper trocknen. Ob ihm in der frischen Nachtluft kalt war, konnte ich nicht erkennen. Jedenfalls zeigte er es nicht.

„Hast du geglaubt, dass ich dir einen Schlüssel zum Haus meiner Großmutter gegeben habe?“

Am liebsten wäre ich im Erdboden versunken. „Nein.“

Er grinste.

„Ich meine, ich weiß nicht. Wahrscheinlich nicht.“

Er machte die Tür auf und ging an mir vorbei in Richtung des hinteren Gartens. Dann blieb er stehen. Ich folgte ihm wie ein Schoßhündchen.

„Versteh mich nicht falsch", sagte er und drehte sich zu mir um. „Ich würde dir gern den Schlüssel zu unserem Pool geben, aber normalerweise versuche ich, meiner Großmutter nicht so einen großen Schreck einzujagen. Sie kommt morgen Abend zurück."

„Und?" Ich zuckte mit den Schultern und hielt etwas verwirrt den Schlüssel hoch.

„Komm", antwortete er. Er machte seine Taschenlampe an, die ich vorher nicht bemerkt hatte, und winkte mich hinter sich her. Wir liefen an der hinteren Grundstücksgrenze entlang und durch die uneingezäunten Gärten der nächsten beiden Häuser, bis wir zu einem anderen Grundstück kamen, das von einer Hecke aus dicken Büschen und niedrigen Bäumen umgeben war. Er leuchtete auf den Boden, damit ich die dicken Wurzeln und kleinen Hügel sehen konnte, über die wir uns einen Weg auf das Grundstück bahnen mussten. Nach einigen Metern erreichten wir ein altes Häuschen, das fast völlig hinter mehreren gelben Hibiskusbüschen versteckt lag. Spanisches Moos hing über dem Haus und wuchs bis auf das Blechdach. Das Haus war mir noch nie vorher aufgefallen. Es wirkte völlig fehl am Platz. Es stammte aus einer Zeit, als die Inselbewohner noch mit der Fähre zum Festland fahren mussten. Außerdem sah es total verlassen aus.

„Dieses Ferienhaus gehört unserer Familie schon eine Ewigkeit. Es war das alte Winterhaus, als meine Großmutter noch ein Kind war. Jetzt wird es nur noch vermietet." Josh deutete auf das Schloss an der hölzernen Eingangstür.

„Das heißt, ihr vermietet es im Winter?" Ich schaute hinter mich. Niemand würde hier nach uns suchen. Normalerweise wurden die Häuser auf der Insel auf leeren Sandstücken gebaut und nicht zwischen Eichen und Palmen, als wäre das Gebäude nur eine unwichtige Ergänzung des Sumpfes. Ich war jeden Tag hier vorbeigekommen und hätte nie erwartet, dass am Ende der geschwungenen, zugewachsenen Einfahrt ein Haus versteckt lag. „Wohnt da gerade jemand?"

„Nein. Dieses Jahr hat meine Oma niemand gefunden, der das Haus haben wollte. Es wird also wahrscheinlich bis zum Sommer leer stehen."

Der Wind frischte ein bisschen auf und eine kalte Brise strich uns über den Nacken. Josh zitterte. Temperaturen unter zwanzig Grad waren für Bewohner der Golfstaaten unerträglich kalt und es war offensichtlich, dass sich mein pennsylvanisches Blut endgültig wieder an die Inselbedingungen angepasst hatte. Besonders jetzt, wo ich nur einen Schlafanzug trug.

„Mach hin", sagte er.

Ich steckte den Schlüssel ins Schloss und schob das Tor langsam auf. Im Eingangsweg blieb ich stehen und zögerte, einen weiteren Schritt zu tun.

„So, jetzt hast du also auf einmal Probleme, ein Grundstück zu betreten, das dir nicht gehört?" Er schob mich durch das Tor und wir gingen über den Mulch, der den Hinterhof des kleinen Hauses bedeckte. Nach ein paar Schritten standen wir an einem kleinen Pool, der beinahe glänzte. Josh kniete sich neben die Wasseroberfläche und prüfte nickend die Temperatur. „Oma heizt den Pool auch mit einer Solaranlage, die ist vermutlich das einzig Moderne auf dem ganzen Gelände. Im Haus gibt es immer noch ein Telefon mit einer Wählscheibe."

Die Kacheln rund um den Pool waren im Pastellblau der 1950er-Jahre gehalten. Es war, als wären wir in der Zeit zurückgereist und in eine verlassene Hollywoodvilla eingedrungen. Die seitlichen Wände des Beckens waren von einem langen, dünnen Riss durchzogen und seine Form war insgesamt sehr kurvig und geschwungen wie bei einer Lagune. Das war kein Pool, in dem man einfach schwimmen konnte, aber wenn man sich die Diagonale vornahm, konnte man pro Runde ein paar Schwimmzüge machen.

„Was meinst du?“ Josh legte den Kopf schief und wartete auf eine Antwort.

„Du gibst mir den Schlüssel zu diesem Tor? Und du meinst, dass ich hier schwimmen kann?“ Noch vor dem Ende der letzten Frage überschlug sich mein Flüstern vor Aufregung. Das war der Traum.

„Was immer du möchtest. Das gehört bis zum Juli alles uns“, sagte er. „Pass nur auf, dass dich keiner sieht. Die einzigen Menschen, die auf diesem Grundstück sein dürfen, bin ich und der, der sich um den Pool kümmert.“

„Das ist Wahnsinn!“ Ich forschte in seinem Gesicht. Seine Augen schienen zu lächeln, aber seine Kieferknochen sahen verbissen aus, während er über meine Reaktion nachzudenken schien. „Aber warum machst du das für mich?“

„Ich dachte einfach, es macht dir Spaß.“

Ich zögerte. Es fiel mir schwer, ihm in die Augen zu schauen. Wenn ich ihn zu lange ansah, würde er vielleicht dasselbe bemerken wie die anderen Jungs auch. Dass ich nicht gerade hübsch war, nicht einmal annähernd, selbst in der Dunkelheit nicht. Ich lenkte mich selbst von diesen Gedanken ab. „Das tut es.“

Ich ließ meinen Schlafanzug auf den Betonboden gleiten, wodurch der Badeanzug sichtbar wurde, den ich darunter trug. Ich stieg ins Wasser und tauchte, so schnell ich konnte, darin unter. Dabei spürte ich, wie die vertraute Kühle des Wassers meine Wirbelsäule hinaufkrabbelte. Der Pool hegte mir gegenüber sicherlich keinerlei Gefühle, aber ich war total verliebt. Seine Ruhe sorgte in wenigen Minuten für mehr Frieden, als ich zu Hause innerhalb von Tagen bekommen konnte. Ich tauchte bis zum anderen Ende und schnappte dort nach Luft.

„Das ist der absolute Wahnsinn!“ Ich lachte, so aufgeregt war ich.

Josh biss sich mit einem Lächeln auf die Unterlippe und legte den Schlüssel und die Taschenlampe direkt neben den Überlauf des Pools.

Eine gefährliche, unausgesprochene Hoffnung machte sich in meiner Brust breit. Das war die erste wirklich nette Sache, die irgendwer je für mich getan hatte. „Kommst du auch mit rein? Wenn du erst einmal drin bist, ist es nicht mehr kalt.“

Er warf einen Blick auf den Betonboden rund um den Pool. „Besser nicht.“

Wollte er nicht schwimmen? Ich hörte auf herumzuplätschern und arbeitete mich in die Mitte vor, um näher bei ihm zu sein. „Es ist wirklich warm genug.“

„Ich muss zurück. Hör zu, lass dich bloß nicht erwischen. Und lass niemand anderen hier schwimmen. Das hier muss unser Geheimnis bleiben.“ Sein Blick traf meinen und zwang ein Lächeln hervor. „Versprochen?“

„Natürlich“, sagte ich.

Das Tor schloss sich fest hinter ihm und ich konnte hören, wie das Knirschen auf den trockenen Blättern und dem Gras langsam leiser wurde, als er vom Haus wegging. Ich konnte es nicht fassen. Es machte für ihn einfach keinen Sinn, das Risiko des Erwischtwerdens einzugehen, wenn er noch nicht einmal selbst Spaß haben wollte, selbst dann nicht, wenn er keinen Spaß mit mir haben wollte. Ich zog mich am Beckenrand hinauf, stand auf und ließ das Wasser meines neuen Rückzugsortes in kleinen Bächen an meinem Körper hinunterlaufen. Um meine Füße bildeten sich kleine Pfützen. Josh hatte mir ein Geschenk gemacht. Und er hatte mich allein gelassen, damit ich es nur für mich genießen konnte.

In den nächsten beiden Wochen war ich fast jeden Abend dort.

Mr Miller hatte schon jeden Kontinent auf Erden besucht und dazu gehörte sogar die Antarktis, was bedeutete, dass er jedes neue Kapitel in unseren Lehrbüchern mit einer Diashow über eine seiner Reisen begann. Mr Miller auf einem Elefanten in Indien. Eingehüllt in Tücher auf einem Berg in den Anden. Mit einer Gürteltasche in Paris. Seine Augen leuchteten, als er uns davon erzählte, wie er aus Bradenton herausgekommen war und Schreine berührt hatte, die Menschen vor Tausenden von Jahren erbaut hatten. Und all das hätte mich auch fasziniert, wenn ich nur nicht dauernd versucht hätte, meinem Nachbarn einen Blick zuzuwerfen.

Schließlich lehnte sich Sam, der hinter mir saß, ein wenig nach vorn und flüsterte mir ins Ohr: „Kängurutasche."

Auf meinem Nacken bildete sich eine kleine Gänsehaut, als sein Atem durch meine Haare fuhr.

„Ich ahne schon, dass du auch gern eine hättest. Diese Dinger sind ja so angesagt."

„Und die beste Reise überhaupt", verkündete Mr Miller, „war die in die innere Mongolei, wo ich das Mausoleum von Dschingis Khan besucht habe, das ist etwas südlich von Dongsheng ..."

„Dongsheng?", äffte Sam ihn nach. „Ist das ansteckend?"

Ich verschluckte mein Lachen, damit Mr Miller nicht in unsere Richtung sah. Aber ich kicherte gerade laut genug, dass die Jungs, die mich vor ungefähr einer Woche genervt hatten, sich gegenseitig anstießen, weil Sam mir ins Ohr flüsterte. Ein siegesgewisses Lächeln schlich sich auf meine Wangen, das ich bis zum Ende der Stunde nicht mehr abschütteln konnte.

Bevor der Klassenraum sich leerte, lehnte sich Sam wieder vor, um mit mir zu reden. „Hey, hast du mitgeschrieben?" Die Grübchen in seinen Wangen stachen nach innen wie zwei Schilder, die vor Gefahr warnten.

Ich konnte nichts antworten.

„Hallo?", fragte er wieder.

Wach auf. „Hm, ja. Ja. Dongsheng. Ich hab's."

„Hast du was dagegen, wenn ich mir das ausleihe? Nur für heute Abend. Ich konnte mich heute nicht konzentrieren."

Noch bevor er den Satz beendet hatte, hatte ich schon genickt, um zu zeigen, dass ich einverstanden war. Ich ließ meinen Leitzordner aufschnappen und gab ihm meine Aufzeichnungen. „Hier. Und hier ist auch noch mein Mitschrieb von letzter Woche für den Test am Freitag."

„Du bist die Beste", sagte er mit einem Augenzwinkern. Und einen Augenblick später war er aus der Tür hinaus, eine Cheerleaderin mit roten Haaren im Arm. Ich konnte hören, wie ihr Gekicher von den Wänden widerhallte.

Am Ende der Woche hatte ich meine Aufzeichnungen noch nicht wieder. Ich zwang mich dazu, Sam am Donnerstag nach der Schule nach ihnen zu fragen.

„Du hast gedacht, ich würde das vergessen, stimmt's?", sagte Sam und schüttelte tadelnd den Kopf. „Missy, Missy. Ich weiß, dass du sie zum Lernen brauchst. Keine Angst, Kleine." Er reichte mir die Aufzeichnungen und zog sie spielerisch schnell wieder zurück, als ich nach ihnen greifen wollte.

„Gib sie mir", sagte ich lächelnd.

Er legte sie in meine Handfläche und zog sie dann schnell wieder zurück.

„Du nervst ganz schön, weißt du das?“ Ein breites Lächeln zog sich über mein Gesicht und ich schenkte ihm das, was hoffentlich ein bezaubernder Blick war.

„Ich glaube, dir gefällt es.“ Er zog eine Augenbraue hoch, sah sich um und flüsterte mir dann ins Ohr: „Du solltest morgen Abend bei mir vorbeikommen.“

„Hm?“, fragte ich.

Bevor er antworten konnte, machten Ian und Mike Furzgeräusche in Richtung Wayne Dubowsky, der gerade versuchte, die an seinem Stuhl befestigte Schreibplatte hinunterzupressen. Für Wayne war das keine leichte Übung.

„Hey, Dubowsky. Wenn du in ein Restaurant gehst, wirfst du dann einen Blick auf die Speisekarte und sagst: ‚Okay, das nehme ich‘?“, brüllte Mike.

Waynes mit Sommersprossen übersäte Wangen wurden rot.

„Hey!“, brüllte Sam. Er warf Mike und Ian einen Blick zu, als wären sie zwei kleine Kinder, die geschimpft werden müssten.

Im Raum wurde es still. Ein Wort von Sam hatte Wayne erlöst und das Zuschauergebrabbel im Hintergrund zum Schweigen gebracht. Sogar Mr Miller versuchte ein verschmitztes Lächeln zu verbergen. Wayne grinste zufrieden, während die Jungen Sams Rüffel abzuschütteln versuchten. Und ich sah zum ersten Mal, was es bedeutete, Sam King zu sein. Er hatte die Macht, die Aufmerksamkeit in jede Richtung zu lenken. Er hatte die Macht, seinen eigenen Freunden zu sagen, sie sollten die Klappe halten, und die Macht, einen fetten, verschwitzten Außenseiter zu beschützen, wenn er Lust dazu hatte. Wenn er dich mochte, warst du auserwählt. Du warst immun, als hättest du eine ganz persönliche Sam-King-Impfung gegen all den Highschoolmist bekommen, dem man sonst niemals entkommen kann.

„So …“ Er wandte sich mir wieder zu. „Wie ich schon gesagt habe: Du solltest wirklich morgen Abend zu meiner Party kommen. Sie wird nicht sehr groß, aber wir werden eine Menge Spaß haben."

„Du lädst mich auf deine Party ein?" Ich hasste es, dass ich so schockiert klang. Die Welt fing auf einmal an, sich in die andere Richtung zu drehen. Was würden seine Freunde dazu sagen? Was würde Ian sagen, wenn ich durch die Tür ging? Würde er grunzen?

Er lächelte, als hätte er seinen Spaß daran, mich nervös zu machen. „Ja, wenn du Lust hast."

Ich spitzte die Lippen, um Zeit zu gewinnen und nicht allzu überwältigt auszusehen. „Okay. Ich denke, das lässt sich einrichten."

Sam beantwortete das mit einem leisen Lachen und nickte mit dem Kopf. „Gut."

Er stand ohne einen weiteren Blick vom Tisch auf.

Ich hatte es noch nie so eilig gehabt, in den Speisesaal zu kommen. Julie und JP würden mir sagen können, was ich von dieser Einladung zu halten hatte.

Doch bevor ich ihnen davon erzählen konnte, ließ sich JP auf seinen Stuhl fallen und fing an, seine Milchschokolade hinunterzustürzen. Zwischen zwei Schlucken machte er eine Pause und sagte: „Ihr beiden seid also auf Sams Party eingeladen, stimmt's?"

„Hm?" Meine Brust stürzte vor Enttäuschung geradezu in sich zusammen. Anscheinend hatte Sam auch alle anderen eingeladen.

„Ich hole euch um neun ab."

Julies Blick traf meinen und sie schubste JP mit dem Ellenbogen an. Er stand auf und verließ wie auf ein unhörbares Kommando hin den Tisch.

„Du siehst aus, als würdest du dich lieber über irgendwelche Matheprobleme unterhalten als über eine Party. Was ist los?", fragte sie.

„Nichts. Ich überlege nur, wie ich mir erklären soll … Sam hat mich eingeladen. Ich meine, mich *persönlich* eingeladen."

Ihre Augenbrauen hoben sich und auf ihrem Gesicht explodierte ein breites Grinsen. „Wirklich? Na ja, das ist doch gut, oder?"

„Ja, aber ich habe nicht gewusst, dass alle eingeladen wurden."

„Du bist in ihn verknallt!"

„Bin ich nicht."

„Bist du doch!"

Ich sah sie mit großen Kulleraugen an, die überall auf der Welt ein Markenzeichen der Mädchen sind. Sie musste ihre Stimme senken, bevor jemand wie Tanya Maldonado unser Gespräch mithören konnte.

Ich fing an, an meinen Nägeln zu knabbern. „Er redet manchmal mit mir. Das hat er vorher noch nie gemacht. Das kommt alles so plötzlich, es ist, als ob ich auf einmal existiere, jedenfalls seit der Geschichte am Hafen."

„Missy", sagte sie und zog meine Hand von meinem Mund weg. „Du kapierst es einfach nicht, habe ich recht?"

Ich sah mich um, als würde sie gleich etwas sehr Wichtiges sagen. „Was verstehe ich nicht?"

„Du bist total angesagt. Und du bist weg gewesen; jetzt ist es so, als wärst du die Neue." Ihre Augen weiteten sich. „Du bist so etwas wie die *scharfe* neue Missy. Du bist voll die Bella."

Ich schüttelte den Kopf und warf einen Blick über die Tische, an denen der übliche Mittagspausentratsch ausgetauscht wurde. Die Hälfte der Leute hätte mich vor drei Jahren nicht neben sich sitzen lassen. „Julie", flüsterte ich. „Vergisst du nicht gerade, dass ich *Messy* Keiser bin?"

„Vergisst du nicht gerade, dass Sam King am Hafen zu dir

herübergekommen ist, um dir Hallo zu sagen? Und merkst du nicht, dass diese *Messy* nicht mehr existiert?“ Julie schob sich eine hellbraune Locke hinters Ohr und saß mit erwartungsvoll geöffnetem Mund vor mir.

„Sie existiert nicht mehr? Vor nicht einmal zwei Wochen habe ich im Geschichtsunterricht gesessen und sie haben mich wieder *Messy* genannt. Du warst doch auch hier, als sie an den Tischen zu grunzen angefangen haben. Sam war auch da, erinnerst du dich? Vielleicht ist die ganze Sache nur ein schlechter Scherz. Vielleicht wollen sie mich einfach nur da hinlocken, um mich fertigzumachen.“

„Du hast zu viele Highschoolfilme gesehen. Die haben sich über Geschichte unterhalten. Und ehrlich gesagt haben sie sicher nur versucht, deine Aufmerksamkeit zu erregen. Die Schule liegt dir jetzt zu Füßen. Ich meine, du bist geradezu aufgeblüht. Was auch immer – nur irgendwelche unreifen Idioten erinnern sich noch an das Mädel von früher.“

Ich sank in meinen Stuhl, als das Gewicht von Julies Worten durch meinen Körper ging und in meinen Magen drang. Ich konnte das nicht glauben, aber ich konnte ganz klar erkennen, dass sie wollte, dass ich es glaubte. „Julie, du bist meine beste Freundin. Von dir erwartet man, dass du solche Motivationsreden schwingst. Aber glaube mir: Das Beste, was ich tun kann, ist, diesen Typen aus dem Weg zu gehen. Wenn sie mich jetzt wieder fertigmachen, habe ich keine Ahnung, wie ich damit umgehen soll. Ich will einfach nur meinen Abschluss machen und dann mein Leben leben.“

Julie schüttelte frustriert den Kopf. „Tatsächlich? Warst du deshalb vorhin so aufgeregt, als du dich zu uns gesetzt hast? Vertrau mir einfach. Es gibt einen Grund, warum Sam dich zu sich eingeladen hat.“

JP kam mit einigen seiner Kumpels an unseren Tisch zurück. Um mich herum bildete sich so etwas wie ein Party-Planungs-Komitee, jedenfalls redeten alle nur noch darüber, wie sie zu Sams Haus kommen sollten und was sie da tun wollten. Ich hatte noch nie zuvor so sehr im Zentrum der Beliebten gestanden und es dauerte nicht lange, bis Tanya Maldonado auf ihrem Weg aus der Cafeteria an unserem Tisch vorbeikam.

„Hey, Tanya“, sagte Julie, als wäre sie an unserem Tisch die Gastgeberin und hätte die Aufgabe, neue Gäste zu begrüßen.

Tanya nickte ihr auf eine Weise zu, als müsse sie sich dabei anstrengen.

„Diese Party wird der Hammer.“ JP legte Julie den Arm um die Schulter. „Kommst du auch, Tanya?“

„Vielleicht.“ Sie seufzte. Ihre Aufmerksamkeit richtete sich auf mich, während ich ein großes Interesse an dem rechteckigen Stück Pizza auf meinem Teller an den Tag legte.

Julie ergriff das Wort. „Tanya, du erinnerst dich doch an Missy?“

„Hey“, sagte ich und schluckte tapfer.

„Yeah, natürlich erinnere ich mich an dich.“ Sie blinzelte aufdringlich und lächelte fröhlich – aufgesetzt fröhlich. „Schön, dich zu sehen!“

Das war die Spezialität des Südens: die geheuchelte Nettigkeit. Die einzige Frage, die noch beantwortet werden musste, war die, ob sie es immer noch auf mich abgesehen hatte.

„Gehst du auch auf Sams Party?“

Ihre Gesichtszüge waren ganz die entspannte Unschuld. Und dann, als wäre ihr plötzlich irgendeine großartige Erkenntnis gekommen, sagte sie mit einer Handbewegung: „Ach klar. *Sams* Party. Natürlich! Yeah, ich schätze mal, wir sehen uns da, oder etwa nicht? Ich wette, so etwas willst du dir doch nicht entgehen lassen, oder?“

Damit war die Frage beantwortet.

Kapitel 5

Das laute Gewummer von Tanzmusik drang aus Sam Kings Haus und rumpelte die Straße hinunter, brachte Fensterscheiben zum Zittern und ließ den Rest des Songs irgendwo hinter sich zurück. JP parkte seinen Pick-up vor einem fremden Haus, aus dessen Fenster uns ein Mann beobachtete, als wären wir Kriminelle. Am Straßenrand standen ungefähr dreißig Autos und mir schwante, dass es nur eine Frage der Zeit war, bis die Bullen auftauchten, die Party sprengten und uns alle zurück in unsere Häuser überall im Schulbezirk schickten.

JP schüttelte den Kopf, als würde er eine alte Frau anstarren. „Warum siehst du so verspannt aus, Missy? Wir gehen auf eine Party. Kapiert?"

Ich nickte hastig, um meine Zustimmung zu signalisieren. Sicher, mir war die Tatsache völlig klar, dass ich gleich mit Tanya Maldonado, Ian Owens und Mike Lewis abhängen würde, die alle noch vor ein paar Tagen in der Cafeteria

Grunzgeräusche von sich gegeben hatten, wenn ich vorbeigegangen war. Wenigstens würden auch Leigh und Brett da sein, und die würden wegen Julie und JP nett zu mir sein müssen. Damit stiegen meine Chancen etwas. Zu dem Haus zu gehen, war ein bisschen wie sich durch ein Rattenlabyrinth hindurchzutasten. Aber es gab einen Menschen, den ich am Ziel zu finden hoffte.

Julie beugte sich zu meinem Ohr und flüsterte: „Er hat dich eingeladen. Persönlich."

Bei den Gedanken daran versuchte ich ein Hartes-Mädel-Lächeln ins Gesicht zu bekommen.

„Was ist denn los mit euch beiden?", wollte JP wissen. „Wir sollten längst aus diesem Truck raus sein und die Straße runtergehen."

Julie drehte sich zu ihrem Freund um und offenbarte ihm das Geheimnis auf eine Weise, wie es nur beste Freunde können. „Hör mal, das sind deine Freunde. Aber nicht alle von ihnen sind auch unsere Freunde. Besonders Tanya Maldonado nicht, und die wird mit Sicherheit auch da sein."

JP schnitt bei dem Gedanken eine Grimasse. „Ernsthaft? Deshalb seid ihr Mädels so aufgedreht? Tanya ist doch nur deshalb so beliebt, weil sich noch niemand gefragt hat, warum sie es eigentlich sein sollte. Niemand interessiert sich noch dafür, was sie zu sagen hat. Wir sind jetzt in der Oberstufe. Ich meine, alles andere ist doch Geschichte."

Geschichte. Ich hätte das so furchtbar gern geglaubt, aber wenn es sich in der Cafeteria anhörte wie in einem Schweinestall, erinnerte mich das daran, dass die anderen nichts vergessen hatten.

Als Belohnung für die Ermutigung küsste Julie JP auf die Wange. Wir schlenderten zum Garagentor von Sams Haus, hinter dem sich ein komplett eingerichteter Partyraum verbarg. Ich fragte mich, ob er jetzt noch zugeben würde, mich zu kennen, jetzt, wo wir nicht mehr im geschützten Rahmen des Geschichtsunterrichts waren. Ich zupfte an meinen Klamotten herum und wünschte mir, dass sie stylischer wären und ich in ihnen dünner.

Als wir uns gerade durch die Tür schoben, rannten alle Mädels zur Mitte des Raumes, um zu irgendeinem Kaugummisong zu tanzen, der so mädchenhaft süß war, dass ich das Gefühl hatte, nur noch rosa Glitter anzuhaben. Die Jungs versammelten sich mit anerkennenden Blicken um sie herum und taten so, als würden sie zu dieser Tussimusik tanzen, während alle verzückte Schreie von sich gaben.

JP rettete Julie und mich mit Plastikbechern voller Bier in den Händen. Er hielt sie uns hin, als hätten wir danach gefragt. Als ich mich umsah, merkte ich, dass wir die einzigen Mädchen mit einem Getränk in der Hand waren. Julie nahm sich zuerst einen Becher, ich nahm den anderen. Wir rochen an der Flüssigkeit und verzogen die Gesichter, weil sie so übel roch. Es war furchtbar, so männlich.

„Das Zeug schmeckt besser, wenn wir uns dabei die Nasen zuhalten“, brüllte sie in die Musik hinein.

Dieses Mal kämpfte ich nicht dagegen an, etwas aus JPs roten Bechern zu trinken. Ich hatte schließlich genauso wie alle anderen ein Recht auf die Party. Und der Becher in meiner Hand war so etwas wie die Erlaubnis, hier sein zu dürfen, mit Leuten herumzuhängen, die mich unweigerlich in ihrem Kreis akzeptieren mussten.

Ich schluckte das Bier und spürte, wie der herbe Geschmack meinen Mund füllte. Der Geruch schlich meine Kehle hoch und durch die Nase und ich wollte sichergehen, dass niemand nahe genug stand, um meinen Atem riechen zu können. Dann wurde mir klar, warum ich diesen Geruch so sehr hasste und warum ich ihn mit älteren Männern und dreckigen Badezimmerböden und „Fish and Chips“ in Verbindung brachte. Das Bier roch wie meine Mutter nach einer Wochenendnachtschicht.

Ich hielt den Becher den Rest des Abends in der Hand, nahm aber keinen weiteren Schluck. Wenn es sein musste, tat ich so, als würde ich trinken. Und ich tat so, als würde ich mich nicht verstecken, als Ian mir an der Tischtennisplatte etwas zu nahe kam, und ich tat so, als würde ich lächeln, wenn irgendjemand in meine Richtung schaute. Irgendwann war es dann schließlich lange nach unserer üblichen Bettzeit und ich hatte keine Lust mehr auf das ganze Theater.

Ich drehte mich zu Julie um und versuchte, nicht allzu eilig zu wirken. „Sollten wir nicht langsam gehen?“

Sie bedeutete mir mit einem Finger, dass ich ruhig sein sollte.

„Ich meine es ernst. Bis zur Insel brauchen wir ja auch noch einmal zwanzig Minuten.“ Ich flüsterte ihr ins Ohr: „Wegen meiner Mutter mache ich mir keine Gedanken. Aber wegen deiner.“ Ich hob die Augenbrauen, bis sie ihre Lippen spitzte und den Becher absetzte.

In diesem Augenblick spürte ich eine Hand auf meiner Taille. Als ich mich herumdrehte, um zu sehen, wer mich berührte, fiel mein Blick in die blausten Augen, die ich jemals gesehen hatte. Sein Arm hatte meinen Rücken ganz umschlungen und er drückte mich so fest an sich, dass meine Lippen beinahe seine Wange berührten.

„Sam!“, rief ich viel zu aufgeregt aus.

„Gefällt es dir?“ Seine Hand streichelte sanft über meinen Rücken direkt an der engen Stelle oberhalb meiner Jeans, an der meine nackte Haut zu sehen war. Es musste ausgesehen haben, als würden wir miteinander tanzen – sieht man einmal davon ab, dass die Tanzmusik mittlerweile aufgehört hatte. Aus den Lautsprechern tönte ein langsamer, weinerlicher Song, bei dem die tiefe Stimme des Sängers über die Dinge zu heulen schien, die ich nicht anzusprechen gewagt hätte. Sam kniff die Augen zusammen, während ich mich zusammenriss.

„Gefällt es dir denn?“, fragte ich zurück. Und plötzlich machte mir die Party Spaß. „Hm, ja. Super Party!“ Verzweifelt versuchte ich, ihn nicht zu erschrocken anzustarren. Schließlich hatte er seinen Arm hier in aller Öffentlichkeit um mich gelegt.

„Gut. Ich freue mich, dass du gekommen bist. Schön, dass du jetzt auch ausgehst.“ Er zwinkerte mir zu, drehte sich um und ging wieder nach oben, wo er anscheinend den ganzen Abend herumgehangen hatte. Offensichtlich gab es da oben ein spontanes Wrestling-Turnier, bei dem er als Schiedsrichter fungierte.

Sofort war Julie an meiner Seite und warf mir einen Blick zu, der Bände sprach. Sams Hand hatte ganze acht Sekunden meine Hüfte gestreichelt. Ich kämpfte gegen das nervöse Grinsen, das sich auf meinem Gesicht ausbreiten wollte, und floh ins Badezimmer. Doch ich musste eine Weile in dem halbdunklen Flur davor warten, bis es frei wurde. Das war wahrscheinlich auch gut so, weil ich in meinem Zustand bestimmt mit keinem eine normale Unterhaltung hätte führen können. Doch kaum beruhigten sich meine Nerven ein bisschen, als auch schon Tanya wie ein Bluthund auf einer Fährte den Flur entlang auf mich zukam und sich vor mir aufbaute.

„Oh, hallo“, sagte sie.

Mein Herz schlug mir bis zum Hals. Fast den ganzen Abend hatte ich ihr aus dem Weg gehen können. „Hi.“

„Es ist ja toll, dass du auch hier bist“, sagte sie. Ihre großen Augen fixierten mich und ihre weißen Zähne glänzten im gedämpften Flurlicht.

„Ja, es ist auch schön, dich zu sehen, Tanya."

„So. Ich wusste gar nicht, dass du gern auf Partys gehst."

Ich nickte und zwang mich zu einem Lächeln.

„Gehst du denn gern auf Partys, Missy?"

Das war eine komische Frage. Und wie sie die Frage stellte, war auch seltsam. Langsam und betont freundlich. Aber ich wusste genau, worauf sie hinauswollte. Schon in der Mittelstufe waren unsere Gespräche so gelaufen. Es war ihre eigene, mittlerweile perfektionierte Befragungstaktik. Sie fragte keine direkten oder zweideutigen Fragen, sondern nur solche, bei denen man sich wie ein Idiot fühlt. Zu dämlich, um sie zu beantworten.

„Ja", antwortete ich. „Ich denke schon."

„Und hier bei Sam. Gefällt es dir hier auch? In Sams Haus?"

Ich nickte nur.

„Hmm. Das verstehe ich. Ich meine, hier kann man eine Menge Spaß haben, vor allem im Hinterzimmer. Und seine Eltern sind meistens nicht zu Hause." Ihre Lippen verzogen sich zu einem Lächeln. Alles an ihrem Gesicht war schön – ihre Nase, ihr Mund, ihre Augen. Warum schien sie alles an mir abstoßend zu finden, wo ich sie doch so bewunderte?

„Dein Top sieht toll aus", sagte ich, um das Thema zu wechseln. „Der Schnitt steht dir wirklich gut."

Sie nickte, als wollte sie mein Kompliment gar nicht hören. Sofort hasste ich mich für meine Worte. Ich hasste es, wenn Mädchen Komplimente als Verteidigungswaffe benutzten. Außerdem hasste ich es, dass Tanya offensichtlich Sams Arm um meine Hüfte nicht gesehen hatte. Obwohl sein Arm dort ganze acht Sekunden gelegen hatte.

Endlich wurde das Badezimmer frei. Ich verschwand durch die Tür und ließ Tanya draußen einfach stehen. Bevor ich die Tür wieder aufschloss, musterte ich mich im Spiegel. Ich erinnerte mich noch genau an den Tag, als Tanya allen Mädchen erzählt hatte, ich hätte Läuse. Damit hatte sie die ganze Sache mit dem Spitznamen angefangen – alle nannten mich danach nur noch *Messy* – „Schlampe". Allein bei dem Gedanken an diesen Namen sah ich mich hektisch im Bad um, ob alles ordentlich war. Der Klodeckel unten. Das Waschbecken sauber. Das Handtuch ordentlich aufgehängt. Ich fand ein langes braunes Haar auf dem Fliesenboden und wischte es mit einem Stück Klopapier weg, falls es von mir war. Und auch damit Tanya es nicht fand und dachte, es sei von mir. Als ich die Badezimmertür endlich wieder aufschloss, lehnte sie mit verschränkten Armen an der Flurwand und musterte mich von oben bis unten. Ich hätte sie vorlassen sollen.

Als ich endlich zu Hause war, war es nach ein Uhr nachts. Denise lag schon lange im Bett und das war auch gut so. So musste ich ihr nicht erklären, warum ich erst so spät nach Hause kam – wenn sie überhaupt gefragt hätte. Ich legte mich ins Bett und versuchte zu schlafen, doch meine Gedanken waren zu aufgewühlt, sodass an Schlaf gar nicht zu denken war. Außerdem wollte ich auch noch gar nicht schlafen. Es gab schließlich keine Garantie dafür, dass das Gefühl von Sams starkem Arm immer doch da wäre, wenn ich wieder aufwachte. Leise zog ich meinen Badeanzug und eine Jogginghose an, schnappte mir den Schlüssel, eine Taschenlampe und ein Handtuch und machte mich auf den Weg zu meinem neuen Privatpool.

Das Wasser glitzerte im Mondlicht und sah wie verzaubert aus. Aber heute Abend gab es so viele Dinge, die mich von diesem Anblick ablenkten. Zum ersten Mal, seit ich wieder auf der Insel wohnte, sehnte ich mich nicht so sehr nach der Flucht, die mir das Wasser immer bot. Die Sehnsucht schien unter den Erinnerungen an diese Nacht zu schlummern – den

Erinnerungen an Sams Einladung und an Sam, der mir zugezwinkert hatte. Und vielleicht war ich auch wütend, dass Tanya es mit zwei kleinen dämlichen Fragen geschafft hatte, mich aus der Fassung zu bringen. Nach der Begegnung mit ihr hatte ich sogar das Bad aufgeräumt, nur damit sie mich nicht wieder „Messy" nennen konnte. Ich war sechzehn, doch dort im Bad hatte ich mich wieder wie in der siebten Klasse gefühlt.

Wut und nicht nur Angst kochten langsam in mir hoch. Ich hätte ihr als Antwort einfach auch eine hinterhältige, dämliche Frage stellen sollen. Ich hätte sie fragen sollen, warum sie überhaupt zu Sams Party gekommen war, wenn sie doch angeblich einen so gut aussehenden Collegefreund hatte. Außerdem hätte ich sie fragen sollen, ob Sam sie auch persönlich eingeladen hatte.

Während ich meine Jogginghose auszog und mein Handtuch an den Poolrand legte, überkam mich plötzlich das Gefühl, dass nächtliches Schwimmen nichts Besonderes mehr war. Es gab so viele Dinge, die interessanter waren.

„Du warst ganz schön lange nicht mehr hier, stimmt's?", fragte eine Stimme aus der Dunkelheit.

Mir blieb fast das Herz stehen, bis ich Josh im Dunkeln auf der hinteren Veranda des Häuschens stehen sah. Diesmal trug er kein T-Shirt. Auf dem Liegestuhl neben ihm lagen seine Schuhe und ein Handtuch. „Oh, wow, Josh. Ich habe dich gar nicht gesehen!"

„Ich weiß." Er grinste, als hätte er gerade einen Witz gemacht. „Aber du hast meine Frage nicht beantwortet."

Mit wenigen Schritten war er am Pool und stieg langsam ins Wasser. Seine Schultern waren schmal, aber trotzdem muskulös und durchtrainiert. Schon nach wenigen Sekunden tauchte er unter Wasser. In meinem Magen kribbelte es wie verrückt, während ich ihn beobachtete. Als sein Kopf endlich wieder an der Wasseroberfläche erschien, stand ich immer noch reglos da.

„Ich glaube, ich war ein paar Tage nicht zum Schwimmen hier", gab ich zu. „Ich hatte viel zu tun."

„Jetzt bist du ja da." Er nickte mir zu, als wollte er mir sagen, dass ich gerne auch schwimmen konnte. Er wollte nicht alleine sein. Es war wie eine Einladung. „Es ist gar nicht so kalt, wenn man erst mal drin ist."

Ich setzte mich am tiefen Ende an den Rand und ließ mich ins Wasser gleiten. Dann tauchte ich meine Haare ins Wasser und strich sie mir aus dem Gesicht. Ich versuchte mir einzureden, dass das Wasser eigentlich gar nicht kalt war, und je länger ich das tat, desto weniger spürte ich die Kälte.

„Und?", fragte er. „Wie war Sams Party?"

„Gut. Woher wusstest du von der Party?"

„Ich war auch eingeladen. Hat es dir gefallen?" Er schwamm zu mir in die Mitte des Pools.

„Es war okay. Es hat mir ganz gut gefallen", antwortete ich.

„Waren eine Menge Leute da?"

Bei dieser Frage sah ich ihn etwas erstaunt an, aber sein Gesicht war völlig entspannt. Es war keine Befragung wie bei Tanya. Er schien wirklich wissen zu wollen, ob es mir gefallen hatte, als wollte er herausfinden, was mir Spaß machte und was nicht. „Das Haus war rammelvoll." Fragend sah ich Josh an. „Ich wusste gar nicht, dass du ein Freund von Sam bist."

Er schaute zum Zaun hinüber, als hätte er dort etwas Interessantes gesehen. Doch ich wusste, dass er nur enttäuscht war, dass wir jetzt über ihn redeten. „Ich bin schon seit der Grundschule mit Sam befreundet. Unsere Väter sind ziemlich gute Freunde."

„Wirklich? Und warum warst du dann nicht da?"

„Ich war beschäftigt."

Bei der Antwort musste ich lachen. Die meisten Leute aus unserer Stufe würden alles für eine Einladung zu dieser Party geben. Bier. Keine Eltern. Drei ausführliche Geschichten über Mädchen, die so getanzt hatten, als wäre es ein Casting für ein Musikvideo. Während der Unterhaltung wagte ich mich vorsichtig näher an ihn heran, während wir immer noch Wasser traten, um auf der Stelle zu bleiben. Zwischen uns bewegte sich das Wasser in kleinen Strudeln wie von Geisterhand. „Was ist denn an einem Freitagabend so unglaublich wichtig?"

Er legte den Kopf schief, als wollte er mir nicht antworten.

„Ich verstehe. Du bist also nicht zu Sams Party gekommen, weil du lieber hier im Garten rumhängst?"

Josh spritzte mir eine Ladung Wasser ins Gesicht. „Ganz genau. Ich bin nämlich nicht sozial."

„Also, ich kann jedenfalls sagen, dass du deine ganz besondere Art hast, mit Dingen umzugehen." Ich hob die Augenbrauen, aber ich meinte das nicht nur im Spaß. Irgendwas an Josh sagte mir, dass er die Macht hätte, die ganze Schule zu regieren. Und doch tat er es nicht.

Er schwamm zum flachen Ende des Pools und lehnte seine Ellenbogen auf den Betonrand hinter sich.

„Du willst meine Frage also nicht beantworten, oder?" Noch gab ich nicht auf.

Er sah mich weiter schweigend an.

„Mir ist schon klar, dass du es mir eigentlich nicht erzählen willst. Das bedeutet natürlich, dass ich es unbedingt wissen muss. Hattest du eine Verabredung?"

Wenn das Mondlicht etwas heller gewesen wäre, hätte ich erkennen können, ob er rot wurde. Doch seine einzige Reaktion war ein Zucken seiner Oberlippe, als könnte er sich nicht entscheiden, ob er lieber reden oder grinsen sollte. „Nein."

Überrascht stellte ich fest, dass ich über seine Antwort erleichtert war. *Warum nur?* „Du willst also, dass ich jeden Bereich abklappere und es selbst herausfinde?"

„Nein. Außerdem würdest du sowieso nie drauf kommen … Ich war in der Kirche." Seine Unterkiefermuskeln spannten sich an und er sah mich so durchdringend an, als wollte er in meinen Augen meine Gedanken lesen.

„In der Kirche?", wiederholte ich ungläubig.

Josh nickte.

„Statt auf Sams Party zu gehen?"

Er zuckte mit den Schultern.

Klar. Er war an einem Freitagabend in der Kirche – an dem Abend, an dem sein angeblich bester Freund die größte Party der Oberstufe in diesem Halbjahr schmiss (und außerdem seinen Arm um meine Hüfte legte). „Wirklich? Besteht deine Oma darauf, dass du da hingehst, oder was?"

Josh schüttelte den Kopf. Dann schwieg er. Offensichtlich wollte er nicht mehr dazu sagen. Er sah auf das Wasser, als hätte ich genauso reagiert, wie er es erwartet hatte. Dann stieß er sich von der Wand ab und schwamm an mir vorbei.

Als er am tiefen Ende angekommen war, lächelte er mir zu und wartete ab, was ich jetzt tun würde. Aber ich wusste nicht, was ich tun oder sagen sollte. Ich spürte nur, dass ich ihn nicht verstand – ich wusste nicht, wer er war und warum er mir erlaubte, im Pool seiner Großmutter zu schwimmen. Wie konnte er mir so geheimnisvoll erscheinen, wenn er doch freitagabends nur in die Kirche ging? Plötzlich fühlte ich mich wieder wie ein Eindringling.

„Keine Großmütter", sagte er dann. „Es ist eine Jugendgruppe. Hört sich ziemlich müde an, macht aber Spaß. Wir machen Sachen zusammen und hängen ab."

„Okay …" Hörte sich für mich an wie eine Sekte. Oder ein

Kindergarten. „Ich habe nur nicht gewusst, dass du dich für so etwas interessierst."

Josh lehnte sich gegen die Leiter. Eigentlich sollten die Kirchenjungs doch verklemmt und schüchtern sein und immer in Khaki-Shorts rumlaufen. Aber Josh war wild und, wenn ich ehrlich war, attraktiv. Die Muskeln und Sehnen an seinen Schultern und Armen kamen von den Stunden, die er auf dem Skimboard verbrachte, nicht vom Liederbücher-Stemmen in der Kirche. „Ich gehe noch nicht lange zu dieser Jugendgruppe. Aber immer öfter. Deshalb bin ich jetzt ab und zu bei Sam oder den anderen und manchmal gehe ich zur Jugendgruppe. Ich hänge mit beiden ab. Aber … je mehr ich die Bibel lese und über Gott lerne, desto mehr will ich wissen."

Ich wusste vor Verlegenheit kaum noch, wo ich hinsehen sollte. Er redete nicht über den Gott von „Oh mein Gott!". Oder über den Gott, bei dem man sich bedankt, wenn die Sommerferien endlich anfangen. Er meinte es wirklich ernst. Fast tat er mir ein bisschen leid. War er in diese Jugendgruppe gegangen, weil er seine Mutter nie sah und sein Vater ohne ihn weiterleben wollte? Doch egal, welchen Grund es gab, ich wollte die Unterhaltung beenden. „Hey, das ist echt cool, wenn man sich für solche Sachen interessiert. Doch das ist nichts für mich."

Josh bewegte sich nicht, nur ein kleines Lächeln zuckte um seinen Mund. Tat ich ihm jetzt etwa leid?

Plötzlich fühlte ich mich verurteilt. „Der ganze Kram in der Bibel ist vor zweitausend Jahren geschrieben worden und die Leute haben daran ständig etwas verändert. Heute kann man doch nicht mehr wissen, was echt ist und was nicht." Ich schwamm zur Treppe. Die Unterhaltung wurde immer seltsamer und ich wollte nicht länger reden.

„Also, wenn es keinen Gott gibt, dann hast du sicher recht", sagte Josh. „Aber wenn es einen Gott gibt, könnte es nicht sein, dass er möchte, dass wir ihn kennen? Wollen Väter nicht, dass ihre Kinder wissen, wer sie sind?“

Dieser Satz hing wie ein Blitz in der Luft zwischen uns. Keiner von uns konnte ihn richtig packen.

„Meiner nicht“, antwortete ich.

Ich wickelte mir mein Handtuch um die Schultern und ging nach Hause zurück. Bei der Erinnerung an unsere Unterhaltung zog sich mir der Magen zusammen. Josh hatte wie einer dieser Verrückten im Fernsehen geredet. Er war so ganz anders, als er nach außen schien. Trotzdem nahm ich den Schlüssel wieder mit.

Irgendetwas Schlimmes musste passiert sein, sonst wäre Denise nicht so früh wach und in der Küche, um Frühstück zu machen. Doch das Frühstück war gar nicht das, was mich störte. Es war das Knallen der Schranktüren und das Klirren des Geschirrs. Es hörte sich an, als wäre ein wildes Tier in unserer Küche. Aber außer meiner Mutter war niemand da.

„Was ist denn mit Mama los?“, flüsterte ich Robby zu, als ich mich ins Wohnzimmer schlich.

Sein Blick streifte mich kurz. „Ray, der Kerl mit dem Hawaiihemd, ist zurückgekommen. Mama war ungefähr fünf Minuten glücklich darüber. Doch dann ging es um diese andere Frau, mit der er immer mal wieder ausgegangen ist. Da ist er abgehauen. Gestern Abend war dann alles vorbei.“

Ein Topf krachte hart auf die Spüle und wir hörten Denise brüllen: „Zu nichts gut! Ihr seid alle gleich! *Ihr seid alle gleich!* Wer redet da? Bist du das, Missy? Vertraue niemals einem von diesen Mistkerlen. Erst versprechen sie dir das Blaue vom

Himmel und dann rennen sie der erstbesten Frau hinterher und lassen dich im Stich."

Diesmal konnte Robby ihre Worte nicht einfach abschütteln. Aber er würde ihr auch nicht mehr helfen. Ich konnte es in seinen Augen lesen; jetzt reichte es ihm mit Denise und ihren verkorksten Beziehungen. Wir wussten beide, dass sie diese Szene nur machte, bis einer von uns so blöd war und versuchte, sie zu trösten. Am Ende sagten wir doch irgendwas Falsches. Dann schüttelte Denise uns ab und warf uns einen Blick zu, der uns wie Pfeile durchbohrte. Wir wären auch nicht anders als die Männer, die sie nur ausnutzten, sagte sie dann. Als Nächstes warf sie uns vor, dass wir auch nur immer etwas von ihr wollten und uns von ihr aushalten ließen. Und schon nach wenigen Minuten waren wir dann die Zielscheibe ihres Zorns. Doch diesmal reagierte keiner von uns auf den Köder.

„Ich verdufte." Robby kratzte sich am Kopf und fuhr sich mit beiden Händen durch seine wilden Haare. Dann klemmte er sich sein Skimboard unter den Arm. „Bis später."

Ich starrte ihn böse an. „Wo warst du eigentlich in letzter Zeit immer?"

„Nirgendwo." Er zuckte nur mit den Schultern.

Ich warf einen Blick aus dem Fenster, vor dem ein Auto im Standgas lief, das mir irgendwie bekannt vorkam. „Du hast mit Ricky Brewer abgehangen, stimmt's? Dem Kiffer?"

„Ist doch egal." Er ließ die Fliegengittertür hinter sich ins Schloss knallen und sprang zu Ricky ins Auto.

Ich zog Crystal in mein Zimmer, um sie vor Denises Zusammenbruch zu schützen. Bis ich mit dem Lackieren ihrer Fußnägel fertig wäre, würde sich Denise wieder so weit beruhigt haben, dass sie sich um sie kümmern konnte. Crystal suchte sich den hellrosa Lack mit Glitzer aus. Ich legte ein altes Handtuch unter ihre Füße, bevor ich mit der Pediküre begann.

„Mama ist stinksauer." Sie sah mit großen Augen zu mir hinauf.

„Yeah", sagte ich. „Aber sie ist nicht sauer auf dich. Sie ist auf diesen Typen sauer, diesen Ray."

Denise war immer auf irgendwelche Typen sauer. Und dass sie sie sitzen ließen, war auch immer nur deren Schuld. Weil sie nur an sich dachten. Weil sie zu viel Angst davor hatten, als Stiefvater zu enden. Wenn so eine Beziehung in die Brüche ging, ratterte Denise innerhalb von Sekunden die Gründe dafür herunter, als hätte sie von Anfang an gewusst, dass der Typ wertlos war. Natürlich lag der Grund nie darin, dass sie zu früh mit ihm ins Bett gestiegen war. Oder dass sie sich einen Säufer geangelt hatte. Dass sie schon in der ersten Woche von ihm erwartet hatte, er würde sich wie ein richtiger Ehemann verhalten. Dass sie nie damit aufgehört hatte, mit anderen Männern zu flirten, quasi wie ein Plan B für den Fall, dass der erste nicht funktionierte oder dass der Typ, den sie sich geangelt hatte, nicht genug Geld nach Hause brachte.

Anscheinend passte jedoch keine von diesen Ausreden auf meinen Vater. Er war das große Geheimnis unserer Familie. Robby sprach über ihn wie über einen Kriegshelden, einen Mann, der Pfannkuchen gemacht und uns zum Angeln mitgenommen hatte. Er hatte uns jeden Abend umarmt und für jeden einen besonderen Spitznamen. Obwohl Robby nur ein Jahr älter war als ich, hatten die paar Erinnerungen, die er noch an diese frühen Jahre besaß, in ihm den Gedanken geweckt, dass da draußen irgendwer war, der uns zu so etwas wie halbnormal machte. Wir hatten ein ganz normales, liebevolles Elternteil. Diese Theorie habe ich nie wirklich geglaubt, denn warum sollte ein ganz normales Elternteil uns einfach im Stich lassen? Das sagte jedenfalls Denise immer.

In Wirklichkeit hatte sich Robby diese Erinnerungen aus einer Mischung aus einem oder zwei echten Erlebnissen und einer ganzen Staffel von zuckersüßen Seifenopern zusammengeschustert. Der Vater, den sich Robby da zusammenfantasierte, war nichts weiter als ein Gemisch aus seiner Einbildungskraft, ein paar Anteilen Familienidealismus und den schwammigen Erinnerungen eines Vierjährigen. Unser Vater war im Grunde nur ein Gespenst. Doch für mich war der Gedanke, dass er vielleicht doch ein guter Mensch war und uns einfach so sitzen gelassen hatte, fast noch schlimmer. Robbys Erinnerungen verfolgten uns gerade so sehr, dass wir uns schlecht fühlten, weil er uns verlassen hatte. Es war so, als kannten wir ihn gerade gut genug, um zu wissen, was wir verloren hatten.

Mich machte besonders perplex, wie meine Mutter auf diese Situation reagierte. Ich konnte spüren, wie sich ihre Worte mir ins Gedächtnis eingruben. *Die sind doch alle gleich. Alle gleich. Und sie lassen uns alle im Stich.* Und trotzdem hörte sie nie damit auf, nach dem einen zu suchen, der das nicht tat.

Crystal streichelte den Stoffdelfin, den ihr Vater ihr in Fort Lauderdale gekauft hatte, und ich kämpfte schwer gegen die Neidgefühle an, die sich in meiner Kehle breitmachten. Ihr Vater war ein Versager, aber wenigstens liebte er Crystal.

Das Handy klingelte. Julie legte los, bevor ich auch nur mein Hallo zu Ende bringen konnte. „Du glaubst es nicht!"

„Was denn?" Ich wollte, ich könnte ihre Aufregung irgendwie teilen, aber an diesem Morgen brachte ich einfach nicht genug Energie dafür zusammen.

„JP hat gerade angerufen. Bei Sam steigt heute Abend wieder eine Party."

„Schön. Geht ihr alle hin?"

„Gehen *wir* alle hin?“ Sie hörte sich an, als würde sie explodieren, wenn sie nicht sofort ihre Geschichte an den Mann brachte.

Ich musste lachen. „Warum bist du so durchgeknallt? Was ist denn los?“

„Sam hat JP wegen der Party eine SMS geschrieben und ihm gesagt, dass er bloß nicht vergessen soll … dich mitzubringen.“

Die Botschaft durchzuckte mich wie ein Blitz. „Was?“

„Er hat nach dir gefragt, Missy!“

„Wohl kaum.“ Ich versuchte zu schlucken, aber mein Mund war plötzlich staubtrocken. „Na ja, er war sicher einfach nur nett. Und ich bin mir sicher, dass JP einen Haufen Leute anschleppen wird.“

„Und dann hat er noch eine SMS geschickt: ‚Sie ist süß.‘“

„Wer, ich? Süß?“

„Yeah“, bestätigte Julie. „JP und Sam sind Freunde und so, aber das heißt nicht, dass sie den ganzen Tag miteinander abhängen. Sam hat JP einfach so die SMS geschickt. Und die Party heute Abend soll ein bisschen kleiner ausfallen. Missy, er hat gesagt, dass du süß bist. *Er hat gesagt, dass du süß bist.*“

Ich ging hinüber zum Spiegel und versuchte herauszufinden, ob Sam das ernst gemeint haben könnte. Konnte er das wirklich so gemeint haben?

„Missy … Hallo? Bist du noch dran?“

„Hm.“ Ich versuchte die Stimme flach zu halten, als würde mich das alles nicht interessieren. „Ich schätze mal, ich könnte es mir einrichten.“

Knapp eine Sekunde später brüllten wir vor Lachen, ich sprang in einem nervösen Anfall auf mein Bett. „Du liebe Güte, Julie! Ich …“

„Ich weiß. Du bist seit, warte mal, vier Jahren oder so total in ihn verknallt und jetzt ist er auch in dich verknallt und ihr zwei werden so etwas wie die Könige von Bradenton sein. William und Kate!“

Der Gedanke daran ließ uns wieder in Gekicher ausbrechen. Crystal hüpfte neben mich aufs Bett, als wüsste sie irgendwie Bescheid. Vielleicht kann es sogar eine Siebenjährige erkennen, wenn ein Mädchen gerade eine gute Nachricht über einen Jungen bekommt.

Ein paar Stunden später, als das Blut in meine Füße zurückgekehrt und das Haus still geworden war, stand ein Mann zwischen vierzig und fünfzig vor unserer Haustür mit einem Zehn-Dollar-Schein für meinen Bruder in der Hand.

Die schlechte Stimmung von Denise hellte sich augenblicklich auf. Sie bat ihn herein, woraufhin er sich lautstark darüber wunderte, dass Robby so eine junge Mutter hatte.

„Missy, du kennst doch Bruce, oder? Das ist einer von den Stammgästen bei uns im Restaurant und dein Bruder hat im Hafen was für ihn erledigt.“

Ich nickte mit dem Kopf und versuchte den Abstand zu wahren, als sich die beiden zu unserem Küchentisch begaben.

Denise flatterte in der Küche herum, um Kaffee zu kochen. „Er ist hier, weil er das Trinkgeld vorbeibringen will, das Robby vergessen hat, als er die Fische für die Touristen gereinigt hat. Ist das nicht nett?“

Ich versuchte die Szene, die sich gerade in unserem Haus abspielte, richtig einzuordnen. Wer war diese fremde, glückliche Frau, die auf mich einredete? Hatte sie nicht noch vor ein paar Minuten mit Tellern um sich geworfen und den männlichen Teil der Menschheit verflucht? Jetzt lachte sie etwas zu laut, während Bruce erzählte, wie er Meeräschen mit bloßen Händen fing und grauhaarigen Touristen aus Kanada zeigte, wie aufsässige FKKler ihre Boote an der Vogelinsel vertäuten.

Denise strahlte auf einmal, als hätte sie einen Topf voller Gold gefunden.

Sie setzte sich neben Bruce und ließ das Kinn wie ein Schulmädchen auf ihre Hände sinken. „Ich lebe hier nun schon fast mein ganzes Leben und trotzdem bin ich noch nie Hochseefischen gegangen. Können Sie sich das vorstellen?"

„Wie jetzt, auf dieser Insel sollte doch jede Frau wissen, wie Hochseefischen geht", versicherte er ihr. „Da müssen wir etwas unternehmen."

Der Mann hatte kein Seil, an dem er sich hätte abseilen können. Bruce war ein freundlicher Mann mit breitem Brustkorb und schwarzen Haaren, die so dünn waren, dass sich oben auf seinem Kopf eine vollkommen runde kahle Stelle gebildet hatte. Seine Hände waren breit und seine Schultern ebenfalls, so sehr, dass er größer aussah, als er tatsächlich war. Er trat auf, als wäre er ein König. Und ich muss zugeben, dass er nur deshalb an unserem Küchentisch saß, weil er wollte, dass Denise ihn ebenfalls für einen König hielt.

Meine Mutter stellte ein Stück von dem Streuselkuchen, den sie aus dem Restaurant mitgebracht hatte, vor ihn hin und lachte so unbefangen über seine Bemerkungen, als wären Crystal und ich nicht erst vor wenigen Minuten vor ihren Männerhasstiraden in mein Zimmer geflüchtet. Bevor ich auch nur daran denken konnte, Robby per SMS zu informieren, dass sein Chef ihm sein Trinkgeld vorbeigebracht hatte, lag auch schon Denises Hand auf Bruces Schulter. Bei Denise änderten sich Ebbe und Flut so schnell, dass es nicht leicht war, den Kopf über Wasser zu halten.

Ich verzog mich in den Vorgarten, weil ich die Nase voll hatte. Ich setzte mich ins Gras, öffnete meinen Pferdeschwanz, damit meine Haare in der Sonne lüften konnten, und versuchte, meinen Atem unter Kontrolle zu bekommen.

Ein paar Momente später fuhr Josh mit seinem Fahrrad vom Strand her auf unser Haus zu. Unter dem Arm hatte er ein Skimboard und um die Taille einen Neoprenanzug geknotet. Es war zu spät, ich konnte nicht mehr schnell ins Haus flüchten. Er ließ Fahrrad und Board vor der Garage fallen und ging zu mir hinüber, bis seine Knie auf meiner Augenhöhe waren.

Wenn man ihn so ansah – von Salzwasser triefend und die Waden voller Sand –, dann hatte er mindestens eine Stunde lang gesurft. Er schüttelte seine nassen Haare über mir aus. Ich schnaubte, um ihm zu zeigen, dass mich das nervte.

„Was ist los?", fragte er.

„Nichts." Ich zuckte mit den Schultern, als ob das meine Lüge glaubwürdiger machte.

„Heute sind die Wellen ganz schön hoch. Jedenfalls für die Golfküste."

Ich tat so, als würde ich das Gras untersuchen, und zupfte mit den Fingern einzelne Halme aus. Mir war klar, dass er das komische Gespräch von gestern Abend auf den Tisch bringen würde, wenn er auch nur eine Minute länger hier stünde. Oder er würde sehen, wie Bruce P. aus unserer Haustür marschierte – der dritte Mann, der innerhalb von genauso vielen Wochen unser Haus verließ. Mir gefiel keins von beiden. Ich hatte nur noch ein paar Stunden, bis mich Julie für Sams Party abholen würde, und dann würde ich endlich alles vergessen können, was an diesem sinnlosen Samstag passiert war.

„Als ich gerade gegangen bin, ist dein Bruder da unten aufgetaucht", fuhr Josh fort.

„Schön."

„Ich bin froh, wenn wir in ein oder zwei Monaten diese Neoprenanzüge nicht mehr brauchen. Der Golf war heute ziemlich kalt." Er stand über mir wie ein Turm, bis ich endlich aufsah. Sein Gesicht glühte noch vom Schwimmen. „Geht's dir gut?"

„Perfekt“, sagte ich.

Josh sah sich um, warf durch die Fliegengittertür einen Blick in die Dunkelheit meines Zuhauses und dann einen auf die Straße, wo Bruces Geländewagen neben einem kleinen Graben geparkt war. Für einen kleinen Augenblick verengten sich seine Augen. Und in dem Moment, als ich dachte, er würde aufgeben und hineingehen, legte er sich neben mich ins Gras und verschränkte seine Arme hinter dem Kopf.

Von seinem Anzug tropfte immer noch Wasser, das zwischen uns eine Pfütze bildete, und seine Haut verströmte den Geruch des Meeres. Ich tat so, als bemerkte ich gar nicht, dass er mir so nahe kam – meine eingezogenen Knie waren schließlich nur ein paar Zentimeter von seinem Bauch entfernt, so nahe, dass ich die Wärme der elektrischen Spannung zwischen uns spüren konnte. Die Stille, die ich zu schaffen versuchte, schien ihn überhaupt nicht zu stören. Doch ich konnte mich nicht entscheiden, ob sie mir gefiel, sie und all das andere.

Ich hörte, wie die Fliegengittertür hinter uns geschlossen wurde. Der Vorgarten wurde vom Lachen meiner Mutter erfüllt. Als wir uns umdrehten, sahen wir Bruce wie einen Riesen die Einfahrt hinunterschlendern. Meine Mutter rief ihm hinterher: „Ich freue mich schon auf heute Abend!“

Josh wandte sich mir zu. „Ist das …?“

„Ja.“

„Arbeitet Robby nicht für ihn?“

„Ja.“ Ich hob die Hand, weil ich gern an meinen Nägeln gekaut hätte, konnte mich aber zurückhalten.

„Sie sind dann also …?“

„Jedenfalls seit fünf Minuten. Vermute ich.“

Josh schloss den Mund und schwieg.

Crystal hüpfte aus dem Haus und folgte Bruce zu dessen Geländewagen. Er streckte die Hand aus dem Fenster und reichte ihr einen kleinen weißen Gegenstand, dann fuhr er die Straße hinunter. Während sie zu Josh und mir hinüberging, versteckte sie ihre Hand hinter ihrem Rücken.

„Was hast du da, Schwesterherz?“

Sie grinste spitzbübisch und schüttelte den Kopf, als wollte sie ihr Geheimnis nicht preisgeben.

„Komm schon“, bohrte ich. „Was hat dir Mr Bruce aus dem Auto gegeben? Josh möchte es auch wissen. Du willst es doch wissen, oder Josh?“

Josh setzte sich auf und nickte pflichtbewusst. „Mit Sicherheit. Aber so wie es aussah, war es nur ein Stück Papier. Ich vermute mal, es ist nicht besonders cool.“

Diese Stichelei reichte aus, dass sie ihr Geheimnis lüftete. Crystal enthüllte auf dramatische Weise ihr Geschenk. Es war ein weißer Sanddollar, und zwar ein ziemlich großer. Josh und ich machten „Uhh“ und „Ahh“, während sie die flache, runde Muschel mit ihren Fingern streichelte.

„Der lebt nicht mehr“, erklärte sie. „Er ist tot. Die Sonne hat ihn so ausgebleicht.“

Auf Joshs Lippen bildete sich ein Lächeln, während er mit dem Finger über die glatte Oberfläche strich.

„Kennt ihr die Geschichte vom Sanddollar?“, fragte sie. „Ich habe sie von meiner Freundin in der Schule gehört.“

Wir schüttelten die Köpfe und setzten uns für die Unterrichtseinheit aufrecht hin.

Crystal deutete auf die Furchen im Sanddollar. „Nun ja, das hier oben drauf sind die Umrisse einer Osterglocke. Und seht ihr hier den Stern in der Mitte? Das ist der Davidsstern. Und auf der Rückseite, wenn ihr ihn umdreht, seht ihr eine von diesen roten Weihnachtsblumen.“

„Wow! Woher weißt du überhaupt, was all das für ein Zeug ist?“, fragte ich.

Crystal drehte sich hin und her, so stolz war sie.

Josh nickte anerkennend. „Das ist ziemlich cool, Crystal. Und weißt du, was ich noch gehört habe? Nämlich das: Wenn du möchtest, kannst du ihn aufbrechen. Und innen drin sind fünf Friedenstauben."

„Vögel?", fragte Crystal. Sie drehte verwundert die kleine Muschel hin und her, als suchte sie die Stelle, aus der kleine Vögel herausfliegen könnten.

„Na ja, da sind eher kleine Muscheln drin, aber sie sehen aus wie Tauben."

Crystal schüttelte die Muschel und wir hörten etwas in ihr rasseln. „Die kommen nicht raus."

Josh spitzte die Lippen. „Das ist leider das Problem. Wenn du sie sehen willst, musst du die Schale zerbrechen."

Crystal drückte den Sanddollar fest an ihre Brust. „Das will ich nicht."

„Du musst es auch nicht. Nur wenn du willst", versicherte ihr Josh. „Und wenn es wärmer wird, zeige ich dir, wo du noch mehr Sanddollars finden kannst."

„Dann werde ich den aufmachen. Ich will ihn nur nicht kaputt brechen, solange ich noch keinen anderen habe."

Ich schubste Josh mit dem Ellenbogen an. „Woher weißt du das mit den Tauben?"

„Aus der Jugendgruppe." Er grinste.

„Natürlich."

Er lehnte sich nach hinten und stützte sich leicht mit den Händen ab. „Dass du nicht mit mir dahin gehen willst, war doch noch nicht dein letztes Wort, oder?"

„Nein, ich überlege es mir noch", entgegnete ich.

Als Crystal und ich ins Haus gingen, hatte ich dank Josh die zweitklassige Bühnennummer meiner Mutter schon wieder vergessen. Ich war wirklich ziemlich gelassen. Und ich konnte mir sogar vorstellen, irgendwohin zu gehen, wo sie sich Geschichten über Sanddollars erzählten oder was auch immer sie da taten. Niemand warf dort mit Geschirr. Niemand rief den Mädchen Schimpfwörter hinterher. Dort stolperten keine seltsamen Typen herum. Dort war man sicher. Auch wenn das nicht dem wirklichen Leben entsprach.

Ich fragte mich, wie es sich wohl anfühlen musste, wenn man immer in so einem Frieden lebte. Oder noch besser – wenn man sich geliebt fühlt.

Wenn ich die Augen schloss, tauchte vor meinem inneren Auge Sams leuchtendes Gesicht auf.

6. Kapitel

„Ich gehe heute Abend weg. Du musst dich um deine Schwester kümmern!“, brüllte Denise aus dem Bad. Ein Gemisch aus Parfüm, Haarspray und Zigarettenrauch waberte durch den Flur in mein Zimmer.

„Mama, bitte! Ich habe auch etwas vor!“

Irgendwas zwickte mich im Magen, aber ich drückte es wieder hinunter. Wenn Robby ein Problem damit hatte, dass unsere Mutter mit seinem Chef ausging, dann musste er sich selbst mit ihr anlegen. Es war Zeit, sich für Sams Party fertig zu machen. Wenn er mich für süß hielt, dann würde ich nichts unversucht lassen, um auch so auszusehen.

„Was hast du denn vor?“ Sie streckte den Kopf durch meine Tür, um nach mir zu sehen. „Mit wem denn?“

„Mit Julie und JP und … Sam King.“ Ich sprach den Namen aus, weil ich einfach sehen wollte, wie er sich in einer Antwort anfühlte. *Ich habe mit Sam King etwas vor.*

Irgendetwas blitzte in Denises Augen auf. „Sam King? Wer ist *das* denn?“ Sie betonte das Wort „das“, als hätte es Läuse.

„Niemand“, log ich und unterdrückte ein Lächeln. „Und rede nicht mit so einer lächerlichen Stimme mit mir.“

„Nun?“ Ihre Augen sahen verschmitzt aus.

„Es ist einfach nur eine Party.“

„Und?“

„Sam ist einfach nur ein Junge.“

„Einfach nur ein Junge, hm? Für einfach nur einen Jungen siehst du ziemlich gut aus.“ Sie stellte sich neben mich und streichelte mir übers Haar. „Du hast schon den ganzen Tag auf Crystal aufgepasst. Vielleicht bleibe ich dann heute Abend zu Hause. Ich kann ja Bruce hierher einladen.“

„Okay“, erwiderte ich, während ich auf den Haken wartete. Aber es gab keinen.

„Ich hoffe, Sam passt zu dir.“ Sie schob mir den Daumen unters Kinn und hob es hoch, sodass ich ihr direkt in die Augen sah. „Sei nicht so dumm, wie ich gewesen bin. Du verdienst einen guten Jungen.“

Ich wusste nicht, was ich antworten sollte, und war froh, als sie schließlich ging und ich mit Frisur und Make-up weitermachen konnte. JP und Julie holten mich kurz nach Einbruch der Dunkelheit ab und wir fuhren in die Stadt zu Sams Haus, wo eine Reihe Pick-ups und Kleinwagen ordentlich in der Einfahrt standen, um keine Aufmerksamkeit zu erregen. In den Zimmern, die zur Straße hinausgingen, brannte kein Licht, sodass die Nachbarn nicht erkennen konnten, wie viele Jugendliche sich im hinteren Bereich aufhielten. Das würde also ein ruhigerer Abend werden.

Ich folgte JP und Julie die Treppe hinauf, die vom Eingang des Partyraums in den Hauptteil des Hauses führte, von wo ein Countrysong aus den Lautsprechern unter der Decke erklang. Heute Abend würde es kein Versteckspiel hinter der Tischtennisplatte geben. Leigh und Brett winkten uns vom Küchentisch her zu, wo sie mit ein paar anderen Karten spielten. Durch die Glastüren, die sich an der Seite des Wohnzimmers zur Terrasse hin öffneten, konnte ich Ian und Mike erkennen, die neben Tanya und ein paar anderen aus ihrer Clique saßen.

Als ich sie sah, kochte in mir glühend heiß der Ärger auf. *Ja, Tanya, ich hatte vor, zu Sams Party zu gehen. Und jetzt bin ich hier. Genau wie du. Und ich wurde eingeladen. Genau wie du.* Ein Teil von mir hätte sich gern neben sie gesetzt, um ihnen allen zu zeigen, dass ich nicht mehr „Messy" war, aber mir fehlte der Mut. Wenn sie da draußen auf der Terrasse blieben, könnte ich mich an dem Spiel am Küchentisch beteiligen und dort auch meinen Spaß haben. Ich war aus einem Grund hier, mit dem sie nichts zu tun hatten, und dieser Grund kam gerade durch die Tür.

„Hey, was geht, Leute?", rief Sam fröhlich, während die Jungs ihn abklatschten. Er glitt durch den Raum und verteilte ein Lächeln nach dem anderen, als würde er mit Faschingsbonbons um sich werfen. „Wie geht's, JP? Schön, dass du hier bist."

JP nickte. „Irgendwer muss den Typen hier ja zeigen, wie man Karten spielt."

Sam füllte einen Becher mit Bier und beugte sich über den Küchentisch, der vor uns stand. „Und wie ich sehe, habt ihr ein paar hübsche Mädels mitgebracht." Er winkte Julie und Leigh zu.

JP legte Julie schützend den Arm um die Schulter. „Pass bloß auf, Romeo. Die gehört zu mir."

Sam lächelte, bis seine Grübchen sichtbar wurden. „Kein Problem. Aber wenn du mit dem Kerl Schluss machst, bin ich an der Reihe, klar, Julie?"

Julie lachte. „Ich werde daran denken. Und du solltest das auch, JP." Sie küsste ihn auf die Wange, um ihm zu zeigen, dass sie nur Spaß machte.

„Okay, ich geh raus. Und ihr amüsiert euch, ja?" Sam stellte rote Becher auf den Tisch und wandte sich nun zum ersten Mal mir zu. „Und entspannt euch. Fühlt euch wohl."

JP schnappte sich zwei Becher und gab sie an Julie und mich weiter. „Ich fahre, ihr könnt also zuschlagen."

Entspannt euch. Fühlt euch wohl. Das war das, was ich am meisten wollte. Und in der Lage zu sein, mit Sam mehr als zwei Sekunden Blickkontakt zu haben, ohne sofort vor Peinlichkeit knallrot zu werden. An die nächsten beiden Stunden Party kann ich mich nur noch insofern erinnern, als dass der rote Becher in meiner Hand nie leer zu sein schien. Jedes Mal, wenn ich einen Schluck genommen hatte, füllte irgendwer den Becher wieder auf. Ich bekam kaum mit, dass die meisten anderen nach Hause gingen.

Sam setzte sich auf einen freien Platz neben mir und sah mir über die Schulter in meine Karten. „Bist du zum ersten Mal so richtig betrunken?" Er grinste so, dass ich mir vorkam wie ein kleines Mädchen.

„Vielleicht", gab ich zu.

„Jedenfalls bist du es, sonst hättest du nie im Leben jetzt noch so ein Blatt in der Hand." Er zog eine Karte aus meiner Faust und legte sie auf den Tisch.

„Anfängerfehler", sagte ich. Ich schob die Karte auf den Stapel in der Mitte, was dazu führte, dass alle anderen eine Grimasse zogen. Offensichtlich war das ein richtig guter Zug.

Er hob zufrieden eine Augenbraue. „So, amüsiert ihr euch auch gut?"

„Auf jeden Fall", nickte ich und schnaubte dabei. Ich hatte

so etwas wie einen Ohrwurm im Kopf. *Missy, er findet dich süß. Er findet dich süß.*

Durch die Terrassentür konnte ich immer noch Tanya, Ian und Mike sehen, die von denselben Auserwählten umgeben waren, die jeden Tag in der Cafeteria an Sams Tisch saßen. Das war Sams innerer Kreis und ich war vermutlich das neuste Mitglied. Ian warf einen Basketball. Ich versuchte, ihm nicht in die Augen zu schauen. Was ich aber sehen konnte, war, dass er mich beobachtete, als Sam über meiner Schulter lehnte, um mir beim Spiel zu helfen. Ich wollte nicht zu Ian hinübersehen. Ich wollte ihn nicht daran erinnern, dass er mich früher für so hässlich gehalten hatte, dass er beim Anblick meines Gesichtes schreien musste. Ich wollte auch Mike nicht mehr daran erinnern, dass er mir einmal einen Stapel Bücher gegen die Brust gedrückt hatte. Über jeden von ihnen hätte ich eine Geschichte erzählen können, als wären sie Schauspieler in einem Hollywoodstreifen, der so schlecht ist, dass man ihn um jeden Preis vergessen möchte. Und jetzt war das Rätsel gelöst, wo sie ihre Samstagabende verbrachten, und ich sah nicht mehr länger von draußen durchs Fenster hinein. Ich war mittendrin.

JP sprang vom Tisch auf. „Mach doch mal andere Musik an, hm? Ich habe keine Lust mehr herumzusitzen." Er zog Julie von ihrem Stuhl hoch und legte sich ihre Arme um den Nacken, als würde er mit ihr tanzen.

Sam gehorchte und stand auf, um die Musik zu wechseln. Er dimmte die Lichter, während eine langsame, sehnsüchtige Melodie den Raum erfüllte. Und dann blieb er mitten im Zimmer stehen, dort, wo die Küche ins Wohnzimmer überging, und streckte mir die Hand entgegen. „Darf ich bitten, Mylady?", fragte er in seiner besten Cowboystimme.

Ich wusste nicht, was Bier mit einem anstellen kann – bis

ich aufstand. Ich musste mich an der Theke festhalten, um nicht das Gleichgewicht zu verlieren. Der Alkohol hatte aus meinem Gang ein Schlingern gemacht, wodurch ich – wie praktisch – geradewegs in Sams Arme fiel, der darauf wartete, mich auf die improvisierte Tanzfläche zu führen. Mich an ihn zu hängen, erforderte keinen besonderen Mut, schließlich war ich nur noch halb wach. Ich vergrub meine Nase in seinem dunkelblauen Polohemd und roch die Reste seines Rasierwassers, die in seinen Kragen gesickert waren. Seine Brust unter meinem Kinn zu spüren, raubte mir fast den Atem.

„Bleib ganz locker, Süße", sagte Sam, als er mich auffing. Er schlang seine Arme um meinen Rücken und drückte mich gegen sich, zog mich ganz eng an sich heran, als gäbe es keinen Zweifel, wo ich am liebsten wäre. Er schwang nach rechts und links, während der Sänger aus Nashville von unendlicher Liebe schmachtete. Und nachdem ich schon lange aufgehört hatte mitzuzählen, wie oft mein roter Plastikbecher aufgefüllt worden war, fiel es mir jetzt ganz leicht zu glauben, dass Sam mir gegenüber dasselbe empfand wie dieser liebestolle Sänger seinem Mädel gegenüber. Sam formte mit seinen Lippen die Worte des Liedtextes, als würde er ein Gedicht aufsagen, und mir kamen die Oberseiten seiner Arme unter meinen so vor wie die Äste einer großen Eiche. Wenn ich stolpern sollte, würde er mich auffangen.

Irgendwo hinter mir knarzten die Treppenstufen unter dem Gewicht eines Besuchers. Ich drehte mich nicht um, um zu sehen, wer ins Zimmer getreten war, bis Sam mitten in der Tanzbewegung stehen blieb.

„Na, da schau mal einer an!", brummte Sam. „Ich hatte gedacht, du wärst dir zu schade, hierherzukommen!"

Josh trat mit einem Gesicht ins Wohnzimmer, dem man nichts entnehmen konnte. Er war frisch rasiert und in seinem gelben Polohemd genauso gekleidet wie Sam. Er sah aus wie einer von den Jungs, die im Raum herumsaßen, sogar etwas schicker, was so gar nicht zu seinem gewöhnlichen Aufzug aus schwarzem T-Shirt und Cargoshorts, aus deren Tasche eine Kette baumelte, passen wollte. Heute sah er nicht anders aus als die anderen Typen im Haus, obwohl ich wusste, dass keiner von denen seinen Vormittag auf einem Skimboard verbracht hatte und vielleicht auch nicht den Nachmittag in irgendeiner kirchlichen Bibellesegruppe. Nichts an Josh passte zu dieser Gruppe hier.

Er nickte kaum merklich in meine Richtung, während er sich an den Tisch neben zwei andere Mädchen setzte, deren Gesichter sich aufhellten, als er ihre Namen sagte.

Sam ließ mich auf der Tanzfläche stehen. „Mann, bin ich überrascht, dass du hier bist! Du kommst doch sonst nie zu so etwas. Möchtest du ein Bier?"

„Nein." Josh sah mit der für ihn typischen Schüchternheit auf den Boden. „Mir geht's gut."

„Natürlich."

Ich war im Stich gelassen worden, fallen gelassen wie eine alte Puppe. Alle versammelten sich nun um den Küchentisch, um sich noch etwas zu trinken zu holen und Josh zu fragen, warum er sich in der letzten Zeit so rar gemacht hatte. Ich war zu stolz, um mich bei ihm einzuschmeicheln. Ich ging an den Bücherregalen im Wohnzimmer entlang und versuchte die Tatsache zu ignorieren, dass ich gerade wegen meines Nachbarn abserviert worden war. Dazu kam, dass dieser Mr-Ich-bin-heiliger-als-du mit Sicherheit den Alkohol in meinem Atem riechen und nie wieder ein Wort mit mir wechseln würde.

Die Holzregale waren mit Fotos von Sams Familie zugestellt, ein Bild schöner als das andere. Das ist das Seltsame an reichen Leuten – sie sehen in Bilderrahmen aus echtem Silber immer gut aus. Auf den Bildern waren Eltern zu sehen und Geschwister und Nichten und Neffen, die aneinandergelehnten, sich fest umarmten und ein perfektes, weißes Lächeln aufgesetzt hatten, das zu den ausgeblichenen Segeln der Boote hinter ihnen passte. Da gab es Fotos von Sam im Laufe der Jahre und auf vielen von ihnen war neben ihm ein dunkeläugiger Junge zu sehen. Diese Augen waren unverkennbar. Josh war nicht nur einer von Sams Freunden; nach den Bildern zu schließen, gehörte er zu seinem erweiterten Familienkreis.

Ihre Freundschaft war wohl auch der Grund, warum Josh einfach so in eine Party mit herausgeputzten Jungen und Mädchen hineinplatzen konnte und dort genauso willkommen war wie auf der Insel bei einer Party meines Bruders und seinen zugekifften, ungepflegten Freunden, die immer nach Meerwasser rochen. Während ich die anderen beobachtete, wie sie sich in der Küche gegenseitig mit den Ellenbogen anstießen, wurde mir klar, dass ich in dieser Beziehung die Außenseiterin war. Josh hatte nicht meine Party gesprengt. Ich hatte seine gesprengt.

Sam winkte mich zum Tisch und legte mir den Arm um die Schulter. „So, Josh. Hast du schon Missy kennengelernt? Sie ist neu hier. So was in der Art jedenfalls."

Josh kaute an seiner Oberlippe. „Schön, dich kennenzulernen."

Ich drehte mich lächelnd zu Sam um. „Wir sind eigentlich Nachbarn. Ich wohne gleich nebenan."

Sam rutschte überrascht auf seinem Stuhl herum. „Das Mädel von nebenan, hm? Josh, du hast Geheimnisse vor mir. Du hast mir nicht gesagt, dass du eine neue Nachbarin hast."

Josh zuckte mit den Schultern und schob ein paar Karten auf dem Tisch herum.

„Also, Missy, wie ist das so, wenn man neben Josh wohnt? Starrt er nachts in dein Fenster hinein? Bei dem musst du aufpassen. Ein Wolf im Schafspelz, so einer ist das."

Es dauerte nicht lange, bis das Gebrabbel der Gespräche leiser wurde und ein Pärchen nach dem anderen Schulter an Schulter auf der Couch einschlief. Ich entschuldigte mich und ging nach oben auf die Toilette.

Als ich fertig war und wieder den Flur hinunterging, spürte ich, wie der Alkohol mit aller Kraft auf mich einwirkte und mir die Knie weich wurden. Ich hielt mich an der Wand fest, um das Gleichgewicht zu halten, bis Sam kam und dafür sorgte, dass ich nicht umkippte. Er legte mir den Arm um die Taille und sagte mir, ich sollte mich an ihm festhalten.

So war es also, wenn man betrunken war. Obwohl es sich seltsam anfühlte und mich schwankend machte, war es doch das Einzige, was mir den Mut gab, in Sams Armen zu bleiben und in einem Haus voller Leute zu sein, die mich immer ausgelacht hatten. Es war das Einzige, was mir das Gefühl gab, wichtig zu sein.

Sam King fand mich süß und jetzt hielt er mich im Arm, zog mich näher zu sich heran, als wäre ich seine Freundin. Ich konnte mich auf nichts anderes konzentrieren als seinen Hemdkragen, weil das das Einzige im Flur war, das sich nicht drehte.

„Komm, hier geht es lang." Seine Hände waren rau, durch Football gehärtet. Seine gigantischen Handflächen verschluckten meine Finger und führten mich in ein Arbeitszimmer, in dem zwei lange Ledersofas einander gegenüberstanden.

Ich sank in die Kissen der nächstbesten Couch und schloss die Augen. Ich hätte nervös sein sollen. Ich hätte zittern müssen oder mir an den Nägel kauen oder mich verstecken wollen. Aber die Getränke hatten das weggenommen. Stattdessen verführte mich die Dunkelheit des Raumes zum Entspannen, während die leise Musik, die weit weg von der Küche zu mir hinaufdrang, wie ein Schlaflied klang. Sam setzte sich direkt neben mich und ich legte ihm den Kopf auf die Schulter. Ich konnte spüren, wie sich seine Brust mit jedem Atemzug hob und senkte, und überlegte, ob diese Nähe zu ihm ausreichte, damit ich die ganze Nacht wach blieb – trotz des Biers und der Dunkelheit und der ruhigen Melodie aus dem Stockwerk darunter.

Er streckte die Hand aus und umfasste wieder meine Finger, und als ich das spürte, hörte ich auf, mich zu bewegen. Auch wenn das Haus in Flammen stehen sollte, wäre ich nicht von hier weggegangen, doch er bewegte uns beide. Er lehnte sich weit in die Kissen zurück und zog mein Gesicht zu seinem heran. Doch anstatt ihn anzulächeln, hielt ich mich an ihm fest, als wäre er der Mittelpunkt eines Karussells und ich müsste mit der Fliehkraft kämpfen. Der Alkohol hatte seine volle Wirkung entfaltet. Ich konnte nicht sagen, ob wir uns mit oder gegen den Uhrzeigersinn bewegten, aber wir drehten uns und ich wollte mich an den Sofalehnen festhalten, um nicht herunterzufallen. Er schien es nicht zu bemerken. Er küsste mich einmal, dann noch einmal. Ich bewegte mich nicht.

„Du bist so schön.“ Sein Atem fuhr mir übers Gesicht.

„Bin ich das?“, kicherte ich. Es war ein seltsames, luftiges Geräusch, das da in Sams Richtung unterwegs war. Das war das Lachen meiner Mutter, und zwar von der Art, wie ich es nur spät abends zu hören bekam, nach ihrer zweiten Schicht.

„Du weißt, dass du es bist“, antwortete Sam.

Erleichterung durchströmte meinen Körper. Ich hatte die Bestätigung, dass Sam King mich mochte. Er beugte sich vor, um mich noch einmal zu küssen, aber ich konnte mich nicht bewegen, um darauf zu reagieren. Seine Lippen berührten meine, aber ich lag vor Entsetzen stocksteif da.

Er zog sich zurück. „Was ist los?"

„Ähem …" Ich wusste nicht, wo ich anfangen sollte. Mein Kopf drehte sich und mein Magen ebenfalls. Verzweifelt versuchte ich, das unter Kontrolle zu bekommen. Doch gleichzeitig wagte ich es nicht, mich aus seinen Armen zu lösen. Das war mein erster Kuss, mein erster richtiger Kuss mit einem Mann. Und das war nicht irgendein erster Kuss. Das war Sam, derjenige, von dem ich seit dem siebten Schuljahr geträumt hatte. Ich gab langsam zu: „Ich möchte … das … schon ganz lange."

„Gut." Er grinste.

„Ich meine … seit Jahren."

Sein Lächeln wurde breiter, als er sich mit einem stillen Lachen schüttelte. Ich hatte ihm gerade die Erlaubnis erteilt. Er zog mich zu sich auf die Couch hinunter und presste seine Lippen an meine und ich spürte die Stärke seiner Arme und Schultern an meinen. Schließlich riss ich allen Mut zusammen und küsste ihn zurück. Aber ich konnte nicht mithalten. Seine Hand bewegte sich schnell an meiner Taille entlang. Ich versuchte nach Luft zu schnappen.

„Sam." Ich zog mich weg und spürte seine Wangen an meinen Lippen, während ich sprach.

„Alles in Ordnung. Wir küssen nur." Er bewegte seine Lippen zärtlich über meine, drückte mich aber noch enger an sich.

Fragen schossen mir wie Kugeln durch den Kopf, allerdings wie in Zeitlupe. Was bedeutete das alles? Ich presste meine Hände gegen seine Brust, um ein bisschen Freiraum zu bekommen, aber er gab nicht nach. Er schien es noch nicht einmal zu spüren. Wenn ich noch etwas fester drückte …

wenn ich ihm sagte, er solle sich bewegen … würde das meine Chance ruinieren?

„Wir können aufhören, wenn du möchtest“, flüsterte er.

Genau in diesem Augenblick hustete es links neben mir.

Ich drehte den Kopf und sah, dass von uns unbemerkt eine Gestalt den Raum betreten und sich auf die Couch gegenüber gesetzt hatte. Sie wurde durch das Dämmerlicht verborgen, das durch die gedimmte Beleuchtung im Flur erzeugt wurde.

Sam küsste mich wieder.

Dann ein weiteres Husten.

„Wer ist das?“, flüsterte ich. Ich blinzelte, konnte aber die Gestalt nicht erkennen.

Sam sah auf und zu der Gestalt hin. Sein Gesicht nahm einen genervten Ausdruck an. „Niemand.“ Er drehte meinen Kopf wieder zu seinen Lippen hin.

„Nein, wirklich. Da ist jemand. Hier im Zimmer.“

Sam vergrub mit einem frustrierten Grunzen sein Gesicht im Kissen. „Scher dich raus, Mann!“

Die Gestalt antwortete nicht.

„Hau ab!“, brüllte Sam.

Keine Reaktion.

„Pass auf, ignoriere ihn einfach“, sagte Sam ein wenig trotzig. „Er wird schon weggehen.“

„Hm?“ Ich schob ihn von mir herunter und stützte mich auf meine Ellenbogen, um besser sehen zu können. „Josh?“

„Scheiße!“ Sam boxte geschlagen gegen das Kissen hinter mir und setzte sich aufrecht hin. Er stampfte eingeschnappt aus dem Zimmer und überließ es mir und seinem besten Freund.

Ich glättete mein Shirt und starrte auf den Boden. Warum war Josh zu uns ins Arbeitszimmer gekommen? Ich versuchte, mein Haar in Ordnung zu bringen, aber es war hoffnungslos, das verbergen zu wollen, was ich getan hatte.

„Es ist Zeit zu gehen“, sagte er tonlos.

„Was machst du hier?“, fragte ich, ungehalten darüber, dass er mir Befehle erteilte. Meine Chance bei Sam hatte sich dank ihm in Luft aufgelöst.

„Sam weiß, was ich hier mache, und das reicht. Die Party ist vorbei. Lass uns heimgehen.“ Josh stand auf und streckte mir die Hand entgegen.

Ich ignorierte sie. „Ich bin mit Julie und JP gekommen, nicht mit dir.“

„Die sind schon weg, so wie fast alle anderen auch. Du warst schon seit einer halben Stunde hier oben, da habe ich ihnen gesagt, dass ich dich heimbringe.“

„Julie ist schon weg?“ Ich stand langsam auf und gab mein Bestes, damit er nicht merkte, dass sich der Raum immer noch drehte. „Warum bist du überhaupt hier oben? Wurde es unten langweilig?“

Josh zögerte. „So in der Art.“

„Ich will noch nicht gehen.“ Wohin auch immer Sam gegangen war, ich musste ihn finden und die Dinge richtigstellen.

„Ich aber. Und weil ich deine einzige Mitfahrgelegenheit bin, solltest du besser mitkommen.“ Josh ließ mir keine andere Wahl und ich konnte in seinen Augen erkennen, dass er keine Probleme hatte, irgendetwas Peinliches mit mir zu machen, wenn ich weiterhin ablehnte.

Ich folgte ihm vor das Haus, ohne mich von irgendjemandem zu verabschieden. Eine Welle der Demütigung durchströmte mich, als ich auf Zehenspitzen die Einfahrt hinunterlief und mich auf den Beifahrersitz seines Autos sinken ließ.

„Warte hier“, kommandierte er. Er schnallte mich an und ging allein zum Haus zurück. Einige Minuten später kam er wieder heraus und knallte die Haustür hinter sich zu. Er setzte sich auf den Fahrersitz neben mir. Schweigend fuhren wir zur Insel zurück. Sein Körper war angespannt. Das Einzige, was sich bewegte, waren seine Kiefermuskeln, die er ärgerlich zusammengebissen hatte.

„Ich bin keins von diesen Mädchen, weißt du."

„Bist du nicht?", entgegnete er. „Was für eine Sorte Mädchen meinst du denn?"

„Ich küsse nicht einfach irgendwelche Jungs. Und ich bin keins von den Mädchen, die sich selbst in Situationen bringen, aus denen sie gerettet werden müssen. Mir ging es gut da oben."

„Tatsächlich?"

„Und seit wann geht es dich überhaupt etwas an, was ich tue und wie ich nach Hause komme?"

Keine Antwort.

„Ist er nicht einer von deinen besten Freunden?"

„Das heißt nicht, dass ich ihm traue, wenn es um dich geht." Seine dunklen Brauen zogen sich zusammen, während er auf die Straße vor uns starrte.

„Egal, ich kann auf mich selbst aufpassen", schnappte ich. Das Auto fuhr über die Buckelbrücke auf Perico Island und ich spürte, wie mein Magen jeglichen Halt verlor. „Du liebe Güte, Josh. Halt an. Halt an."

Er stoppte den Wagen neben der Durchgangsstraße und ich rannte in die Mangroven neben dem Marschland. Ich beugte mich vorn über und ließ die braune Flüssigkeit aus mir herausströmen. Das war das Ekelhafteste, was ich jemals getan hatte. Und mit jedem Magenkrampf, jedes Mal, wenn ich etwas von dem Alkohol loswurde, spürte ich, wie eine vertraute Leere zurückkam. Das Bier hatte mir Mut gegeben, das Zutrauen, mit Sam zu tanzen und mich von ihm küssen zu lassen und ihn zurückzuküssen. Während sich das Bier langsam aus meinem System arbeitete, kam jedoch die Realität wieder zurück und mit ihr die alten, vertrauten Gefühle. Josh fuhr mich zu meinem dunklen Haus mit den leeren Zimmern zurück, wo ich nach dem Aufwachen einer Mutter begegnen würde, deren Verhalten ich nicht einschätzen konnte, und einem Spiegel, der mir sagen würde, dass ich immer noch allein war, dass ich immer noch ein hässliches Entlein war. Ich hasste es, dass Josh mich dorthin zurückbrachte.

Josh massierte mir den Rücken und half mir wieder ins Auto. Er schien von dem Spektakel, was ich gerade geboten hatte, völlig unbeeindruckt zu sein, obwohl zwischen uns wieder Schweigen einkehrte. Er schaltete die Autobeleuchtung aus, als er in seine Einfahrt einbog, und brachte mich wortlos zu meiner Haustür.

Ich drehte mich um und erwiderte seinen Blick. „Tut mir leid, dass mir schlecht geworden ist. Danke fürs Mitnehmen."

Er reagierte nicht.

7. Kapitel

Denise hatte entschieden, dass es ein guter Tag werden würde, und so bekamen wir nach dem Aufstehen Pfannkuchen mit Sirup und Butter. Robby, Crystal und ich starrten einander schweigend an, unsicher darüber, ob wir unserer fröhlichen Mutter trauen konnten, die über dem morgendlichen Abwasch ein Lied vor sich hinsummte.

„Was ist los mit euch? Ihr seht aus, als ob ihr einem Gespenst begegnet wärt. Es ist Sonntagmorgen. Genießt euer Frühstück!" Sie strahlte von einem Ohr zum anderen, als sie uns sah.

Robby und ich setzten uns unsicher auf unsere Stühle.

Crystal verlor keine Zeit, sondern goss sich Unmengen Sirup auf ihre Pfannkuchen. „Schneide sie mir klein, Robby", befahl sie.

Robby gehorchte und legte die Bissen in langen Reihen zwischen tiefe Gräben aus braun-goldener Flüssigkeit.

„Du bist heute guter Stimmung, Mama." Ich bereute die Bemerkung augenblicklich.

„Natürlich bin ich das.“ Der Unterton in ihrer Stimme offenbarte, dass sie sich in eine Verteidigungsstellung brachte.

So war es mit einer Frau, die ihre Wutausbrüche hatte und sich dann selbst davon überzeugte, dass das keiner mitbekam. Wenn ich versucht hätte, ihre fröhliche Sonntagmorgenstimmung mit ihrem Samstagmorgentobsuchtsanfall zu vergleichen, hätte sie einfach behauptet, so etwas habe es nicht gegeben. Der Teller war nur heruntergefallen; sie hatte ihn nicht etwa im Eifer des Gefechts geworfen. Sie hatte Ray den Laufpass gegeben; nicht er hatte sie sitzen gelassen. Sie hatte über ihren Exmann gesprochen; nicht etwa uns Kinder angeschrien. Und wir hatten natürlich alles falsch verstanden. Sie würde nie behaupten, dass *alle* Männer Versager waren.

Ich verbannte das Bild aus meinem Hirn und versuchte die Tatsache zu verbergen, dass mein Kopf noch vom gestrigen Abend pochte.

Denise setzte sich zu uns an den Tisch und pustete in ihre Tasse Kaffee. „Ist es etwa verboten, morgens in guter Stimmung zu sein? Heute ist einfach ein schöner Tag. Mannomann, was ihr immer gleich vermutet.“

Sie hatte recht. Ganz abgesehen davon wirbelte sie durchs Haus, als wäre sie Schneewittchen. Ich rechnete jeden Augenblick damit, dass ein kleiner gelber Vogel durch das Fenster geflattert kam und sich auf ihre Schulter setzte.

„Was ist denn mit dir los, Missy? Du siehst ja furchtbar aus. Was hast du gestern Abend gemacht?“

Das Blut rauschte in meine Wangen. „Wer vermutet jetzt gleich etwas, Mama?“

Robby sah mich an, als wollte er mir deutlich machen, dass er es besser wusste. Ich bin sicher, dass er ganz genau riechen konnte, was ich am Abend zuvor getan hatte. Crystal kaute schweigend vor sich hin, während ihr der braune Sirup übers Kinn lief.

Denise setzte sich und schlug die Beine übereinander. Sie beugte sich über den Tisch und wandte sich Robby zu. „Sag mal, gehört Bruce der ganze Hafen allein oder hat er Partner?"

Und damit war es heraus.

„Hä?", entgegnete Robby.

„Na ja, ist er dort der alleinige Chef?"

„Nein, er hat auch einen Partner. Die beiden arbeiten zusammen", antwortete Robby mürrisch. Seine Augenbrauen zogen sich angespannt zusammen.

„Nun, er scheint jedenfalls gute Verbindungen zu haben. Er kam gestern vorbei, weil er dir dein Trinkgeld bringen wollte. Es liegt übrigens da auf der Theke. Er hat dort sicher ein dickes Geschäft am Laufen. Hast du gewusst, dass während der Hauptsaison mehr als hundert Boote dort liegen? Aber egal, ich habe ihn für heute Abend zum Essen eingeladen, seht also zu, dass bis dahin eure Zimmer geputzt sind."

Robby stopfte sich den letzten Bissen seiner Waffel in den Mund und schob sich ohne ein weiteres Wort vom Tisch weg.

Ich räumte zusammen mit Crystal den Tisch ab, als es an der Tür klopfte. Vor der Tür stand Julie mit ihrem Laptop unter dem Arm.

„Oh, mein Gott, komm rein!" Ich packte sie am Arm, zog sie in mein Zimmer und schloss hinter uns die Tür ab.

„Zuerst wollte ich mich bei dir entschuldigen, Missy, dass JP und ich gestern Abend einfach weggefahren sind. Du warst so lange oben mit Sam und dann hat Josh gesagt, dass er dich mitnehmen kann. Aber ich hätte nie fahren dürfen, ohne vorher mit dir zu reden. Verzeihst du mir?"

Ich rollte mit den Augen. „Ja. Natürlich."

„Und jetzt will ich wissen, was du da oben gemacht hast."

Nachdenklich kaute ich auf meiner Unterlippe und suchte nach den richtigen Worten.

Schließlich hielt es Julie nicht länger aus. „Also … du warst nicht bei mir. Du warst auch nicht bei Josh. Aber Sam war auch nicht da …"

Als Julie Sams Namen sagte, entfuhr mir ein kurzer Schrei. „Vielleicht hat er mich oben ein bisschen geküsst."

„Wirklich?"

Wir saßen einander im Schneidersitz auf dem Boden gegenüber und starrten uns an. Schon bald hielt ich es nicht mehr aus und erzählte ihr, wie Sam mich zum Tanzen aufgefordert hatte und mir dann auch noch gesagt hatte, dass er mich hübsch fand. Nicht nur süß, sondern richtig schön. Ich erzählte ihr alles, jede kleinste Kleinigkeit. Es gab sogar ein paar Sachen, die mir jetzt erst wieder einfielen, weil ich nicht mehr so benebelt war.

„Und? Siehst du es jetzt endlich auch, Missy?" Ihre strahlend blauen Augen glitzerten hinter ihren dicken, langen Wimpern. „Du bist wunderschön. Und jetzt sieht es auch jeder. Selbst der attraktivste Junge der ganzen Jahrgangsstufe sieht es."

Ich schüttelte abwehrend den Kopf. Es konnte einfach nicht wahr sein.

„Und warum bist du nie auf Facebook?"

Ich seufzte. „Bin ich doch manchmal. Aber wir haben hier zu Hause keinen Computer, deshalb kann ich hier nicht ins Internet. Außerdem hast du über fünfhundert Freunde und ich kenne fast keinen mehr auf der Insel. Ich hätte höchstens fünf Freunde oder so."

Julie schaltete ihren Laptop an und zeigte mir, wie ich mich in Mrs Durhams WLAN einwählen konnte, ohne dass sie etwas davon mitbekam. „Log dich einfach ein und sieh nach, ob er dir was geschrieben hat. Ich wette, dass er schon versucht hat, dich zu erreichen."

Ich loggte mich ein und checkte, ob ich neue Freundschaftsanfragen hatte. „Null."

„Ist ja auch egal." Julie zuckte mit den Schultern. „Ich bin sicher, dass er sich bestimmt in den nächsten Tagen befreunden will. Mach bloß nicht den ersten Schritt und schreib ihm. Du solltest dich ihm auf keinen Fall an den Hals werfen, weißt du. Er soll ruhig um dich kämpfen."

Wir wechselten auf ihre Seite und sie zeigte mir die Updates von unseren Klassenkameraden. JP hatte ihr ein Foto von dem Tischtennisspiel auf der Party am Freitagabend geschickt. Leigh beschwerte sich, dass er nicht eins der Spiele gewonnen hatte. Dann sah ich meinen Bruder mit seinem Skimboard unten am Pier auf einem der Fotos. Danach tauchte noch ein kurzes Update von Tanya Maldonado auf:

Warum glauben manche Mädchen, dass Schlampe sein sexy ist? Es gibt Leute, die sollten wieder zurück in die 7. Klasse gehen.

Ich zuckte zusammen. Schnell schloss Julie ihren Laptop und fragte mich, mit welchem Nagellack ich als Nächstes meine Finger lackieren wollte. Doch wir wussten beide, dass ich die Nachricht gesehen hatte. Und wir wussten auch beide, dass sie mir galt. Zu Tanyas Update gab es schon acht Kommentare. Mein Magen drehte sich schon wieder um, aber ich war mir nicht sicher, ob das noch am Bier lag oder an der Angst, morgen wieder in die Schule gehen zu müssen. Da draußen gab es eine eigene Welt, die über mich und den letzten Abend redete – und sie musste nicht einmal mehr meinen Namen nennen.

„Wer weiß, wen sie gemeint hat." Julie verschränkte die Arme vor der Brust und sah angestrengt an mir vorbei.

Ich warf ihr einen vielsagenden Blick zu. Wir wussten beide

sehr gut, wen sie gemeint hatte, und alle anderen wussten das auch.

„Vergiss sie, Missy."

„Wie denn?" Ich hob die Finger zum Mund und konzentrierte mich auf meinen Zeigefinger. Damit war die Maniküre offiziell ruiniert.

„Hör auf, an deinen Nägeln herumzukauen, und vergiss sie. Sie kann dich einfach nicht leiden. Sam mag dich. Denke *daran*. Und es ist doch egal, ob er dir eine Freundschaftsanfrage schickt oder nicht. Wenn du diese Woche keine Möglichkeit mehr hast, mit ihm zu sprechen, dann müssen wir einfach dafür sorgen, dass du eine bekommst."

Als Julie am Spätnachmittag ging, hatte sie mir einen ausgefeilten Plan hinterlassen, wie ich Sam außerhalb der Schule treffen könnte. „Alles dreht sich darum, ob du strategisch erreichbar bist", hatte sie gesagt. Wir würden am Mittwoch nach der Schule etwas länger bleiben. Sie und ich könnten die dort angebotene Nachhilfe gebrauchen und danach würden wir am Sportplatz herumhängen und dem Training zusehen. Sam würde dort sein und seine Laufrunden drehen, damit er seine Kondition über den Frühling hinweg erhielt, bis die Footballsaison wieder losging. Er würde uns bemerken, kurz herüberkommen und Hallo sagen und uns vielleicht sogar nach Hause fahren.

Ich versuchte, Tanyas Bemerkungen aus meinem Hirn zu verbannen. Ich würde nicht schlampig auftreten. Im Gegenteil, ich würde total kontrolliert sein. Und Sam würde auf der Zuschauertribüne seinen Arm um mich legen, und das nicht, weil ich zu viel Bier getrunken hatte, sondern weil er mich an sich drücken wollte. *Was wird sie dann sagen?*

Ich hasste es, dass ich ihre Bemerkungen einfach nicht loswurde. Und ich hasste es, dass der größte Sieg, den ich mir für mich vorstellen konnte, nur darin bestand, dass sie mich total vergaß. Oder vielleicht war das der ultimative Traum: so akzeptiert zu werden, so geliebt und so beliebt, dass es allen egal war, was Tanya über mich sagte. Das war natürlich sowieso unmöglich zu erfüllen. Falls dieser Augenblick jemals kommen sollte und ich immer noch wusste, was sie über mich sagte, hätte ich schon versagt.

Die Sonne war schon dabei, den Himmel in rosa und violette Streifen zu tauchen. Möwen kreischten vor meinem Fenster, während sie sich auf ihre abendliche Jagd vorbereiteten. Robby war von einem Tag mit seinen Freunden zurückgekommen und wirkte abgeklärt, als wäre ihm die Tatsache egal, dass sich Denise an seinen Chef heranmachte und dass dieser Chef heute zum Abendessen vorbeikam. Sie machte Lasagne, als wollte sie das ganze Haus absichtlich mit dem Geruch von Tomaten und Knoblauch erfüllen. Der Geruch war warm und einladend und ließ unser Heim beinahe wie ein ganz normales Zuhause wirken.

Als Bruce ankam, knuffte er Robby spielerisch in den Arm und setzte sich ans Kopfende unseres Küchentisches. Seine Haare klebten nach einem Tag voller Arbeit in der Sonne am Kopf und sein runder Bauch schwoll so sehr unter seinem Hemd, dass es unter seinem Brustkorb spannte. Er war stämmig und aufgedunsen, aber irgendwie strahlte er so etwas wie eine gewisse Würde aus. Je mehr Platz er an unserem Tisch einnahm, desto mehr hatten wir den Eindruck, wir sollten ihm zuhören.

Während er über die Bootprojekte sprach, die am Hafen anlagen, sah Bruce Robby direkt in die Augen. „Du wirst einen Haufen Trinkgeld kassieren, wenn das Boot fertig ist. Ein Junge von hier, wie du einer bist, erinnert die alten Männer an ihre eigene Kindheit."

Robby grinste. Vielleicht war ich die Einzige, die Angst vor dem hatte, was passieren würde, wenn Denise sich in Bruces Leben eingefügt hätte.

„Verstehst du, es geht im Grunde immer nur darum, dass sie tatsächlich etwas fangen.“ Bruce beugte sich vor und hielt Messer und Gabel so, als wolle er zustechen. „Wenn du das sicherstellst, dann leeren sie ihre Brieftaschen. Und daran werden wir arbeiten, mein Junge. Wir werden am Angeln arbeiten und zusammen die richtigen Stellen finden, damit du sie auf direktem Weg zu den großen Fischen führen kannst. Wenn ihr dann wieder am Hafen seid, kannst du ein Foto von ihnen mit ihrem großen Fang machen und dafür die Hand aufhalten. So läuft das. Das ist ein echter Goldesel.“

Denise schöpfte eine weitere Portion Lasagne auf Bruces Teller. „Ist das nicht furchtbar nett, dass Bruce dir dabei helfen will, Robby? Dir zeigt, wie der Hase läuft?“

„Jau.“ Mein Bruder starrte auf den Küchentisch. Denise hatte gerade seinen Nachmittagsjob in ein Wohltätigkeitsprojekt verwandelt.

Bruces Augen fuhren zwischen beiden hin und her. Meine Mutter machte anscheinend auf überbehütende Tütteltante und mein Bruder stand kurz davor, die Sache auffliegen zu lassen. Bruce hustete die Spannung weg. „Keine Ursache. Ich tue dem Jungen keinen Gefallen. Er wird das Geld selbst verdienen müssen. Das ist kein Praktikum, sondern echte Arbeit. Da geht es darum, sich den Lebensunterhalt zu verdienen. Und der Junge ist ein Naturtalent.“

Bei diesen Worten entspannten sich Robbys Schultern. Ich konnte den Stolz in seinen Augen sehen. Er würde sein Geld eigenhändig verdienen und beweisen, dass er es konnte, und ich hoffte inständig, dass er damit Erfolg hatte.

„Nun“, sagte Denise neunmalklug, „sich den Lebensunterhalt zu verdienen ist wirklich etwas, was der Junge lernen sollte. Und zum Glück hat er dich, damit du es ihm beibringst.“

Bei ihren Worten schloss ich die Augen. Hatte sie überhaupt mitbekommen, dass sie meinen Bruder beleidigt hatte, nur damit Bruce sich wie ein Held fühlte? Doch keiner von beiden zeigte irgendeine Reaktion. Das Essen war Ablenkung genug, um alle Beleidigungen aus dem Raum zu verbannen. Und die Männer hatten sowieso schon entschieden, wie die Situation aussehen sollte. Wir aßen miteinander Lasagne wie eine Familie.

Nach dem Essen setzte sich Bruce neben meine Mutter auf die Couch und spielte mit den Fingern in ihren Haaren herum, während wir fernsahen. Seit Monaten war das Gesicht meiner Mutter zum ersten Mal entspannt und das freute mich für sie. Endlich.

Würde Sam auch mit meinen Haaren spielen, wenn wir zusammen vor dem Fernseher saßen? Waren seine Eltern endlich zu Hause? Saß er auch neben ihnen auf der Couch?

Ich musste alles ignorieren, was Tanya im Internet von sich gab. Sam King hatte mir gesagt, dass ich schön war. Schön würde heute Abend gewinnen. Meine Mutter und ich, so hatte ich entschieden, waren dabei, sich jeweils einen Freund zu erobern.

Als der Lehrer, der uns in den naturwissenschaftlichen Fächern unterrichtete, das Klassenzimmer verließ, weil er einen Telefonanruf bekommen hatte, teilte sich die Klasse sofort in kleine Grüppchen aus Getuschel und Gekicher. Aus den Rucksäcken wurden Handys gezückt und Finger tippten wild eine SMS nach der anderen, um die Klassensituation in Echtzeit zu übermitteln.

Julie drehte sich mit dem Smartphone in der Hand an ihrem Platz um. „Ich bin so froh, dass wir zusammen in diesem Kurs sind. Schau dir nur das Bild von JP an!“

Ich musste sie anlächeln, obwohl ich das gar nicht wollte. Sie war hin und weg. „Was hat er denn da in der Hand? Ist das unser Jahrbuch aus der Mittelstufe?“

„Er sagt, dass er schon seit Jahren in mich verliebt ist. Und hier zeigt er mir, dass er damals ein Herz um mein Bild gemalt hat. Da war er elf oder so.“

Wir zischten einander ein leises *Uih* zu, denn wir konnten das kaum fassen. Julie hatte den perfekten Freund und sie verdiente es nicht anders.

Als das Gebrabbel im Klassenraum etwas ruhiger wurde, war eine Stimme von hinten klar zu hören: „Sie war schon immer so eine Schlampe.“ Sie war gerade so laut, dass Julie und ich sie sehr gut verstehen konnten.

In der Mitte dieses Grüppchens aus Cheerleadern mit Pferdeschwänzen wies Tanya Maldonado mit ihrer perfekt geformten Nase in meine Richtung. Ihre Freundinnen schauten schnell weg, als ich merkte, dass sie mich anstarrten, aber Tanya hielt meinem Blick stand. Sie starrte mit einem leichten, trotzigen Lächeln zurück und redete weiter, doch diesmal konnte ich sie nicht verstehen.

Julie tat so, als hätte sie nichts bemerkt.

„Reden die über mich?“ Ich konnte spüren, wie meine Wangen rot wurden, jenes furchtbar verräterische Zeichen, das mir vor drei Jahren den Ärger mit Tanya eingebrockt hatte. Instinktiv fing ich an, an den Fingernägeln zu kauen, eine Angewohnheit, die – und das fiel mir zum ersten Mal auf – es mir ermöglichte, mein Gesicht hinter meiner Hand zu verbergen. Es spielte für Tanya keine Rolle, dass Sam mich eingeladen hatte. Sie redete über mich, als hätte ich die Party wie ein

Einbrecher gesprengt. Sie war der lebende Beweis, dass Julies Theorie, ich könne die Vergangenheit hinter mir lassen, nicht stimmte.

„Wen interessiert das schon?" Julie zuckte mit den Schultern.

„Ich habe mich auf Sams Party ziemlich danebenbenommen, stimmt's?"

Julie ließ sich in ihrem Sitz zusammensacken, als wollte sie deutlich zeigen, wie sehr sie das alles langweilte. „Sie war auch nicht gerade ein Engel auf Erden. Das Mädel ist alles andere als unschuldig, wenn du weißt, was ich meine."

Tanya ging zum Papierkorb neben der Tafel, um sich einen Bleistift zu spitzen, und wandte sich mir zu. „Hey, Missy." Ihre Stimme war wie Honig.

„Hi, Tanya", zwang ich mir ab.

„Wir sehen uns also öfter in der letzten Zeit. Du hängst auch bei Sam herum."

Ich nickte. Ich produzierte ein freundliches Lächeln in der Hoffnung, sie mit meiner Nettigkeit von irgendwelchen bösartigen Plänen abzubringen.

Tanya blies die Reste aus ihrem Spitzer auf den Fußboden und kam neben meinen Tisch, sodass ich nicht anders konnte, als zu ihr hinaufzusehen, den Hals gereckt. Sie drehte ihren Bleistift zwischen den Fingern. „Ich bin ungefähr zu dem Zeitpunkt gegangen, als du die Treppe hoch bist. Wie ich gehört habe, warst du *so* dicht davor, dass du bei Sam im Bett gelandet bist. Ich habe ihn heute Morgen getroffen und er sagt, er kann es nicht fassen. Er war betrunken. Ihm war das so peinlich."

Meine Stimme überschlug sich. „Peinlich?"

„Ich meine, ihm war nicht peinlich, was er getan hat. Nur mit wem er es getan hat."

Ich verschluckte mich beinahe, so sehr schockte mich ihre Bemerkung.

Sie starrte mich an, als wartete sie auf eine Reaktion, aber mir fiel nichts ein. Sie war noch nicht wieder auf ihrem Platz angekommen, da waren meine Augen schon glasig vor Tränen, die ich nicht weinen wollte.

Julie versuchte, mir andere Bilder auf ihrem Handy zu zeigen, irgendetwas zu tun, was mich ablenkte. Aber es war zu spät. Als die Stunde zu Ende war, schnappte ich mir meine Bücher und rannte hinaus, so schnell ich konnte. Im Geschichtsunterricht angekommen, fühlte ich mich, als hätte ein Staubsauger alle Luft aus meinen Lungen gesaugt. *Peinlich.* Und nicht weil er fast mit jemandem geschlafen hatte, sondern weil er mit … Ich konnte mir alle möglichen Weisen lebhaft vorstellen, durch die sich Sam von mir distanzierte. Tanya dazu zu benutzen, war mit Abstand die effektivste.

Ich ging in den anderen Klassenraum und hielt den Blick gesenkt. Sam saß bereits hinter meinem Platz. Er nickte mir schweigend zu und sah dann schnell wieder in seine Bücher. Nicht einmal ein Hallo. Ich wartete während des Kurses darauf, dass er sich nach vorn beugte und mir irgendwas ins Ohr flüsterte, egal was. Einen Witz erzählte. Nach meinen Aufzeichnungen fragte. Doch er saß die ganze Stunde schweigend da, als wüsste er nicht, dass ich dasselbe Mädchen war, das noch vor zwei Tagen neben ihm auf der Couch seiner Eltern gelegen hatte. Ich war unsichtbar.

Als der Gong ertönte und die Stunde zu Ende war, packte ich meine Bücher langsam zusammen. Ich drehte mich leicht zum Gang hin, als Sam von seinem Platz aufstand. Vielleicht wollte er mir jetzt etwas sagen, wenn der Raum mit anderen Geräuschen angefüllt war.

Er warf sich seinen Rucksack über die Schulter und lief vorsichtig um mich herum.

„Entschuldigung", flüsterte ich. Ich zog meinen Rucksack aus dem Gang.

„Kein Problem", erwiderte er. Er ging aus dem Raum, ohne mich anzusehen, sogar ohne meinen Namen auszusprechen.

Ich fuhr mit dem Bus nach Hause und hockte mich vor den Fernseher, aber selbst Dr. Phil konnte mich nicht aufheitern. Der Gedanke, dass auf dieser Insel irgendetwas anders werden würde, als es immer schon gewesen war, hatte sich als Hirngespinst herausgestellt. Ich ging zum Ferienhaus hinüber.

Als ich das Tor öffnete, saß Josh am Gartentisch und war vollkommen in ein Buch vertieft. Er sah auf, als er mich kommen hörte.

„Tut mir leid, ich habe nicht gewusst, dass du hier bist. Ich komme besser ein andermal wieder." Ich ließ meine Hand auf dem Türgriff ruhen.

Josh sah mich ausdruckslos etwas zu lange an, während ich auf seine Reaktion wartete. „Ist schon okay." Er zuckte mit den Schultern und drehte sich weg. „Ich muss sowieso gehen."

Ich stand einen Augenblick im Eingang und hatte schon wieder das Gefühl, ihn enttäuscht zu haben, während ich ihm gleichzeitig noch böse war, weil er mir bei Sam in die Quere gekommen war. Ich schloss das Tor hinter mir und ging zu ihm hin.

Ich schlenderte zum Tisch und wartete darauf, dass er irgendetwas sagte, doch er blieb still. Hielt auch er mich für eine Schlampe? Wie könnte er auch anders? Er sah in meine Richtung, aber wie durch mich hindurch, als wäre er im Halbschlaf.

„Josh, es tut mir leid, dass du dich letztens um mich kümmern musstest. Bist du böse auf mich?"

Er schüttelte den Kopf. „Nein, nicht auf dich."

Ich setzte mich und versuchte ihm in die Augen zu schauen, aber er wich meinem Blick aus, indem er vor sich auf den Boden starrte. „Nicht auf mich? Auf wen denn sonst?"

„Niemand."

„Na ja, besonders fröhlich siehst du nicht aus." Ich hielt die Luft an, weil ich Angst vor der Antwort hatte. Würde er mich ebenfalls ignorieren?

Josh schüttelte den Kopf. „Sam und ich haben uns gestritten. Es ist vorbei. Zwischen uns ist jetzt alles okay." Er klappte das Buch fest zu. „Aber das war wirklich nicht mein bestes Wochenende."

„Du bist böse auf Sam? Weswegen denn?"

Josh ballte seine Hand zur Faust. „Weil Sam es eigentlich besser wissen müsste, als einem Mädchen einen nach dem anderen einzugießen und …"

Mein Mund klappte auf. Ich verstand jetzt, warum Josh die Party in diesem Zustand verlassen hatte. Ich erinnerte mich daran, dass er die Tür hinter sich zugeknallt hatte und wie angespannt er auf dem Nachhauseweg gewesen war.

„Das war nicht Sams Schuld. Und du musst mich nicht beschützen, Josh."

Er nickte, als würde er mir kein Wort glauben. „Wie dem auch sei, er sollte das mit keinem Mädchen tun."

„Ein Mädchen kann so etwas selbst entscheiden, weißt du. Das liegt nicht in seiner Verantwortung."

„Jungs sollten sich anständig verhalten, statt es auszunutzen, wenn andere das nicht tun."

Bei seinen Worten schauderte es mir.

„So habe ich das nicht gemeint, Missy. Ich wollte nur sagen, dass er genau gewusst hat, dass du zum ersten Mal auf so einer Party warst. Er sollte sich besser um dich kümmern, wenn du

… öfter mit ihm zusammen sein wirst." Jetzt endlich trafen sich unsere Blicke. Seine Augen waren groß und ernst, fast so, als hätte er Schmerzen.

Ich wartete, ob er noch mehr sagen würde, ob er mir offenbarte, was er von mir hielt und wie enttäuscht er von mir war. Dass er wusste, dass es Sam peinlich war, mit mir zusammen gesehen zu werden.

„Schau mal", sagte Josh, „nur weil dich ein Junge mag, heißt das nicht …" Er hielt inne und seufzte.

„Was? Hast du Angst, dass du mich beschimpfen könntest?"

Joshs Augen wurden zu Schlitzen. „Dich beschimpfen? Nein, nicht dich – Sam. Vergiss einfach, was ich gesagt habe."

„Ist auch egal. Es sieht sowieso nicht danach aus, als ob ich öfter mit Sam ‚zusammen sein' würde. Er mag mich nicht. Das ist mittlerweile ziemlich offensichtlich. Du brauchst dir also keine Gedanken darüber zu machen, dass meine Unschuld in Gefahr sein könnte."

Josh spitzte die Lippen, als wüsste er es besser. „Das werden wir ja sehen."

Ich löste meinen Pferdeschwanz und ging zum Pool. Mein letzter Zufluchtsort war auf schnellstem Weg dabei, eine Kampfzone zu werden. Josh fing an, seine Sachen zu packen, und in meiner Brust machte sich Panik breit.

„Was lernst du da überhaupt?", fragte ich. „Worum geht es in dem Buch?"

„Nichts Besonderes."

„Bitte, Josh. Sprich mit mir."

Ein dünnes Lächeln erschien auf seinem Gesicht. „Okay. Worüber möchtest du denn reden?" Er beugte sich vor und sein Schuh streifte unter dem Tisch an meinem entlang. Er ließ ihn dort, nur zwei Zentimeter von meinem entfernt. Auch wenn wir beide uns bewusst waren, dass der Abstand nur klein war, hätten wir es doch niemals zugegeben. Und für einen Augenblick rückte keiner von uns weg, als würden wir irgendein Spiel spielen, bei dem derjenige verliert, der zuerst zuckt. Mir wurde in diesem Moment bewusst, dass es mir gefiel, Josh so nahe zu sein. Er war in keiner Weise wie Sam, aber wenn dieser Junge in meiner Nähe war, wurde jedes Mal alles, was ich mir scheinbar vorgenommen hatte, ein einziger Nebel.

„Ich würde gern wissen, worum es in dem Buch geht, das du offensichtlich vor mir verstecken willst."

Er rutschte auf seinem Stuhl herum, als machte er sich auf meine Reaktion gefasst. „Also gut. Du hast mich danach gefragt, also erzähle ich es dir. Ich habe einen Vers in der Bibel gelesen."

„Du hast den einfach nur so für dich gelesen?"

„Ja." Er zwang sich ein dünnes Lächeln ins Gesicht, aber ich konnte trotzdem erkennen, dass es ihm schwerfiel, darüber zu reden.

Ich wusste nicht, was ich zu so etwas sagen sollte, aber ich wollte ihn auf keinen Fall kränken. Ich blickte zu Boden, als wäre dort irgendwo ein Zettel mit der richtigen Antwort zu finden.

„Ich weiß, dass dir das ziemlich abgedreht vorkommt", sagte Josh. „Also vergiss es einfach."

„Nein, es ist völlig in Ordnung. Und was sagen deine Freunde darüber, dass du … das da … liest, anstatt mit ihnen auf Partys herumzuhängen?"

„Meine Freunde? Meinst du Sam?"

Ich zuckte mit den Schultern.

„Die tolerieren es. Gerade so, vermute ich." Josh schüttelte resigniert den Kopf. „Manche von ihnen verstehen, was ich hinter mir habe. Manche denken, dass ich ein ziemlicher

Langweiler geworden bin, und hassen es, dass ich mich verändert habe. Es ist schwer zu erklären, warum ich mich damit beschäftige. Alles, was sie tun, sieht für sie in dem Augenblick, in dem sie es tun, so richtig aus. Und dann komme ich, bin mittendrin dabei, aber alles, wovon ich ihnen erzählen möchte, ist für sie unsichtbar. Aber es ist genauso wirklich, sogar noch wirklicher, obwohl es so aussieht, als wäre ich verrückt."

Ich war auf mehr gestoßen als auf Josh, der gerade einen Bibelvers las. Ich war mittendrin in seiner persönlichen Rebellion. Die meisten unserer Freunde feierten ständig Partys und missachteten die Regeln ihrer Eltern. Josh redete über Gott und missachtete damit die Regeln seiner Freunde.

Er lehnte sich zurück und zog seinen Fuß weg. „Lass uns schwimmen gehen, Missy. Deswegen bist du doch hier, oder?"

„Wolltest du nicht gerade gehen?"

„Na ja, ich muss dir doch erst noch zeigen, dass ich unter Wasser auf einer Hand stehen kann. Das musst du natürlich erst noch sehen, damit du etwas hast, worauf du neidisch bist, etwas, was du üben kannst, wenn ich nicht da bin."

„Worauf ich neidisch bin?" Ich lachte aus Protest. „Verglichen mit dir bin ich Michael Phelps."

Josh zog sein Hemd aus und sprang blitzschnell ins tiefe Wasser.

Durch die Flutwelle wurde ich klatschnass und sprang hinterher. Er hatte mit einem Schlag die Schwere aus diesem Tag genommen und ich fühlte mich wieder frei. Wir zeigten einander alle Tricks, die wir kannten. Er marschierte auf den Händen durch den Pool und ich machte Vor- und Rückwärtssaltos wie eine Meerjungfrau.

Ein breites, dämliches Lächeln erschien auf seinem Gesicht. „Du solltest dich bei einer Schwimmmeisterschaft anmelden."

„Ich? Wohl kaum."

„Du hast es wirklich drauf."

Ich schüttelte mir die Idee aus dem Kopf. „Ja, aber da geht es um Wettkämpfe. Und ich glaube, das ist nichts für mich."

„Die Leute würden dich mögen. Und es ist irgendwie nett, mit dir herumzuhängen. Natürlich nur, wenn du nüchtern bist."

Ich überspielte den Schock und spritzte ihn nass, bis er eine Menge Wasser geschluckt hatte. Egal, welchen Abstand er zwischen uns hatte halten wollen – dieser war durch die Chlortaufe weggewaschen und durch die Palmwedel gemildert worden, die sich über uns in der einbrechenden Dunkelheit bewegten.

„Also, Josh, mit dir ist es auch nett, wenn du dich nicht gerade in meine Angelegenheiten einmischst."

Er lachte. „Jetzt mal im Ernst, Missy. Du hast eine gewisse Wirkung auf die Leute."

Mein Mund war plötzlich trocken. Ich machte Armbewegungen nach vorn und hinten, um über Wasser zu bleiben. „Ich habe eine Wirkung auf die Leute? So hat das noch nie jemand gesagt." Ich dachte sofort an die Wirkung, die ich auf Leute wie Tanya Maldonado hatte. Augenblicklich und eindringlich, so schien es jedenfalls immer.

„Ich sehe dich manchmal mit deiner Schwester. Du liebst sie sehr. Du kümmerst dich immer um sie und versuchst, sie zu schützen." Er lehnte sich an den Beckenrand. „Und deinen Bruder auch. Du hast ihn immer im Blick, obwohl er älter ist als du."

Die Peinlichkeit umhüllte mich plötzlich wie ein Schleier. Das schienen gute Dinge zu sein. Aber irgendwo musste es noch einen Haken geben. Was hatte er noch beobachtet? Ich erinnerte mich an die dramatischen Szenen, die sich in unserem Vorgarten abgespielt hatten. Ich wollte kein Mitleid. „Danke, Josh. Aber du musst das nicht alles sagen."

Er blinzelte und seine Augen sahen mich an, als wollte er, dass ich ihm glaube.

Ich war seit dem siebten Schuljahr in Sam King verliebt und ich war noch nie näher dran gewesen, dass er mich ebenfalls bemerkte, obwohl er im Klassenraum nicht mit mir gesprochen hatte. Trotzdem konnte niemand leugnen, dass es auf der Party irgendwie zwischen uns gefunkt hatte. Vielleicht war das noch nicht vorbei. Vielleicht hatte er die Dinge, die Tanya über ihn erzählte, nie gesagt.

Doch immer wenn ich bei Josh war, schien etwas von Sam ein bisschen schwammiger zu werden. Dann machte ich mir plötzlich über komische Fragen Gedanken, zum Beispiel darüber, wie viele Zentimeter zwischen unseren Füßen waren und wie oft Josh mir schon in die Augen geschaut hatte.

Josh hatte jede Gelegenheit, um mich zu küssen, meine Hand zu nehmen, sich mit mir zu verabreden, mir irgendwie zu zeigen, dass ich für ihn mehr war als einfach nur eine Nachbarin. Und um mir zu sagen, dass ich Sam King vergessen sollte. Doch er hatte nichts dergleichen getan. Nicht, als er mich im Pool seiner Großmutter erwischt hatte. Nicht, als er mir den Schlüssel zum Ferienhaus in die Hand gedrückt hatte. Nicht, als er mich in einer langen Autofahrt von irgendeiner Party auf die Insel zurückbrachte. Er machte nicht einen einzigen Zug, als würden ihn unsichtbare Fesseln daran hindern, von mir mehr zu wollen als nur reine Freundschaft.

Das Wasser tanzte zwischen uns und wir hielten uns am Beckenrand fest, um nicht wegzutreiben. Ich konnte die kleinen Wellen, die er mit seinem Strampeln erzeugte, an meiner Brust spüren.

Komm, gib dir einen Ruck, Josh Durham.

Er holte tief Luft und ich fragte mich, ob er seine Karten

offenlegen würde. „Dein Bruder Robby ist ziemlich gut mit dem Skimboard. Bist du das auch?"

Ich schloss frustriert die Augen. „Nein, ich habe keine Ahnung davon. Das ist Robbys Sport."

„Oh", antwortete er.

Ich ahnte, dass ich ihm nichts vorwerfen konnte. Es war nicht seine Schuld. Wie könnte Josh auf die Idee kommen, sich mit mir verabreden zu wollen, wo er mich doch eben erst von der Couch eines seiner besten Freunde hatte zerren müssen?

Er stieß sich vom Poolboden ab, setzte sich auf den Beckenrand und ließ die Beine im Wasser baumeln. Das Wasser lief ihm in Strömen von den Schultern und bildete um ihn herum eine Pfütze. „Was machst du Mittwoch nach der Schule?"

„Mittwoch?" Ich suchte nach Worten. Das war der Tag, an dem Julie und ich Sam beim Training zuschauen wollten.

„Ja, wir könnten etwas zusammen unternehmen."

Eine Seite meines Mundes begann sich zu heben. „Was denn?"

„Ist das nicht egal? Hauptsache, wir sind zusammen."

Ich tat so, als würde ich angestrengt nachdenken, und rollte mit den Augen.

„Okay, da trifft sich meine Gemeindegruppe."

Oh. Also doch keine Verabredung. „Ähem", zögerte ich.

„Was denn? Hast du Angst?"

Ich stemmte mir die Hände in die Hüfte, um ihm zu zeigen, dass ich an seinem Spielchen nicht interessiert war, aber in meinem Fall half das nicht. Seine weißen Zähne leuchteten im Dämmerlicht. Er war auf seine eigene, dunkle, unvorhersehbare Weise schön und das ließ mich mein Desinteresse vergessen. „Angst? Vielleicht. Was gibt's zu trinken? Wasser?"

„Nö, Jungfrauenblut."

Auf meinem Gesicht machte sich ein Lächeln breit.

„Ein paar Leute aus unserer Schule werden dabei sein und noch ein paar aus anderen Schulen. Du kannst gern Julie und JP auch mitbringen."

Mit Sicherheit keine Verabredung. „Nein, danke. Ich habe mich für Mittwoch schon mit Julie verabredet. Wir haben das schon länger ausgemacht." Ich wollte den Plan nicht aufgeben, Sam mit Julie außerhalb des Unterrichts zu treffen, jedenfalls nicht, solange es noch eine Chance gab. Und mit Sicherheit nicht, solange Josh mich als eines seiner kirchlichen Wohlfahrtsprojekte betrachtete.

„Das ist in Ordnung. Was habt ihr beiden denn vor?"

„Äh, na ja, wir haben gleich nach der Schule zusammen Mathenachhilfe."

Er kniff die Augen zusammen, weil ihm das Wasser in kleinen Strömen aus den Haaren ins Gesicht lief. „Das dauert ja nur eine Stunde. Wie sieht es danach aus?"

„Nach der Nachhilfe?" Ich zögerte ein paar Minuten. „Julie und ich wollten noch etwas unternehmen. Vielleicht beim Training zuschauen."

Seine Augen verengten sich. „Auf dem Sportplatz?"

„Ja", antwortete ich etwas zu fröhlich.

Er setzte sich ein wenig aufrechter hin – genau so viel, dass ich es bemerkte. „Wollt ihr Sam zujubeln?"

Ich sah peinlich berührt aufs Wasser. „Ich weiß nicht. Ich meine, warum auch nicht?"

Er seufzte und schüttelte den Kopf, als bekäme er damit den Gedanken aus dem Hirn. „Stimmt, warum auch nicht. Viel Spaß."

„Ich meine, vielleicht ein andermal ..."

„Nein. Ist schon in Ordnung. Viel Spaß."

Josh sprang auf die Füße und klaubte seine Bücher zusammen. Er warf sich sein Handtuch um den Nacken, griff nach seinem Hemd und verabschiedete sich von mir, ohne mich noch einmal anzusehen. „Entschuldige, mir ist gerade eingefallen, dass ich heute früh zu Hause sein muss. Meine Großmutter ist wieder da und hat mich zum Essen eingeladen. Wir sehen uns später."

Er verschwand zwischen den dicken Bäumen, die das Grundstück umgaben, und ließ mich mit dem Schwimmbecken allein. Ich fragte mich, was seine Großmutter wohl dazu sagen würde, wenn er in Badehose und Handtuch vor ihr stand, nicht in einem Neoprenanzug mit einem Skimboard. Diesen Pool wollte ich um keinen Preis aufgeben und ich hoffte inständig, dass es ihm genauso ging.

Am Mittwochmorgen blieb Robby und mir nichts anderes übrig, als mit dem Bus zu fahren. Ricky Brewer hatte meinem Bruder für diesen Vormittag eine Absage erteilt. Anscheinend hatten alle anderen Schüler aus den oberen Jahrgängen eine Mitfahrgelegenheit von der Insel zur Schule gefunden – außer uns beiden. Wir waren dazu verurteilt, den gelben Schulbus zu nehmen, der uns über zwei Brücken aufs Festland bringen würde. Das war eine lange Fahrt, wenn man zusammen mit Tanya Maldonado im Bus saß, die ihr Problem damit überspielte, dass sie im hinteren Teil des Fahrzeuges ihren Hofstaat um sich versammelte. Wie konnte ein Mädchen, das mit Collegestudenten ausging, dazu verurteilt sein, jeden Morgen eine halbe Stunde Bus zu fahren? Das war eine so große Ungerechtigkeit, dass nicht einmal ich sie verstand.

„Messy", meinte ich sie sagen zu hören. Beim nächsten Mal war es ganz klar Missy. Das war das einzige Wort, das ich in dem Rauschen von Geflüster aus dem hinteren Teil ausmachen konnte. Tanya hatte ihre Konferenz wieder einberufen und dieses Mal bestand sie aus einer Bande Neuntklässler, die sie anhimmelten, als säßen sie zu ihren Füßen. Anscheinend züchtete sie gerade die nächste Generation eingebildeter, selbstgefälliger Kids heran, um die nächste Generation von Kindern wie mich zu quälen.

Eines von ihnen setzte sich neben mich auf den Sitz auf der anderen Seite des Ganges. „Psst", machte der Junge.

Ich drehte mich auf meinem Sitz zu ihm hin und blickte in unheilverheißende, große grüne Augen.

„Missy, hast du morgen Abend schon was vor? Ich kann Bier besorgen. Vielleicht können wir ja was zusammen unternehmen."

„Was denn?", fragte ich, in der Hoffnung, dass ich mich dumm genug anstellte.

„Wie man so hört, machst du doch gern einen drauf, hab ich recht?" Seine knochigen Knie rutschten etwas näher an mich heran, während er versuchte, mir in den Ausschnitt zu schauen. Von hinten war Gekicher zu hören, als er mir auf die Brust sah.

Ich sah nach hinten, wo Tanya so tat, als bekäme sie gar nichts mit. Ich verstand mittlerweile, was hier gespielt wurde. Sie versammelte ein paar auserwählte Neuntklässler um sich, erzählte ihnen, was für ein Stück Müll ich war, und die Kids mussten nur anbeißen. Wenn er mich lächerlich machte, würde sie das vielleicht beeindrucken. Es war so etwas wie eine Rallye durch die Gerüchteküche.

„Also", ließ der Junge nicht locker, „wie sieht's nun aus, Schätzchen?"

„Ich habe keine Ahnung, was du meinst." Ich sank tief in meinen Sitz, in der Hoffnung, dass Tanya auf diese Weise meinen Kopf nicht sehen konnte.

Plötzlich drehte sich Robby um, der auf dem Sitz vor mir saß, und schnappte sich den Jungen am Kragen. „Was hast du gerade zu meiner Schwester gesagt, du kleiner Dreckskerl?“ Seine Zähne waren vor Ärger zusammengepresst und ich konnte sehen, dass er kurz davor stand, den Jungen zu verprügeln.

„Was denn, Mann? Nichts. Nichts. Vergiss es einfach.“ Der Neuntklässler wedelte mit den Armen, als wollte er sich ergeben, und tat so, als sei die Warnung meines Bruders nur ein Scherz gewesen. Aber mein Bruder scherzte nicht und er war mindestens fünfzehn Kilo schwerer als der Junge. Der wiederum ließ sich in seinen Sitz sinken, während sein Gesicht rot wurde.

„Ist schon in Ordnung, Robby“, flüsterte ich. Ich legte ihm die Hand auf die Schulter, um ihn zu beruhigen. Ich war ihm dankbar, dass er das getan hatte, aber ich wollte nicht schuld daran sein, wenn er von der Schule geworfen wurde. Und in diesem Jahr war er schon ein paar Mal kurz davor gewesen.

„Nein, es ist nicht in Ordnung.“ Sein Gesicht verspannte sich, er konnte seinen Zorn nur mühsam unter Kontrolle halten. „Ich bin vielleicht ein Totalversager, aber du bist das nicht.“

„Was?“, sagte ich mit zittriger Stimme.

„Ist auch egal. Aber niemand darf so mit dir umgehen.“ Er schob sich zum Fenster hinüber und schloss die Augen. Nur wenige Sekunden später war er eingeschlafen und ich musste ihn wachrütteln, als wir an der Schule angekommen waren.

8. Kapitel

Auch wenn ich Tanya Maldonados Zorn wieder auf mich ziehen sollte, so war mir doch jetzt wenigstens bewusst, dass Sam kein wirkliches Interesse mehr an mir hatte.

Nach der letzten Stunde schwirrte ein ganzes Hornissennest von Schülern durch die Gänge, es war ein einziges Gewirr aus T-Shirts und Kaugummis. Als Julie mich fand, versteckte ich mich gerade in der Nähe meines Schließfaches. Sie nickte mir mit einem Ausdruck wilder Entschlossenheit zu. „Nachhilfe. Sportplatz. Bumm."

Ich hob ungläubig die Augenbrauen. „Bumm?"

„Bumm", wiederholte sie nachdrücklich. „Er wird dich da sehen und dann wird ihm klar werden, wie sehr er dich mag, und das ist dann das Ende der Geschichte. Bumm."

Ich biss mir unsicher auf die Lippe.

„Du *magst* ihn doch immer noch, oder?"

Mein Magen krampfte sich zusammen. „Mehr als mir lieb ist."

„Na also, bringen wir's hinter uns."

„Julie, mir kommt es inzwischen eher vor wie bei einem Film, wo die Frau rausfindet, dass der Typ doch nicht so sehr in sie verliebt ist. Sam hätte schon vor drei Tagen mit mir in der Klasse reden können, aber seitdem geht er mir praktisch nur noch aus dem Weg. Vielleicht hat Tanya doch die Wahrheit gesagt."

Julie schüttelte den Kopf, um mich zum Schweigen zu bringen. „Es gibt nur eine Möglichkeit, das herauszufinden."

Stimmt. Aber ich war mir gar nicht sicher, ob ich es wirklich herausfinden wollte. Nach der Nachhilfe arbeiteten wir uns zum Sportplatz vor, legten eine neue Schicht Lippenstift auf und stiegen auf die Zuschauertribüne. Die Metallstufen schepperten bei jedem Schritt, als wollten sie laut verkündigen, dass ich nun „offiziell bereit" war, von Sam entdeckt zu werden.

Wir sahen zu, wie die Läufer ihre Runden drehten, Dehnübungen machten und sich gegenseitig die Zeit nahmen. Die Sonne brachte den schwarzen Asphalt zum Glühen und ich gab mein Bestes, um Sam nicht zu lange anzustarren.

„Oh!" Julie stieß mir ihren Ellenbogen in die Seite. „Er hat gerade zu dir hinaufgeschaut. Hast du das gesehen?"

„Das ist wirklich eine blöde Idee. Wir sollten von hier verschwinden." Ich hatte die Beine übereinandergeschlagen und wippte mit dem Fuß hin und her. Ich wollte gar nicht wissen, ob er zu mir hinaufsah. Wenn er mich sah und nicht herüberkam, um mich zu begrüßen, wäre das noch schlimmer, als wenn er mich gar nicht gesehen hätte.

„Warte mal ab. Sie packen langsam zusammen. Er wird mit Sicherheit hier hochkommen und Tschüss sagen oder winken oder so etwas."

Ich wandte mich Julie zu. „Habe ich dir je gesagt, was du für eine tolle Freundin bist? Niemand sonst würde so wie du hier mit mir sitzen. Ich muss es ganz schön nötig haben."

„Nicht nötig haben. Strategisch angehen."

Wir sackten in die Zuschauerbank und lachten besonders laut in der Hoffnung, unser Gekicher würde bis zum Spielfeld durchdringen. Manchmal hasste ich es, ein Mädchen zu sein.

Schließlich blies der Trainer in seine Pfeife, das Training war beendet. Sam ging zur Bank und trank einen Schluck Wasser. Er wischte sich den Schweiß von der Stirn und legte den Kopf in den Nacken, um den letzten Schluck zu trinken. Er sah mich direkt an.

„Da", flüsterte Julie durch ihre zusammengepressten Zähne.

Ich hielt die Luft an und erwiderte Sams Blick. Um ihn herum schwirrten andere Jungen, holten sich etwas zu trinken, trockneten sich mit Handtüchern ab und riefen sich Dinge zu, die eigentlich nur schmutzige Witze und üble Kommentare sein konnten. Sam rieb sich den Hals trocken, um sich dann – mit kaum mehr als einem kurzen Blinzeln – abzuwenden. Er folgte seiner Mannschaft in die Umkleidekabine und sah nicht ein einziges Mal zu mir hin.

Julie und ich saßen schweigend da, bis in der Ferne Möwen zu hören waren. Hatten sie sich verflogen, weil sie so nah an der Stadt waren? Ich konnte es kaum abwarten, wieder auf die Insel zu kommen.

„Mach dir darüber keine Gedanken." Ich hob die Hände, um zu zeigen, dass ich aufgab. „Ich meine, ist doch egal. Er muss mich ja nicht mögen. Das ist nicht das Ende der Welt."

Julies Augen füllten sich mit Mitgefühl, sodass ich wegschauen musste.

„Lass uns nicht darüber reden, okay? Es ist einfach vorbei."

Sie nickte, als versuchte sie sich selbst zu überzeugen. „In Ordnung. Na gut, am besten vergessen wir es, indem wir nächstes Wochenende gemeinsam ganz viel Spaß haben."

Ich spuckte ein Lachen aus. „Nächstes Wochenende?"

„Ja, in etwas über einer Woche eröffnet Club B. JP will uns dahin mitnehmen." Sie reckte ihren Hals würdevoll. „Also, fang an, dem entgegenzufiebern."

„Rauchst du auf einmal?" Ich stemmte die Hände in die Hüften.

Robby reagierte nicht. Seine Kopfhörer plärrten in seine Ohrmuscheln. Es war gegen neun Uhr abends und JP und Julie waren spät dran. Sie wollten mich zu meinem ersten Besuch in einem Tanzclub abholen. Dass Sam mich auf der Couch seiner Eltern geküsst hatte, lag nun schon zwei Wochen zurück, und meinen Bruder zu nerven, war das, was mir einfiel, um mich vom schlichten Zählen der Tage abzulenken.

„Warum hängst du überhaupt mit diesen Losern herum?" Es gelang mir nicht, diesen herumkommandierenden Tonfall aus der Stimme zu bekommen.

Er zog sich die Kopfhörer herunter und sah mich wie im Halbschlaf an. „Hä?"

Ich saß auf seinem Bett und hopste herum, bis er vor Ärger laut schnaubte. Crystal schlich sich ins Zimmer und krabbelte auf meinen Schoß. Uns beiden zu widerstehen, war unmöglich.

„Tut mir leid, dass ich mich in letzter Zeit so rar gemacht habe", murmelte er. „Ich hatte am Boot zu tun und habe dann mit meinen Freunden rumgehangen. Ihr wisst schon."

Ich lehnte meinen Kopf an die Glasscheiben seiner improvisierten Schlafzimmerwand und betrachtete die Bleistiftzeichnungen, die über der Kommode angeklebt waren. Robby zog einen Zeichenblock an seine Brust, als wollte er ihn vor unseren neugierigen Blicken verbergen.

„Was ist das?“ Crystal schaute hinüber.

„Nichts.“

„Zeig es mir!“

Sie versuchte ihm den Zeichenblock zu entwenden, indem sie ihn kitzelte.

„Was wollt ihr überhaupt von mir?“, jammerte er, verriet sich jedoch durch ein Lächeln.

„Was hast du gerade gezeichnet?“, bohrte sie weiter.

Ich lächelte beim Anblick der beiden. Es machte keinen Sinn, gegen unsere kleine Schwester anzukämpfen, und das wussten wir beide. Schließlich senkte er das Papier. Zu sehen war die Skizze eines Bootes, seines Bootes, das glänzend und gut zurechtgemacht am Hafen lag.

„Ist das das Boot, an dem du gerade arbeitest?“, fragte ich.

Er zuckte mit den Schultern, als würde alles verschwinden, wenn er es zugab.

„Das sieht wirklich gut aus! Hast du das alles mit dem Bleistift gezeichnet?“

„Ist schon okay.“ Robby nickte zögernd. „Ich probiere immer noch herum, damit das Wasser realistisch aussieht.“

„Es ist wunderschön!“ Crystal berührte ehrfurchtsvoll den Rand des Papiers.

Es war gut. Mein Bruder war in künstlerischer Hinsicht ein Genie und die Wände seines Zimmers waren der Beweis dafür. Sie waren über und über mit Bildern von Mädchen aus der Nachbarschaft und Surfern und Fantasiekreaturen bepflastert, die er irgendwie real aussehen ließ.

Ich beugte mich über seine Schulter. „Und was ist das für ein Gekritzel unten auf dem Bild? Ist das deine Signatur oder was?“

Ich zeigte auf zwei Buchstaben:

~
RK

Robby schlug seine Fingerknöchel gegeneinander. „So was in der Art. Also, die Initialen sind meine. Aber die Wellenlinie darüber ist ein Symbol für das Wasser. Das kommt von den Stämmen der amerikanischen Ureinwohner. Ich habe es im Internet entdeckt."

Ich betrachtete die geheimnisvolle Signatur meines Bruders.

Robbys Augen wurden groß, während er weitererklärte: „Yeah, also, ihr wisst ja, dass unser Vater ein Cherokee-Halbblut war und wir so etwas wie ein Fünftel Cherokee sind. Ich meine, das ist so ungefähr das Einzige, was ich wirklich über ihn weiß, nämlich, wo wir von dieser Seite herkommen. Und ich liebe das Wasser so sehr. Deshalb wollte ich es zu einem Teil dessen machen, wie ich unterschreibe. So wie bei einem Stempel."

Es war nur eine Linie in Form einer Welle. Einfach und rudimentär, und dennoch hatte mein Bruder eine Weise gefunden, sie elegant und kräftig aussehen zu lassen. Das Symbol hing über den Initialen und warf einen Schatten über die Buchstaben darunter, nicht anders als unser Vater – eine mysteriöse, dunkle Frage, die für den Rest unseres Lebens über uns schweben würde. Aber zusammengenommen waren die Initialen und das Symbol wunderschön. Robby klammerte sich an einem kleinen Teil unserer Identität fest, den einzigen Teil, von dem wir wussten. Ob das Internet das Symbol richtig wiedergegeben hatte oder nicht, war egal. Alles, was zählte, war, dass er sich an ihm festhielt.

Auf meinem Unterarm bildete sich eine Gänsehaut, als mir die Leidenschaft meines Bruders für seine Kunst und sein Boot und die Art und Weise, wie er seinen Namen schrieb, deutlich wurde. „Das ist wirklich großartig, Robby."

Er stand vom Bett auf und fand einen kleinen Fußball, den er zwischen seinen Füßen hin und her kickte. Er hatte genug über sich selbst gesprochen. „Was hast du denn heute Abend vor?"

„JP und Julie nehmen mich in den Club B mit."

Er lachte ungläubig. „Du machst Witze, oder?"

„Nein."

Er schüttelte den Kopf. „Na gut, du brauchst dir über mich keine Gedanken zu machen. Ich sollte mir eher Sorgen um dich machen. Das Ding ist ein Loch."

Ich verschränkte die Arme. „Ist doch egal. Es ist einfach ein Club."

„Yeah, in Bradenton. Wie cool kann das schon sein? Da sind doch auch nur ein paar andere Teens von anderen Schulen, die ein bisschen auf Rockstar machen. Und alle sehen sie ungefähr eine halbe Sekunde wild und geheimnisvoll aus, jedenfalls bis du näher hinsiehst und merkst, dass sie genauso sind wie du. Oh yeah, weil wir nämlich in einem Teenagerclub in Bradenton sind."

Ich warf ihm ein Kissen an den Kopf. „Du bist so ein Neidhammel. Für mich hört sich das gut genug an! Schließlich kann nicht jeder so obercool sein wie du."

Er zuckte mit den Schultern. „Ja. Ich gehe da sicher nächstes Wochenende auch hin."

Der Gedanke an andere Teens war tatsächlich erleichternd, wenn man an die zwei Wochen Highschoolhölle dachte, die ich seit Sams Party durchgestanden hatte. Wenigstens wusste im Club B keiner, dass er mich eigentlich ignorieren oder auslachen müsste.

„Ich schaue es mir nur einmal an." Ich hob die Hände, als wollte ich mich ergeben.

Robby grinste. „Ich verstehe bloß nicht, warum du da abhängen willst, wo du doch auch mit Josh herumhängen könntest. Der wird mit Sicherheit nicht da sein."

Als der Name unseres Nachbarn fiel, sprang Crystal vor Aufregung auf und ab.

„Mit Josh?" Ich war so verwirrt, dass ich zu schielen begann.

Robby machte mit seinem Zeigefinger kleine Kreise in meine Richtung. „Ich sage es ja nur."

Ich schnappte bei dieser Andeutung nach Luft. „Wow. Du bist so daneben. Ich gehe jetzt."

Ich schüttelte die Bemerkung heraus, während Robby im Hintergrund dramatisch loslachte. Ich zwang mich dazu, im Wohnzimmer weiterzuwarten, wo Denise mit Bruce auf der Couch herumschmuste.

Julie hatte mich davon überzeugt, dass ich eine gute Zeit haben würde, wenn ich zum Tanzen ging, und jeder weiß, dass beste Freundinnen mit so etwas nur selten falschliegen. Ich könnte Tanya vergessen. Und wie Sam mich geschnitten hatte. Und wie ich Josh enttäuscht hatte, der aber nie einen echten Schritt gemacht hatte. Ich könnte auch die Theorie austesten, die ich so gern geglaubt hätte, nämlich die, dass ich so aufgeblüht war, wie Julie behauptete. Im Club B würde mich niemand kennen.

Das *B* stand für Bradenton, vermuteten wir, aber für Julie und mich stand es für *Boys*. Für die Clubbesitzer war es eine Gelegenheit, jedem Jugendlichen unter einundzwanzig fünf Dollar Eintritt abzuknöpfen, um ihm dann Cola für zwei Dollar pro Glas zu verkaufen, was dazu führte, dass ein Abend dort teurer war, als es sich die meisten von uns leisten konnten. Die Idee dahinter war simpel: Biete den Highschoolkindern und den Jugendlichen aus dem Junior College die Möglichkeit, einen Club zu besuchen, obwohl sie noch nicht volljährig sind. Dekoriere ihn innen mit billigem Plastikkram, dreh die Beleuchtung runter und die Musik so laut rauf, dass ihre Köpfe beinahe vor Aufregung explodieren. Selbstverständlich durfte kein Mädchen, das ich kannte, dort hingehen, selbst Julie nicht. Und deshalb hatten wir auch verabredet, dass sie heute bei mir übernachten würde. Denise würde es nicht merken, wenn wir uns später ins Haus schlichen.

„Die meisten hier habe ich noch nie gesehen", flüsterte Julie mir ins Ohr, während wir in der Schlange anstanden.

Leigh und ein paar von ihren Freundinnen rannten an der Schlange entlang, bis sie neben uns standen. Jede von ihnen war für die späten Februartemperaturen viel zu leicht bekleidet. „Da drinnen wird es heiß werden. Deshalb habe ich den Pullover im Auto gelassen", erläuterte Leigh. „Schau dir das an. Die müssen alle von anderen Schulen kommen. Ich kann an dem Lidschatten der Mädels sehen, dass die nicht aus der Stadt sind."

Julie lachte. „Sei ruhig. Sie könnten uns hören."

Ich hatte mich darauf gefreut, einen Abend in einer Traube von Menschen zu verbringen, die ich nicht aus der Schule kannte. Doch als ich ihre fremden Gesichter sah, wollte ich nur meine eigene Gruppe finden und bei ihr bleiben.

Der Türsteher, der aussah, als wäre er früher Kampfschwimmer gewesen, stempelte unsere Handrücken und schob uns hinein, wo das laute Wummern der Bässe aus den Lautsprechern in allen Winkeln des Clubs dröhnte. Julie, Leigh und ich arbeiteten uns zur Tanzfläche vor, während JP bei den Jungs an der Bar blieb. Innerhalb weniger Momente strömten mehr und mehr Menschen auf die Tanzfläche und es war klar, dass die Klimaanlage keine Chance hatte, sobald wir die Arme hoben und im Rhythmus zu tanzen anfingen.

Wir wurden von Jungs umgeben, die wir nicht kannten. Der Schweiß floss ihnen von der Stirn und durch die T-Shirts, bis die Tanzfläche eher wie ein Fitnessstudio aussah, nicht wie ein Nachtclub. Schon bald wurde Schweiß so etwas wie eine

Auszeichnung, die besagte, dass wir ausgelassen und bis lange nach Mitternacht tanzten und vermutlich auch mit Leuten aus einer konkurrierenden Schule redeten.

Während Julie und ich im Rhythmus der Musik schwangen, arbeitete sich ein Junge mit einer Baseballkappe an mich heran. Er tanzte sehr nahe neben mir, bis ich schließlich in seine Richtung sah. Wir bekamen Augenkontakt und er hielt meinem Blick stand.

Ich lächelte. Er lächelte. Und unsere beiden Grüppchen wurden plötzlich eine, als hätten wir uns schon seit Jahren gekannt. Es war berauschend. Ich bemerkte, dass JP schnell an Julies Seite war, bevor sie zu viel Aufmerksamkeit von ein paar anderen Jungs bekam.

Als ich schließlich aufschaute, sah ich, dass Sam mich von der anderen Seite des Raumes aus anstarrte. Er war von seiner üblichen Truppe umgeben, tanzte aber nicht mit ihnen. Sein Mund war leicht geöffnet, seine Augen fokussierten mich sehr intensiv. Er beobachtete mich.

JP trat vor mich und nahm mir die Sicht. „Schon gut, Lady Gaga. Ich denke mal, wir sollten jetzt alle nach Hause gehen." Er führte Julie und mich aus dem Club und zurück zu seinem Pick-up.

„Ich habe dich noch nie so erlebt!", kreischte Julie. „Ich meine, du warst da drinnen voll angesagt und dieser Typ hatte ja nur noch Augen für dich!"

Ich lachte über das komische Gefühl des Triumphs, dass mir die Aufmerksamkeit gegolten hatte. „Nein, das stimmt nicht."

„Er war wie in Trance! Und denk bloß nicht, dass ich Sam auf der anderen Seite des Clubs nicht gesehen habe. Er war da, ganz am Ende, und war wie versteinert, als er dich gesehen hat."

Meine Wangen wurden rot und heiß. „Ich war vorher noch nie tanzen."

Julie kicherte. „Glaub mir, das hat keiner gemerkt. Du hast es ihnen gezeigt! Und dieser Typ war ja so süß!"

JP äffte sie nach und begann seine Nummer mit einem Schmollmund. „Dieser Typ war ja so süß!"

Julie küsste ihn auf die Wange und erklärte mir: „JP war nicht so begeistert."

„Die Hütte war ziemlich öde", grunzte er. „Das ist okay, wenn du es toll findest, dass andere deine Freundin anstarren. Dieser eine Typ kann von Glück sagen, dass ich ihn nicht vor die Tür gezerrt habe."

Julie und ich verdrehten die Augen, doch in meiner Brust stach mich ein Schmerz. Wie musste es sein, wenn sich ein Junge um einen kümmerte, wenn es einen gäbe, der sich für mich mit einem anderen anlegen würde? Wenn ich das nicht haben konnte, war vielleicht Ausgehen ein netter Ersatz. An so einem Abend schien ich mitten im Zentrum von allem sein zu können. Ich konnte jemand anders werden. Ich konnte in eine Welt fliehen, in der es Jungs gab, die mich mochten und keine Angst hatten, das zu zeigen, weil sie mich nicht kannten. Wenn die Sonne unterging, konnte ich neu anfangen.

Julie und ich schlichen uns ins Haus und machten uns schlaffertig. Ich zog mir die Haare aus dem Nacken und kuschelte mich ins warme Kissen. Während ich einatmete, kam die Luft in kurzen, ängstlichen Stößen. Einige Stimmen in mir sagten mir, dass ich nicht in Frieden schlafen würde. Ich wurde am helllichten Tag nicht genug geliebt, egal, was ich mir einbildete.

Als ich am Montag auf dem Weg zum Geschichtsunterricht war, bereitete ich mich innerlich darauf vor, dass mich Sam King wieder ignorieren würde. Lange bevor er im Klassenraum erschien, setzte ich mich auf meinen Platz, und als er schließlich den Gang hinunterkam, um sich hinter mich zu setzen, sah ich, dass sein Blick ins Leere ging, irgendwohin weit hinter mir. Ich konnte einfach der Versuchung nicht widerstehen, ihn anzuschauen. Mein Blick traf seinen. Er blinzelte.

Nach Unterrichtsschluss ging ich am Sportplatz vorbei zur Bushaltestelle, um zur Insel zurückzufahren. Da hörte ich hinter mir eine Stimme: „Missy!"

Ich warf einen Blick aus den Augenwinkeln. *Sam?*

„Missy, warte! Mann, bist du schnell!"

Ich blieb stehen, und während die anderen mir verwunderte Blicke zuwarfen, drehte ich mich um, um auf Sam zu warten. Sein dunkles Marinehemd betonte die Farbe seiner Augen und ich konnte nicht anders als darüber zu lächeln, dass ich einen Footballstar geangelt hatte.

„Hey." Ich schob meine Bücher im Arm hin und her und spürte die Blicke all derer auf meinem Hinterkopf, die gerade in den Bus zur Insel einstiegen.

„Selber hey." Er holte mehrmals tief Luft und legte sich die Handflächen auf die Oberschenkel, als müsse er verschnaufen. „Ich versuche schon dich einzuholen, seit du auf der anderen Seite der Schule losgelaufen bist. Du bist ganz schön schnell, weißt du das?"

Ich nickte nur, weil ich Angst hatte, jedes Wort würde übereifrig wirken.

„Also, hör zu, wenn du möchtest, kann ich dich nach Hause fahren."

„Mich heimfahren. Wirklich?" *Vielleicht hat ihm Tanya diesen*

Floh ins Ohr gesetzt. „Du wohnst doch gar nicht in der Nähe der Insel."

Er kratzte sich am Kopf zwischen seinen weizenfarbigen Haaren und blinzelte in die Sonne. „Stimmt."

Tanya Maldonado ging an uns vorbei zum Bus. Als sie uns bemerkte, fiel ihr die Kinnlade herunter, aber gerade nur so viel, dass ich es bemerkte. Sie sagte kein Wort zu Sam. Sie sah mich die ganze Zeit an.

Ein Gefühl der Befriedigung wischte den misstrauischen Ausdruck von meinem Gesicht. „Klar. Du kannst mich gern nach Hause bringen", sagte ich extra laut.

Sam blinzelte. „Also gut. Dann haben wir eine Verabredung."

Ich lachte. „Eine Verabredung?"

„Na ja, wenn ich dich auf einen Milchshake einladen will, dann ist das eine Verabredung."

Bei dem Wort blieb mir die Luft weg. Er lud mich ein. Wie sich das gehörte. Am helllichten Tag. „Okay." Ich brachte das Wort kaum über die Lippen. *Reiß dich zusammen, Missy.* „Da hätte ich Lust zu, aber nur, wenn ich einen Schokoladenshake bekomme."

„Gib es noch andere?" Er nahm mir die Bücher aus dem Arm und ging mit mir zu seinem Geländewagen. Als er mir die Tür aufhielt, damit ich auf der Beifahrerseite einsteigen konnte, versuchte ich nicht allzu beeindruckt zu wirken, sondern eher so, als würde mir so etwas jeden Tag passieren.

Schließlich kamen wir an der Eisdiele an und setzten uns auf die Terrasse. Die Kellnerin stellte vor jeden von uns einen Schokoladenmilchshake, in dessen Mitte jeweils ein Löffel steckte. Aus ihrer Schürze drang der Geruch von Fett und Cheeseburgern, als sie sich wieder auf den Weg in die kleine Küche machte.

Sam neigte den Kopf. „Es tut mir leid, dass ich mich so rar gemacht habe. Ich hatte zu tun.“

„Zu tun. Wirklich?“

Er zuckte mit den Schultern. „So in der Art.“

Ich konnte nur die Autos anstarren, die die Hauptstraße hinunterrasten und dabei jedes Mal einen Windstoß über die Terrasse bliesen.

„Schau mal, ich habe mich blöd verhalten und das tut mir leid. Du bist mir hoffentlich deswegen nicht böse. Du hast dich seit damals sehr verändert. Wirklich ziemlich …“ Er machte eine Pause, als stünde er kurz davor, mich zu beleidigen. „Und dann habe ich dich an dem Wochenende gesehen, und, naja, du siehst ziemlich gut aus.“ Die Grübchen erschienen wieder. Seine schärfste Waffe.

„Ich bin dir nicht böse.“

„Gut.“

Die letzten beiden Wochen wurden nicht erwähnt. Es gab keine Erklärung dafür, warum er mich im Geschichtsunterricht so offensichtlich ignoriert hatte. Es gab auch keine bohrenden Fragen, ob es ihm wirklich peinlich gewesen war, sich mit mir einzulassen, wie Tanya gesagt hatte. Es gab keine Fragen, weil ich keine stellte. Sam streckte seinen Arm über den Tisch und nahm meine Hand in seine. Das war eine echte Verabredung, meine allererste, und ich hatte nicht vor, sie zu ruinieren.

Als ich am nächsten Tag den Raum betrat, in dem wir Geschichtsunterricht hatten, wurde es darin plötzlich still. Ich zog den Bauch ein, schob mir das Haar verstohlen zur Seite, um gut auszusehen, und versuchte das nervöse Lächeln zu unterdrücken, das mir in den Lippen kitzelte. Ian und Mike versuchten nicht einmal ihr offensichtliches Starren in meine Richtung zu verbergen, während ich den Gang hinunterging.

„Du siehst heute unglaublich gut aus, Missy.“ Sam zupfte

mich am Rock, als ich mich vor ihn setzen wollte. „Komm her."

„Was?" Ich lachte leise und nervös.

„Komm her." Er blinzelte mich an, als wäre ich die Sonne, und zog mich an der Hand, bis ich ihm auf den Schoß fiel. Er legte seine Arme um mich wie ein Bär. Und in diesem Augenblick war die Frage beantwortet, wie er „uns" öffentlich machen wollte. Die Klasse schien zu erstarren. Und Ian und Mike blieb nichts anderes als ein anerkennendes Nicken.

Ich bekam kaum noch Luft, so sehr stand ich plötzlich im Zentrum des Interesses. Alle sahen mich an, was normalerweise das Schlimmste war, was passieren konnte. Doch mit Sams Kinn auf meiner Schulter fühlte ich mich sicher. Er hatte mir Unantastbarkeit gegeben.

Ich setzte mich auf meinen Platz, bevor Mr Miller sich über die Szene beschweren konnte, die wir geschaffen hatten. Sam spielte von hinten mit meinen Haaren, und während ich so tat, als schriebe ich mit, staute sich in mir ein Kichern auf. Und ich, Melissa Anne Keiser, war hin und weg.

Nach dem Unterricht hielt Sam auf dem Weg zum Mittagessen meine Hand. Pferdeschwänze wippten, als sich die Köpfe drehten. Die Jungs hörten auf, sich gegenseitig zu necken. Es war, als würde die ganze Schule in der Bewegung stillstehen, um zu sehen, wie Sam King meine Hand hielt. Wenn Julie das mitbekam, würden wir eine gemeinsame Übernachtung planen müssen, damit ich ihr jedes kleinste Detail erzählen konnte.

Wenn man mich fragt, gibt es in einer neuen Beziehung ein paar Dinge, die wichtiger sind als die Tatsache, dass der Junge deine Hand hält. Der erste Kuss und die erste Verabredung sind wichtige Augenblicke, die man sich vorher in allen Regenbogenfarben ausmalt. Aber wenn der Junge sich zum ersten Mal mit dir an der Hand bei seinen Freunden blicken lässt, ist das ein Bekenntnis. Damit ist keine besondere Absicht verbunden, keine Funktion. Es ist einfach so. Und im elften Schuljahr, nur zwei Monate vor dem Abschlussball, ist das so etwas wie eine Revolution.

Tanya Maldonado wusste es. Sie hörte mit dem Kauen auf, als ich Hand in Hand mit Sam zu dem Speisesaaltisch schlenderte, an dem sie saß. Niemand tauschte schockierte und ungläubige Blicke mit ihr aus, während ich unantastbar durch die Cafeteria schritt. Sie sahen sie noch nicht einmal an. Sie starrte mich an und ich strahlte.

„Hey, macht alle Platz für Missy", sagte Sam.

Tanya war die Letzte, die zur Seite rutschte, aber sie tat es schließlich doch. Und wir beide trafen damit so etwas wie eine unausgesprochene Abmachung. Man kann sie auch kalter Krieg nennen.

Von diesem Augenblick an war es egal, wer am Tisch saß oder was sie mir im siebten Schuljahr hinterhergerufen hatten. Es war egal, ob ich neben Tanya oder Ian oder irgendeinem anderen saß, der sich daran erinnerte, dass ich früher einmal „Messy" genannt worden war. Solange ich stolz Sams Arm um meine Schultern spüren konnte, waren sie nett und ich hatte meine Ruhe. Ich hatte die Macht, Julie zu uns hinüberzuwinken und sie in Sams inneren Kreis einzuführen. Was ich zu sagen hatte, wollten die Leute auf einmal hören. Die Musik, die ich mir zusammengestellt hatte, wollten sie auf einmal ausleihen. Bei Sam zu sein war so wie das „Frei" beim Versteckspielen: Solange ich dort war, war ich sicher.

Josh saß nur ein paar Plätze weiter in unserer Nähe, aber er hatte nicht viel zu sagen. Er schob sein Essen weg, spannte die Kieferknochen an und redete mit allen in dem tiefen, ruhigen Tonfall, den ich am Pool des Ferienhauses kennengelernt hatte, einem Pool, von dem niemand an diesem Tisch etwas wusste außer uns beiden.

Kapitel 9

„JP, lass den Alligator mit der Angel in Ruhe!“ Julie hielt sich die Augen zu. „Ich kann da nicht hinsehen! Ich will es auch gar nicht sehen!“

JP lachte kurz auf und warf die Angel wieder aus, sodass der Haken mit dem Köder direkt auf der Nase des Alligators landete. Doch bevor die Bestie reagieren konnte, holte er die Angel wieder ein.

„Bitte, hör auf damit!“ Julie ließ die Hände sinken und Tränen stiegen in ihre Augen. „Ich habe solche Angst. Der Alligator springt bestimmt gleich zu uns ins Boot, weil du ihn die ganze Zeit so nervst. Und dann frisst er uns.“

„Ach, Quatsch! Der hat doch mehr Angst vor uns als wir vor ihm.“ Mit einem überlegenen Grinsen drehte JP sich zu Julie um. Doch als er ihre zitternde Unterlippe sah, verschwand das Grinsen sofort. „Okay, ich ärgere ihn nicht mehr.“

Erleichtert atmete Julie auf. Wir hatten JP versprochen, dass wir einen Tag lang richtige Outdoor-Mädels sein würden, aber schon beim Anblick des ersten Alligators konnten wir dieses Versprechen nicht mehr halten. Gemeinsam mit den drei Jungs waren wir zwei Stunden zum Ferienhaus von JPs Familie gefahren, das mitten im Bundesstaat Florida lag. Das Häuschen lag an einem See, der so voller Fische war, dass man einfach angeln gehen musste. Jetzt saßen wir im Boot von JPs Vater und taten genau das.

Sam durchwühlte eine Kiste mit Angelzubehör, um einen neuen Haken zu finden. Mein Bruder schlürfte Eistee, nur um ihn dann in hohem Bogen auf das dunkle, glatte Wasser des Sumpfes am Rande des Sees zu spucken. Es war das erste Mal, dass die Jungs uns Mädchen zum Fischen mitnahmen, und schon nach der ersten Stunde hatten wir genug von der neuen Erfahrung. Julie und ich seufzten abwechselnd und rollten mit den Augen, um zu zeigen, wie gelangweilt wir waren.

JP lenkte das Boot ein paar Meter von den Alligatoren weg und ließ es dann einfach in der unsichtbaren Strömung der Unterwasserquellen treiben. „Es ist echt cool, mit dir abzuhängen, Robby. Wir sehen dich ja sonst kaum. Ich habe schon seit der Mittelstufe kaum noch was mit dir zusammen gemacht, Mann."

Robby nickte. Ich wusste, dass er JP mochte, sonst wäre er gar nicht erst mitgekommen. Doch Sam war eine andere Geschichte. Mit meinem Fast-Freund hatte er nur heute Morgen ein paar Worte gesprochen. Doch letztlich ging es mir genauso. Hier auf dem See mit seiner Angelausrüstung schien Sam vollkommen zufrieden zu sein und wollte nicht reden. Ich musste sogar meinen eigenen Köder an dem Angelhaken festmachen. Ab und zu fragte ich mich, ob ich ihn beim Angeln einfach nur störte. Wir fünf waren eine ziemlich seltsame Truppe und mein Bruder passte am allerwenigsten zu uns.

Die Sonne brannte unbarmherzig auf unsere Köpfe, während Julie und ich uns hinten ins Boot legten, um die Alligatoren im Sumpf zu zählen. Überall tauchten ihre Augen aus dem Wasser auf wie schleimige Golfbälle.

„Je weiter ihre Augen auseinanderstehen, desto länger sind die Biester." Sam warf seine Angel zwischen das Sumpfgras.

Ich kniff die Augen zusammen und starrte auf die Alligatoren. „Wenn das so ist, dann gibt es da ein paar, die riesig sind." Mir lief es eiskalt über den Rücken. Nichts konnte diese Bestien davon abhalten, einfach zu uns ins Boot zu springen. Ich hatte das schon oft im Fernsehen gesehen und die Erinnerung daran war alles andere als beruhigend.

Robby drängte sich zwischen Julie und mich und flüsterte: „So fängt jeder Horrorfilm für Teenager an. Die Alligatoren schnappen sich immer zuerst die Jungfrauen."

„Hau ab!", schrien wir wie aus einem Munde und schlugen ihn so hart auf den Rücken, dass man den Abdruck unserer Hände sehen konnte. Sam und JP lachten.

Langsam kroch der Nachmittag dahin. Die Sonne kannte keine Gnade, sodass unsere Schultern und Arme bald mehr rot als braun waren. Ungeduldig trommelte Julie mit den Fingern auf die Reling. „Lasst uns zurück zum Haus fahren und etwas zu trinken holen. Ich muss unbedingt von diesem Boot runter."

Verwirrt drehte sich JP zu ihr um. „Aber wir haben doch noch gar nichts gefangen."

„Ganz genau. Und wir sind schon den ganzen Tag hier draußen. *Und* es ist echt heiß hier."

„Dann spring doch ins Wasser und kühl dich ab."

Julie verschränkte die Arme vor der Brust und musterte ihren Freund mit zusammengekniffenen Augen. „Sehr witzig."

„Schon gut." JP warf den Motor an und die Jungs holten ihre Angeln ein. Mit voller Geschwindigkeit flogen wir über den See. Der Wind blies uns ins Gesicht und das Wasser spritzte von allen Seiten auf unsere Haut. Am Ende des langen Kanals machten wir das Boot vor einem kleinen Laden fest und gingen hinein, um uns etwas zu essen zu kaufen. Julie und ich steckten unsere Köpfe in die Kühltruhe, um unseren Sonnenbrand zu kühlen. Dann suchten wir uns jede ein Eis aus.

Es dauerte nicht lange, da entdeckte Sam ein Volleyballfeld neben dem Laden. „Kommt, lasst uns eine Runde spielen."

Drei andere Jungs waren gern bereit, gegen sie zu spielen. Julie und ich setzten uns in den Schatten eines Orangenbaums und beobachteten das Spiel von dort. Bevor wir unsere Handtücher auf den Boden legten, suchten wir alles nach roten Ameisen ab.

„Ist das nicht einfach nur toll?", seufzte Julie. Zufrieden legte sie ihr Kinn auf meine Schulter.

„Was meinst du?"

„Wir sind beide hier mit unseren *Freunden*."

„Schschsch. Er könnte dich hören." Bei dem Gedanken mussten wir kichern und versuchten, uns auf das Spiel zu konzentrieren. Außerdem vermied ich es, zu lange über Julies Worte nachzudenken – denn ich hatte sowieso schon den ganzen Tag darüber nachgedacht, ob dieser Ausflug heute vielleicht bedeuten könnte, dass Sam und ich wirklich zusammen waren.

Sam war ein guter Volleyballspieler, genauso wie JP. Doch ich wusste, dass mein Bruder schon seit Jahren nicht mehr gespielt hatte. Sein athletisches Talent beschränkte sich ausschließlich auf das Surfen. Doch so weit im Inland gab es einfach keine Wellen. Er verfehlte einen Ball. Und dann noch einen.

„Komm schon, Mann." Sam rammte Robby freundschaftlich die Schulter in den Rücken, als das andere Team wieder einen Punkt machte. „Den nächsten kriegst du aber."

Robby konnte es einfach nicht. JP konnte ihm nicht helfen. Und Sam wollte auf keinen Fall verlieren.

Das andere Team schoss den Ball über das Netz und der Ball kam wie eine Kanonenkugel direkt auf die dünnen Arme meines Bruders zu. Sam sprang vor Robby und nahm den Ball an, damit Robby ihn nicht wieder verfehlen konnte.

„Den hätte ich getroffen", sagte mein Bruder.

„Bestimmt." Sam rollte kurz den Kopf, um seine Muskeln zu lösen, und ging dann wieder zu seinem Platz.

„Ich hätte ihn getroffen." Robby baute sich vor Sam auf und die beiden starrten sich an wie zwei Bullterrier vor einem Kampf.

JP drängte sich zwischen sie. „Das Spiel ist vorbei. Kommt."

Sam legte den Kopf schief. „Es ist nur vorbei, weil wir verloren haben."

Julie legte ihre Hand auf meinen Arm, während wir atemlos zusahen.

Robby war nicht wo groß wie Sam, aber er war auch kein Feigling. Er machte noch einen Schritt auf Sam zu, verzog das Gesicht und ballte seine Hand zur Faust. Und dann ließ er die Faust wieder sinken, rieb sich das Kinn und nickte, als wäre er plötzlich zu erschöpft oder hätte einfach kein Interesse mehr. „Ja. Wahrscheinlich hätten wir gewinnen können, wenn ich dir nicht im Weg herumgestanden hätte."

Die Spannung wich aus meinen Schultern wie eine Welle. Mein Bruder, der Friedensstifter.

Sam grinste leicht. „Nein, das glaube ich nicht. Ich war heute wirklich schlecht." Er drehte sich zu mir um, als könnte ich ihm die Situation erklären, aber ich war auch ratlos.

Das war der Grund, warum die Hälfte der Surfer auf der Insel Robby anbetete und die Hälfte der Lehrer ihn nicht leiden konnte. Man wusste einfach nie, was als Nächstes kommen würde.

Mein Bruder wischte sich den Schweiß von der Stirn und stöhnte über die Hitze. „Mann, der See sieht einladend aus." Noch bevor ich verstand, was er meinte, rannte er auch schon auf den Anlegesteg hinaus.

„Wo will er denn hin?", fragte Julie.

Wie ein Wilder rannte Robby den langen Holzsteg entlang. Auch kurz vor dem Ende des Stegs wurde er nicht langsamer. Der Anleger reichte nicht bis weit in den See hinaus, wo man sicher ganz gut schwimmen konnte. Wir waren hier am Rand des Sees, wo zwischen dem hohen Gras und dem Schlamm nur wenig Wasser war. Überall am Ufer standen Schilder: SCHWIMMEN VERBOTEN! ALLIGATOREN!

Ich sprang auf und rannte hinter ihm her auf den Steg. „Robby, nicht!"

JP, Sam und Julie waren mir dicht auf den Fersen. Doch als wir endlich am Ende des Stegs ankamen, schwamm Robby schon in dem trüben Wasser.

Er lag auf dem Rücken und trat wild mit den Füßen, so dass das Wasser überallhin spritzte. „Fühlt sich gut an!"

„Mann, bist du verrückt?" JP stand auf der letzten Holzplanke des Landungssteges und rieb sich seinen Hinterkopf, als wollte er die Anspannung damit vertreiben. „Weißt du, was hier um dich herum im Wasser ist? Das ist ihr Brutgebiet."

Sam lachte nervös. „Willst du dich umbringen oder was, Mann?"

Ich zog an JPs T-Shirt. „Bitte hol das Boot und zieh ihn da raus. Bitte, JP, mach schnell!"

Ich verstand meinen Bruder einfach nicht. Für ihn gab es keine Grenzen – und keinen Mittelweg. Entweder übertrieb er es maßlos oder er war gar völlig gedankenabwesend. Deshalb kam er auch in der Schule so oft nicht mit. Als er endlich wieder unverletzt im Boot saß, hatte mein Bruder alle Energie für den Tag verbraucht und wir fuhren schweigend nach Anna Maria zurück.

Es war schon dunkel und die Straßen auf der Insel wurden von dem bläulich flimmernden Licht der Fernseher hinter den Fenstern beleuchtet. Zuerst fuhr Sam JP und Julie nach Hause. Dann ließ er Robby vor unserem Haus raus. Er lehnte sich über mich und machte die Beifahrertür wieder zu. Sein Blick sagte mir, dass er mich nicht einfach so gehen lassen würde.

„Steig noch nicht aus."

Ich lächelte. „Was hast du denn vor?"

„Mir ist es egal. Hauptsache, ich bin mit dir zusammen."

Ich wurde rot, was ich daran merkte, dass meine sonnenverbrannten Wangen noch heißer wurden. „Also, es ist schon ganz schön spät und zu mir können wir jetzt sowieso nicht gehen." Bruces Geländewagen stand in der Einfahrt. Irgendwo in unserem Haus spielte meine Mutter heile Familie mit einem Mann, der wahrscheinlich das Beste war, was ihr je über den Weg gelaufen war. Bei dem Gedanken musste ich lächeln. Kochte sie vielleicht sogar gerade für ihn?

„Du bist das Mädchen von der Insel. Ich wohne in der Stadt, deshalb weißt du auch viel besser, wo wir jetzt noch hingehen können."

Ich wusste genau, wohin ich mit ihm gehen könnte. „Warte hier." Ich zeigte ihm eine Stelle in einer Parallelstraße, wo er sein Auto parken konnte, ohne dass es jemand sehen konnte. Dann rannte ich ins Haus, holte den Schlüssel und lief wieder zu Sams Auto.

„Du siehst aus, als wolltest du etwas Verbotenes tun", sagte er.

„Wirklich?“ Ich sah mich vorsichtig um, ob wir auch nicht beobachtet wurden.

Sam grinste und nahm meine Hand. Ich führte ihn durch das hohe Gras und an den Büschen und Palmen unseres Gartens vorbei. Dann in Joshs Garten.

„Gehen wir zu Josh?“, fragte er etwas zu laut.

„Nein“, flüsterte ich. „Und sei still.“

Wir liefen weiter durch die hohen Bäume und durch das Gartentor des Ferienhauses. Der Pool lag still und leblos neben der Veranda. Irgendwo in der Ferne warf eine Straßenlaterne ihr Licht durch die Bäume auf das Wasser und für einen Moment sah es aus, als wäre es das Mondlicht.

„Das ist der perfekte Ort.“ Sam fragte mich nicht, woher ich von dem Häuschen wusste oder wem es gehörte. Und ich sagte es ihm auch nicht. Doch ich fühlte mich auch nicht gut dabei. Mein Gewissen regte sich.

Langsam ging ich einmal um den Pool herum und lauschte, ob auch wirklich niemand in der Nähe war. „Sag mal, hast du Josh in letzter Zeit öfter mal gesehen? Ich habe ihn schon eine ganze Weile nicht mehr gesehen.“ Ich war neugierig.

„Nein. Er ist mit seinen Gedanken immer woanders. Ist doch auch egal.“

„Was meinst du damit?“

„Es ist nichts“, erwiderte Sam abwehrend. „Er wird schon wieder normal werden.“ Er zog sein T-Shirt aus und sprang mit einem Riesensatz ins Wasser. „Juchhuuuu!“, brüllte er, als das Wasser in alle Richtungen spritzte.

Im Nachbargarten bellte ein Hund und Sams Schrei hallte zwischen den Bäumen wieder. Ich wedelte wild mit Armen, um ihn zum Schweigen zu bringen.

„Was ist denn los, Missy?“ Er tat ganz unschuldig. „Dürfen wir gar nicht hier sein?“

Ich legte den Finger an die Lippen, damit er endlich still war. „Halt einfach den Mund."

Sam wollte sowieso nicht länger reden, das sah man ihm an, obwohl er den ganzen Tag nicht mehr als ein paar Sätze mit mir gesprochen hatte. Er legte den Kopf schief und lächelte schüchtern. „Okay, dann sind wir ab jetzt ganz still." Mit wenigen Zügen war er am Rand des Beckens und griff nach meinem Fuß. „Du bist so schön."

Schön.

Ich zog mich bis auf den Badeanzug aus und setzte mich auf den Rand. Mit meinen Beinen zog ich große Kreise durch das Wasser. In den Wochen, seit Sam zum ersten Mal in der Schule meine Hand genommen hatte, waren wir zusammen auf seiner Party gewesen und einmal im Kino. Aber wir waren noch nie ganz allein gewesen. Und bisher hatte er mir auch noch nicht gesagt, was er von mir wollte und was er mit seinem Verhalten meinte. Ich wusste nicht, ob er noch mit jemand anderem ausging oder was er damit beabsichtigte, wenn er mit mir ausging oder mit mir in der Cafeteria saß. Gehörte ich vielleicht einfach nur zu seiner riesigen Gruppe von Freunden? Schließlich rief er mich oft tagelang nicht an. Seit wir uns kannten, hatte er mir nicht eine einzige persönliche Frage gestellt. Und er hatte mich auch nicht gefragt, ob ich mit ihm zusammen auf den Schulabschlussball gehen wollte.

Trotzdem wurde ich jedes Mal rot, wenn ich ihn sah. Warum gab sich ein Junge wie Sam überhaupt mit mir ab? Wenn ich mit einer Zeitmaschine zurück in die siebte Klasse fliegen könnte, würde ich mir selber nicht glauben. Nicht in einer Million Jahre. Ich wollte noch näher bei ihm sein. Ich wollte seine Aufmerksamkeit – dass er nur mich sah und nicht die vielen Kleinigkeiten, die ihm jeden Tag über den Weg liefen.

Wahrscheinlich sagt man deshalb, dass man für einen Jungen schwärmt. Ich wünschte mir so sehr, dass er sich in mich verliebte, dass ein ganzer Schwarm Schmetterlinge in meinem Bauch unterwegs war – manchmal so viele, dass es schon wehtat.

Sanft zog Sam mich vom Beckenrand ins Wasser. Der schwere Geruch des Sees auf seiner Haut war verschwunden. Jetzt roch er nur noch nach Chlor und ein bisschen nach dem Gras, das um den Pool wuchs. Seine Augen waren müde von einem langen Tag in der Sonne. Dann schloss er die Augen und beugte sich vor, um mich zu küssen. Ich spürte, wie seine warmen Lippen meinen Mund berührten. Es war kein unsicherer Kuss, sondern Sam wusste, was er wollte.

Endlich hatte ich seine ungeteilte Aufmerksamkeit.

Er schien alles um uns vergessen zu haben. Jetzt gab es nur noch mich und unseren Kuss. Er wartete gar nicht darauf, dass ich den Kuss erwiderte.

Ich zog meinen Kopf zurück, um wieder zu Atem zu kommen. *Was denkt er gerade? Was denkt er über mich?*

Er lächelte und legte seine Stirn an meine. „Alles ist in Ordnung."

Ich nickte.

Wieder küsste er mich. Diesmal zog er mich noch enger an sich heran. Es fühlte sich gut an, in seinen Armen zu liegen und seine ganze Aufmerksamkeit zu genießen. Plötzlich fühlte ich mich wie ein eingesperrter Vogel, der zum ersten Mal mit den Flügeln schlagen kann. Aber im Wasser war alles schwerelos. Nur seine Arme hielten mich fest. Wieder versuchte ich den Kopf zurückzuziehen, um mich zu orientieren, aber er ignorierte meinen Versuch und zog mich noch fester an sich.

Wie gern wollte ich glauben, dass er wirklich der war, von dem ich all die Jahre geträumt hatte! Jetzt konnte ich es endlich selbst herausfinden. Mit aller Kraft wollte ich so sein, wie er mich gerne wollte – eine Freundin, auf die er stolz sein konnte. Und war er nicht ein toller Kerl? Mit ihm zusammen gingen für mich alle Türen auf. Gab er sich nicht sogar mit meinem verkorksten Bruder ab? Nur wegen mir?

Er war wirklich toll. Und er tat das alles für mich.

Ich wünschte mir, dass er mich wirklich sah. So wie ich bin. Ich wollte wissen, warum er so viel Zeit mit mir verbrachte und warum ich das Gefühl nicht loswurde, dass ich nur die Vorgruppe für die eigentliche Band war – ein Puzzlestück auf dem Weg zu dem großen Ziel, auf das er unbeirrt zusteuerte. Ich hatte schon so oft seine Arme um mich gespürt, aber ich konnte nicht sagen, wie oft er mir schon in die Augen gesehen hatte oder wie viel er über meine Familie wusste. Wie konnte er mich wirklich mögen, wie konnte er mich je verstehen, wenn er mich gar nicht kannte? Wie konnte ich meinen Gefühlen vertrauen, wenn ich ihn auch nicht richtig kannte? Doch all das war nicht mehr wichtig, wenn er mich küsste.

Die nächste Frage kam ganz automatisch und erschreckte mich etwas: Wie weit war ich bereit zu gehen, um das Zentrum seiner Welt zu werden? Und war die Tatsache, dass ich mir diese Frage überhaupt stellte, nicht ein Beweis dafür, dass ich versuchte, ihn noch mehr zu manipulieren als er mich?

Sanft schob ich ihn von mir. „Sam, nicht so schnell."

„Komm schon. Bei mir auf der Party warst du nicht so zurückhaltend. Ich wusste gar nicht, dass du so bist."

Bei seinen Worten blieb mir die Luft weg. Was wollte er damit sagen? „Was?"

Doch er kam nicht mehr dazu, mir zu antworten.

Die Stimme einer älteren Frau rief uns von hinten zu: „Wer ist da in meinem Pool?" Ich konnte sehen, wie sie mit einer

Taschenlampe in der Hand durch die Büsche auf uns zukam. Kurz darauf stand sie am Beckenrand. „Wer ist da in meinem Pool?"

Sam und ich starrten sie wie versteinert an. Es war zu spät, um aus dem Pool zu klettern und die Flucht zu ergreifen. Mrs Durham musterte uns so wütend, als wären wir ganz gewöhnliche Diebe.

„Ich kümmere mich darum, Oma." Josh legte ihr beruhigend die Hände auf die Schultern.

„Joshua, diese Kinder haben mich aus dem Tiefschlaf geweckt, als sie durch unseren Garten geschlichen sind. Und dann habe ich von hier Geräusche gehört. Was haben die beiden hier bei meinem Ferienhäuschen zu suchen?" Sie kniff die Augen zusammen und richtete ihren Blick auf Sam. „Bist du das, Sam?" Ihre Stimme zitterte vor Zorn.

„Oma, es tut mir leid. Bitte lass mich das machen. Ich kümmere mich darum."

Sam richtete sich auf. „Mrs Durham, es tut mir wirklich leid. Ich wusste gar nicht, dass das hier Ihr …"

„Sam, sei still!", befahl Josh. „Oma, es ist alles meine Schuld. Ich habe ihnen erlaubt, den Pool zu benutzen." Er stellte sich direkt vor seine Großmutter, damit sie uns nicht mehr sehen konnte. „Ich hätte nie gedacht, dass du davon wach werden könntest. Es tut mir wirklich leid, dass es passiert ist. Es wird nicht wieder vorkommen."

Im Schein der Taschenlampe versuchte Mrs Durham mein Gesicht zu erkennen. „Es ist mir egal, ob sie mich geweckt haben. Aber es ist mir nicht egal, dass sie hier sind. Ich habe dir gesagt, dass deine Freunde hier nichts zu suchen haben. Schmeiß sie raus."

Josh wartete, bis sie durch das Gartentor verschwunden war. Dann drehte er sich zu uns um. Schweigend stand er am

Beckenrand. Nur die Muskeln an seinen Armen und seinem Kiefer verrieten seine Anspannung.

„Oh Josh, es tut mir so leid." Ich versuchte, wieder normal zu atmen, während sich Sam viel zu nah neben mir befand. „Es ist nicht Sams Schuld. Er wusste gar nicht, dass das Ferienhaus deiner Oma gehört. Wir sind erst vor ein paar Minuten gekommen, wirklich. Ich … ich habe einfach nicht nachgedacht."

„Hey, Mann, Entschuldigung." Sam grinste nervös.

Ich kletterte aus dem Pool und stellte mich, nass wie ich war, vor Josh. „Es tut mir so leid. Das ist das erste Mal, dass ich jemand mitgebracht habe. Das schwöre ich."

Auch Sam kletterte aus dem Pool und stellte sich mit einem verlegenen Grinsen neben mich. „Mann, ich wollte dir wirklich keine Schwierigkeiten machen. Aber wie kommt es, dass wir uns jetzt schon so viele Jahre kennen und du mir nie gesagt hast, dass das Ferienhaus hier deiner Großmutter gehört? Immer mussten wir in dem Pool hinter dem Haus schwimmen, wo uns deine Großmutter beobachtet hat – es gab nichts, was sie nicht sofort gesehen hat. Du hattest ein Geheimnis vor mir. Warum hast du mir nichts davon gesagt?"

Josh kniff kurz die Augen zusammen und biss die Zähne zusammen. „Sieht so aus, als würdest du über uns beide nicht viel wissen." Mit dem Kinn deutete er auf mich. Die Worte, die Sam zu mir gesagt hatte, als Mrs Durham in den Garten stürmte, schossen mir durch den Kopf. *Ich wusste gar nicht, dass du so bist.*

Ich atmete immer noch nicht normal. „Es tut mir wirklich so leid, Josh." Er hatte sich über den ausdrücklichen Wunsch seiner Großmutter hinweggesetzt, damit ich hier schwimmen konnte. Und ich hatte nichts Besseres zu tun, als mich hier mit seinem besten Freund mitten in der Nacht zu treffen.

Josh wandte sich an Sam, als hätte er meine Worte gar nicht gehört. „Und du bist hier? Mit ihr?"

Mit ihr? War es für Josh so unverständlich, dass Sam tatsächlich gern Zeit mit mir zusammen verbrachte? Ich meine – mit *mir*? War ich durch die Party vor ein paar Wochen in seiner Achtung tatsächlich so tief gesunken?

Schweigend folgten wir Josh durch den Garten. Er ging ein Stück vor uns her und drehte sich auch nicht um, um uns zu sagen, dass alles wieder in Ordnung kommen würde. Sams Grinsen war verschwunden und er war jetzt ganz ernst. Wenn er gehofft hatte, dass er die Situation mit einem guten Spruch retten konnte, dann war er bei Josh an der falschen Adresse. Als er zu seinem Auto zurückging, wirkte Sam bedrückt. Ohne ein weiteres Wort stieg er ein und fuhr nach Hause. Ich hatte ihn in diese Situation gebracht und ihm noch nicht einmal gesagt, dass es Joshs Pool war.

Jetzt kam die Angst. Dieselbe Angst wie bei meiner Mutter. Immer wenn ihre Männer wegfuhren, nachdem Denise Mist gebaut hatte, zu betrunken gewesen war oder sie um Geld angeschnorrt hatte – dann sah ich diese Angst in ihren Augen. Vielleicht hatte ich sie jetzt beide verloren.

„Josh, es tut mir wirklich so leid. Ich wollte dich nicht ausnutzen. Ich will, dass du weißt …"

Er drehte sich zu mir um und ich schöpfte neue Hoffnung. „Es ist passiert", sagte er. „Lass uns nicht mehr darüber sprechen."

„Okay. In Ordnung." Ich lächelte zaghaft und versuchte mir einzureden, dass damit wieder alles im Lot war. Aber in seinen Augen sah ich etwas anderes. War es Enttäuschung? Ich war einfach nicht so, wie er dachte, dass ich bin. „Josh, ich will dich als Freund nicht verlieren."

„Wir können keine Freunde sein, Melissa. Verstehst du das

denn nicht?" Er schloss die Augen und schüttelte kurz den Kopf, als wollte er ein paar dunkle Gedanken vertreiben. „Warum gibst du dich mit ihm ab? Du bist ganz falsch für ihn."

„Ganz falsch für ihn? Warum? Glaubst du, dass ich nicht gut genug für ihn bin?"

Ich starrte ihn so lange an, bis er mich endlich ansah. Er musste es mir einfach erklären. Ich wollte es aus seinem Mund hören: Ich war nicht gut genug, um seine Freundin zu sein. Und ich war auch nicht gut genug für Sam. Ich war das hässliche Entlein mit einer durchgeknallten Mutter und einem Bruder, der die meiste Zeit völlig vernebelt herumlief. Mitleid konnte man mit mir haben, aber nicht mehr.

„Er lebt in einer anderen Welt, Missy."

„Glaubst du, ich weiß das nicht?"

Er schüttelte unmerklich den Kopf. „Das meine ich gar nicht ..."

„Und deshalb willst du mir helfen, was? Wie ein großer Bruder? Weil ich es ja allein nicht schaffe, habe ich recht?"

Joshs Augen verengten sich zu Schlitzen. Mit großer Anstrengung presste er die nächsten Worte durch seine zusammengebissenen Zähne. „Glaubst du wirklich, dass er dich versteht? Oder glaubst du, dass er das überhaupt will?" Er holte Luft, als wollte er noch mehr sagen, klappte den Mund aber wieder zu. Dann wandte er sich von mir ab. „Tut mir leid. Ich kann nicht darüber reden. Gute Nacht."

Lautlos verschwand er im Haus und ließ mich allein zwischen unseren beiden Häusern zurück – er ging zurück in seine Welt und schubste mich zurück in meine. Kaum war ich im Bett, schlief ich auch schon ein. Schlafen war einfacher, als über den Abend nachzudenken. Mein Handy legte ich direkt neben mein Ohr auf das Kopfkissen. Sam würde mich bestimmt noch anrufen, aber ich wartete vergeblich. Am nächsten Morgen wachte ich gegen Mittag auf und legte den Schlüssel zu dem Ferienhäuschen auf meine Fensterbank. Ich konnte ihn nicht länger behalten.

„Geh mit mir an den Strand! Jetzt ist es warm genug!" Mit einem Satz sprang Crystal auf die Couch und rammte mir ihre Knie in die Seite. Ich stöhnte vor Schmerz. „Ich will nach Sanddollars suchen!"

„Nein." Ich schob sie von mir weg, damit ich den Fernseher wieder sehen konnte. „Ich bin heute schlecht gelaunt."

„Du hast es versprochen."

Ich seufzte und versprach ihr, an einem anderen Tag mit ihr zum Strand zu gehen. Aber sie ließ sich nicht beirren. Sie schaffte es sogar, Robby aus dem Bett zu kriegen. Danach gingen wir zu dritt zum Strand – natürlich nicht ohne Robbys Skimboard.

Das Wasser reflektierte das perfekte Blau des Himmels, das so wunderbar zu dem weißen Sand des Strands passte. An manchen Tagen – oft gerade dann, wenn ich es am meisten brauchte – zeigte sich die Insel von ihrer besten Seite und sah aus wie Gottes eigenhändig gemalte Postkarte.

„Noch nicht mal die kleinste Welle." Ärgerlich warf Robby sein Board in den Sand.

Ich klopfte ihm auf die Schulter. „Es ist trotzdem ein wunderbarer Tag, selbst wenn heute keine Wellen sind." Die nächsten Worte flüsterte ich, damit unsere Schwester sie nicht hören konnte. „Und es ist das erste Mal, dass Crystal am Strand ist, seit wir aus Pennsylvania zurückgekommen sind. Sie kann sich nicht mehr an die Insel erinnern. Sie war noch zu klein, als wir weggezogen sind. Das ist ein großer Tag für sie."

„Ja, ich glaube, du hast recht." Er fuhr mit dem Fuß durch den Sand und seufzte tief. Doch dann brüllte er plötzlich wie ein Löwe, als hätte er einen Schalter umgelegt. „Das kann nur heißen, dass sie da jetzt einfach reinmuss!" Bei diesen Worten packte er Crystal und rannte ins Wasser.

Sie quietschte vor Vergnügen und klammerte sich an Robbys Hals, als er unter Wasser tauchte und wieder hochkam. Danach warf er sie so hoch in die Luft, wie er konnte, sodass sie mit einem großen Platsch im Wasser landete. Crystal war völlig begeistert.

„Noch mal! Noch mal!", rief sie lachend.

Als Crystal endlich genug hatte, wollte sie unbedingt Sanddollars suchen. Robby und ich lächelten uns zu, während sie zu den Sanddünen lief. Sie sah aus, als wäre sie auf einer Schatzsuche. Ihre Augen strahlten vor Begeisterung, als wir ihr erklärten, dass sie danach tauchen musste.

Crystal hielt sich mit den Händen am Skimboard fest, damit Robby mit ihr zu der Sandbank schwimmen konnte. Zwischen dem Strand und der Sandbank war das Wasser so tief, dass wir nicht mehr stehen konnten. Die Sandbank war ungefähr einen Häuserblock vom Strand entfernt und dort konnte man wieder stehen. Selbst Crystals Kopf ragte aus dem Wasser, jedenfalls solange die Flut nicht kam.

„Jetzt, wo wir auf der Sandbank sind, musst du tauchen und sie ausgraben." Ich hob die Augenbrauen, um die Spannung zu erhöhen. „Sie sind genau unter dir."

Wir zogen unsere Füße durch den Sand, bis das Wasser um uns herum ganz weiß wurde. Dann tauchten wir und fanden Muscheln und Seegras. Dabei bespuckten wir uns mit Salzwasser, soviel wir konnten. Und dann spürten wir die flachen, runden Tiere unter unseren Füßen. Crystal hatte Glück. Wir hatten ein ganzes Nest von ihnen gefunden. Einen nach dem anderen holten wir an die Oberfläche, große und kleine. Robby tauchte und legte einen Sanddollar zwischen Crystals Zehen. Sie schrie vor Begeisterung, dass sie auch einen gefunden hatte. Er legte den Sanddollar auf ihre Handfläche und lachte, als sie zusammenzuckte, weil das Tier an ihrer Handfläche saugte.

„Jetzt sind sie ganz braun, aber in der Sonne werden sie weiß", erklärte Robby.

Sorgfältig legten wir die Sanddollars auf das Board. Kurz darauf merkten wir, dass das Wasser tiefer wurde und die Flut kam. Es war Zeit zurückzuschwimmen. Nach einigem Nachdenken beschloss Crystal, ein paar besonders schöne Sanddollars zu behalten und den Rest wieder ins Wasser zu legen.

„Ich warte, bis sie in der Sonne ganz weiß werden. Und dann breche ich sie auf", verkündete sie.

„Warum willst du sie denn aufbrechen?", fragte Robby.

„Da sind Friedenstauben drin. Und ich will, dass wir alle eine haben, um uns an heute zu erinnern."

In der Cafeteria saßen Josh und Sam so weit wie möglich auseinander. Beim Hereinkommen nickten sie sich nur kurz zu, als wären Worte einfach zu anstrengend. Ihre Freundschaft schien sich über Nacht in Luft aufgelöst zu haben. Ganz unabsichtlich stand ich auf Sams Seite, weil ich seine Hand hielt. Jetzt war es zu spät.

Sam setzte sich selbstverständlich auf seinen Stammplatz am Tisch der beliebten Schüler und Josh verschwand zu den eher dreckigen, zweitklassigen Tischen am Rand der Cafeteria. Das schien ihm überhaupt nichts auszumachen. Er fühlte sich offensichtlich wohl dort, als wollte er schon seit Jahren lieber bei denen sitzen, die anders waren. Immer war er Sams Freund gewesen und hatte selbstverständlich bei ihm gesessen. Doch jetzt konnte er frei wählen, wo er sitzen wollte, und konnte auch etwas anderes sein als nur Sams Freund. Es ist erstaunlich, dass manche Freundschaften jahrelang halten, obwohl die Freunde außer Baseball und Nachhilfestunden kaum etwas gemeinsam haben. Aber dann passiert etwas und die Freundschaft geht den Bach runter. Ich konnte mir immer noch nicht vorstellen, dass das alles nur wegen eines Streits um den Pool passiert war.

Das alles war sowieso jetzt zweitrangig, denn Sam schien jetzt noch fester entschlossen, mich zu seiner Freundin zu machen. Das hatte er mir heute sehr deutlich gesagt, als er mich nach dem Unterricht zu seinem Schließfach gezogen hatte.

„Ich muss dich etwas fragen." Er hatte so dicht vor mir gestanden, dass ich seinen Atem gespürt hatte.

„Gern."

Sein Blick war nicht von meinem Gesicht gewichen. „Ich weiß, es ist kurzfristig. Es sind nur noch ein paar Wochen."

Ich hatte zu atmen aufgehört, damit ich keins seiner Worte verpasste.

„Würdest du mit mir zum Abschlussball gehen?" Sam hatte verlegen gelächelt. Die Frage war so unschuldig und höflich gewesen, dass es sich fast so angehört hatte, als ob er die Antwort noch nicht kannte.

„Zum Abschlussball?", hatte ich ungläubig gefragt.

„Ja, du hast doch schon davon gehört, oder?"

Ich hatte kein weiteres Wort über die Lippen gebracht. *Ja,* hatte ich genickt. *Ja, ja, ja.*

Er hatte gelächelt und mein Kinn für einen Kuss gehoben. Mike und Ian hatten nur ein paar Meter hinter Sam gestanden und gegrinst.

„Dann ist das geklärt“, hatte Sam gesagt.

„Okay.“

Es war wirklich passiert. Mit einer Frage hatte Sam alle meine anderen Fragen beantwortet. Jetzt war es offiziell mit uns. Und er hatte mich gewählt. Er. Hatte. Mich. Gewählt.

Kapitel 10

Robby trug schon seit vier Tagen dieselbe kurze Hose. Es machte ihm immer wieder Spaß, in der Schule gegen den Strom zu schwimmen und anders zu sein als alle anderen. Auch was unsere traditionellen, älteren Nachbarn dachten, kümmerte ihn wenig – selbst was ich von ihm hielt, schien ihm egal zu sein. Je länger er in seinen dreckigen, durchgeschwitzten Shorts und seinem ironischen 1970er-T-Shirt auf der Insel herumhing, desto mehr Mädchen mit zu vielen Piercings und zu dick aufgetragenem Kajal wichen nicht mehr von seiner Seite. Das war nicht logisch, sondern eher Rebellion – Teenager werden von seltsamen Dingen angezogen.

Crystal schien der Geruch nicht zu stören, den Robby immer deutlicher verströmte – eine Mischung aus Schweiß, Rauch und den Körpergerüchen der fremden Mädchen um ihn herum. Sie krabbelte einfach auf seinen Schoß und ahmte seinen halbverschlafenen Blick nach. Wenn ich die beiden so aneinandergekuschelt auf der Couch sitzen sah, fragte ich mich manchmal, ob Robby nicht lieber babysitten würde, als mit seinen abgewrackten Freunden abzuhängen.

„Ich kann nicht lange bleiben." Robby gähnte und kratzte sich die Wange. „Ich muss heute unbedingt wieder an meinem Boot arbeiten. Ich habe jetzt alles fertig bis auf den Motor. Wenn der fertig ist, dann fahre ich mit euch raus."

Ich setzte mich viel zu dicht neben ihn, damit er in den Genuss seiner beiden Schwestern kam. „Wie lange dauert es noch?"

„Noch ein paar Wochen harte Arbeit, denke ich." Er griff nach der Fernbedienung und schaltete weiter. Es lief gerade eine Art Sitcom mit Disneyfiguren, die entweder in der Schule oder in einem Kiosk herumliefen.

Crystals Augen leuchteten auf, als sie sah, wie die Leute in der Schule miteinander flirteten. „Ich freue mich schon so darauf, wenn ich endlich groß bin", sagte sie atemlos.

Robby und ich wechselten einen schnellen Blick. Wenn unser Leben doch nur so einfach wäre wie das der Leute im Fernsehen. Die Teenager dort verbrachten ihre Zeit in der Schule, um zu lernen, dass sich Betrügen nicht auszahlt und wie man den BMW der Eltern nutzen kann, ohne zu fragen. Sie waren nicht auf das Trinkgeld der Mutter angewiesen, um sich ein Paar neue Schuhe kaufen zu können. Sie verbrachten nicht ganze Nächte im Internet, um irgendwo vielleicht den Namen ihres Vaters zu finden. Robby warf einen Blick auf die Leute, stellte fest, dass er nichts mit diesen blonden Teenagern im Fernsehen gemeinsam hatte, und schaltete auf Durchzug. Ich dagegen beobachtete die Mädchen und fragte mich, was ich machen müsste, um eine von ihnen zu werden. So nah wie im Moment war ich ihnen noch nie gewesen. In der Cafeteria saß ich schon am besten Tisch und außerdem hatte ich eine Einladung zum Abschlussball. Vielleicht würde ich einfach eines Tages aufwachen und feststellen, dass mein Leben genauso perfekt war wie ihres.

„Du wirst schon bald ein großes Mädchen sein, Crystal", sagte ich. „Und dann wirst du jede Menge Spaß haben."

Ein paar Minuten später kam Denise zusammen mit Bruce von einem morgendlichen Besuch am Strand zurück. Vom Hals abwärts war ihr eleganter, schlanker Körper immer noch feucht vom Salzwasser. Doch ihre Haare hatten nicht einen Tropfen abbekommen. Meine Mutter behandelte Salzwasser wie einen Feind, den man nicht unterschätzen durfte, der einen Angriff auf ihr Aussehen plante. Ich bin mir nicht sicher, ob irgendjemand ihr mal gesagt hat, dass sie auf einer Insel wohnt und von dem Zeug sozusagen eingekreist ist.

„Wir haben heute drei Delfine gesehen." Bruce kam mit einem Handtuch um den Hals ins Haus und setzte sich mit seinen nassen Schwimmshorts an unseren Küchentisch.

„Oh, echt?" Robby war wieder ganz da. „Schwarze oder graue?"

„Schwarze. Die Grauen habe ich schon eine Weile nicht mehr gesehen. Um ehrlich zu sein …"

„Wirklich?", unterbrach ihn Robby. „Am Longboat Pass sehe ich die ganze Zeit die grauen Delfine."

„Guter Junge, Robby." Bruce zog die Augenbrauen hoch. „Es ist gut, wenn man solche Dinge weiß, denn genau das wollen die Touristen sehen. Immer gut zu wissen, was es gerade alles gibt. Du zeigst ihnen die Delfine und wirst dich vor Trinkgeldern kaum retten können."

Robby schob Crystal von seinem Schoß und setzte sich auf. Jetzt war ein Mann im Haus, dem er seine Aufmerksamkeit widmen musste. In den letzten Wochen war Bruce jeden Tag bei uns gewesen. Morgens trank er seinen Kaffee mit meiner Mutter und abends wartete er so lange, bis er sie nach Hause fahren konnte. Einmal hatte er für Crystal sogar Frühstück gemacht.

Mittlerweile verband ich das Geräusch eines Autos in unserer Einfahrt mit seiner tiefen Stimme. Innerhalb weniger Tage war aus diesen beiden Fremden ein altes, verheiratetes Ehepaar geworden.

Und das, so scheint es jedenfalls, ist das, was bei Erwachsenen immer passiert. Anscheinend gibt es nur eine bestimmte Anzahl von Erfahrungen, die ein Mensch haben kann, bevor alles Neue, was man ausprobiert, von allein in den üblichen Trott fällt, in dem man schon seit Jahren lebt. Die nette Geste, dass dir einer morgens eine Tasse Kaffee aufbrüht. Der Geruch der Dusche, die jemand vor dir benutzt hat. Das Gefühl, dass jemand Erwartungen an dich hat, dass das Leben nicht mehr länger in alle Richtungen hin offen ist, sondern Grenzen hat, Begrenzungen, ein Geländer, das dir das Gefühl gibt, dazuzugehören. Ob Bruce und Denise wirklich etwas füreinander empfanden oder ob sie nur das Gefühl liebten, einander zu haben, werde ich nie herausfinden. Denn es stellte sich heraus, dass das Gefühl, mit dem meine Mutter am besten klarkam, mit einer zerbrochenen Beziehung zu tun hatte.

Ich hatte es mir tagelang verkniffen, meine Mutter um Geld für ein Kleid für meinen Abschlussball zu bitten, aber irgendwann ließ es sich nicht mehr herausschieben. Sie hatte mir vor ein paar Wochen einen Teilzeitjob in einem Lebensmittelgeschäft in der Nähe besorgt, denn der Manager mochte ihre Daiquiris. Doch da konnte ich nur gelegentlich und sporadisch arbeiten, weswegen ich bisher nur die Hälfte des benötigten Geldes zusammenhatte. Das Einzige, was mich davor bewahren konnte, ein Kleid im Secondhandladen zu kaufen, war ein Gespräch mit meiner Mutter.

Ich folgte Denise in ihr Schlafzimmer und holte tief Luft.

„Kann ich ein bisschen Geld für ein Kleid zum Abschlussball bekommen?"

„Wofür?" Während die Frage im Raum hing, wurde ihr klar, was ich gesagt hatte. In ihrem Gesicht rührte sich jedoch nichts. „Ach, Missy. Ich weiß nicht. Wie viel brauchst du denn?"

„Julie sagt, dass so etwas mindestens hundert Dollar kostet. Ich habe ungefähr fünfzig."

„Hundert Dollar?" Sie bekam Stielaugen. „Wo willst du es denn kaufen? In der Park Avenue?"

„Mama, Ballkleider sind nirgendwo billig. Und vielleicht brauche ich ja auch nicht alles."

Denise nickte ironisch lächelnd mit dem Kopf. „Natürlich nicht."

Bruce stand im Türrahmen zu ihrem Schlafzimmer und stützte sich auf beiden Seiten mit den Armen ab, sodass er uns wie in einer Zelle miteinander einschloss. „So ein Abschlussball hört sich ziemlich wichtig an."

Denise presste die Lippen zusammen, als hätte er den Nagel auf den Kopf getroffen.

„Ich würde gern helfen, wenn ihr mich lasst." Er setzte sich ans Fußende des Bettes meiner Mutter und mir wurde zum ersten Mal klar, dass ich in diesem Zimmer die Fremde war. Bruce fühlte sich ganz zu Hause.

„Das brauchst du nicht, Bruce." Denise lächelte in meine Richtung, ein Lächeln, das mir zeigen sollte, dass sie sich gleich in einen Scheinkampf stürzen wollte. „Missy hat jetzt einen Job und wir werden sicher das Geld aufbringen können. Irgendwann."

Er ruderte mit den Armen. „Nein, nein. Ich mache das wirklich gern. Das ist ein besonderer Abend und beim Abschlussball sollte jedes Mädchen ein schönes Kleid tragen."

Erleichterung breitete sich in meinem Körper aus und ich quietschte vor Freude. Meine Mutter nickte zustimmend und ich umarmte Bruce zum ersten Mal. Er reichte mir einen knisternden Hundert-Dollar-Schein und nur Sekundenbruchteile später war ich aus dem Haus, bevor er seine Meinung ändern konnte.

Julie wusste, wie man das meiste aus jedem Cent machen konnte. Das war eine Gabe, die sie dank einer einkaufssüchtigen Mutter besaß. Wir gingen wieder in dieselben Geschäfte, in die wir vorher für ihr Abschlusskleid gegangen waren. Sie waren jetzt mit Mädels aus dem ganzen Manatee County gefüllt, die auf der Suche nach Last-Minute-Lösungen waren. Ich schlüpfte in Kunstseide und Reifröcke und probierte ein Kleid nach dem anderen an.

Die Farben waren leuchtend und intensiv und ein Fest für meine Augen: hellblau, smaragdgrün, rosa und schwarz. Jedes Kleid schmiegte sich eng an meine Hüften und hinterließ einen Funkenregen auf dem Boden der Umkleidekabine um uns herum. Julie gelang es jedoch, ein Kleid mit wirklichem Potential auszugraben. Sie schob mich vor den Spiegel und hielt ein rotes Satinkleid hoch.

„Das ist es.“ Sie hielt es vor mich. „Das hat zwar nicht den Ausschnitt, den du gerne hättest, aber vertraue mir einfach.“

Das tiefrote Kleid schmiegte sich mit ungezügeltem Selbstvertrauen an meinen Körper. Ich betrachtete mich im Spiegel und hatte Angst, es zu mögen, während Julie die Luft anhielt.

„Es ist perfekt.“ Sie seufzte, während sie an den Seiten zog und den roten Stoff rund um meine Hüfte richtete. „Du musst es noch nicht einmal ändern lassen.“

Ich atmete unentschlossen aus. „Hmm.“ In meinem Kopf bildeten sich keine Worte.

„Gefällt es dir nicht?“

Das Kleid passte sich an meinen Körper an, als stünde ich unter einem Wasserfall. Es glitt über meinen Bauch und meine Brust, sodass ich schlank und weich aussah und überall da üppig, wo es darauf ankam. Wenn ich mich hin und her drehte, glänzte es in den verschiedenen Schattierungen von hell- bis rubinrot. Ich sah älter aus.

Julie lehnte an der Wand und verbarg ihr Grinsen mit der Hand. „Was ich meine, ist egal. Sag mir, was du davon hältst.“

„Du hast ein großartiges Kleid ausgesucht.“

„Aber?“

Ich sah sie verzweifelt an. „Ich glaube nicht, dass ich ihm gewachsen bin.“

Mit verwirrtem Gesichtsausdruck trat sie einen Schritt auf mich zu. „Wovon redest du überhaupt?“

„Es ist zu viel.“ Ich schnitt meinem Spiegelbild eine Grimasse. „Das sieht so aus wie eins von denen, die sonst Models anhaben. Es schreit geradezu: ‚Schaut mich an!‘“

Julie legte mir die Hand auf die Schulter. „Es ist nicht zu viel. Das passt in jeder Hinsicht zu dir. Und du siehst darin wunderschön aus.“

Wunderschön. Würde das Sam auch so sehen? Mein Herz sehnte sich danach, diese Worte zu hören. Ich wollte sie wieder und wieder hören. Doch immer, wenn ich sie hörte, hielt ich sie für eine Lüge. Irgendetwas Leeres in mir ahnte, dass ich nie wirklich erfüllt sein würde, egal wie oft ich diese Worte hörte. Ich würde sie nie oft genug hören, um Ians Grunzgeräusche ausblenden zu können. Und dieses Kleid, das mich da mit seinem blendenden Feuer anstarrte, zeigte allen, was für eine Hochstaplerin ich war. Etwas so Wunderschönes, so Aufmerksamkeitsheischendes hatte mit meinem Körper nichts zu tun.

Julie rang die Hände. „Hör auf, so hart zu dir selbst zu sein. Gefällt dir das Kleid nur deswegen nicht? Weil es zu schön ist und du zu viel Aufmerksamkeit bekommen könntest?"

Ich nickte.

„Dann bist du überstimmt. Das ist dein Kleid."

Ein paar Stunden später hielt sie vor meinem Haus an und ich stieg aus dem Auto mit dem Kleid auf einem Bügel, alles schön in Plastikfolie eingepackt. Ich presste meine Lippen zu einer geraden Linie zusammen, damit ich nicht vor Aufregung laut losschrie. Es war wirklich wahr. Ich beugte mich durchs Beifahrerfenster. „Vielen Dank. Wegen so etwas bist du meine beste Freundin – neben anderen Dingen natürlich."

Julie setzte sich aufrecht hin und lachte. „Ich wusste es, stimmt's? Genieß es einfach. Es ist der Abschlussball!"

„Yeah. Kaum zu glauben."

Ihr Gesicht wurde ernst, als sie in eine Richtung hinter mir nickte. „Sieht aus, als wäre dein Nachbar draußen."

Ich warf einen Blick zur Seite und sah, dass Josh vor seiner Garage saß und sein Skimboard wachste.

„Ist er dir immer noch wegen dem Pool böse?" Julie rollte mit den Augen. Ich hatte mein Versprechen gehalten und Julie nichts von dem Pool erzählt – bis Sam und ich erwischt worden waren. Schließlich hatte ich alles zugegeben. Nun ja, wenigstens alles, was man laut zugeben konnte.

„Ich weiß es nicht. Ich habe es aufgegeben, seine Gedanken lesen zu wollen. Und ich weiß noch nicht einmal, ob er überhaupt noch mit mir redet. Er nickt mir im Gang zu. Zählt das auch?"

„Ich schätze schon." Sie spielte mit ihren Haaren. „Anscheinend geht er mit Jenny Adams auf den Abschlussball."

Bei der Nachricht zuckte ich zusammen. „Wer ist das denn?" Ich hatte noch nie von ihr gehört, es war mir aber auch egal.

„Es überrascht mich, dass er überhaupt geht. Woher weißt du das eigentlich?"

„Weil JP die größte Tratschtante auf der ganzen Insel ist, wenn er nicht gerade surft. Die Stillen sind immer die Schlimmsten. Er weiß wirklich alles, was hier passiert. Ich schätze mal, sie lebt in Cortez Village und kennt Josh aus der Kirche oder so. Ich glaube nicht, dass es etwas Ernstes ist, aber ist ja auch egal."

„Gut." Ich richtete mich auf und warf mein Ballkleid über die Schulter. „Das ist schön für ihn."

Sie fuhr weg und ich drehte mich um, um auf dem Weg zum Haus an Josh vorbeizugehen.

Sein Unterarm fuhr weiterhin systematisch über das Brett, aber seine Augen waren auf mich gerichtet. „Hey."

„Hey." Mein Stolz war verflogen, als ich ihn sah. Ich hätte ihm gern mein Kleid gezeigt und ihm gesagt, dass ich mit Sam auf den Abschlussball ging – dass ich alles in allem doch nicht von einer anderen Welt war. Doch in seinen Augen war so eine Distanz und ich erinnerte mich daran, dass er mir gegenüber nie unfreundlich gewesen war, außer bei dem einen Mal, als er mir gesagt hatte, ich sei nicht die Richtige für seinen ehemals besten Freund.

Es ist ein komisches Gefühl, wenn man die inoffizielle Freundin des beliebtesten Elftklässlers in der Schule ist. Das wurde mir allerdings erst klar, als ich Physik zusammen mit Tanya Maldonado hatte, die im hinteren Teil des Klassenraumes mit ihren Freundinnen tuschelte. Denn seit ich mich erinnern konnte, war das das erste Mal, dass ich mir keine Gedanken darüber machte, ob sie über mich reden könnten.

„Heute wollen wir über die Position sprechen, die die Erde in unserem Sonnensystem einnimmt.“ Mrs Bowie schob sich ihre Brille auf die Stirn, während hinter ihr Bilder der Erde und der Sonne auf der Leinwand auftauchten. „Unsere Galaxie ist natürlich die Milchstraße. Das ist nicht mehr als eine kleine Ecke im ganzen Universum, so etwas wie unsere Wohngegend. Doch selbst in der Milchstraße gibt es Abermilliarden von Sternen. Unser Stern ist natürlich die Sonne. Und wenn man nun die Größe unseres Sonnensystems mit der Größe der Galaxie vergleicht, in der es zu Hause ist, dann ist unser Sonnensystem nicht größer als ein Stadtviertel im Vergleich zum gesamten nordamerikanischen Kontinent. Jetzt sagt ihr vielleicht: ‚Mrs Bowie, da kommen wir uns aber ziemlich klein vor.‘ Darum geht es mir aber gar nicht. Ich möchte nicht, dass ihr euch nur klein vorkommt. Ihr *seid* klein. Und wir stehen erst ganz am Anfang. Niemand weiß genau, wie gigantisch unser Universum tatsächlich ist.“

Mrs Bowie gab der Klasse eine Gruppenarbeit, was bedeutete, dass wir zwanzig Minuten Zeit hatten, Klatsch und Tratsch auszutauschen und dann schnell ein paar Antworten auf ein Arbeitsblatt zu kritzeln, das einem sowieso egal war, weil sich keiner im Raum für die Milchstraße interessierte, wenn doch unser eigenes Universum so viel bedeutsamer war.

Julie und ich steckten die Köpfe zusammen und teilten einander die neusten romantischen Entwicklungen mit.

„Schau mal!“, rief sie mit leuchtenden Augen. Sie öffnete ein kunstvoll zusammengefaltetes Stück Rechenpapier, indem sie an einer Rosenknospe zog, die mit einem HB-Bleistift gezeichnet worden war. Innen drin war eine Nachricht zu lesen:

Julie, ich muss die ganze Zeit an dich denken – JP

Ich strahlte vor Aufregung, so sehr freute ich mich für sie. Sie war wirklich verliebt. Ich konnte das daran erkennen, dass sie sich etwas aufrechter hinsetzte, wenn JPs Name fiel. Vermutlich war es zu früh, um von Sam solche Liebeserklärungen zu erwarten, überlegte ich. Unsere Beziehung stand schließlich erst ganz am Anfang. Sich mit ihm zu verabreden, hatte jedoch mein Leben auf eine Weise gerettet, die ich nie für möglich gehalten hätte. Und das bemerkte ich ironischerweise ausgerechnet durch Tanya.

„Missy", rief sie mich im Flüsterton. „Hey, Missy."

Julie und ich blickten von unserem leeren Arbeitsblatt auf und sahen, wie Tanya uns zu sich hinüberwinkte, damit wir uns neben sie setzten. „Hey, hier ist genug Platz."

Ich warf Julie einen ungläubigen Blick zu. Wir standen von unseren Plätzen auf und schlossen uns dem Halbkreis von Mädchen an, der sich um Tanya gebildet hatte.

„Yeah, wir haben einfach nur gedacht, dieses Arbeitsblatt ist schneller ausgefüllt, wenn wir alle zusammenarbeiten. Übrigens, was du da anhast, ist wirklich ein unglaublich tolles Outfit. Ich liebe es!", blubberte Tanya heraus.

„Oh, das?" Ich sah an mir herunter. „Danke. Es gehört eigentlich Julie."

Tanya nickte zustimmend, während Julie selbstzufrieden grinste.

„Yeah, ihr habt einfach alle einen super Geschmack." Sie hob die Augenbrauen – eine aufgesetzte Geste, die Zustimmung zeigen sollte. „Also, was denkt ihr, dieser Unterricht hier ist doch ätzend, oder? Ich meine, da muss man sich doch anstrengen, um wach zu bleiben. Wofür muss man überhaupt wissen, wo sich irgendein Stern genau befindet?"

„Also echt", stimmte ich ihr zu. Tanya Maldonado versuchte nett zu mir zu sein und ich gab ihr die Chance.

„Also Missy, was geht bei dir gerade ab?“ Shanice Hardy hatte mahagonifarbene Haut, die selbst im Kunstlicht des Klassenraums noch so makellos aussah, als wäre sie gemalt. Ich kannte sie kaum, wusste von ihr eigentlich nur, dass sie es lange vor allen anderen in die Gruppe der Cheerleader unserer Highschoolmannschaft geschafft hatte und dass sie immer rechts von Tanya saß, egal, wo Tanya sich befand.

„Ähem“, druckste ich herum. „Nicht viel, schätze ich.“

„Wirklich nicht?“, bohrte sie weiter. „Gehst du nicht mit Sam King auf den Abschlussball?“

Tanya lächelte. „Nerv sie damit doch nicht, Shanice. Ich meine, das geht schließlich nur sie etwas an. Es sei denn, sie möchte mit uns darüber reden, verstehst du?“

Alle Augen sahen mich an, während sie auf eine Reaktion warteten. „Tja, Sam ist ein toller Typ“, gab ich zu. Die verräterische Röte schoss mir wieder ins Gesicht, als mir klar wurde, dass ich im Zentrum der Aufmerksamkeit stand. „Und der Ball wird sicher auch toll.“ *Alles ist toll. Fällt mir denn kein anderes Wort ein?*

Tanya schlug die Beine übereinander und beugte sich zu mir hinüber. „Also, das ist wunderbar“, sagte sie. „Ich glaube, das ist süß. Ich meine, wir alle haben doch jemand verdient, oder? Außer Mrs Bowie natürlich.“

Tanya beobachtete, wie unsere Lehrerin in ihrer hochgeschlossenen Bluse und in klobigen braunen Schuhen durch den Klassenraum schritt. Mrs Bowie war noch jung, hatte das College erst ein oder zwei Jahre hinter sich, aber sie hatte solche Schlabberklamotten an, dass sie doppelt so alt aussah.

„Die muss doch so verzweifelt sein. Ich wette, die hatte noch nie eine Verabredung. Was denkt ihr?“ Tanya sah mich an, als würde sie auf Zustimmung warten.

Ich setzte mich aufrecht hin. „Oh, yeah, absolut.“ Sofort

stach mich die Schuld in die Seite. Mrs Bowie war immer nett zu mir gewesen und ich war noch keine fünf Minuten im Kreis der coolen Girls aufgenommen, da fing ich schon an, auf scheinbar niederen Lebensformen herumzuhacken. Doch das Einzige, vor dem ich noch mehr Angst hatte als davor, eins von diesen üblen Mädels zu werden, war, dass ich wieder so werden könnte wie früher.

Als Mrs Bowie Julie und mich zurück zu unseren Plätzen rief, spürte ich, wie mir die intensiven Blicke der anderen Schüler im Raum folgten. Irgendetwas an der Welt, wie wir sie bisher kannten, hatte sich plötzlich verändert.

Sam offenbarte seine Pläne für die Party nach dem Abschlussball erst eine Woche vor dem Ballabend. Wir würden zu Ians Haus am Strand gehen. Die Jungs hatten noch nie etwas so detailliert geplant wie diese Fete.

Die Eltern in einem anderen Bundesstaat. Die Zimmer leer. Der Schnapsschrank des Vaters zum Bersten gefüllt.

So wie ich es verstand, war das nicht die übliche Fete nach einem Abschlussball. Das war eine kleine Gruppe von Paaren, die sich sehr glaubwürdige Alibis für die Eltern überlegt hatten, um dann heimlich Wechselklamotten aus den Kofferräumen ihrer Autos zu holen, und die sehr genau aufpassen wollten, dass sie nicht von den Nachbarn überrascht wurden. Alles war bis ins kleinste Detail sorgfältig geplant. In Ians Haus gab es, so wurde gemunkelt, einen Pool mit Wasserfall, zwei Extrakühlschränke voller Lebensmittel und eine Gegensprechanlage am Tor. Wenn schon Sam und ich aus zwei unterschiedlichen Welten kamen, würde ich einen Reisepass brauchen, wenn ich bei Ian hineinwollte.

Es war allerdings Denise, nicht der Abschlussball, um die ich mir ernsthafte Sorgen machte. Am Sonntagmorgen der Woche, in der der große Tag war, wachte ich auf, weil ein anderer Mann in unserer Küche war. Robby war die ganze Nacht weg gewesen, deshalb war er nicht da, um mein Entsetzen zu teilen, als Hawaiihemd-Ray meine Mutter fragte, wo sie den Kaffeeweißer versteckt hielt. Das machte einfach keinen Sinn – das Letzte, was ich von ihm gesehen hatte, war seine Flucht auf seinem Motorrad gewesen.

Fragend sah ich Denise an, doch sie wich meinem Blick immer wieder aus. Das konnte nur bedeuten, dass Ray nicht erst heute Morgen gekommen war.

„Na, Kleine", rief er mir zu, als ich an ihm vorbei ins Wohnzimmer ging und mich verwirrt neben Crystal auf die Couch fallen ließ.

Ich fragte mich, ob er meinen Namen wusste. Schweigend starrte ich ihn an.

Meine kleine Schwester legte ihren Kopf auf meinen Schoß, als wäre sie noch müde. Selbst mit sieben spürte sie schon, dass sich ein Sturm zusammenbraute.

Nervös hüpfte Denise in der Küche herum und machte Frühstück. Ohne ein Wort stellte sie eine Schüssel mit Müsli auf Crystals Platz und wandte sich dann an Ray, der seinen Kaffee viel zu langsam trank. „Ich sage es ja nicht gern, aber ich hab noch eine Menge zu tun, bevor ich zur Arbeit gehe."

Ray bemerkte gar nicht, dass das ein versteckter Befehl war, das Haus zu verlassen, und schlürfte weiter seinen Kaffee. „Und?" Er sah sie von unten an und mir gefiel sein Blick überhaupt nicht. „Dann hättest du gestern Abend eben nicht so lange aufbleiben dürfen."

Er streckte eine Hand aus und streichelte ihr Knie. Denise machte instinktiv einen Schritt zurück. In meinem Kopf sah ich den gestrigen Abend genau vor mir. Meine Mutter arbeitete in der Spätschicht im Restaurant und blieb hinterher noch für einen Drink mit dem Barmann. Dabei ignorierte sie geflissentlich den Rat ihres Bosses, endlich nach Hause zu gehen. Dann erschien Ray vor dem Restaurant und die alte Leier begann von vorn. Ich fragte mich, wie lange sie Bruce an diesem Tag nicht gesehen hatte, dass die unstillbare Einsamkeit wieder einsetzte, die alle Beziehungen meiner Mutter zu bestimmen schien. War Bruce vielleicht sauer gewesen oder hatte er sie mit einer anderen betrogen? Wahrscheinlich nicht. Aber vielleicht hatte er das Restaurant nicht so spät verlassen und sie damit Rays Annäherungsversuchen schutzlos ausgeliefert? Oder hatte er doch nicht so viel Geld, wie sie sich das vorher ausgemalt hatte – als Touristenführer für die Deutschen? Die Deutschen zahlten immer am besten, das wusste doch jeder. Doch wahrscheinlich war er nur für eine kurze Zeit nicht bei ihr gewesen und sofort fielen Denise tausend Dinge ein, die er ihr nicht bieten konnte, die sie aber unbedingt brauchte. Mit diesen Gedanken hatte sie sich auf dem Barhocker umgedreht und Ray mit ihrem unwiderstehlichen Lächeln angestrahlt, denn er war schließlich hier bei ihr. Den Rest der Nacht fühlte sie sich auch völlig im Recht.

Doch der nächste Morgen war immer eine ganz andere Geschichte. Mit einem nassen Lappen wischte sie immer wieder die Arbeitsfläche in der Küche, obwohl es dort schon längst nichts mehr zu wischen gab. „Tut mir leid, Ray, aber ich habe heute eine Menge mit den Kindern vor."

Bei dieser Lüge rollte ich mit den Augen.

Und dann, als hätte er nur auf den richtigen Moment gewartet, erschien Bruce in der Tür mit einer Packung Donuts in der Hand, um uns zu überraschen. Als sie ihn dort in der Tür sah, leuchteten Crystals Augen auf. Doch im Wohnzimmer blieb er wie angewurzelt stehen und schaffte es nicht mehr bis in die Küche. Erstaunlicherweise wirkte er gar nicht wirklich überrascht. Eher enttäuscht.

„Bruce!“ Denise stellte sich zwischen die beiden Männer, als könnte sie den einen vor dem anderen verstecken. „Was für eine Überraschung, Baby! Und du hast den Mädchen Donuts mitgebracht?“

Mit zusammengebissenen Zähnen erhob sich Ray von seinem Stuhl und starrte Bruce herausfordernd an.

„Du hast Besuch?“ Bruce musterte Ray angewidert von oben bis unten.

„Oh, ja. Das ist Ray. Vielleicht kennst du ihn aus dem Restaurant. Er ist nur kurz vorbeigekommen, um Hallo zu sagen.“

Doch Ray spielte ihr Spiel nicht mit. Nicht dass ich ihm das übel nahm – schließlich hatte sie ihm das jetzt schon zum zweiten Mal angetan. Er murmelte einen Fluch, stampfte an Denise vorbei und rammte Bruce im Vorbeigehen heftig an, bevor er die Haustür hinter sich zuknallte.

Und dann fing das Betteln an.

Crystal und ich verzogen uns in mein Zimmer. Ich wusste schon, was jetzt kam. Zuerst würde sie sich an seine Brust werfen und alles abstreiten, was er gerade gesehen hatte. Nach drei weiteren Minuten würde sie alles zugeben. Dann würde sie ihre Arme um seinen Hals schlingen und ihm versprechen, dass ihre Untreue nur am Stress oder an der Arbeit oder an ihren Sorgen um uns Kinder lag. Es würde bestimmt nie wieder passieren.

Aber ich kannte Bruce gut genug, um zu wissen, dass er es gar nicht so weit kommen lassen würde. Crystal und ich zogen unsere Badeanzüge an und krochen aus meinem Fenster. Dann rannten wir zum Strand.

Das Wasser war ein krasser Gegensatz zu dem Sturm, der sich bei uns zu Hause zusammenbraute. Kein Lüftchen regte sich und das Meer war spiegelglatt. Ich fragte mich, wie viele Stunden ich nach Osten schwimmen musste, um auf die erste kleine Welle zu stoßen. Mittlerweile würde ich alles zu tun, um von der Insel fliehen zu können.

Weder an diesem noch am nächsten Tag ließ sich Robby bei uns blicken. Manchmal fragte ich mich, ob er schon wusste, dass Denise und Bruce wieder getrennt waren. Sein Zimmer sah aus, als wäre er wenigstens für kurze Zeit da gewesen, um sich neue T-Shirts aus seiner Dreckwäsche zu holen. Doch bevor einer von uns ihn sehen konnte, war er auch schon wieder verschwunden. Am Dienstag nach der Schule nahm Denise mich ins Kreuzverhör.

„Und wo, um alles in der Welt, treibt sich dein Bruder wieder herum? Er kommt und geht, wie er will, als wäre das hier ein Motel."

„Ich weiß nicht, wo er ist."

„Hast du ihn in der Schule gesehen?"

„Heute nicht."

„Das geht mir langsam ziemlich auf die Nerven. Ich mache mir echt Sorgen um ihn. Vielleicht kannst du ihn ja finden. Wahrscheinlich ist er unten am Hafen und arbeitet an seinem Boot." Die Unterlippe meiner Mutter zitterte leicht. Anscheinend machte sie sich wirklich Sorgen um ihn.

Ich schnappte mir mein Fahrrad und fuhr zu den Bootsanlegern. Kurz bevor ich den Parkplatz erreichte, hörte ich einen lauten Streit in Bruces Laden. Schnell schloss ich mein Fahrrad an und lief zum Laden. Doch noch bevor ich ihn erreichte, stürmte Robby aus der Tür und knallte sie hinter sich zu. Ohne mich zu sehen, rannte er an mir vorbei und sprang in das Auto seines Freundes. Das ging alles so schnell, dass ich ihn nicht aufhalten konnte. Mit lauter Musik rasten sie vom Parkplatz.

Der Gestank von faulen Fischen und abgestandenem Bier stieg mir in die Nase, noch bevor ich das Geschäft betrat. Hinter der Ladentheke brütete Bruce über einer Seekarte und zeichnete einen Kurs ein. In seinem Mundwinkel hing eine Zigarette. Überall um ihn herum war Qualm, sodass er wie im Nebel stand. Es war wie eine Warnung an mich, ihm bloß nicht näher zu kommen.

„War das mein Bruder, der gerade aus dem Laden gekommen ist?" Ich wollte, dass er es zugab.

Er sah noch nicht einmal von der Karte hoch, sondern ließ mich noch eine Weile warten, bis er mir antwortete. Seine Worte trieften nur so vor Verachtung. „Na? Was willst du denn von mir?"

„Habt ihr euch gestritten?"

„Was geht dich das denn an?" Bruce faltete die Karte zusammen und räumte hinter dem Ladentisch auf.

„Ich habe ihn schon ein oder zwei Tage nicht mehr gesehen und will wissen, was los ist."

„Tja, das ist ja interessant, denn ich bin ihn in der letzten Zeit überhaupt nicht losgeworden. Kümmere dich um deine eigenen Sachen. Ich kann dir nur einen Rat geben: Sobald du kannst, hau aus deiner verrückten Familie ab und geh nie wieder zurück. Das solltest du jedenfalls tun. Und nicht nach dem Mistkerl suchen."

„Mistkerl? Arbeitet er nicht mehr für dich?" Ich legte beide Hände auf die Theke und beugte mich vor, um ihm zu zeigen, dass ich nicht eher gehen würde, bis ich eine Antwort bekam.

„Nein. Das ist vorbei.“ Endlich sah Bruce mich direkt an und beantwortete meine Frage. „Heute ist er noch mal wiedergekommen und hat um seinen alten Job gebettelt. Aber ich bin nicht mehr interessiert.“

„Das verstehe ich nicht. Er hat wegen dem Boot für dich gearbeitet. Alles, was er hat, ist in dieses Boot gegangen. Das kapiere ich einfach nicht.“

„Es ist vorbei.“

„Aber er arbeitet seit mindestens zwei Monaten für dich, ohne dass du ihn bezahlst. Ihr hattet eine Abmachung.“

Bruce blies mir den Rauch seiner Zigarette mitten ins Gesicht. Jetzt war auch der letzte Rest Freundlichkeit aus seinem Gesicht verschwunden. „Es war ein Gefallen, keine Abmachung. Und ich will die Brut dieser Frau nicht auf meinem Gelände.“

„Du hast ihn wegen meiner Mutter gefeuert?“

„Ich hab dir schon gesagt, dass dich das nichts angeht. Und jetzt verzieh dich.“

„Alles, was meinen Bruder betrifft, geht mich sehr wohl etwas an.“ Mein Körper zitterte vor Wut.

Bruce schüttelte den Kopf und schlug mit der Faust auf den Tresen. „In Ordnung. Ich erzähle dir, was ich ihm gesagt habe. Die Wahrheit ist, dass deine Mutter eine alte Schlampe ist. Sie hat schon mit der Hälfte der Männer hier auf der Insel geschlafen und lügt, wenn sie den Mund aufmacht. Ich hätte mich nie mit ihr oder ihrem verkommenen Sohn einlassen sollen. Da willst du jemandem einen Gefallen tun und dann wirst du so behandelt. Ich will sie und alle, die sie kennen, nicht mehr auf meinem Grundstück sehen. Das habe ich deinem Bruder gesagt und das sage ich auch jedem anderen, der es wissen will. Und jetzt verschwinde.“

Ich versuchte, meinen Atem unter Kontrolle zu bekommen, aber der Schmerz in meinem Magen war so stark, dass ich kaum noch stehen konnte. Es fühlte sich so an, als hätte mir gerade jemand mit der Faust in den Magen geboxt. Ich wusste, dass es zwischen Bruce und meiner Mutter aus war. Trotzdem hatte ich gehofft, dass er das Versprechen meinem Bruder gegenüber halten würde. Nie hätte ich geglaubt, dass ein Erwachsener ein Versprechen brach, das er einem Jüngeren gegeben hatte. Jedenfalls nicht einfach so.

Bruce kam um die Ladentheke herum und schnaufte wütend. „Du hast dein hübsches Kleid für den Abschlussball bekommen. Mehr kannst du mir nicht mehr aus den Rippen leiern. Tu dir einen Gefallen, Süße, und renn weg, bevor du auch noch so wirst wie sie."

Die Ader an seinem Hals trat deutlich hervor und Schweiß tropfte von seiner Stirn auf sein altes, dreckiges T-Shirt. Er roch unangenehm nach Fisch. Meine Knie fühlten sich an, als hätten sie keine Knochen mehr, und meine Unterlippe zitterte. Ich war froh, dass ich noch auf den Beinen stand.

„Ich verstehe es aber immer noch nicht. Robby hat dir doch nichts getan." Ich blinzelte meine Tränen weg. Ich wusste, was das Boot meinem Bruder bedeutete, und ich wusste auch, dass er schon lange vor Bruces Beziehung mit Denise für ihn gearbeitet hatte.

„Das Boot wäre sowieso nicht gefahren. Dein Bruder hat keine Ahnung von Booten." Bruce drehte sich um und verschwand im hinteren Büro.

Nach ein paar Minuten allein fühlte ich mich stark genug, um den Laden zu verlassen.

Mit Bruce hatte meine Mutter nicht nur ihren Freund und den letzten Rest ihrer Würde auf dieser Insel verloren. Ihr Verhalten hatte meinen Bruder auch sein Boot gekostet, eines der wenigen wirklich guten Dinge, die Robby passiert waren, seit wir wieder auf der Insel waren.

Langsam fuhr ich nach Hause und legte mich auf mein Bett. Denise war zur Arbeit gegangen. Crystal hatte sich selbst ins Bett gebracht. Und ich lag drei Stunden bewegungslos auf meiner Decke.

Als es schon lange dunkel war und fast alle Leute schon im Bett lagen, kam Robby zurück. Er trug immer noch seine ausgewaschenen Shorts.

Ich stand im Türrahmen seines Zimmers und beobachtete ihn. „Ich weiß, was passiert ist, Robby. Ich war unten am Hafen, um dich zu suchen."

„Keine große Sache." Er grunzte und warf ein paar T-Shirts auf den Haufen mit Dreckwäsche auf dem Boden. Aus seinem Rucksack quoll noch mehr dreckige Wäsche und sein Sparschwein lag ausgeleert auf dem Rücken.

„Wo willst du hin?" Ich setzte mich auf sein Bett und sah zu, wie er wie ein Wilder sein Zimmer durchwühlte.

„Nirgendwohin."

„Robby?" Noch gab ich nicht auf.

„Ich muss hier weg. Ich weiß nicht, was ich ihr antun werde, wenn ich sie sehe. Ich muss einfach für eine Weile weg. Ein Freund hat mir angeboten, bei ihm zu wohnen. Da kann ich ein paar Tage bleiben. Sag Mama einfach, dass es mir gut geht. Ich kann ihr Drama einfach nicht mehr ertragen."

„Zu welchem Freund? Nicht zu Ricky Brewer, oder?"

„Ich war in letzter Zeit viel bei Ricky. Aber nein. Heute Abend gehe ich nach nebenan."

Mir verschlug es den Atem. „Josh?"

„Ja", sagte Robby. „Wahrscheinlich merkt Mama gar nicht, dass ich nicht da bin."

„Sie hat es schon gemerkt."

„Egal. Ich kann es nicht ändern."

Tränen traten ihm in die Augen, aber er schluckte sie sofort wieder herunter. „Ich wusste schon ganz am Anfang, dass ich ihm nicht trauen konnte, nicht wirklich“, sagte Robby. „Aber Mama scheint ihn richtig durch die Mangel gedreht zu haben. Innerhalb von zwei Tagen bin ich vom verlorenen und lang ersehnten Sohn zu einem Eindringling geworden. Kannst du dir vorstellen, dass er sogar gedroht hat, die Polizei zu rufen, wenn ich noch einmal wiederkomme, um an dem Boot zu arbeiten? Er konnte mir noch nicht mal in die Augen sehen, als er mir das an den Kopf geworfen hat. Als wäre ich es nicht wert, dass man mit mir spricht.“

Ich legte ihm eine Hand auf die Schulter, doch er drehte sich mit einem Ruck von mir weg.

„Zwei Monate lang habe ich an diesem Boot gearbeitet, ohne auch nur einen Cent von ihm zu sehen, und jetzt reißt er es sich einfach unter den Nagel?“ Die Wut kochte so heftig in ihm hoch, dass er die Tränen nicht länger zurückhalten konnte. Ärgerlich wischte er sich über die Augen. „Warum versuche ich es nur immer wieder? Es endet doch immer gleich. Am Ende ist immer alles Scheiße. Es ist so, als wären wir ein Niemand – nichts wert –, und wir hatten auch nie die Chance, etwas anderes zu sein als ein Niemand. Warum gibt es uns überhaupt?“

„Sag so etwas nicht, Robby“, weinte ich. „Mama hat das gemacht. Nicht du. Sie hat alles kaputt gemacht. Nicht du. Und Bruce ist ein Idiot. Jeder andere hätte sein Versprechen gehalten, weil du so toll an dem Boot gearbeitet hast.“

„Ja? Wenn ich wirklich so toll an dem Boot gearbeitet habe, dann würde es doch wohl jetzt auch laufen, oder?“

Er warf sich den Rucksack über die Schulter und ging nach nebenan. Durch mein Fenster beobachtete ich, wie das Licht in Mrs Durhams Haus anging, als Robby sein Fahrrad auf der anderen Seite des Hauses versteckte.

Als Denise von der Spätschicht nach Hause kam, sagte ich ihr, dass Robby nebenan bei Josh war. Sie ging nicht hinüber zu ihm, wie ich es erwartet hatte. Stattdessen nickte sie nur schweigend und ging in ihr Zimmer. Leise schloss sie die Tür hinter sich. So allein und verloren hatte ich sie noch nie zuvor gesehen.

Kapitel 11

„Ich habe die hübscheste Begleiterin von allen am Abschlussball.“ Sam legte seine Hand unter mein Kinn und blinzelte mir zu. „Deshalb darfst du nicht so traurig gucken. Traurig ist nicht schön.“

Ich nickte. „Ich weiß. Mir geht es gut. Es ist wirklich nichts.“ Wir hatten nur ein paar Sekunden allein am Tisch, bevor der Rest von Sams Freunden sich dazusetzte und unsere Zweisamkeit beendete. Er hatte recht, obwohl er gar nicht wusste, was bei uns zu Hause los war. Ich musste glücklich sein oder wenigstens so aussehen. Robby brauchte Zeit und die musste ich ihm geben. Dann würde er schon wieder zu uns zurückkommen.

Immer mehr Freunde von Sam setzten sich an unseren Tisch. Sie waren jetzt wohl auch meine Freunde, nahm ich an. Ich kannte die Namen ihrer Geschwister und wusste, was ihre Eltern machten. Diese Leute, die so lange eine Nebenrolle in meinem Leben gespielt hatten – oder höchstens als Bösewichte und Beobachter –, waren jetzt Teil meiner wirklichen Welt. Und plötzlich merkte ich, dass sie tatsächlich menschlich waren, auch wenn sie auf die Außenseiter am Rande der Cafeteria manchmal ganz anders wirkten. Auch ich nahm die Leute dort immer weniger wahr. Sie schienen ständig unbedeutender zu werden, weil so viele andere Dinge direkt neben mir passierten.

„Ich habe Durst. Ich hole mir nur schnell etwas zu trinken. Bin gleich zurück."

Als ich zu den Getränken kam, sah ich, wie Josh ein paar Trinkflaschen zur Seite schob und eine Milchtüte herauszog. Ich schlich mich hinter ihn und sah ihm über die Schulter.

„Du bist der einzige Schüler an dieser Schule, der Milch trinkt", sagte ich. Das war der erste ganze Satz, den ich seit dem Abend am Pool ihm gegenüber herausbrachte.

Er drehte sich zu mir um. Sein Blick war sanft, aber er lächelte nicht. Ich trat einen Schritt zurück. Ich wünschte mir, ihn hassen zu können, obwohl ich wusste, dass es dafür keinen Grund gab. Wieder mischte er sich in mein Leben ein. Und wieder kannte er alle meine Geheimnisse. Er wusste, wie weit meine Lebenswirklichkeit von dem entfernt war, was ich Sam King gerne vorspielen würde. Josh wusste, dass Sam keine Ahnung davon hatte, dass meine Mutter die Schlampe der Insel war oder dass mein Bruder Drogen nahm und von zu Hause abgehauen war. Joshs Theorie, dass meine Welt so ganz anders war als die von Sam – als die der guten Leute –, war so richtig, dass ich es kaum aushielt. Aber er hatte meinen Bruder aufgenommen und kümmerte sich um ihn. Das wog viel schwerer als alles andere. Dafür verzieh ich ihm sogar, dass sein Anblick mir immer ein schlechtes Gewissen machte, wenn ich mit Sam zusammen war.

„Danke, dass du meinen Bruder aufgenommen hast. Das wollte ich dir nur sagen."

„Gern geschehen." Josh kam auf mich zu, bis er so nah vor mir stand, dass ich unwillkürlich einen Schritt zurücktrat. „Du hast es deiner Mutter gesagt, nehme ich an?"

„Ja." Ich hasste es, dass ich in seiner Nähe immer so nervös wurde. „Wenn ich es nicht getan hätte, wäre sie nur ausgeflippt. Jetzt weiß sie wenigstens, dass es ihm gut geht."

„Ich sehe ihn nicht oft. Er kommt und geht, wann er will."

„Diese Woche habe ich ihn kurz auf dem Gang gesehen. Heißt das, dass er wieder in die Schule geht?", fragte ich.

Josh zuckte mit den Schultern.

„Und wie wirkt er auf dich?"

„Verloren."

Das war genau das richtige Wort. „Und alles wegen diesem doofen Boot. Ich meine, warum war dieses bekloppte Ding ihm überhaupt so wichtig? Es ist ja nicht so, dass er sich nicht ein anderes kaufen könnte, wenn er genug Geld zusammen hat. Und wenn er endlich aufhören würde, mit diesen Blödmännern abzuhängen, dann würde er auch was auf die Reihe kriegen. Manchmal bin ich so sauer auf ihn."

„Bruce hat ihn unter seine Fittiche genommen und ihn dann einfach fallen lassen. Das ist eine ziemliche Abfuhr, die er Robby erteilt hat."

Seine Worte trafen mich tief in meinem Innersten, bis die Wut auf Denise das Gefühl wieder überrollte. Am liebsten hätte ich sie angeschrien. Außerdem hätte ich gerne die Zeit zurückgedreht bis zu dem Moment, in dem ich im Laden vor Bruce stand. Dann hätte ich ihm endlich sagen können, was ich wirklich von ihm hielt. „Am liebsten würde ich ihn schütteln, damit er die ganze Sache einfach vergessen kann. Er soll endlich aufhören, sich so fertigzumachen."

„Ja, und dann kann er sich an alle anderen anpassen und auch an dem Tisch der beliebten Schüler sitzen so wie du, was?“, sagte Josh bissig. „Und dann wäre alles wieder in Ordnung?“

Ich schüttelte den Kopf und wandte mich von ihm ab. Es war wieder passiert. Er hatte mich daran erinnert, dass ich nicht dazugehörte und mein Bruder auch nicht – egal, wie sehr wir uns auch anstrengten. „Ist ja auch egal.“

„Wir reden viel miteinander“, rief Josh mir hinterher, als wollte er seine Worte wiedergutmachen. „Robby und ich reden über die Dinge und ich bin sicher, dass er bald wieder nach Hause kommt. Meine Oma mag ihn sehr gern. Manchmal denke ich, dass sie ihn lieber mag als mich …“

Ich zwang mich zu einem Lächeln. Offensichtlich wollte er mir Hoffnung machen, obwohl ich eigentlich noch viel mehr hören wollte. „Danke. Und danke, dass du wieder mit mir redest.“

„Damit habe ich nie aufgehört“, erwiderte Josh.

Als ich zum Tisch zurückkam, legte Sam mir den Arm um die Schulter und warf Josh ein triumphierendes Lächeln zu. „War das Josh, mit dem du so lange geredet hast? Über was habt ihr denn geredet? Hat er uns zu einer neuen Poolparty eingeladen?“ Sam sah mich verschmitzt von der Seite an und tippte mir mit dem Zeigefinger auf die Nasenspitze.

„Das ist nicht witzig. Lass uns einfach nicht mehr darüber sprechen.“

Sam beugte sich vor und küsste mich lang und innig. Alle Mädchen am Tisch seufzten tief bei dieser deutlichen öffentlichen Liebeserklärung. Als wir uns voneinander lösten, war mein Gesicht feuerrot. Er schämte sich nicht für mich. Er dachte auch nicht, dass wir aus zwei unterschiedlichen Welten kamen. Selbst wenn er das glaubte, war es ihm offensichtlich egal.

An diesem Abend fand Crystal heraus, dass Robby nebenan wohnte, und ging einfach hinüber, um ihren großen Bruder zu besuchen. Nach einer Weile schickte sie Joshs Großmutter mit einem Teller voller selbstgebackener Kekse und einer Geschichte über den Winter in Michigan wieder zurück nach Hause.

„Kannst du dir vorstellen, dass jetzt im Norden immer noch Schnee liegt?“ Crystal stopfte sich das klebrige Schokoladenzeug in den Mund, bis die Krümel herausfielen. „Robby sagt, dass er heute Abend nach Hause kommt. Aber ich würde nicht von Mrs Durham weggehen, wo sie so leckere Kekse macht.“

Ein paar Augenblicke später schlich sich Robby mit einem spitzbübischen Lächeln in mein Zimmer und warf ein Papierflugzeug. Es landete am Fußende meines Bettes. Auf dem Papier war eine weitere seiner Zeichnungen zu sehen, ein Portrait von mir in einem Ballkleid mit einem Diadem auf dem Kopf. Es war mit seinen Initialen und dem Wassersymbol signiert.

„Willkommen zu Hause, Fremder“, sagte ich.

„Yeah.“

„Mama wird sich freuen.“

„So, morgen ist also der Abschlussball?“, fragte er, um das Thema zu wechseln.

„Yeah.“

„Ich gehe auch hin.“ Er stand auf und glättete sich theatralisch das Haar.

Ich sprang vom Bett auf und deutete ihm auf die Brust. „Mit wem gehst du denn hin?“

„Mit Lisa aus unserer Straße. Keine ernste Sache. Wir sind nur Freunde.“

„Mmm-hmm“, neckte ich ihn. Und dann bemerkte ich, dass seine Augen auf seltsame Weise gerötet waren. Als ich näher hinsehen wollte, blickte er weg. „Was ist denn mit deinen Augen los? Du siehst aus wie ein Vampir. Bist du high?"

„Halt dich da raus, kleine Schwester." Ich würde es wohl niemals herausfinden. Mein Bruder winkte ab, als sei meine Frage einfach lächerlich. Dann lehnte er sich gegen die Wand und lachte. „Mir geht's gut. Und zum Abschlussball ziehe ich einen Kilt an, weil, na ja, warum auch nicht?"

„Die werden dich rausschmeißen, so wie sie es mit diesem Elftklässler gemacht haben. Der ist doch sogar von der Schule geflogen, weil er mit so etwas ins Lehrerzimmer gegangen ist."

„Aber diesmal geht's um den Abschlussball. Einen Versuch ist es wert." Robby ging in sein Zimmer und schloss die Tür hinter sich. Ich war froh, dass mein Bruder wieder da war, egal in welchem Zustand er zu Hause erschien.

Am Sonntag machte uns meine Mutter ein ausgiebiges warmes Frühstück und niemand redete über Bruce, das Boot oder die Woche, in der mein Bruder verschwunden gewesen war. Julie stürmte mit einer Tasche voller Make-up und Frisierzeug durch unsere Haustür. „Wir haben nur diesen einen Tag, um uns hübsch zu machen, und du hängst immer noch auf der Couch herum!"

Ich zog mir eine alte Häkeldecke über den Kopf und bedeutete ihr, sie solle verschwinden. „Es ist noch viel zu früh!"

„Es ist schon elf Uhr! Ganz abgesehen davon ist es nie zu früh, sich für den Abschlussball fertigzumachen."

Denise lachte. „Julie hat vollkommen recht. Hör auf, dich dagegen zu wehren, Schatz."

Crystal sprang mir auf den Rücken und bohrte mir die Knie in die Seite. „Los, steh auf! Aufstehen! Aufstehen!", kommandierte sie. „Es wird Zeit, dass du dich schön machst!"

„Aua." Ich streckte mich widerwillig. „Okay! Okay! Ich stehe ja schon auf!"

Ich freute mich auf mein Satinkleid. Sam würde es den Atem rauben. Der Rest des Tages sah ungefähr so aus:

Nägel lackieren. Nagellack auf dem Teppich verteilen. Teppich mit Nagellackentferner wieder sauber bekommen.

Französische Maniküre. Den kleinen Finger versauen. Den kleinen Finger wieder schön machen.

Diätcola. Babykarotten.

Duschen.

Rasieren. Kniebeugen. Mit einer vorsichtigen, ninja-artigen Bewegung um das Knie herum rasieren.

Robby exakt zehn Minuten im Badezimmer einräumen, bevor man dort wieder das Kommando übernimmt.

Föhnen. Die Haare hochstecken. Haarnadeln.

Wieder herausbürsten.

Die Haare wieder zusammendrehen. Wieder feststecken.

Haarspray. Haarspray. Haarspray.

Dasselbe noch mal bei Julie.

Haarspray.

Die mit Edelsteinen besetzte Haarspange in Julies Haaren befestigen.

Robby dazu bringen, „Ooh" und „Aah" zu sagen, als er ihre Haare sieht.

Ein Sandwich teilen.

Überall Hautcreme.

Mit den verschiedenen, wohlriechenden Schichten anfangen.

Make-up.

Lidstrichdesaster. Babyöl auf Wattestäbchen.

Dunkle Augen!

Julie geht wieder nach Hause.

Anderthalb Stunden lang vollkommen still dasitzen, bis Sam kommt.

Crystal stand die ganze Zeit über Wache, die Nase gegen die Scheibe des Wohnzimmerfensters gepresst. Als Sam schließlich in der Limousine seines Vaters vorfuhr, schrie sie vor Entzücken auf und rannte in winzig kleinen Kreisen herum. „Er ist da! Er ist wirklich da!"

„Beruhige dich, Kleines. Du musst dich beruhigen!", befahl ich. „Denk daran, wir sind vollkommen cool und entspannt!"

Crystal öffnete ihm die Tür. Sams Sommersprossen waren sofort zu erkennen. Er trug einen schwarzen Frack mit einer tiefroten Schärpe, die perfekt zu meinem Kleid passte. Er sah aus, als habe er gerade den roten Teppich verlassen. Er passte so ganz und gar nicht zu den eingerissenen Sofas und schmutzigen Lampenschirmen in unserer bescheidenen Mietswohnung. Das war das erste Mal, dass er sie überhaupt betrat.

„Du siehst wirklich gut aus." Er betrachtete mich von oben bis unten, ohne sich dafür zu entschuldigen.

„Danke."

„Ich meine, total scharf." Er spitzte die Lippen und hob die Augenbrauen, als wollte er seine Anerkennung zeigen.

Crystal fing an zu kichern, bis ich sie über die Straße zu ihrem Babysitter schickte.

„Warte noch! Ich habe etwas für dich!" Sie rannte in ihr Zimmer und kam mit einer weißen Muschel zurück.

Sie reichte mir das kleine, zerbrechliche Ding. Es hatte die Form einer weißen Taube.

„Das ist aus dem Sanddollar, den wir am Strand gefunden haben, stimmt's?"

Sie nickte mit einem breiten Grinsen. „Ich habe eine für Robby und eine für dich und eine ist für mich. Und ich habe noch mehr. Das hat Spaß gemacht. Weißt du noch?"

„Ich kann mich noch gut erinnern."

Schließlich rannte sie über die Straße und ich stopfte die

weiße Muschel in meine geliehene Handtasche, die zu meinen geliehenen Schuhen passte. Sam neigte sich zu mir und küsste mich. Als unsere Lippen wieder auseinandergingen, waren seine mit rotem Lippenstift verschmiert.

„Meine Mutter möchte, dass wir an dem Restaurant vorbeifahren, wo sie arbeitet. Wäre das okay für dich? Sie möchte einfach sehen, wie ich aussehe, und dich kennenlernen."

„Was immer du möchtest."

Als wir an dem Grillhaus ankamen, bediente Denise gerade an einem Tisch auf der Terrasse. Sie blickte von ihren Kunden auf und stieß einen Laut des Entzückens aus, als sie uns sah. „Ihr seht absolut großartig aus!"

Sie schlängelte sich durch das Labyrinth aus Tischen hindurch und freute sich dabei die ganze Zeit über so lautstark, dass schließlich alle Augen auf uns gerichtet waren. „Und es ist so wunderbar, dass wir uns einmal kennenlernen, Samuel. Missy hat mir schon so viel von dir erzählt. Wie ich höre, spielst du Football und wohnst in der Stadt. Und du bist ein sehr guter Schüler, vermute ich. Und groß! Oh, ich liebe große Männer. Oh, Missy, das ist einer, der nicht gleich wieder abhaut, das kann ich dir sagen!"

Wenn ich in diesem Augenblick an meinen Fingernägeln gekaut hätte, hätte ich meine Maniküre ruiniert, deshalb gab es in dieser peinlichen Situation überhaupt keine Erleichterung. Ich stand auf der Terrasse eines öffentlichen Restaurants, während vollkommen unbekannte Menschen sich allen möglichen Schwachsinn meiner Mutter über den wichtigsten Menschen, mit dem ich mich je verabredet hatte, anhören mussten. Aber irgendwie war mir das auch egal. Ich wollte gesehen werden. Sam machte ein paar höfliche Bemerkungen, dann knuffte er mich in die Seite, damit ich mich verabschiedete.

Denise überredete einen Touristen, ein Foto von uns zu machen, und dann waren wir endlich unterwegs, um mit den gleichen Typen festlich zu Abend zu essen, mit denen wir jeden Tag in der Cafeteria zusammensaßen. Dieses Mal legten wir uns jedoch die Servietten sorgfältig auf den Schoß und kicherten, weil wir nicht wussten, welche der vielen Gabeln wir für den Salat benutzen sollten.

Sam war noch nie so aufmerksam gewesen. Wenn ich etwas trinken wollte, ging er es für mich holen. Wenn ich mich hinsetzen wollte, blieb er an meiner Seite. Als ich sah, wie Tanya Maldonado mit dem Klassensprecher der elften Klasse erschien – einem Jungen, der vermutlich ihr Plan B war –, sagte mir Sam, dass ich das schönste Mädchen im Raum wäre. Es war, als hätte er in der letzten Woche sämtliche Bücher von Jane Austen gelesen und wollte heute Abend alles anwenden, was er gelernt hatte. Und das Beste, das wirklich Allerbeste war, dass er mich die ganze Zeit über anfasste. Wenn wir standen, berührte seine Hand meine. Wenn wir tanzten, legte er seinen Arm um meine Taille. Wenn wir durch den Raum gingen, lag seine Hand auf meinem Rücken. Er war mein Begleiter. Ein echter Gentleman. Und ich kam mir vor wie eine Königin. Zum ersten Mal in meinem Leben spürte ich mit ganzer Macht, was es bedeutet, von allen anderen Mädchen im Raum beneidet zu werden.

„Du bist das perfekte Date", seufzte ich.

Er beugte sich zu einem Kuss zu mir hinunter, seine blauen Augen funkelten im Licht der Diskokugel. Ich liebte das Gefühl, ihm den Kopf zu verdrehen und seine Aufmerksamkeit auf mich ziehen zu können. Als sich seine Lippen auf meine legten, betrachtete ich mir genau, was hinter ihm geschah. Dort standen Josh und Robby mit ihren Partnern. Robby stand wie abwesend da, während Lisa ihn anstarrte, damit er auf sie aufmerksam wurde. Sein Kilt hing ihm mutig über die Beine, als wollte er einen Lehrer herausfordern, ihm eine Szene zu machen. Josh nickte mit dem Kopf zur Musik und seine Partnerin zupfte sich an ihrem Kleid herum. Ich überlegte, ob das das Mädchen aus Cortez sein könnte, von dem ich gehört hatte – das mysteriöse Mädchen, von dem Josh tatsächlich dachte, es wäre gut genug für ihn.

„Dein Bruder hat einen Rock an“, verkündete Sam.

„Das ist ein Kilt.“

„Will er damit irgendwas aussagen oder so?“

„Ach, keine Ahnung“, sagte ich. „Lass uns einfach tanzen, okay?“

Ich wollte die Sicherheit von Sams Schulter an meiner Wange spüren und nicht eine Minute länger meinen schockierenden Bruder sehen oder meinen Nachbarn, der mich besser kannte, als es mir lieb war. Heute Abend war ich eine Prinzessin.

Wir tanzen im Zentrum seines Freundeskreises. Sam wirbelte mich herum und zog mich zu sich heran. Er neigte mich langsam nach hinten und ich versuchte, nicht zu lachen. Davon hatte ich geträumt, seit ich dreizehn gewesen war. Sam hielt mich für wunderschön.

„Lass uns abhauen“, sagte er. „Ian hat mir zugenickt und das heißt, dass wir jetzt alle zu ihm gehen können. Na, hört sich das gut an?“

„Perfekt. Ich brauche nur noch eine Minute.“

Ich ging über die Tanzfläche, um meinem Bruder zum ersten Mal heute Abend Hallo zu sagen. Seine Freunde, die um ihn herumstanden, waren geradezu hysterisch, weil er wild in seinem Kilt herumtanzte und dabei die Füße wie die einer Marionette bewegte. Das war irgendeine Mischung aus einem irischen Freudentanz und dem Versuch, auf der Stelle zu rennen.

Ich tippte ihm auf die Schulter, um ihn zu unterbrechen. „Hey."

Er drehte sich blitzschnell um und seine Augen landeten lächelnd auf mir. „Schwesterherz!"

„Tolle Schritte. Ich wollte dir nur sagen, dass ich gehe."

„Wohin gehst du denn?"

Ich verdrehte genervt die Augen. „Nirgendwohin."

„Zu Ian Owen?"

„Woher weißt du das denn?"

Robby gestikulierte zur Seite hin, wo Josh an der Wand des Ballsaales lehnte.

Unser Nachbar sah aus, als würde er in seinem Frack ersticken, die Fliege hing ihm gelöst um den Hals. Lichtpunkte tanzten ihm über das Gesicht und wurden in seinen Augen reflektiert, die wie Glas aussahen. Er blickte zu mir und bewegte die Mundwinkel etwas. Es sah aus wie ein halbes Lächeln. Und die andere Hälfte seines Gesichtes war zielstrebig. Ernst. Er sah nicht aus wie ein Typ, der zum Tanzen geht. Er sah mehr aus wie ein Mann, der etwas bewachte, dabei war seine Partnerin nirgendwo zu entdecken. Nur Robby war hier. Und jetzt ich.

Robby wischte sich den Schweiß von der Oberlippe und trat näher an mich heran. „Warum hängst du heute Abend nicht lieber mit mir ab? Das wird toll. Wir gehen nach Coquina."

„An den Strand? Nein, dazu habe ich keine Lust."

„Komm schon", säuselte er. Er wusste genau, dass das vergebliche Liebesmühe war.

„Nein, ich muss bei Sam bleiben. Meinem Partner, verstehst du? Wir gehen zu Ian."

Robby nickte resigniert. „Schön."

„Schön", wiederholte ich. Ich senkte die Stimme. „Ich bin

froh, dass du hier bist. Ich hatte nicht damit gerechnet. Versuch heute Abend zu vermeiden, dass dich die Bullen abführen."

Er hob den Zeigefinger und deutete auf mich wie ein Vater, der einem Kind eine Lektion erteilen möchte. „In Ordnung, Melissa Anne Keiser. Mach dir um mich keine Sorgen. Sei *du* schön brav!"

Ich verdrehte die Augen. „Okay. Wir sehen uns."

Er wollte mich am Arm nehmen, griff aber ein paar Zentimeter daneben. Seine Hand wurde schlaff. „Hey, ich liebe dich, Schwesterchen."

Ich lächelte. „Ich dich auch, Robby."

Als ich mich wegdrehte, fiel mir der leere Blick in seinen Augen auf. Es war ein weggetretenes Starren, jenseits von Enttäuschung oder Hoffnung – nur ein gespenstischer, leerer Blick, der ins Nichts gerichtet zu sein schien. Es war, als könne er etwas sehen, was ich nicht sehen konnte, etwas, nach dem er sich schon so lange gesehnt hatte, dass er jetzt wie taub war. Wenn das an irgendeinem anderen Tag oder Augenblick als diesem geschehen wäre, wäre ich zu ihm zurückgegangen und hätte ihn gefragt, ob mit ihm alles in Ordnung sei. Ich hätte die Wahrheit aus ihm herausgepresst, weil ein Blick wie dieser nicht auf einen Abschlussball gehörte, auf dem er in einem Kilt neben seinen Freunden tanzte. Aber Sam zog mich schon weg. Und deshalb drehte ich Robby den Rücken zu und folgte meinem Partner aus dem Ballsaal.

Das Haus von Ians Eltern war eher eine Villa, in der irgendwann die Lichter gedimmt wurden und man sich nur noch flüsternd unterhielt. Nur weil Sams Hand um meine Taille lag, blieb ich aufmerksam.

Er neigte sich zu mir und presste seine Stirn gegen meine. „Lass uns das Haus anschauen."

Ich schluckte. Ich wusste ganz genau, was er vorhatte. Diesen Satz hatten wir beinahe wortwörtlich im Sexualkundeunterricht gehört.

Sam wartete geduldig auf meine Reaktion, bis ich schließlich innerlich mit mir übereingekommen war, dass ich mit allem umgehen konnte, was so eine Tour bringen würde. Ich nickte zustimmend und er grinste breit, als er meine Hand nahm.

„Das gibt's doch gar nicht!", brüllte Ian. Sein Gesicht war gegen die Scheibe des Wohnzimmerfensters gepresst. „Ich habe doch allen gesagt, dass das hier nur eine kleine Party wird."

Sam schnaubte frustriert und eilte an Ians Seite, um einen Blick aus dem Fenster zu werfen. Dann brach er in ein Lachen aus. „Mann! Ich schätze mal, jetzt müssen wir den Plan ändern."

„Das ist einfach nicht wahr! Einfach nicht wahr! *Nicht wahr!*" Ian marschierte im Wohnzimmer im Kreis herum und redete dabei mit sich selbst. „Ich gehe jetzt zur Tür und mache ihnen allen klar, was los ist."

Was los war, waren zwei Dutzend Autos, vollgepackt mit Abschlussballbesuchern, die sich die Einfahrt zu Ians Haus hinaufbewegten. Auf der Straße standen sogar noch mehr, eine ganze Reihe parkte dort gerade vor dem Vorgarten seines Vaters. Alle Fahrzeuge waren voller aufgeregter Pärchen, die sich nach einem Ort umsahen, an dem sie landen konnten. Und sie alle kannten mit Sicherheit Ian und würden behaupten, sie seien seine Freunde.

Ian öffnete die Haustür und winkte mit den Armen. „Hey, Leute. Sorry, aber ihr könnt hier nicht weiterfeiern."

Mike Lewis kam zu ihm mit seiner Partnerin im Arm.

„Hey, Mike. Okay, ihr könnt rein, aber sonst keiner", stotterte Ian.

Dann kamen Tanya Maldonado und Shanice Hardy mit vier anderen Mädchen, die ihre Partner im Schlepptau hatten.

Ian nickte. „Tanya, Shanice. Wie geht's euch, Mädels? Okay, ihr könnt wegen mir auch hereinkommen, aber ich will hier wirklich keine große Party schmeißen. Alle anderen müssen gehen."

Sam und ich ließen uns auf der Couch nieder und er schüttelte den Kopf. „Setz dich einfach hin und schau zu, Missy."

Sie strömten durch die Tür hinein, als wäre irgendwo der Damm vor einem Teenagerstausee gebrochen. Alles geschah so schnell, dass ich mit dem Zählen aufhörte, als der einundsiebzigste durch Ians Haustür stolperte, über den Perserteppich seiner Mutter in die Küche aus italienischem Marmor lief und dann die Treppe hinauf in irgendeins von den Zimmern, die Sam mir gern gezeigt hätte.

Ian rieb sich die Stirn und setzte sich neben mich. „Das war nicht geplant."

Ich versuchte, nicht zu lachen.

„Und wenn ich jetzt die Polizei rufe, dann rufen die meine Eltern an und die kommen früher zurück. Und dann wird alles nur noch schlimmer."

Sam nickte zustimmend. „So sieht's aus."

Ian klopfte nervös mit dem Fuß auf den Boden, während die Gäste den Schnapsschrank seines Vaters plünderten. „Ich muss das so gut wie möglich unter Kontrolle bekommen, ohne gleich die Polizei zu rufen. Ich brauche ein paar Leute, die sich durchsetzen können."

Sam presste seine Lippen aufeinander. „Vergiss es, Mann. Vergiss es."

Ian klopfte ihm auf die Schulter. „Ich würde nicht fragen, wenn es nicht wirklich nötig wäre."

„Puh, das nervt." Sam seufzte. Er drehte sich zu mir und erklärte: „Ian möchte, dass ich meine großen Brüder hole. Sie haben früher als Türsteher in einem Club gearbeitet. Die Leute haben immer noch vor ihnen Angst."

Ian hüpfte geradezu in seinem Sitz auf und ab. „Yeah, yeah. Genau so etwas brauchen wir, dann kriegen wir die Sache hier unter Kontrolle. Komm schon, Sam. Wie gesagt, wenn es nicht wirklich nötig wäre, würde ich dich nicht bitten."

Sam schob mir den Finger unter das Kinn und küsste mich auf die Wange. „Ich bin gleich wieder da. Wenn ich sie nur anrufe, werden sie nicht kommen."

Ich sank in die Couch und sah zu, wie das Haus von Ians Eltern mit der halben Highschool überkochte. Mein Partner hatte mich im Stich gelassen. JP und Julie, die zu den wenigen geladenen Gästen gehörten, waren nirgendwo zu sehen; sie machten mit Sicherheit den romantischen Kram, den ich jetzt eigentlich auch tun sollte.

Die Minuten vergingen. Dann Stunden. Niemand hatte etwas von Sam gehört. Er ging nicht an sein Handy. Schließlich starben die Geräusche der Party zu einem müden Gebrabbel aus schläfrigen Lachern. Auf den Sofas und unter dem Wohnzimmertisch schliefen die Besucher ein, überall, wo sie etwas zum Hinlegen fanden. Der Geruch von Popcorn und Pizza erfüllte die Luft. Und selbst als die Party schon definitiv vorbei war, war Sam immer noch nicht wieder da.

Ich ließ meinen Kopf rückwärts auf die Sofalehne sinken und überließ meine Augenlider dem Gewicht des Schlafes. Ich musste einfach glauben, dass mit Sam alles in Ordnung war, dass er schon auf sich aufpassen konnte. Als ich aus dem Schlaf aufschreckte, starrte mich ein Paar vertrauter Augen an, die aber gleichzeitig fremd aussahen. Meine Schultern wurden von einer Hand durchgeschüttelt, die daran rüttelte, um mich aufzuwecken.

„Missy? Bist du Missy?“

Ich blinzelte und ein Schauder durchlief mich. „Ja.“

Der Junge sah aus wie Sam, aber das war nicht Sam. Und er war auch kein Junge. Er war älter, fast schon ein Mann. „Ich bin Sams Bruder. Du musst mitkommen.“

Ich konnte das Zögern in seinen Augen sehen, diese Weigerung, mir mehr zu erzählen.

„Wohin denn?“

„Ich soll dich heimbringen. Das ist alles, was ich weiß. Kommst du mit?“

Ein Schaudern fuhr mir über den Hinterkopf und den Arm hinunter. Etwas war nicht in Ordnung und keiner war wach, der es mir erklären könnte. Ich schnappte mir meine Handtasche und folgte dem großen, fremden Mann aus dem Haus und in seinen Pick-up. Wir fuhren zur Insel zurück, während hinter uns die Sonne aufging. Ich wusste, dass es keinen Sinn machte, Fragen zu stellen. Ich weiß auch gar nicht, ob ich die Antworten hören wollte, die er mir geben konnte. Aber ich wusste, wer er war und dass er wusste, was geschehen war.

12. Kapitel

Zwei Streifenwagen parkten am Straßenrand in unserer Straße, ohne Blaulicht, leer. Nachbarn standen am Rand ihrer Einfahrten – die Arme vor der Brust verschränkt, ihre Augen folgten uns, als Sams Bruder in unsere Einfahrt einbog. Er schaltete den Motor ab, blieb aber in seinem Pick-up, als ich ins Haus ging.

Warum sind wir in unserem Haus?, war alles, was ich denken konnte.

Durch die Fliegengittertür am Eingang konnte ich meine Mutter erkennen, die rauchend und zitternd mit zwei Polizisten auf den Sofas in unserem Wohnzimmer saß. Ich glättete mein rotes Kleid und öffnete leise die Tür.

„Wo bist du gewesen?" Denise wandte sich mit einem anklagenden Blick mir zu. Der Lidschatten um ihre Augen war verschmiert, ihre Stimme war rau. „Ich habe bei Julie angerufen, um mit dir zu reden, aber du warst nicht da."

Ich drehte mich zu einem der Beamten. „Was ist denn los?"

Meine Mutter rang um Atem, während unterdrückte Schreie aus ihrer Kehle drangen. Josh kam aus der Küche.

„Was machst du denn hier?“, fragte ich ihn.

„Ich bin noch nicht lange hier. Ich komme gerade aus dem Krankenhaus.“ Er ging zu mir, die Hände freundlich ausgestreckt. Sam folgte dicht hinter ihm.

„Mama, warum sagt mir denn keiner, was los ist? Was ist passiert?“ Meine Beine froren an ihrem Ort in der Mitte des Wohnzimmers fest. Ich konnte mich nicht dazu überwinden, auch nur einen Schritt zu tun.

„Robby“, weinte sie. „Robby. Mein Baby, Robby. Ich … ich bringe es nicht über die Lippen.“ Sie schüttelte den Kopf und sah zu einem der Polizisten hinüber.

Ein kleiner Mann in Uniform knetete sich die Hände. „Es tut mir leid, Kind. Aber ich habe sehr schlimme Nachrichten.“

Ich erinnere mich an das Gefühl des Teppichs unter meinen Knien und ich erinnere mich, dass Josh mich auffing, als ich fiel. Da war die Party gewesen und da waren Drogen im Spiel gewesen. Und die anderen hatten gesagt, dass er sie die ganze Nacht über genommen hatte. Sie hatten ihn im Auto eines Freundes gefunden, als sie gehen wollten, mit einem Zettel auf dem Armaturenbrett, auf dem stand: „Es tut mir leid.“

Das Krankenhaus musste es noch bestätigen, aber es sah aus, als habe er eine Überdosis von allem genommen, was er in die Finger bekommen konnte. Und niemand schien bemerkt zu haben, dass er längst zu viel hatte. Niemand bemerkte es, als er sich aus dem Haus schlich ins geparkte Auto, um dort zu schlafen. Zwei seiner Freunde gaben zu, dass er so etwas gesagt habe, ungefähr so: Er hoffe, er würde für immer verschwinden. Aber keiner von beiden hatte sich dabei etwas gedacht, bis sie zum Auto gegangen waren, um ihn aufzuwecken. Und nein, ich durfte ihn jetzt nicht sehen. Robby war tot.

Ich schrie, bis kein Ton mehr kam. Meine Kehle tat weh und ich vergaß das Atmen. „Warum kann ich ihn nicht sehen? Ich will ihn *auf der Stelle* sehen!"

Ich schob Josh und Sam weg und stolperte in Robbys Zimmer.

Dort war Crystal, die zu sich selbst sang, als könnte sie uns im Wohnzimmer nicht hören, und dabei seine Papierflugzeuge in den Händen hin- und herbewegte. Sie lag auf dem Fußende seines Bettes. Ihr silbernes Haar breitete sich über seiner zerwühlten Decke aus. Robby hätte gelächelt, wenn er sie so hätte sehen können, so unschuldig und süß.

Aber mein Bruder würde nie mehr nach Hause kommen.

So geht es einem, wenn ein Mensch stirbt, den man liebt; wenn ein Mensch einen verlässt, den man wirklich geliebt hat. Das erste Gefühl ist nicht etwa Trauer. Es ist Schock. Ich stand plötzlich still, während sich der Rest der Welt weiterdrehte.

In den Tagen danach füllte sich das Haus mit Menschen. Sie traten Trampelpfade in den Flurteppich, kochten Kaffee, stellten Fragen, bewegten sich. Sie schliefen und wachten. Sie aßen mit uns und stellten mir Gläser mit Eiswasser auf den Nachttisch.

Die Uhr konnte nicht mehr zurückgedreht werden. Ich konnte jenen Abend nicht noch einmal durchleben. Und ich konnte auch nicht mehr zu einem dieser vierhundert Augenblicke zurückkehren, in denen irgendjemand das Ganze hätte stoppen können, in denen *ich* es hätte stoppen können. Alle um mich herum befanden sich in der Gegenwart und ich versuchte verzweifelt, in die Vergangenheit zurückzukommen. Wenn ich ihn nur noch einmal sehen könnte. Wenn ich ihm nur noch einmal über sein wuscheliges Haar streichen könnte, dann würde er – da war ich mir sicher – wieder die Augen aufschlagen und alles wäre wieder in Ordnung.

Bis zur Beerdigung verließ ich mein Zimmer höchstens für ein paar Stunden. Mrs Durham legte mir ein Kleid aufs Bett. Die Trauerfeier sollte in ihrer Gemeinde stattfinden und auf ihrem Friedhof würde sein Grab sein.

Crystals Vater kam und streckte den Arm zu meiner Mutter aus, während sie ganz in Schwarz gekleidet den langen Gang in der Kirche hinunterschritt. Er streichelte Crystal über den Rücken, als sie fragte, ob Robby in dem Sarg wäre. Zum ersten Mal in den letzten zweiundsiebzig Stunden hörte ich seinen Namen und er schlug in meinem Herzen ein wie eine Bombe.

Eine Frau, die ich noch nie gesehen hatte, befestigte ein Schulbild meines Bruders an einer Staffelei und sah mich an, als verstünde sie mich. Und unzählige Teens – anscheinend wirklich alle Schüler unserer Highschool – füllten die Bänke, bis sich hinten eine Menschenmenge gebildet hatte, die an den Seiten entlangquoll. Sie waren gekommen, um meinem Bruder die letzte Ehre zu erweisen oder weil sie plötzlich eine Beziehung mit ihm entdeckt hatten, jetzt, wo er gegangen war, oder weil alle anderen auch zur Beerdigung gekommen waren. Ich war nicht wütend auf ihre Trauer. Mir gefiel es, dass der Raum voller Menschen war, die ihn vielleicht nie vergessen würden. Und wenn wir alle noch siebzig weitere Jahre leben würden, wäre die Welt gezwungen, sich wenigstens noch so lange an ihn zu erinnern.

Sam legte pflichtbewusst den Arm um mich. Als er in jener Nacht Ians Haus verlassen hatte, um seine unwilligen Brüder aus ihrer Wohnung zu zerren, hatte er einen Anruf von Josh aus dem Krankenhaus bekommen, der dort meiner Mutter die

Hand gehalten hatte. Sam hatte es nicht übers Herz gebracht, mir von Robbys Tod zu erzählen, und er hatte mich auch nicht anlügen wollen, was geschehen wäre, wenn er mich bei Ian abgeholt hätte. Deshalb hatte er seinen Bruder geschickt, um mich zu holen, und gewartet, bis wir in die Einfahrt abgebogen waren – zitternd, denn er hatte nicht gewusst, wie er es mir beibringen sollte.

Während er in der Kirchenbank neben mir saß, tappte er in einer nervösen, insektenartigen Weise mit dem Fuß auf, als wäre er zufällig in eine Prüfung gestolpert, von der er wusste, dass er sie nicht bestehen konnte. Trotzdem war ich dankbar für dieses Fußtappen. Denn das war das Beste, auf das man sich konzentrieren konnte. Noch besser wäre es natürlich gewesen, wenn ich einfach hier und jetzt eingeschlafen wäre, mich in die schattige Kuhle zwischen Sams Kopf und seiner Schulter gekuschelt und alles vergessen hätte, was ich bisher gesehen hatte. Meine Schwester, die versuchte, den Sarg meines Bruders richtig zu deuten. Die weinenden Verwandten meiner Mutter, die uns jahrelang nicht mehr besucht hatten. Das nüchterne, ernste, gequälte Gesicht von Josh, seine Augen, die auf mich fixiert waren, seine sonnengebräunten Wangen, die in der bleichen Kirche geradezu vulgär aussahen – so braun, als wollten sie mit der Tatsache protzen, dass draußen immer noch die Sonne schien.

Ich nahm es allen in der Kirche übel, dass ihr Herz noch schlug; ich ärgerte mich über den achtzehnjährigen Jungen in der Holzkiste und ich fragte mich, wer ihm in seinem jungen Leben so viel Macht gegeben hatte, dass er alles ruinieren konnte. Wie kann überhaupt jemand eine Entscheidung treffen, die so endgültig ist, die nie wieder rückgängig gemacht werden kann? Wie konnte mein Bruder tanzen gehen und dann nur wenige Stunden später sein Leben beenden? Hatten wir alle Anzeichen übersehen? Hatten wir nicht gemerkt, wie verloren Robby sich gefühlt haben musste?

Ich hasste die Orgel, die im Hintergrund spielte, und den Duft der Lilien und den muffigen, uralten Geruch der hölzernen Wände, die in der feuchten Luft Floridas weich geworden waren.

Der Pastor räusperte sich und stieg von dem Podest im vorderen Teil des Raumes herunter, auf dem irgendwer ein Mikrofon platziert hatte. Er ging den Gang hinunter, bis er nur zwei Schritte vor mir stand. Seine ersten Worte waren über Gott, der unsere Zuversicht und Stärke ist, eine Hilfe in den großen Nöten, die uns getroffen haben. Dieser Gott liebte Robby.

Hat Gott meinen Bruder wirklich geliebt? Und wenn ja, wo ist er dann gewesen, als Robby ihn gebraucht hat? Wo ist Gott jetzt?

„In diesen schwierigen Zeiten sollten wir Fragen stellen", fuhr der Pastor fort. „Und wir sollten nicht damit aufhören, bis wir die Antworten darauf gefunden haben, selbst wenn es aussieht, als wären sie zu schwer, um sie zu ertragen. Denn diese Antworten führen uns zu einer größeren Wahrheit, egal wie sie ausfallen. Sie führen uns zu Gottes Güte zurück, zu seiner erlösenden Kraft und dazu, dass wir einander lieben – mehr und mehr."

Ich starrte auf meinen Schoß. Für ihn war es leicht, all das zu sagen. Er hatte nie in einer Familie gelebt, in der Liebe etwas war, was man sich schnell schnappen musste, etwas, was jeden Augenblick verschwunden sein konnte. Er hatte nie mit der Frage leben müssen, ob er seinen Bruder nicht noch ein wenig mehr hätte lieben können.

„Die Wahrheit ist, dass der Herr euch alle mehr liebt, als ihr verstehen könnt, und er wird Himmel und Erde in Bewegung setzen, um euch zu sich zu ziehen. Gott ist gut, und deswegen haben wir die Hoffnung, Robby eines Tages wiederzusehen, da, wo der Höchste wohnt, wo das Licht seiner Güte so hell leuchtet, dass wir keine Sonne mehr brauchen.

Wir können nicht wissen, was zwischen einem Menschen und Gott passiert. Lasst uns also gemeinsam hoffen, dass Jesus in seiner großen Liebe Robert dorthin gebracht hat, wo der Tod für immer vernichtet ist.

Wir werden immer noch trauern. Ich kann mir euren Schmerz nicht vorstellen. Aber ich kann euch versprechen, dass der Herr gut ist. Sogar heute. Sogar nach all dem. Und er wird euch heil machen."

Der Himmel schien noch nie so weit entfernt gewesen zu sein. Ich nahm Crystal an der Hand und führte sie zurück zu unserem Auto und weiße Muscheln fielen ihr aus der Hand.

„Ich habe meine Friedenstaube vergessen", sagte sie. „Ich muss Robby noch eine geben." Sie riss sich von mir los und rannte zum Eingang der Kirche, gegen den Strom der Freunde, die durch das Portal nach draußen drängten. Als ich bei ihr war, stand sie schon auf Zehenspitzen und legte die weiße Muschel in den Sarg.

Ich hob sie hoch und ließ ihren Kopf auf meiner Schulter ruhen. Während wir zum Ausgang zurückgingen, stand der schwer einzuschätzende Ricky Brewer aufrecht gegen eine Wand gelehnt, als hätte jemand seine Jacke an den weißen Holzpanelen festgenagelt. Das war der Junge, der meinem Bruder die Drogen besorgt hatte, und der besaß nun die Dreistigkeit zu weinen. Seine Augen waren blutunterlaufen, sein Gesicht war fleckig und rot.

Ich hätte ihn gern gehasst. Doch meine Schwester schlang ihre Arme um meinen Hals und das erinnerte mich daran, dass er auch der Bruder eines anderen war. Und das bedeutete, dass auch ihn irgendjemand liebte.

Ich liebte meinen Bruder. Aber er konnte mich nicht lieben, denn er war weg.

Wenn deine Familie von einer Tragödie getroffen wird, dann wirst du in der Highschool für die Dinge berühmt, die in deinem Leben am schlimmsten sind. Du bekommst einen echten Opferstatus. Die größte Ironie war, dass ich mich plötzlich nach den Zeiten zurücksehnte, in denen ich in der Schule unbekannt und unbeliebt gewesen war.

Ich saß neben Sam in der Cafeteria und spürte, dass alle Schüler und Lehrer mich anstarrten, vorsichtig natürlich, als könnte ich jeden Augenblick implodieren. Und trotzdem schienen sie jeglichen Blickkontakt zu vermeiden. Ich konnte sie nie dabei erwischen, wie sie mich anstarrten, hatte aber auch nie den Eindruck, sie sähen woanders hin. Sogar Tanya Maldonado fehlten auf einmal die Worte. Sie lächelte mir schüchtern mit geschlossenen Lippen zu und aß ohne große Umschweife ihren Salat auf.

Mike Lewis erzählte einen Witz. Ich war in Gedanken und hörte nicht zu. Ich lachte mit, aber es kam etwas verspätet. Als sie mich lachen hörten, verstummte auf einmal alles andere, weil sie merkten, dass es nicht echt war. Sam streichelte mir unter dem Tisch über die Hand, aber ich konnte spüren, dass sein Fuß wieder zu zucken anfing.

Sogar beim Lebensmittelhändler, wo ich mich eigentlich durch Arbeit von den sich in mir immer weiter ausbreitenden Verlustgefühlen ablenken wollte, schienen meine Kunden über die Keiser-Familie Bescheid zu wissen. Sie spitzten die Lippen und zwangen sich ein Lächeln ins Gesicht, während ich Avocados und Hackfleisch über die Theke schob.

Ich fand heraus, dass es keinen guten Weg gibt, wenn man jemandem helfen will, der unter einem Verlust leidet – es sei denn, er möchte getröstet werden. Wenn mich die Leute ignorierten, weil sie hofften, ich würde so schneller wieder normal werden, verleugneten sie meinen Schmerz. Wenn sie mich bemitleideten, erinnerten sie mich an mein Leid. Ich ärgerte mich über die Lehrer, die den Kopf neigten und verlegen die Hände rangen. Und ich fühlte mich von den Klassenkameraden verletzt, die versuchten, mich mit inhaltsleerem Geschwätz abzulenken, weil sie irgendwie dachten, dass ein Nachdenken über mein Problem die Sache nur noch schlimmer machen würde.

Wenn ich still war, bemerkten sie es und stellten sich mein Leid vor. Wenn ich über gewöhnliche Dinge redete, um mich abzulenken, hielten sie das für Heuchelei. Sie wussten zu viel, ich konnte mich nicht verstecken. Ehrlich gesagt empfand ich es auch als Verrat, wenn ich etwas anderes tat, als an Robby zu denken. Wenn ich mich an meinem Schmerz festklammerte, konnte ich ihn vielleicht zurückholen. Und mir war klar, dass er das niemals getan hätte, wenn er uns nur jetzt so sehen könnte. Könnte es nicht sein, dass eine Reue irgendwann so groß ist, dass ein Mensch wieder lebendig wird? Er hätte sich niemals vorstellen können, was er uns bedeutete, aber genau aus diesem Grund hatte er uns verlassen.

Zwei Wochen, nachdem ich meinen Bruder beerdigt hatte, fingen die Träume an und einer von ihnen kam öfter als die anderen. Ein gesichtsloser Mann stand in der Tür meines Zimmers, ich prügelte auf seine Brust ein, aber er zuckte nicht einmal. „Tu es nicht! Tu es nicht! Wie kannst du nur?“ Ich vermute, dass die Person mein Bruder war, aber ich war mir nie sicher, weil ich sein Gesicht nicht sehen konnte. Ich versuchte nur verzweifelt, seine Aufmerksamkeit zu erregen.

Um zwei Uhr morgens wurde ich von meinem eigenen Weinen aus dem Tiefschlaf gerissen. Das ist das schlimmste Weinen überhaupt, wenn du so voller Tränen bist, dass sie sogar dann strömen, wenn du gar nicht wach bist.

Ich ging zum Fenster, um den Mond anzuschauen. Da entdeckte ich auf der Fensterbank eine Hibiskusblüte und auf einem ihrer Blätter lag der Schlüssel zum Ferienhaus.

13. Kapitel

Sam schoss den weißen Ball mit seinem Unterarm über das Netz, während drei Jungs mit dem Kopf zuerst in den Sand stürzten, als sie ihn zurückbaggern wollten. Es gelang ihnen nicht und der Ball rollte seitlich aus dem improvisierten Spielfeld heraus in den Strandhafer, der die Begrenzung markierte. Sam grinste den Zuschauern zu, die sich dort unter einem vollkommen blauen Himmel versammelt hatten.

Drei Wochen, nachdem ich meinen Bruder beerdigt hatte, kurz nach den Abschlussprüfungen und kurz bevor meine Klassenkameraden in alle Richtungen zum Sommerurlaub ausströmten, überredete mich Sam, endlich wieder „normal“ zu werden. Und deshalb hatte er das Volleyballspiel am Strand organisiert, wo sich die Cliquen der unterschiedlichen Highschools von Manatee County bei fettigen Pommes, gierigen Möwen und dem Geruch des salzigen Wassers trafen, das dort ans Ufer plätscherte. Das wäre gut für mich, behauptete er.

Und er hatte recht, so glaubte ich jedenfalls, denn wie könnte ich mich in meinem heimatlichen Paradies erholen, wenn ich nie mein Zimmer verließ?

Der Golf von Mexiko glitzerte in der Sonne. Der Sand war so glänzend weiß, dass man die Augen zusammenkneifen musste, egal wo man hinschaute. Und hinter diesen blinzelnden Augen konnte ich die Fragen verstecken, die ich all den Leuten um mich herum so furchtbar gern gestellt hätte. *Bist du der letzte Mensch gewesen, der meinen Bruder lebend gesehen hat? Wusstest du, welche Drogen er nahm? Hat er noch irgendetwas gesagt, bevor er sich schlafen gelegt hat?*

Insgesamt acht unterschiedliche Klassenkameraden hatten mich in der ersten Woche in den Fluren der Schule angesprochen, um mir zu erzählen, dass sie Robby vor seinem Tod noch einmal getroffen hätten und was für einen abwesenden Blick er in den Augen gehabt habe. Aber keine dieser Geschichten beantwortete die Fragen, die ich hatte. Sie alle waren vielmehr eine Erinnerung daran, dass ich diesen abwesenden Blick auch bemerkt hatte. Dass ich ihn gesehen, aber nichts unternommen hatte. Dass ich in meinem Leben nicht innegehalten hatte, um mir seins genauer anzusehen. Und in jeder Geschichte fehlte das, was ich am meisten brauchte: Absolution. Keiner hatte alles in seiner Macht Stehende getan, um meinen Bruder aufzuhalten; um der Geschichte, die sich vor unseren Augen abspielte, eine andere Wendung zu geben. Wir hatten ihn allesamt im Stich gelassen. Ich am meisten. Und ich würde niemals herausfinden, was geschehen wäre, wenn es einer von uns versucht hätte.

Sam goss mir Wasser auf den Rücken, damit ich vor Schreck auflachte. Und ich ließ ihn einen Augenblick gewähren, während uns seine Freunde mit einem lächerlichen, hoffnungsvollen Grinsen zuschauten.

„Sei nicht so still", forderte er mich heraus. „Warum spielst du nicht mit uns Volleyball?"

„Mit einer Horde Jungs? Kommt nicht in die Tüte." Ich grinste aufgesetzt in seine Richtung und schüttelte den Kopf. „Ich möchte euch mit meinen überragenden Volleyballqualitäten nicht in den Schatten stellen."

„Ooch, nun komm schon!"

„Nein, wirklich. Ich möchte einfach nicht."

„Das wird eine gute Aufwärmübung für morgen. Da gehen alle nach Siesta Key und spielen gegen ein paar Leute von dort und dafür brauchen sie Mädchen", wandte er ein.

Ich hasste es, dass er es wagte, von der Zukunft zu sprechen, als würde sie ihm gehören. Ich wollte, dass Sam das Spiel stoppte und sogar den Sonnenschein und mich so im Arm hielt wie beim Abschlussball.

„Nein, danke", antwortete ich schnell. Ich sah flehend zu ihm hinauf. *Bitte, lass mich in Ruhe.*

„Na gut." Er ging zur anderen Seite des Spielfelds im Sand und rekrutierte drei langbeinige Mädchen für sein Team. Sie kicherten, als er seine Gegner beleidigte und laut darüber nachdachte, ob sie vielleicht die Bikinis verlieren würden, wenn er sie mit dem Ball an genau der richtigen Stelle traf. Eine von ihnen wurde geradezu hysterisch, als er sagte: „Aber wenn du dich dann nach ihm bücken musst, werde ich einfach nur sagen, dass du Probleme mit der Garderobe hast."

Es dauerte nicht lange, bis eine der Blondinen hinfiel, und zwar auf eine verdächtig gekonnte Weise genau auf Sam, während sie nach einem Ball sprang, den sie ohne Probleme hätte erreichen können. Die beiden fielen in einem Gewirr von flachen Bäuchen übereinander und lachten, bis einer der Jungs von der anderen Seite brüllte: „Hey, macht so etwas drinnen!"

Auf seine Weise machte Sam gerade mit mir Schluss. Als ich sah, wie er nach der Geschichte mit dem anderen Mädchen nicht in meine Richtung guckte, wusste ich genau, wie der Hase lief. Beim Gedanken, ihn zu verlieren, zog sich meine Brust zusammen und ich sprang auf und rief, sie sollten eine Auszeit machen.

„Oh-oh, Sam. So wie es aussieht, bist du in Schwierigkeiten." Ian ließ den Ball auf seiner Fingerspitze kreisen.

Sam schlenderte mit einem selbstbewussten Blick in den Augen zu mir herüber. Als er bei mir war, löste ich mir den Pferdeschwanz, streichelte ihm mit dem Finger über das Kinn und küsste ihn intensiv. Die langbeinige Blondine presste die Lippen zusammen, um ihren Schock zu verbergen.

Ich zog den Kopf zurück, als er mich gerade enger an sich heranzog. „Ich muss jetzt gehen, aber ich würde gern heute Abend mit dir verbringen. Können wir irgendwo hingehen?"

Sam biss sich mit einem Lächeln auf die Unterlippe. „Na klar. Die Freunde von meinem Bruder schmeißen heute Abend eine Party, um den Sommer einzuläuten."

Julie, die sich pflichtbewusst an meiner Seite platziert hatte, tat so, als würde sie ihre Zehen studieren.

Ich wandte mich ihr zu. „Julie, könntest du mich heimfahren? Ich habe ganz vergessen, dass ich nach Hause muss. Sofort." Ich tat, was ich konnte, um nicht laut loszuweinen, aber ich war wild entschlossen, die Tränen zurückzuhalten, bis wir den Strand verlassen hatten.

Sie holte tief Luft und schnappte sich die Schlüssel von JPs Pick-up. Wir fuhren zu meinem Haus. „Und du willst heute Abend also ausgehen?"

„Yeah." Ich nickte mit gespielter Zuversicht, mit der ich nicht nur Julie etwas vormachen wollte.

„Das freut mich. Aber Missy, denkst du nicht, dass das noch

zu früh ist? Ich meine, es ist vollkommen in Ordnung, wenn du noch nicht wieder ausgehst."

„Julie, was willst du eigentlich von mir? Ich habe doch nur dann Spaß, wenn ich mit euch zusammen bin." Ich wusste nicht, warum ich sie anschrie, aber ich war zu aufgeregt, es zuzugeben. Ich hasste es, bemitleidet zu werden. Und ich hasste den Gedanken, Sam zu verlieren. Ich wollte, dass alles wieder so wurde, wie es einmal gewesen war, als ich in einem roten Kleid geglänzt hatte und der süßeste Junge der Schule mir schmachtende Blicke zugeworfen hatte. Ich wollte dem furchtbaren Schatten über meinem Haus entkommen und vergessen, dass nichts mehr so sein würde wie früher. Könnte Sam mich nicht aus alldem erlösen, so wie er mich von all den anderen Problemen erlöst hatte? „Ich möchte einfach nur etwas Normales machen."

„In Ordnung, Missy, wir gehen heute Abend aus. Wir werden Spaß haben." Sie streckte mir ihre Hand entgegen, um meine zu halten, und lächelte mich vorsichtig an.

Zur Party mussten wir über drei Brücken bis nach Palmetto fahren, weit jenseits des Schulbezirks und der relativen Vertrautheit von Bradenton, und unsere Beziehung dorthin war verwickelt. Einer von Sams älteren Brüdern hatte uns die Einladungen vermittelt, was vermutlich bedeutete, dass außer ihm niemand dort sein würde, den wir kannten.

Sogar in der Stadt auf der anderen Seite des Flusses war Sam der beliebteste Typ im Raum. Mit dem Segen seines großen Bruders beherrschte er die Menge und klatschte alle ab, an denen wir vorbeikamen. JP und Ian folgten ihm, wobei sie ungewöhnlich still waren.

„Ich erinnere mich an dich, Mann!", rief Sam einem breitschultrigen Typen mit einem Ziegenbärtchen zu. „Yeah, du hast doch 2006 mit diesem langen Pass gewonnen. Ich habe das Spiel gesehen!"

Ich blieb in der Nähe, klammerte mich geradezu am Rücken seines Shirts fest und erschütterte die älteren Girls, die nicht glücklich darüber aussahen, dass sich Julie und ich bei ihren Männern aufhielten. Es spielte keine Rolle, dass sie verführerischere Kurven hatten oder den Raum mit einem aufblitzenden Lächeln unter Kontrolle bringen konnten. Julie und ich waren neu hier und das machte uns für alle interessant, die in unsere Richtung schauten, was uns zur Bedrohung werden ließ. Wir ließen schließlich unsere Partner auf der vorderen Veranda stehen, damit sie über alte Footballspiele plaudern konnten, und setzten uns in ein beinahe vergessenes Zimmer.

Innerhalb einer Stunde hatte Julie JP zum Gehen überredet und die beiden boten mir an, mich heimzufahren.

„Nein, danke.“ Ich zwang mir ein Lächeln auf und winkte sie weg. „Ich sollte bei Sam bleiben. Ich hänge hier noch ein bisschen ab.“

„Bist du dir sicher?“, bohrte Julie nach. „Wir brauchen bestimmt eine halbe Stunde bis nach Hause, und seit wir hier sind, hängt Sam draußen herum. Und er sieht nicht so aus, als hätte er es eilig mit dem Gehen.“

Ich schüttelte den Kopf. „Ich habe Sam versprochen, dass ich mit ihm hierbleibe, und jetzt muss ich das auch machen. Ich muss mich einfach ein bisschen locker machen.“

Julie schwieg, als ob sie mich mit ihrem Zögern umstimmen könnte. Aber ich würde Sam niemals mit diesen älteren Mädchen allein lassen. Er war das Einzige in meinem Leben, das tatsächlich gut war. Es war erst ein paar Wochen her, dass ich alles bekommen hatte, was ich mir immer gewünscht hatte, und dass ich Selbstvertrauen hatte, weil Sam mich auserwählt hatte. Und dorthin wieder zurückzukommen, war das Einzige, was mich retten konnte.

„Mir geht's gut. Ich habe Sam hier. Wirklich, es ist alles in

Ordnung." Ich sah zu JP hinüber. „Sag ihr, dass alles okay ist. Jetzt geht schon."

Julie verließ grummelnd das Zimmer und ich blieb allein zurück.

Ich ging sofort zur vorderen Veranda. Sam war nicht da, aber ich wusste, was er jetzt brauchte. Er musste erfahren, dass man mit mir genauso viel Spaß haben konnte wie früher, und hier konnte ich es ihm beweisen. Hier kannte keiner meine Geschichte oder warf mir mitleidige Blicke zu. Und niemand wollte darüber reden, wann er das letzte Mal Robby getroffen hatte.

Ich fand einen leeren Platz an einem Tisch, an dem eine Gruppe Jungs und Mädchen Karten spielten. Ein dümmlich aussehender Blonder mit roten Stoppeln auf den Wangen schob mich in den Kreis hinein und erklärte mir die Regeln des Spieles.

„So, du bist also im Community College?" Er hob die Augenbrauen, wobei seine Augen blitzten.

„Nein, ähm … ich gehe noch zur Schule."

Er rollte ungläubig den Kopf. „Mist! Ich hätte schwören können, dass du eine Erstsemestlerin aus dem College bist." Er betrachtete mich von oben bis unten, ohne Anstalten, es zu verheimlichen. „Du siehst älter aus."

Ich schluckte. „Danke."

Ich spielte drei Runden und versuchte so laut über seine Witze zu lachen, dass Sam mich von draußen hören konnte, wo er meiner Meinung nach immer noch war. Vielleicht kam er gleich in den Raum und würde entdecken, dass ich immer noch dieselbe wie früher war. Vielleicht würde er auch bemerken, dass die Collegestudenten auf mich aufmerksam geworden waren.

Der Blonde drehte sich zu mir und blinzelte. „Und, du Minderjährige, wie heißt du eigentlich?"

„Missy."

„Schön, dich kennenzulernen. Ich bin Rob."

Der Name traf mich wie ein Paukenschlag. Ich saß plötzlich kerzengerade da. Das Blut hatte meine Wangen verlassen.

„Gefällt dir der Name nicht? Manche Leute nennen mich Robby, das kannst du gern auch."

„Nein, sorry, darum geht es nicht." Ich schoss von meinem Stuhl auf und schnappte nach Luft. „Tut mir leid. Ich muss gehen."

Ich wühlte mich auf der Suche nach Sam durch die Menge. Julie hatte recht: Das war zu schnell zu viel gewesen. Ich hätte mit ihr nach Hause gehen sollen. Ich ging einen langen Flur zur Eingangstür hinunter. Vor ihr stand Sam mit einer der Blondinen vom Volleyballplatz und entspannte seine Grübchen. Sie kicherte über eine Bemerkung, die er gemacht hatte; sie sahen einander an, während beide einander gegenüber an den Flurwänden lehnten. Ihre Schuhe berührten sich schamlos. Sie sah zuerst auf und merkte, dass ich sie anstarrte.

„Hi!" Ihre Augenbrauen hoben sich überrascht.

Sam drehte sich zu mir hin und richtete sich auf. „Hey, Hübsche. Hast du Spaß? Das ist Becky. Sie ist zusammen mit uns auf die Mittelstufe gegangen."

In meinen Augen sammelten sich Tränen, aber ich unterdrückte sie, so gut ich konnte.

Das Mädchen fummelte am Gürtel ihres Rockes herum, bis sie schließlich die Worte langsam aussprach. „Sam hat mir die Geschichte mit deinem Bruder erzählt. Es tut mir leid. Ich kann mir nicht vorstellen, wie hart das für dich sein muss."

Sam schloss bei ihren Worten die Augen.

„Sorry, ich wollte das nicht sagen", fuhr sie fort. „Ich wollte einfach … Es ist wirklich traurig. Du tust mir einfach leid, das ist alles."

Meine Unterlippe zitterte. Sie bemitleidete mich oder sagte jedenfalls, dass sie es tat, als würde sie das irgendwie elegant und lebendig erscheinen lassen. Meine Hand ballte sich instinktiv zur Faust. „Und ich vermute mal, dass du deine Anteilnahme dadurch zum Ausdruck bringen möchtest, indem du dich an meinen Freund heranschmeißt?"

Ich glaube, ich habe noch nie jemandem etwas so Unhöfliches ins Gesicht gesagt, aber alles in mir wollte dieses Mädchen zu einem Kampf herausfordern.

Ihr Mund öffnete sich entsetzt. „Ich weiß nicht, was du ..."

„Spar dir das. Ich habe dich heute beim Volleyball gesehen, da hast du dich ziemlich unmöglich aufgeführt. Verdächtig."

Die Stimmen auf der Veranda verstummten.

Sam trat zwischen uns und legte mir die Hand auf die Schulter. „Missy, komm schon. Sei doch nicht so. Lass sie in Ruhe."

Ich hasste es, dieses Mädchen ohne wirklichen Grund angegriffen zu haben. Wer war jetzt unmöglich? Voller Angst sah ich zu Sam hinauf. Er würde mich auch verlassen. Und ehrlich gesagt konnte ich ihr das Flirten nicht verübeln, nicht solange Sam mit seinen Grübchen glänzte und sich bei ihr vermutlich damit entschuldigte, dass er sich noch ein paar Mal mit mir verabreden müsse, bis er sich sicher sein konnte, dass ich wieder in Ordnung war. Mir war das auf einmal sonnenklar. Diese besten paar Wochen meines Lebens waren auf Sand gebaut gewesen, Sand, der jetzt ins Meer gespült wurde. Solange sich Sam für mich interessierte, hatte ich alles bekommen, was ich wollte, aber das war immer nur auf Zeit gewesen. Und das war nicht genug, dass ich mich geliebt fühlte.

Ich drehte mich weg, weil mir die Szene, die ich gemacht hatte, peinlich war, und schlenderte auf die Straße vor dem Haus, wo eine lange Reihe fremder Autos eng hintereinander bis zur Hauptstraße hinunter geparkt stand.

Sam folgte mir bis zum Ende der Einfahrt. „Was ist denn los?"

„Was soll das? Näher hättet ihr euch kaum noch kommen können!"

„Schau, ich habe mit dem Mädchen doch gar nichts gemacht." Er zeigte aufs Haus, als sei das der Beweis. „Und ich dachte, du hast Spaß da drinnen. Den hattest du doch, oder? Spaß?"

Ich warf die Hände in die Luft. „Nun ja, *du* hattest den sicher."

„Sei doch nicht so." Er ging zu mir und streichelte mir über den Arm.

Ich starrte mit halb geöffnetem Mund zu ihm hinauf, aber da waren keine Worte. Erst vor ein paar Wochen hatte er versucht, mich davon zu überzeugen, dass zwischen uns eine ganz besondere Verbindung war, aber jetzt merkte ich, dass das, was zwischen uns war, nicht einmal eine Sommerparty überleben würde.

„Tut mir leid, Sam. Tut mir wirklich leid. Ich möchte keins von diesen eifersüchtigen Mädchen werden. Ich weiß nicht einmal, warum ich das gemacht habe."

Er scharrte mit den Füßen auf dem Boden herum und seufzte, als er mir in die Augen sah.

Ich wühlte mir mit den Fingern durch die Haare. „Ich weiß einfach nicht, ob ich schon so weit bin, dass ich ausgehen kann."

„Auch nicht auf Partys?"

„Ich weiß es nicht. Ich schätze schon. Es ist viel. Und heute war es zu viel."

Sam schob mir eine Haarlocke über die Schulter. „Meine Mutter hat gesagt, dass es dir vielleicht so gehen würde. Dass du wahrscheinlich viel Zeit brauchen würdest."

„Zeit?“, fragte ich.

„Sie hat gesagt, dass es wahrscheinlich eine Weile dauern würde, bis es dir wieder besser geht.“

Ich sah ihm in die Augen und hielt die Luft an, weil ich sah, was ich sah: Sehnsucht und Verlegenheit. Und als er mir sagte, dass er ganz genau wusste, was ich brauchte, wusste er auch, dass er nicht bereit war, mir das zu geben. Er gehörte auf die Sommerpartys. Und er wollte mich bei sich haben, solange ich an seiner Seite war. Das konnte ich erkennen. Aber er war nicht bereit, sein Leben zu verlassen, um in meins einzutreten. Er hatte nicht das Herz, um für mich zu kämpfen, und ich war ihm zu wichtig, um mir etwas vorzumachen.

Sam sah auf den Boden und dann wieder mich an, als suchte er nach Worten oder versuchte eine Kraft zu sammeln, die er nicht hatte. Ich konnte sehen, wie er schwamm: Er war tief in die Geschichte verwickelt und er wusste, dass er mich nicht retten konnte, selbst wenn er es gewollt hätte.

Ich legte meine Hände in seine. Ich wollte es ihm leicht machen. „Sam, ich bin vermutlich noch nicht bereit für eine Verabredung. Ich denke, wir sollten … eine Pause einlegen, jedenfalls für den Augenblick.“

Seine Schultern fielen erleichtert herunter. Nie hatte er in meinen Augen kleiner ausgesehen. „Es tut mir leid, Missy. Alles. Ich wünschte, ich wüsste, wie ich dir helfen könnte.“

Die Beziehung, von der ich geträumt hatte, seit ich dreizehn Jahre alt gewesen war, war für kurze Zeit genau wie geplant in meinem Leben aufgeblitzt. Und ich hatte entdeckt, dass es nicht genug ist, wenn man das bekommt, was man immer schon gewollt hat.

14. Kapitel

Julie war gekommen.

Doch nichts füllte die Leere, die Robby hinterlassen hatte.

15. Kapitel

Als ich aufwachte, lag wieder eine Blume auf meinem Fensterbrett. Diesmal war es ein Gänseblümchen. Jeden Morgen lag eine frische Blume auf dem Sims direkt vor meinem Fenster und jeden Abend verschwand sie wieder. Orangenblüten, Ringelblumen. Einmal sogar eine Magnolie. Sie erfüllten ihren Auftrag und verschwanden, bevor sie verwelkten. Die Blumen waren das einzige Geheimnis, das ich noch nicht einmal Julie erzählte – abgesehen vielleicht von dem Pool bei Joshs Ferienhäuschen, von dem ich ihr zuerst auch nichts erzählt hatte.

Am Nachmittag besuchte ich Julie. Es war so heiß, dass wir die ganze Zeit auf der Couch lümmelten und Filme schauten. Irgendwann stellte ihre Mutter zwei Teller mit Nudelauflauf vor uns auf den Wohnzimmertisch. „Na, ihr zwei. Was habt ihr denn nach dem Abendessen vor?“ Offensichtlich wollte sie uns gerne loswerden.

Julie zuckte kurz mit den Schultern und schob sich eine Gabel voll Auflauf in den Mund. „Weggehen."

Ich warf ihr einen strengen Blick zu. Wir würden nirgendwohin gehen. So war das nicht geplant.

Julie grinste schief. „Nur auf der Insel. Keine großen Sachen."

Mrs Peterson lächelte mir aufmunternd zu, während sie ihre langen, lockigen Haare zu einem Knoten zusammendrehte. Durch die feuchte, schwülwarme Luft waren ihre Haare zu einer wilden blonden Lockenmähne geworden. „Oh, ich kann mich noch an meine Jugend erinnern, wo wir uns einfach treiben ließen und gefeiert haben. Wir hatten so viel Spaß. Ich gönne es euch von Herzen. Jedenfalls, solange ihr nicht in diesen schrecklichen Club in der Stadt geht." Sie sah uns streng an, bis Julie und ich es vor Schuldgefühlen kaum noch aushielten. „Ihr wisst, wovon ich spreche?"

„Natürlich, Mama." Julie seufzte.

„Wie heißt dieser Club noch mal?"

Julie legte den Kopf schief, als würde es ihr schwerfallen, den Namen auszusprechen. „Club B."

„Genau der. Wenn mir zu Ohren kommt, dass ihr dort hingeht, dann gibt es richtig Ärger. Ich bin die Letzte, die euch den Spaß nicht gönnt, aber die Geschichten, die man von diesem Club hört, sind unglaublich."

Im Fernsehen lief gerade eine Sitcom, die in diesem Moment wie auf ein Stichwort für eine Werbepause unterbrochen wurde. Der erste Werbespot war für Club B.

„Seht nur!" Mrs Peterson starrte wie gebannt auf den Bildschirm. „Jetzt machen sie sogar schon im Fernsehen Werbung für diesen schrecklichen Club."

Gehorsam drehten wir uns zum Fernseher und starrten gemeinsam auf die Bilder aus dem Club. Junge Tänzerinnen mit viel zu tiefen Ausschnitten und Gläsern mit Eiswasser in der Hand posierten vor der Kamera.

Dann verkündete eine sonore Bassstimme: „Club B ist *der* Ort für alle Fünfzehn- bis Zwanzigjährigen in Bradenton, die zu den neuesten Hits tanzen wollen. Der Club ist jeden Freitag- und Samstagabend geöffnet. Unsere acht Surround-Sound-Lautsprecher und drei Fernseher spielen die neuesten Top-Hits und Videos aus den Charts. Worauf wartest du noch?"

Julie und ich versuchten nicht zu grinsen, als Mrs Peterson abschätzig den Kopf schüttelte. Das war wieder so ein Moment, in dem ich unbedingt an den Fingernägeln kauen musste. Sonst würde Julies Mutter meinen Gesichtsausdruck mit Sicherheit sofort lesen und wissen, dass wir ihr etwas verheimlichten. Und plötzlich, ganz am Ende des Werbespots, schwenkte die Kamera durch den Raum und zoomte einen blonden Teenager mit einem unverkennbaren Lächeln heran, der wild auf der Tanzfläche herumhopste.

Wir erstarrten und ließen fast unsere Teller fallen.

Der Teenager war Julie.

Julie trat mir heftig gegen das Bein, als die Kamera ihr Gesicht noch näher zoomte. Wir trauten uns kaum zu atmen, geschweige denn etwas zu sagen, und warteten auf den Moment, an dem Mrs Peterson ihre geliebte Tochter auf dem Bildschirm erkennen würde, die wie eine Tänzerin aus MTV herumhüpfte.

„Jetzt schaut euch das mal an!" Sie schnaubte und schüttelte erstaunt den Kopf.

Wir beobachteten, wie sie aus dem Wohnzimmer in die Küche stampfte, ohne mit ihrer Schimpftirade aufzuhören. „Diese Kinder sind offensichtlich viel älter als ihr. Egal, was der Werbespot behauptet. Die gehen mindestens schon aufs College."

„Ja, sicher, Mama. Das denken wir auch." Julies Augen waren so groß wie Untertassen, als sich unsere Blicke trafen.

Jetzt war es um mich geschehen und ich musste so heftig kichern, dass mir die Nudeln aus der Nase kamen. Schnell rannte ich ins Badezimmer, damit Mrs Peterson nicht doch noch Verdacht schöpfte. JP würde uns niemals glauben.

Kaum machte ich die Badezimmertür wieder auf, als Julie mich auch schon an der Hand in ihr Zimmer zog. „Wie konnten wir nur das Kamerateam übersehen, als wir in dem Club waren? Und warum um alles in der Welt bin ich sofort in so einem Werbespot, obwohl ich doch nur ein Mal, ein einziges Mal dort gewesen bin?"

Wir lachten so heftig, dass wir ganz rot im Gesicht wurden. „Schschsch! Nicht so laut! Deine Mutter könnte uns hören!"

„Meine Mutter hat mich noch nicht einmal erkannt! Auf ihrem eigenen Bildschirm! Obwohl die Kamera mein Gesicht ganz deutlich gezeigt hat!"

Es war das erste Mal seit über einem Monat, dass ich wieder lachen konnte. Diesmal schaffte ich es, die Stimme in meinem Inneren zum Schweigen zu bringen, die mir vorwarf, Robby dadurch zu verraten. Nein, selbst Robby hätte darüber laut gelacht.

Später am Abend, nachdem wir alle unsere Lieblingsfilme durchhatten, überredete Julie mich, mit ihr in die Eisdiele im Norden der Insel zu gehen. Die Eisdiele war ungefähr so groß wie eine Vorratskammer, es gab dort eine uralte Eismaschine aus Holz, mit der der Besitzer selbst aus Sahne und Steinsalz Eis herstellte. Das war der Geschmack des Sommers.

„Weißt du, warum sie den Keksgeschmack hier so gut hinbekommen? Sie schütten einfach eine richtige Packung Kekse in das Eis. Nichts Künstliches – nur echte Kekse." Genüsslich leckte Julie ihr Eis und lehnte sich an das Geländer der Terrasse vor der Eisdiele. Auf der Terrasse standen Tische und Stühle, damit die Kunden wenigstens abends den etwas kühleren Wind genießen konnten. Das Eis schmolz so schnell, dass Julies schon bald auf den Boden tropfte. Nachdenklich betrachtete sie meinen Eisbecher mit Malagaeis. „Du hättest dir auch eine Waffel holen sollen."

Ich zuckte nur mit den Schultern und schob mir einen großen Löffel Eis in den Mund. Der Geschmack legte sich wie eine dicke, süße Decke auf meine Zunge. Ich kannte den Geschmack. Ich kannte ihn viel zu gut und das war plötzlich ganz schrecklich.

„Was ist los?" Julie legte mir sanft die Hand auf die Schulter, als mir die Tränen in die Augen stiegen.

Ich schüttelte nur den Kopf. „Ich brauche ein Glas Wasser."

Schnell holte Julie ein Glas und reichte es mir. Ich hatte das Eis schon in den Mülleimer geworfen. „Ich habe es einfach vergessen."

„Was hast du vergessen, Missy? Was hast du?"

„Es tut mir leid. Ich will nicht schon wieder heulen."

Ein paar alte Damen sahen uns im Vorübergehen besorgt an. Sie wurden langsamer, bis Julie sie freundlich weiterwinkte.

„Ich habe einfach vergessen, dass Malaga Robbys Lieblingseis war. Allein der Geschmack … plötzlich ist mir alles wieder eingefallen." Ich lachte und weinte gleichzeitig, als ich daran dachte, wie ich als Kind das erste Mal Robbys Eis probiert hatte. „Ich habe den Geschmack damals gehasst. Immer wieder habe ich ihm gesagt, wie eklig sein Eis schmeckt. Und er hat dazu nur gesagt, dass ich es genauso lieben würde wie er, wenn ich dem Eis nur eine Chance geben könnte." Ich konnte ihn fast vor mir sehen, wie er mir seine Eiswaffel vor die Nase hielt und mich herausfordernd angrinste. In der Eisdiele vorhin war mir gar nicht aufgefallen, was ich da bestellte. Doch jetzt wollte ich die Zeit mit aller Macht zurückdrehen – und fühlte mich so hilflos.

Ich ließ mich auf eine Bank sinken und wischte mir die Tränen mit den Papierservietten aus dem Gesicht. „Es tut mir leid, Julie. Ich wollte hier nicht herumheulen. Es ging einfach alles so schnell."

Sie legte mir beide Arme um die Schultern und drückte mich. „Das ist schon in Ordnung, Missy. Vielleicht ist das einfach so. Manchmal musst du einfach weinen."

„Er konnte so ein Schuft sein!" Wieder musste ich trotz meiner Tränen lachen. „Jedes Mal schaffte er es, dass meine Mutter dieses Eis kaufte, obwohl er wusste, dass ich es hasste. Und jetzt habe ich gar nicht gemerkt, dass ich diese Sorte bestellt habe. Kannst du dir vorstellen, dass er wirklich recht hatte? Es schmeckt tatsächlich gut."

Als ich nach Hause kam, saß meine Mutter mit Crystal auf der Couch. Heute Abend wirkte sie das erste Mal seit der Beerdigung wirklich wach. Sie flocht meiner Schwester die Haare und klopfte kurz auf den Platz neben sich auf der Couch, damit ich mich neben sie setzte.

Wie gerne hätte ich ihr erzählt, dass ich das falsche Eis bestellt hatte und wie nahe ich mich Robby in diesem Moment gefühlt hatte. Doch Crystal würde es nicht verstehen. Sie war noch zu klein und hatte ihn nicht so gut gekannt. Außerdem brauchte meine Mutter einen Abend, an dem die Gedanken an Robby ruhig durch das Zimmer glitten und uns nicht von allen Seiten bedrängten.

„Ich muss unbedingt noch Energie loswerden. Ich fahre mit dem Rad eine Runde um die Insel."

„Um diese Zeit? Aber du bist doch gerade erst wiedergekommen."

Schnell verschwand ich nach draußen, schnappte mir mein Fahrrad und raste los. Ich fuhr so schnell, dass ich fast meine Flip-Flops verloren hätte. Schneller und immer schneller. Es dauerte nicht lange, bis ich zu den Bootsanlegern am Hafen kam, wo Motten und andere Nachtschwärmer um die Straßenlaternen schwirrten. Die Boote schaukelten sicher vertäut an ihren Anlegeplätzen auf den Wellen. Durch die dreckigen Fenster des Ladens konnte ich eine dicke Gestalt erkennen, die die Regale durchwühlte. Ich wusste sofort, dass er es war. Der Mann, der meinen Bruder auf dem Gewissen hatte.

Nach der schnellen Fahrt ging mein Atem immer noch schnell. Reglos stand ich auf dem Parkplatz neben seinem Auto und beobachtete, wie er Sachen wegräumte, andere hervorzog und hin und her lief. Endlich schaltete er das Licht aus und schloss die Tür hinter sich zu. Als er mich neben seinem Auto stehen sah, schluckte er mühsam.

„Missy.“ Nervös lachte er kurz auf. „Ich habe gar nicht erwartet, dich hier zu sehen.“

Ich antwortete nicht, sondern starrte ihn nur weiter an.

„Es ist ziemlich spät. Solltest du nicht schon längst zu Hause sein?“

„Das stimmt. Aber ich wollte mir dir reden.“ Ich vergrub meine Fingernägel in meinen Shorts und versuchte, meine Gedanken zu ordnen. Ich hatte ihn in der Hand. Jetzt sollte er für das bezahlen, was er getan hatte.

Mit meiner Mutter konnte ich so ein Gespräch nicht erzwingen, obwohl auch sie meinen Bruder im Stich gelassen hatte. Oder mit meinem Vater, der Robby einfach abgelehnt und fallen gelassen hatte – so wie jeder andere Erwachsene in seinem Leben. Außerdem hatte meine Mutter ihm nie etwas so Schreckliches angetan, dass sie es verdiente, ihren Sohn zu verlieren. In ihrem Herzen – das wusste ich – liebte sie ihn mehr als irgendein anderer Mensch auf dieser Erde. Doch Bruce konnte ich mit meiner Wut konfrontieren. Er hätte nur eine Sache für meinen Bruder tun müssen, nämlich sein Wort halten. Und der gierige alte Sack hatte noch nicht einmal das tun können. Offensichtlich war er so verbittert über meine Mutter gewesen, dass er sich über Robby an ihr hatte rächen wollen. Doch damit hatte er sein Boot und seinen Traum zerstört. Ich hasste den Gedanken, dass ein blödes Boot meinen Bruder so aus der Bahn geworfen hatte. Doch ich hasste diesen Mann noch mehr dafür, dass er es ihm absichtlich weggenommen hatte, obwohl er gewusst hatte, was es ihm bedeutete.

„Wo ist das Boot, Bruce? Immer noch hinter dem Laden auf dem Dock, weil du es ja so dringend brauchst?"

„Missy, ich weiß wirklich nicht genau, was du hier willst, aber bitte ..."

„Du hast dein Wort gebrochen. Du hattest es Robby versprochen."

Alles in mir war bereit zu kämpfen. Ich würde sogar die Kieselsteine vom Parkplatz aufheben und ihn damit bewerfen, wenn es sein müsste. Und dann würde ich ihn so lange anschreien, bis er es endlich zugab.

Doch Bruce wollte nicht mit mir kämpfen. Stattdessen ließ er die Schultern hängen und stolperte zu seinem Auto. Er musste sich mit beiden Händen festhalten, um nicht hinzufallen. Jeder Atemzug schien ihm schwerzufallen.

Dann legte er eine Hand auf seinen runden Bauch und sah mich an, als hätte er Schmerzen. „Ich bin letzte Woche bei euch vorbeigekommen, aber deine Mutter hielt es für besser, wenn ich dich nicht sehe. Ich wollte dir sagen, wie leid es mir tut. Es tut mir wirklich so leid um Robby, das kann ich dir gar nicht sagen."

Sofort wich die Spannung aus meinem Körper. Den Sieg,

den ich heute Abend gerne errungen hätte, gab es nicht. Er war nie da gewesen. Vor mir stand ein gebrochener Mann.

„Missy, wenn ich eine Sache in meinem Leben rückgängig machen könnte, irgendeine Sache in meinem ganzen Leben, dann hätte ich deinem Bruder niemals gesagt, dass er sich nie mehr bei mir blicken lassen soll, nachdem deine Mutter und ich uns getrennt haben. Ich habe ihm schreckliche Dinge gesagt. Das war falsch. Ich habe einfach meinen ganzen Frust über deine Mutter an ihm ausgelassen. Ich war so verletzt darüber, wie Denise mich behandelt hat, dass ich nichts sehen wollte, was mich an sie erinnert. Aber das ist keine Entschuldigung für das, was ich getan habe. Missy, ich kann nachts nicht mehr schlafen, weil ich mich immer wieder frage, ob ich ihn … ob ich ihn dazu gebracht habe … Ich erwarte nicht, dass du mir vergibst, aber bitte glaube mir, dass es mir wirklich so schrecklich leidtut, dass ihr ihn verloren habt. Ich würde alles für eine zweite Chance geben. Er war ein guter Junge. Ein richtig guter Junge. Und er hatte Besseres verdient. Das hätte ich sehen müssen. O Gott, es tut mir so leid. Wenn ich nur gewusst hätte, dass ihn das so hart trifft, hätte ich vielleicht … Es tut mir einfach leid, dass ich mich nicht anders verhalten habe."

Ich schaffte es nicht, ihm zu antworten. Die ganze Zeit war dieser Mann das Ziel meiner Wut gewesen. Er hatte meinen Bruder fertiggemacht. Am liebsten hätte ich mich auf ihn gestürzt, ihm gegen die Brust getrommelt und ihn angeschrien. Aber was sollte das bringen? Er war ein gebrochener Mensch – genau wie wir.

Schweigend fuhr ich nach Hause und legte mich ins Bett. Immer wieder dachte ich an Bruce und an seine Entschuldigung. Es war so viel leichter gewesen, Bruce für den Selbstmord meines Bruders verantwortlich und zum Ziel all meiner

Wut zu machen, denn er spielte einfach keine Rolle mehr in meinem Leben. Wenn ich seine Entschuldigung annehmen würde, bedeutete das, dass die Schuld wieder bei uns lag, weil wir jeden Tag mit Robby zusammen gewesen waren – wir hatten gesehen, wie er sich immer weiter zurückgezogen und nach dem Sinn des Lebens gefragt hatte. Aber Denise und ich waren zu beschäftigt gewesen, uns den nächsten Mann zu angeln oder der Illusion Sam King hinterherzujagen.

Mitten in der Nacht wachte ich aus einem unruhigen Schlaf auf, weil ich nass gespritzt wurde. Mühsam richtete ich mich auf und sah Joshs Gesicht direkt an meinem Fenster. Wieder landete ein Wasserstrahl aus der Wasserpistole in seiner Hand auf meinem Gesicht.

„Das tut mir aber leid", log er. „Hast du versucht zu schlafen?" Er stand, nur mit einem T-Shirt und einer Badehose bekleidet, auf dem Rasen vor meinem Fenster.

„Was machst du da draußen?", flüsterte ich ihm vom Bett aus zu.

„Du solltest auf keinen Fall mit den Rollos oben und mit offenem Fenster schlafen. Das könnte manchen Perversen aus der Nachbarschaft dazu bringen, dich zu beobachten, während du im Bett liegst."

„Das ist nicht witzig." Egal, was er vorhatte, ich würde mein Bett nicht verlassen. Entschlossen zog ich meine Decke noch ein Stückchen höher.

„Komm mit", befahl er. „Wir gehen aus."

Ich sah auf die Uhr. Es war ein Uhr morgens und stockdunkel. „Nein. Ich kann nicht, Josh. Ich schaffe das einfach nicht."

„Melissa, natürlich schaffst du das. Und ich lasse es nicht zu, dass du mich noch länger ignorierst."

Er hatte recht. Ich ignorierte ihn. Es waren nicht nur seine

Blumen, die ich nie vor der Sonne rettete, sondern ich reagierte auch nicht auf seine Anrufe oder seine Besuche. Manchmal schickte ich sogar Crystal an die Tür, um ihm zu sagen, dass er verschwinden solle. Ich schaffte es noch nicht einmal, ihm das selbst ins Gesicht zu sagen. Doch ich wusste, dass er nur aus Mitleid immer wieder vorbeikam. Das war immer noch derselbe Junge, der mir gesagt hatte, dass ich nicht die Richtige für Sam war. Egal was ich tat, Josh schien ein Problem damit zu haben.

„Ein andermal, Josh. Das verspreche ich dir."

„Nein, Missy, heute Nacht. Und zieh deinen Badeanzug an." Obwohl es dunkel war, spürte ich seinen Blick auf mir. „Ich gehe hier nicht weg, bis du mitkommst."

Ich zog die Rollos herunter und schlüpfte in meinen Badeanzug und meine Shorts. Dann kletterte ich aus dem Fenster und landete mit einem abgrundtiefen Seufzer direkt vor Josh. „Okay. Lass uns gehen." Langsam ging ich in Richtung Ferienhäuschen und versuchte, mir den Schlaf aus den Augen zu reiben.

Erst nach zehn Schritten rief Josh mich zurück. „Wo willst du denn hin?"

Erstaunt drehte ich mich um und sah, dass er wie James Dean lässig an meiner Hauswand lehnte. „Zu dem Häuschen, oder?"

„Nein." Das Licht der Straßenlaterne vor dem Haus fiel nur auf die eine Hälfte seines Gesichts, sodass ich seinen Gesichtsausdruck nicht richtig lesen konnte.

„Wohin dann?"

Schweigend streckte er mir seine Hand entgegen und wartete, bis ich wieder bei ihm war. Dann half er mir in das Auto seiner Großmutter und schloss die Tür hinter mir. Als er sich auf den Fahrersitz setzte, drehte er sich zu mir um. Seine dunklen Augen glitten über mein Gesicht, meine Schultern und Arme bis zu meinen Fingern. Sanft legte er kurz seine Hand auf meine.

„Josh, es war wirklich eine harte Nacht für mich."

Er tat so, als hätte er mich gar nicht gehört. „Ich weiß, dass du vor Aufregung kaum stillsitzen kannst, aber ich werde dir nicht verraten, wo wir hinfahren. Du brauchst also gar nicht erst zu fragen."

„Aufregung ist nicht unbedingt das Wort, das ich benutzt hätte."

Josh lachte kurz und bog dann in den Gulf Drive ein. Langsam fuhren wir an Motels und Restaurants vorbei, die dunkel neben der Straße lagen. Danach bog er in die Shoreline Road ein, an der immer noch altmodische Strandferienhäuser stolz zwischen den neuen Wohnkomplexen standen, die überall auf der Insel aus dem Boden schossen. Doch auch hier war alles dunkel. Jeder normale Mensch auf der Insel lag im Bett und schlief. Josh biss die Zähne zusammen, damit er die Überraschung nicht verriet. Endlich lenkte er das Auto in eine Straße, die zum Wasser führte, und parkte bei einem Haus, vor dem hohe Säulen standen. Die Palmen um das Haus waren höher als das Dach. Wir standen in einer Seitenstraße neben dem Haus. Er stieg aus, kam um das Auto herum und öffnete meine Tür.

„Wo um alles in der Welt willst du hin?"

Er lächelte nur kurz und seufzte. „Mach einfach mit, okay?"

Er nahm meine Hand und führte mich auf einem schmalen Pfad zwischen undurchdringlichem Buschwerk hindurch auf die andere Seite des Hauses. Als wir im hinteren Bereich angekommen waren, konnte ich hören, wie die Wellen des Golfs von Mexiko an die Betonmauer klatschten. Josh ging zu einer Wendeltreppe und begann, sie zum zweiten Stock hinaufzusteigen, wo ein Balkon zu sein schien.

Ich flüsterte ihm zu, er solle aufhören. „Josh, ich kann da nicht raufgehen." Das Blut schoss mir in die Füße.

„Ich kann mich an Zeiten erinnern, wo es für dich kaum einen Unterschied gemacht hat, ob du nun einen kleinen Hausfriedensbruch begehst oder die Straße hinuntermarschierst. Folge mir einfach."

„Das ist kein gewöhnliches Haus. Diese Leute lassen uns verhaften! Irgendwer wird das Auto deiner Großmutter vorne sehen. Und von hier aus können wir nicht wegrennen."

Er neigte nachsichtig und geduldig den Kopf. „Missy, ich habe alles unter Kontrolle. Kannst du mir nicht einfach vertrauen?"

„Nein!"

Er lachte. „Wenigstens bist du ehrlich. Schau mal, ich würde dich doch nicht in Schwierigkeiten bringen. Es ist völlig in Ordnung, dass wir hier sind."

Ich folgte ihm zögernd die Treppe hinauf und versuchte, einen Blick durch die Fenster zu werfen, die über uns zu sehen waren. Ich war erleichtert, als ich sah, dass sie vollkommen dunkel waren. Als wir am oberen Ende der Treppe angekommen waren, erstreckte sich ein großes Sonnendeck vor uns. Rattansofas und Palmen in großen Kübeln standen auf dem Holzdeck. Josh trat zur Seite, damit ich an ihm vorbei zu einem Pool gehen konnte, der nur auf mich wartete. Vor uns breiteten sich der Strand und der Horizont des Nachthimmels aus.

Ein Pool ohne festen Beckenrand. Das Wasser strömte an seiner gegenüberliegenden Seite in Richtung des Golfes weg, und von unserer erhabenen Position oberhalb der Sanddünen konnte ich nicht sagen, wo der Pool endete und der Ozean begann. Eine warme, schwere Julibrise wehte vom offenen Meer auf das Sonnendeck und brachte die ganze Elektrizität des Sommers mit sich.

Josh sagte kein Wort. Ich hatte keine Ahnung, woher er wusste, dass es in Ordnung war, hier zu sein, oder warum der Pool so vorbereitet war, als hätte das Haus nur auf uns gewartet, aber das war mir jetzt auch egal. Er trat einen Schritt zurück und lehnte sich gegen das Balkongeländer, während ich an der Wasserkante des Pools entlangschritt.

„Das ist jenseits von schön." Ich hatte noch nie etwas Vergleichbares gesehen. Allein der Gedanke, dass ich das Recht hatte, so etwas zu genießen, war beinahe zu wunderbar, selbst wenn es mir gehört hätte. Ich kniete mich neben die Treppe und tauchte meine Hand ins Wasser. Trotz der Hitze um uns herum war es irgendwie immer noch kühl. Ich ließ meine Hand auf der Wasseroberfläche ruhen, als könnte ich damit die fragile Oberfläche des Pools beruhigen.

Schließlich zog ich mich bis auf meinen Badeanzug aus und ließ mich durch die Oberfläche gleiten, bis ich untergegangen war. Dort unten konnte mich niemand sehen. Ich konnte nicht weinen und ich konnte nicht atmen. Alle Schwere war verschwunden, endlich wieder.

Die Welt hatte mir keine Ruhe gelassen, aber hier konnte ich mir ohne Erlaubnis einen Augenblick für mich selbst stehlen. Als hätten die Kräfte, die mich zerstören wollten, ein Schlupfloch übersehen. Im Wasser konnten sie mich nicht finden, in der Schwerelosigkeit fand ich eine Ruhepause, ich ließ mich über den Grund treiben, in dem mein Bruder begraben war, über der Insel, auf der sich alles gegen meine Flucht verschworen hatte. Wenn meine Lungen nicht nach Erleichterung geschrien hätten, wäre ich nie wieder aufgetaucht.

Und dann schwamm ich. Reine, kräftige Linien gingen von meiner Bahn weg, während ich den Pool durchquerte, hin und zurück, und alles losließ, was in mir war. Das Wasser nahm bereitwillig alles auf, was ich zu geben hatte. Ich war außer Atem, und als ich wieder Luft bekam, hielt ich sie in meinen Lungen. Ich tauchte unter und glitt über die Oberfläche. Als ich mich schließlich ausruhte, saß Josh am Ende des Pools. Die Umrisse der hohen Palmen rahmten ihn von hinten ein.

„Du tanzt ja", sagte er.

Ich schnappte nach Luft und sah ihm in die Augen.

Er stieg in den Pool und hielt unter Wasser zärtlich meine Hand. „Denk daran, dass ich weiß, warum du gern nachts schwimmst, wenn niemand sonst da ist. Nur dann fühlst du dich frei. Nur auf diese Weise hast du das Gefühl, allem zu entkommen, mit dem du sonst zu tun hast."

Ich sah hinunter, um seinem Blick auszuweichen. Mit wenigen Sätzen hatte er etwas über mich gesagt, das so persönlich war, dass ich es nie jemand anderem gesagt hatte. „Ja. Und wenn ich den Mut dazu hätte, wäre ich noch nicht einmal in einem Pool. Ich wäre da draußen, ich würde im Golf schwimmen. Das ist wirkliche Freiheit. Zum Beispiel bei Ebbe, wenn das Wasser im Mondlicht glatt wie Stahl aussieht. Manchmal möchte ich einfach nur von hier wegschwimmen und nie wieder zurückkommen."

„Melissa, du musst nicht fliehen oder weglaufen, um frei zu werden. Das ist nicht das Ende deiner Geschichte. Du bist immer noch hier. Und wenn du das begreifen kannst, dann wirst du merken, dass dein Hiersein das Beste ist, was du für Robby tun kannst."

Wir sahen in den Horizont, während das Wasser an uns vorbei und über den Rand strömte, und gerade als ich spürte, dass mein Herz bei seinen Worten schneller schlug, sahen wir eine Sternschnuppe, die über den Himmel zog und scheinbar direkt vor uns im Golf landete. Ich versuchte auszuatmen. Wie konnte ich im Paradies leben und trotzdem keinen Frieden haben?

16. Kapitel

Er war ein Riese, ein Wikinger von einem Mann mit einem mächtigen grauen Vollbart und roten Haaren. Egal, was er tat, er wirkte auch nicht im Entferntesten anmutig. Und trotzdem stand Joshs Pastor sein Balletträckchen irgendwie ganz gut.

„Ich habe dir doch gesagt, dass das hier keine normale Gemeinde ist.“ Joshs Worte kitzelten mich im Ohr und ein Schaudern lief mir den Rücken hinunter.

Das endete jedoch, als eine Brünette mit einer lockigen Kurzhaarfrisur und nebelgrauen Augen auf den Platz an seiner anderen Seite eilte. Sie schlug die Beine übereinander und drückte sich die Hände vor die Brust. „Wo bist du gewesen, Fremder?“ Sie strahlte Josh an.

Ich hatte ihn noch nie so breit lächeln gesehen. „Ich habe gearbeitet und bin Skimboard gefahren. Das Übliche.“

„Natürlich!“ Sie schubste mit ihrer zierlichen Hand gegen seine Brust und beugte sich zu mir hinüber, um mich zu begrüßen. „Hi!“

Ich nickte ein Hallo.

„Josh, willst du uns nicht einander vorstellen?" Sie neigte neugierig den Kopf. Dieses Mädchen war zu fröhlich. Sommersprossen zierten ihren Nasenrücken, als wären sie die Küsse eines Engels.

Josh rieb sich den Nacken. War er nervös? „Jenny, das ist Missy. Missy, das ist Jenny."

Jenny. Abschlussball-Jenny. Jenny Adams aus Cortez Village.

„Also, woher kennst du Josh?" Ihre Augenwimpern flatterten, ein Markenzeichen der Freundlichkeit des Südens.

„Wir wohnen direkt nebeneinander."

Ich sah in ihrem Gesicht, wie sich diese Information setzte, und ihre lächelnden Mundwinkel zuckten gerade so kurz, dass ich es bemerkte. „Oh, ach so. Wirklich nett, dich kennenzulernen." Sie nickte, zu zufrieden, zu ernsthaft. Sie wusste von der Sache mit Robby. „Es ist echt super, dass du hier bist."

„Danke."

„Also gut, ich muss wieder zurück. Sehen wir uns nachher?"

Ich nickte und lächelte trotz allem. Jenny war zu nett, um sie nicht zu mögen. Zu gut. Mein Name stand vermutlich auf irgendeiner Liste mit Gebetsanliegen, die neben ihrem Bett lag. Was hatte Josh sich bloß dabei gedacht, mich hierher mitzunehmen?

Was dachte sich Josh überhaupt? Seit dem Abend am Pool hatte er weder versucht mich zu küssen noch meine Hand zu halten, war aber seit Wochen nicht von meiner Seite gewichen. Selbst wenn er mit dem Skimboard unterwegs war oder mit mir im Lebensmittelgeschäft arbeitete – nachdem er dort auch einen Job bekommen hatte –, gelang es ihm immer, eine Blüte mit einem Zettelchen auf meine Fensterbank zu legen oder eine Nachricht an der Kasse zu hinterlassen oder durch meine Schwester zu mir zu schmuggeln. Den Rest des Sommers ließ er mich nicht mehr allein. Und seitdem wir unsere Sternschnuppe gesehen hatten, wehrte ich mich auch nicht mehr dagegen. Wenn Josh mit mir in die Kirche gehen wollte, dann ging ich mit und stand es durch, und wenn es nur war, um ihm etwas für all das zurückzugeben, was er für mich getan hatte. Er war das Einzige, was mich daran hinderte, mich in meinem Zimmer einzuschließen, wenn ich nicht arbeitete oder Julie da war; der Einzige, der mir das Gefühl gab, entkommen zu sein, auch wenn es jeweils nur für ein paar Minuten war.

Als die Parodie vorbei war und die Lacher zu einem leisen Gemurmel verebbt waren, zog Pastor Bill den Ballettrock aus und bat alle, sich zu setzen. Der Raum war von einer Art warmer Energie erfüllt.

Josh zwinkerte erwartungsvoll. Ich hatte mich endlich entschieden, auch in die Jugendgruppe zu kommen. Ich zwang mir ein Lächeln auf und sah in seine Richtung. *Hier bin ich. Ich hoffe, das macht dich glücklich.*

Ich presste die Lippen aufeinander und sah mich im Raum um. Die Jugendlichen hier gehörten nicht zu meinen üblichen Freunden. Das waren die anonymen Gesichter von Leuten, die irgendwo in der Mitte des Busses saßen oder vorn auf den Rängen des Footballplatzes. Sie waren wahrscheinlich noch nie das Opfer von Tanyas Nachfragerei geworden oder an Sams Tisch in der Cafeteria eines zweiten Blicks gewürdigt worden, weil sie einfach bei niemandem auf dem Radar waren.

Joshs geheimnisvolle Abschlussballpartnerin, Jenny Adams, lehnte mit leuchtenden Augen an der Wand. Behielt sie mich genauso im Blick wie ich sie?

Pastor Bill unterbrach meine Gedanken. „In diesem Augenblick füllt meine Frau einen Krug mit Wasser."

Eine gutgelaunte Frau, nur halb so groß wie er, brachte eine Glaskaraffe zur Bühne und stellte sie auf einen Stuhl neben ihm. Ich war auf die Lektion gespannt.

Der Pastor hob das Gefäß in die Höhe. „Was wäre, wenn ich euch sage, dass das hier kein gewöhnliches Wasser ist? Was wäre, wenn ich euch sage, dass dieses Wasser von dem reinsten und frischesten Gletscher des Polarkreises käme? Wir haben persönlich das Eis von diesem Gletscher abgekratzt und es in einem vollkommen reinen Kristallbehälter schmelzen lassen. Dann haben wir es hierher auf diese Insel gebracht, wo es als reinstmögliche Form von Wasser zertifiziert wurde. Vollkommen frei von jeglichen Chemikalien, die ihr heute üblicherweise im Wasser findet. Was wäre, wenn ich euch sagen würde, dass ihr alle einen Schluck davon trinken könnt? Hättet ihr gern etwas von diesem Wasser?"

Er zog ein leeres Glas hervor und goss es aus der Karaffe voll. Er hielt es hoch ins Licht, sodass es in allen Regenbogenfarben glänzte. „Aber was wäre, wenn meine Frau nun wiederkäme und kurz vorher noch schnell ein kleines bisschen tödlichen Giftmüll hineinwerfen würde? Und wenn es sich dabei nicht nur um irgendeinen Müll handeln würde, sondern um radioaktiven Sondermüll von der am schlimmsten verschmutzten Gegend dieser Welt? Von der Art, die den übelsten Todeskampf hervorruft?"

Pastor Bills Frau kam noch einmal und goss ein paar Tropfen einer Flüssigkeit in das Glas. Die Tropfen schwammen zunächst auf der Oberfläche und lösten sich dann auf.

„Wäre es in Ordnung, wenn ich jetzt einen Schluck aus dem Glas nehme?"

Er hielt sich das kontaminierte Wasser an die Lippen. Ich wand mich bei dem Anblick.

„Wie sieht das mit euch aus?" Er hielt das Glas mit Wasser

einem Mädchen in der ersten Reihe hin. „Möchtest du einen Schluck aus diesem Glas trinken? Komm schon, ich rühre es dir auch gut durch." Das Mädchen winkte mit den Händen ab, ihre Reaktion brachte ihn zum Lachen. „Du wagst es ja noch nicht einmal, das Glas in die Hand zu nehmen, obwohl du weißt, dass das alles nur Show ist!"

Der ganze Raum kicherte bei dem Gedanken.

„Es gibt eine Vorstellung unter uns, die besagt, dass du nur genug Gutes in deinem Leben tun musst, um all das Schlechte, das du getan hast, auszugleichen. Aber dieser Glaube hat in Wirklichkeit nichts mit dem zu tun, was Gott sagt. Die Bibel lehrt uns, dass wir so sind wie das Glas mit reinem Wasser, dass wir dazu geschaffen wurden, Gott nahe zu sein. Aber aus unterschiedlichsten Gründen kommen wir da alle nicht heran, wir leben nicht so, wie wir leben sollten, entsprechen nicht Gottes vollkommener, heiliger und reiner Gnade. Jeder Einzelne von uns hat es verbockt. Und genau wie bei diesem Glas hier verschmutzt ein kleines bisschen unserer Sünde – die Verunreinigungen, die durch die Fehler kommt, die wir machen – den ganzen Körper. Das liegt daran, dass wir dazu geschaffen wurden, mit Gott Gemeinschaft zu haben, Gemeinschaft mit absoluter Reinheit und Liebe und Frieden. Und wenn wir uns davon wegbewegen, ist es so, als würden wir uns stattdessen für Gift entscheiden."

Ich rutschte ein wenig auf meinem Stuhl hin und her, als seine Augen sich meiner Seite des Raumes zuwandten. Wie viel wusste er über mich?

„Nun, wenn ihr Gott wärt und eure Kinder über alle Maßen liebt, dann wollt ihr sie natürlich wieder zurückholen, wenn sie vergiftet sind. Ihr wollt sie nicht aufgeben. Aber ihr könnt auch nicht so tun, als sei das Gift nicht da. Ihr möchtet die Gläser eurer Kinder – ihre Seelen – wieder rein machen.

Wenn ihr euch selbst als Gläser voller Wasser betrachtet und gleichzeitig wisst, dass die Entscheidungen, die ihr getroffen habt, alles andere als rein waren, dann verliert nicht den Mut. Wenn ihr diese Tatsache anerkennt, ist das einer der wichtigsten Augenblicke in eurem Leben. Denn wenn ihr erkennt, was die Sünde mit euch macht und welche negativen Auswirkungen sie auf euch und die Menschen um euch herum hat, dann habt ihr die Möglichkeit, Gott um sein Eingreifen zu bitten, darum, dass er euch wieder rein macht. Die Bibel sagt: *Die ihn aber aufnahmen und an ihn glaubten, denen gab er das Recht, Gottes Kinder zu werden.* Er hat einen Weg geschaffen, auf dem ihr nach Hause kommen könnt, auf dem ihr wieder in eine Beziehung kommen könnt. Egal, was ihr getan habt, nichts kann euch von seiner Güte trennen. Und die beste Nachricht von allen ist, dass er diesen Weg bereits gegangen ist. Ihr müsst ihn nur bitten."

Der Raum war still. Nicht einmal Josh wagte es, in meine Richtung zu schauen. Ich spürte, wie die Tränen die Barrieren meiner Augenlider überwanden, als mir bewusst wurde, dass ich dieses Glas sein könnte. Wenn ich ein vollkommenes Leben geführt und gegenüber meinem Bruder versagt hätte, dann war das genug, um mich für immer zu vergiften.

Ich stand auf und murmelte eine Entschuldigung, um zur Toilette zu gehen. Dort angekommen, spürte ich, wie meine Lungen in mir kollabierten, und das verzweifelte Gefühl, dass ich für immer allein sein würde, drohte mich zu ersticken. Josh kam herein und blieb neben dem Waschbecken stehen. Seine Augen waren sanft.

„Das hier ist die Damentoilette, Josh. Du solltest nicht hier sein."

Er verschränkte trotzig die Arme. „Ist mir egal. Im Augenblick solltest du auch nicht hier sein. Ist alles in Ordnung, Missy?"

„Ich habe den Ausdruck in seinen Augen gesehen, Josh." Die Spannung löste sich aus meinen Schultern. Es war das erste Mal, dass ich es laut aussprach. „Ich wusste, dass irgendetwas nicht in Ordnung war, als ich Robby beim Abschlussball stehen gelassen habe. Und ich bin trotzdem gegangen, weil ich zu einer Party wollte. Ich wollte das Gefühl haben, schön zu sein, und deshalb habe ich ihn im Stich gelassen. Das war das Schlimmste, was ich jemals im Leben getan habe."

Irgendwo hinter ihm tropfte ein Wasserhahn und das „Ping" der Tropfen hallte von den Kacheln der Wände wider. Alles, was ich fühlte, schien auf einmal vergrößert zu werden.

„Missy, ich weiß, dass du mir nicht zuhören wirst, wenn ich dir sage, dass es nicht deine Schuld war."

„Nein, das werde ich nicht. Und es geht auch nicht nur um mich, Josh. Alle haben sie ihn im Stich gelassen. Unser sogenannter Vater. Unsere Mutter. Bruce mit seinem blöden Boot. Es ist, als hätten wir alle den richtigen Moment verschlafen. Alle haben wir versagt. Auch Robby. Er hatte kein Recht, uns so etwas anzutun."

„Du musst mir jetzt zuhören. Was immer du für Schuldgefühle hast, wo auch immer du denkst, dass du versagt hast, das hat Gott alles gesehen und er wird einen Weg finden, um dich wieder heil zu machen. Darum geht es bei der Gnade. Jesus ist nicht nur für die Kleinigkeiten gut."

Ich konnte es nicht ertragen, diese Dinge zu hören, und ich hätte nie gedacht, dass ausgerechnet Josh sie ausspucken würde. „Ich verdiene keine Vergebung. Du hast keine Ahnung, wie wenig ich sie verdiene."

Er ging zu mir. „Darum geht es doch gerade, Melissa. Wir verdienen sie nicht. Deshalb brauchen wir die Gnade ja."

Ich spürte, wie sich seine raue Hand um meine legte, und obwohl ich die Worte, die er sagte, nicht hören wollte, fühlte ich mich ihm in diesem Augenblick näher als jemals zuvor in Sams Armen.

Die letzten langsamen Sommertage boten einiges an Ablenkung, sei es nun am Strand mit Crystal oder bei der Arbeit im Lebensmittelgeschäft oder bei Joshs vergeblichen Versuchen, mir das Surfen beizubringen. Wenn ich etwas tat, dachte ich nicht an meinen Bruder und daran, wie ich ihn hätte aufhalten können.

Niemand betrat sein Zimmer. Wir schlossen die Tür und ließen die schmutzige Wäsche ungewaschen. Irgendwann hörte ich, wie meine Mutter hineinging, tief durchatmete und dann wieder in ihr Schlafzimmer zurückging.

Als Josh den Fehler machte, sich einen Pick-up mit Schaltgetriebe zu kaufen, hatte ich wieder etwas Neues zu lernen, etwas Neues zu tun. Das Auto war rot und hatte eine Kupplung und einen Schaltknüppel und lauter andere Dinge, von denen ich keine Ahnung hatte, wie man sie benutzen sollte. Dass meine Fahrkünste alles andere als perfekt waren, braucht hier nicht erwähnt zu werden – ich war nicht mehr Auto gefahren, seit wir aus Pennsylvania zurückgekommen waren. Seitdem hatte Denise immer das Auto gehabt.

„Du musst mich das lernen lassen! Du musst es mir beibringen!“ Ich verschränkte die Arme als Zeichen des Protestes.

„Auf keinen Fall! Das ist ein brandneuer Truck und du ruinierst mir nur das Getriebe.“ Josh schüttelte heftig den Kopf und hob die Hand, als wollte er mich aus seinem Gesichtsfeld verbannen.

„Brandneu? Das ist ein Modell von 1997!“

„Für mich ist er brandneu. Alles andere interessiert nicht.“

Er stampfte mit einem Lappen in der Hand um den Pick-up herum und verrieb liebevoll eine Schicht Autowachs.

„Oh, biiiiiiiiiiiitte, Josh!“ Ich zog ihm die Baseballkappe vom Kopf und tat, als würde ich ihm den Schlüssel aus der Hand reißen.

„Vergiss es!“ Er versuchte sich aus meinem Griff zu winden, bis seine Großmutter aus dem Haus kam, um zu sehen, was los war.

„Joshua, was immer dieses nette Mädchen von dir will, es wäre besser, wenn du es ihr gibst.“ Mrs Durham war schon immer eine vernünftige Frau gewesen.

Aus irgendeinem Grund war Mrs Durham nicht wie gewöhnlich nach Michigan zurückgekehrt, um der Hitze Floridas zu entfliehen, und an irgendeinem undefinierbaren Zeitpunkt im letzten Monat war mein Status bei ihr von „Pooleindringling“ zu „nettes Mädchen“ aufgewertet worden. Ich stand aufrecht mit offenem Mund da und grinste selbstzufrieden. „Ich denke, du solltest auf deine Großmutter hören, Joshua.“

Er schüttelte den Kopf. „Du bist das nervigste Mädchen der Welt. Ja, du.“

„Wunderbar! Nervig gewinnt immer!“, verkündete ich und ließ mich auf den Fahrersitz sinken.

Mit einem ungläubigen Blick im Gesicht lehnte er sich durch das geöffnete Fenster auf der Fahrerseite. Seine Augenbrauen hatten einen fassungslosen Ausdruck. „Du denkst doch nicht wirklich, dass du von hier aus einfach losfahren kannst, oder doch? Wir müssen erst zu einem Parkplatz fahren, damit du etwas Platz hast und nicht aus Versehen irgendwo dagegen fährst.“

„Wie schwer kann es schon sein, Josh? Das Auto steht doch schon neben der Straße. Ich muss nur geradeaus fahren.“

„Missy, du hast keine Ahnung, wie man ein Auto mit Schaltgetriebe fährt, und das hier hat noch nicht einmal eine Servolenkung. Weißt du überhaupt, was das bedeutet?“

Ich schüttelte leicht den Kopf, als könnte der Punkt, den er gerade erwähnt hatte, kaum eine Rolle spielen. „Gib mir einfach den Schlüssel und steig ein. Ich werde das wunderbar hinbekommen. Du wirst schon sehen.“

Er ging um den Pick-up herum zur Beifahrerseite und grummelte vor sich hin. „Ich möchte nur, dass du eins weißt: Das hier geht gegen alles, was ich tun will.“

Er deutete auf die Teile, über die ich Bescheid wissen sollte. Die Kupplung war das Pedal ganz links. Der Schalthebel musste nach rechts hinten geschoben werden, wenn ich rückwärtsfahren wollte. Er ließ mich das bei ausgeschaltetem Motor üben. Und nachdem ich ihm schließlich versichert hatte, dass ich ein Naturtalent sei, setzte er sich in seinen Sitz zurück und legte den Sicherheitsgurt an.

„Ich weiß, wie das geht. Du hast mir gesagt, dass du es auch an einem Tag gelernt hast. Das kann ich auch, oder?“

Josh rieb sich die Stirn. „Einen Versuch. Mehr gibt es nicht. *Wenn* du ihn dabei abwürgst, fahren wir auf einen Parkplatz.“

Ich drehte den Zündschlüssel um, trat auf die Kupplung, legte den ersten Gang ein und trat aufs Gas. Zuerst heulte der Motor nur auf, aber das Auto bewegte sich nicht, weil ich vergessen hatte, die Kupplung kommen zu lassen. Dann probierte ich es noch einmal. Kupplung kommen lassen, Gas geben. Der Truck machte einen Satz nach vorn. Ich trat aufs Gas. Klappt doch! Und dann ein abrupter, gewalttätiger Stopp.

Ich sah Josh mit auf der Stirn zusammengezogenen Augenbrauen an. „Das hat sich nicht so angefühlt, wie wenn ich ihn abgewürgt hätte.“

„Das war es auch nicht.“

Wir stiegen aus dem Pick-up aus, um den Schaden zu begutachten. Vor der Stoßstange, eingeklemmt unter dem rechten Vorderrad, war der Briefkasten seiner Großmutter platt auf den Asphalt gedrückt. Ursprünglich hatte er die Form einer Seekuh gehabt, doch Joshs Truck hatte das graue Ding in einen Haufen Plastik und Metall verwandelt.

Ich zog meine Schultern bis zu den Ohren hinauf, weil ich Angst vor seiner Reaktion hatte.

„Du hast die Seekuh meiner Großmutter kaputt gemacht." Er biss sich auf die Unterlippe und wandte sich mir zu. Dabei nickte er leicht.

„Oh, Josh. Das tut mir wirklich leid. Wirklich, das tut mir furchtbar leid."

Er schüttelte ungläubig den Kopf. „Das bekomme ich nicht wieder hin. Die ist total platt gedrückt." Er hob den Plastikschwanz der Seekuh auf und drehte ihn in den Händen. Er war zweimal gefaltet. „Weißt du denn nicht, dass Seekühe vom Aussterben bedroht sind?"

Ich lachte vor Erleichterung kurz auf.

„Ich meine, das arme Ding hatte ja keine Ahnung, was es plötzlich getroffen hat. Und es hat nie jemandem etwas zuleide getan. Es hat einfach nur auf der Straße gelebt und die Post eingesammelt. O Mann, für so eine Seekuh muss das echt traurig sein, so aus dem Leben zu scheiden. Von einem verrückten Teenager über den Haufen gefahren zu werden. Was würde nur Robby dazu sagen …"

Als ihm der Name meines Bruders über die Lippen kam, versuchte er sich noch zu bremsen, aber es war zu spät. Er hatte getan, was ich in diesem Sommer schon tausendmal gemacht hatte – vergessen, dass mein Bruder tatsächlich für immer weg war und nicht einfach nur irgendwo surfen war und zu spät zum Abendessen kommen würde.

Ich lächelte ihn warm an. „Robby würde sagen, dass du selber schuld bist, wenn du mich fahren lässt.“

17. Kapitel

Es war Ende August und Mrs Durhams Briefkasten mittlerweile nur noch eine einfache Blechdose auf einem Holzpfosten. Er passte nicht wirklich auf unsere Insel. Wir hatten die zerstörte Seekuh immer noch nicht ersetzt. Das lag daran, dass Mrs Durham sich weigerte, von mir Geld zu nehmen. Sie wollte auch nichts von ihrem geliebten Enkel, der den Fehler gemacht hatte, mich seinen Pick-up fahren zu lassen. Kein Geld. Sie zog es vor, uns um Gefallen zu bitten – um ein paar Kleinigkeiten zum Ausgleich.

Diesmal war der Job ziemlich einfach. Josh und ich sollten die überschüssigen Klappstühle auf die Ladefläche seines Pickups laden und sie vom Gartenclub zum Altenheim bringen. Er würde fahren. Nach dem, was ich verstanden hatte, planten die Rentner der Insel einen Empfang, den sie so gestalten wollten, wie amerikanische Kleinstädte die aus dem Zweiten Weltkrieg oder dem Koreakrieg heimkehrenden Soldaten empfangen hatten. Das bedeutete Swingmusik und rotwangige Witwen und glatzköpfige Männer mit Mützen der Veteranenvereinigung. Und sie hatten auch Veteranen der Kriege im Irak und in Afghanistan eingeladen, von denen aber nur ein oder zwei kommen wollten. Das Ganze war der Hauptgesprächsstoff unter den Senioren der Insel und es sollte an diesem Nachmittag um vier Uhr beginnen, was schließlich spät genug war.

Unsere einfache Aufgabe entpuppte sich als zwei Stunden harte Arbeit, aber wer konnte schon Nein sagen, wenn einem eine Seniorin in die Wange kniff und einem sagte, man solle sie mit dem Vornamen ansprechen, also mit Mabel oder Dolly?

Jedes Mal, wenn ich Julie traf, sagte sie mir, wie sehr sie sich darüber freute, dass Josh und ich nun so gute Freunde wären, aber dass sie immer noch verwirrt darüber sei, was er eigentlich wollte. Ich hatte schließlich im letzten Monat beinahe jeden Tag mit ihm verbracht.

„Ich hätte es einfach gern, wenn du wieder ein bisschen mehr abhängen würdest wie früher. Was hat er überhaupt vor? Ich kenne nicht viele Jungs, die so viel Zeit mit einem Mädchen verbringen und sie nicht gern als Freundin hätten. Ich meine, hat er noch nie versucht, dich zu küssen?"

Nachdem sie diese Fragen zum dritten Mal gestellt hatte und damit nicht weitergekommen war – weil ich keine Antworten hatte –, einigten wir uns darauf, sie zu vergessen. Und so freute ich mich über die Möglichkeit, Mrs Durham helfen zu können. Denn das bedeutete, dass ich mehr Zeit mit Josh verbringen konnte und mich so mehr von den größeren Fragen ablenken lassen konnte, die immer noch über meinem Zuhause hingen und mich manchmal bis in meine Träume verfolgten.

Josh und ich luden die Klappstühle ab und halfen Mrs

Mabel, Luftschlangen unter der Decke aufzuhängen. Sie befestigte ein Banner mit der Aufschrift: „Willkommen zu Hause, Jungs!"

Alte Männer zogen Josh am Arm und erklärten ihm, warum man beim Tanzen heute auf verlorenem Posten sei. „Wir haben keine Ahnung, was mit euch Kindern los ist. Warum tanzt ihr so weit auseinander, wenn ihr auch Arm in Arm und Wange an Wange tanzen könntet? Das verstehen wir wirklich nicht."

Josh gab zu, dass sie recht hatten.

Als sich die fünfköpfige Band vorn im Raum aufbaute, tippte ich Josh auf die Schulter und erklärte ihm, dass wir nicht gehen konnten.

„Das ist eine echte Band! Mit Hörnern!"

„Missy, das hier ist eine Rentner-Party. Ich glaube nicht, dass wir da wirklich willkommen sind. Und wenn hier irgendeiner herausbekommt, was du mit Seekuhbriefkästen anstellst, werden wir mit Sicherheit rausgeschmissen."

„Ich bin bereit, das zu riskieren."

Er sah sich im Raum um. Dort waren mehr alte Frauen als Männer und wir wussten beide, dass das eine ununterbrochene Knechtschaft für einen von uns bedeutete. Mrs Durham würde jeder Seniorin einen Tanz mit ihrem Enkel versprechen, die ihr Komplimente darüber machte, was für ein netter, junger Mann er geworden sei. Was sicher nicht die ideale Nachmittagsbeschäftigung für einen Surfer mit buschigen Augenbrauen war. „Raus hier. Sofort. Bevor es zu spät ist."

Er setzte sich auf eine Parkbank vor dem Seniorenzentrum und drehte sich in eine andere Richtung, um mir nicht in die Augen sehen zu müssen. „Ich schaue dich nicht an, weil ich weiß, dass du mich sonst dazu bringst, da wieder hineinzugehen, und das will ich auf gar keinen Fall."

„Bitte, Josh! Ich möchte doch einfach nur sehen, ob du mit Mrs Dolly mithalten kannst.“

Er schüttelte den Kopf und kämpfte dabei gegen ein Lächeln an. Aber er gab keinen Millimeter nach. „Nein. Wir warten hier draußen, bis meine Großmutter uns ausrichten lässt, dass sie für uns nichts mehr zu tun hat. Und dann sind wir fertig. Und wir sind dann auch mit allen unseren freiwilligen Diensten fertig. Wir haben den Briefkasten doch sicher schon seit Tagen bezahlt.“

Ich setzte mich neben ihm auf die Bank. Wegen der Schwüle standen mir die Haare im Nacken zu Berge. Die Hitze machte mir zu schaffen. „Hier draußen ist es wirklich heiß.“

„Das geht für mich in Ordnung.“ Er lächelte zögernd und schüttelte den Kopf. „Ist ja auch egal, schließlich haben wir kurze Hosen an. Damit können wir uns drinnen sowieso nicht blicken lassen.“

Ich nickte wenig überzeugt mit dem Kopf. Josh hatte sich bisher noch nie Gedanken über seine Kleidung gemacht, jedenfalls nicht in meiner Gegenwart. Durch die Türen war Musik zu hören und einige Senioren gingen auf ihrem Weg ins oder aus dem Gebäude an uns vorbei. Beim Klang der Hörner mussten sie lächeln. Ich fragte mich, wie man lächeln konnte, wenn man die Klänge vergangener Tage hörte, die man nie wieder zurückbekommen würde. Aber dann vermutete ich, dass genügend Zeit verstrichen war, sodass sie sich nur noch an die Gerüche, die Tanzschritte und das Lachen erinnern konnten und irgendwie Frieden mit den Menschen geschlossen hatten, die sie verloren hatten. Rosa geblümte Kleider und blau karierte Hosen paradierten vorbei.

Mrs Dolly kam mit einem Teller Plätzchen in der Hand aus dem Gebäude. Sie machte sich über uns lustig. „Na, was macht ihr beiden denn hier draußen? Die Party hat doch gerade erst angefangen!"

„*Josh* will nicht hineingehen." Ich verschränkte zufrieden die Arme. Mrs Dolly kam aus New York. Man brauchte nicht viel, um sie in Fahrt zu bringen.

„Das ist schade, Herzchen, denn eine Tanzveranstaltung wie damals im Krieg solltest du dir nicht entgehen lassen. Was du da gerade hörst, ist Musik von Glenn Miller, wenn du mich fragst, die beste Musik, die je geschrieben wurde."

Ein plötzliches Fortissimo der Hörner hallte von den Wänden wieder. Das war mindestens genauso gut wie alles, was ich beim Abschlussball gehört hatte.

„Ich kann dich natürlich nicht zwingen, aber das ist wirklich ein Ereignis, das man mitgemacht haben sollte. Einige von den Leuten da drin sind Veteranen aus dem Zweiten Weltkrieg, andere aus dem Koreakrieg. Wenn sie damals nach Hause kamen, haben wir solche Tanzveranstaltungen für sie organisiert. So macht man es, wenn man jemand kennt, der da draußen für einen kämpft, und es keine Möglichkeit gibt, ihm für diesen Einsatz irgendetwas zurückzugeben. Manchmal ist feiern das Einzige, was man tun kann." Ihrer Augen wurden feucht und sie ging ins Gebäude zurück. Wenn das Josh nicht überzeugen konnte, dann wusste ich nicht, was noch geschehen musste.

Er saß schweigend da und wippte mit dem Fuß. Über uns breiteten sich Wolken aus und von den Mauern der Häuser hallte Donner wider, während weiße Blitze den Himmel erhellten. In Florida kamen die Gewitter von einer Minute auf die andere. Wasser prasselte vom Himmel auf uns herab und strömte uns durch die Haare.

„Ich vermute, wir sollten hineingehen." Josh grinste und nahm mich an der Hand. „Aber lass uns hinten hineingehen. Gib mir wenigstens die Chance, mich zu verstecken."

Ich folgte ihm durch die Hintertür, sodass wir am anderen Ende der Party herauskamen, kurz vor einer langen Trennwand aus Metall. Mit ein paar Schritten würden wir in der Mitte des Raumes sein, für jedermann sichtbar. Aber hier neben der Hintertür, in der kühlen Luft der Klimaanlage hatten wir so etwas wie unseren privaten Bereich.

Um uns herum waren Stimmen und Gelächter zu hören. Und dann begann die Band wieder zu spielen und die ganze Menge redete nur noch in einem sentimentalen Tonfall miteinander. Es war eine langsame Melodie, ein schweifendes, schläfriges Lied.

Josh drehte sich zu mir hin und wischte sich die letzten Regentropfen von der Stirn. „Das ist die ‚Moonlight Serenade'."

„Woher weißt du denn, wie dieses Lied heißt?"

Er lächelte. „Ich bin der Enkel von Mrs Durham, vergiss das nicht."

Er biss konzentriert die Zähne zusammen, hob meine Hand mit seiner hoch und legte seine andere um meine Hüfte. Bevor mir wirklich klar war, was geschah, trat er einen Schritt näher heran, sodass ich seinen warmen Atem auf meiner Stirn fühlen konnte, und bewegte sich mit mir. Links. Rechts. Enger. Er schob seinen Arm weiter auf meinen Rücken und ich legte ihm meine Hand auf die Schulter. Ich spürte sein Schlüsselbein an meinem Kinn und merkte, wie sich seine Brust bei jedem Atemzug hob und senkte. Wir tanzten.

Als das Lied zu Ende war, hörte ich Mrs Durham entzückt ausrufen: „Joshua, du bist ja doch hereingekommen!"

Wir sahen hoch und entdeckten sie mit einem Tablett pinkfarbener Limonade in der Hand. Jenny Adams stand neben ihr, den Mund vor Überraschung geöffnet, in einem Sommerkleid, in dem sie wie ein Gedicht aussah.

„Jenny hilft bei den Getränken aus." Mrs Durham zeigte

auf die Hintertür. „Hier, Jenny, halte doch bitte die Tür auf, damit die anderen Jungs ein bisschen Eis hereinbringen können."

Mir fiel auf, dass Mrs Durham sie so gut kannte, dass sie sie mit ihrem Namen ansprach. Josh ließ meine Hand los und trat einen Schritt zur Seite. Er öffnete die Tür, damit Jenny an ihm vorbei nach draußen gehen konnte.

Der Tanz war vorbei.

Um uns herum wuchsen Sanddünen wie flauschige Wolken aus Backpulver in die Höhe. Bean Point war kein Ort, an dem wir uns oft trafen, aber heute Abend hatte sich eine Gruppe Teenager da versammelt, wo die nördliche Spitze der Insel die Bucht grüßte. Von dort aus beobachteten sie die Strömung, die vom Golf hereinkam.

Julie hatte darauf bestanden, dass das hier eine Party war, die ich auf keinen Fall verpassen sollte. Sie hatte zu viele Fragen, die auf Antworten warteten, und ich versuchte so zu tun, als interessierten sie mich genauso sehr, eben alles, um wieder zur Normalität zurückzufinden. Wer sah jetzt schärfer aus? Wer war mit wem zusammengekommen? All diese Dinge mussten geklärt werden, während sich unsere Klasse auf die Schule vorbereitete und in ihren alten, gewohnten Trott zurückzufinden versuchte, dieses Mal zum letzten Mal. Dieses Mal als Abschlussklasse. Ich wusste aus früheren Erfahrungen, dass es immer ein paar gab, die damit ihre Schwierigkeiten hatten, ein paar vertraute Puzzleteile, die plötzlich nicht mehr an die alten Stellen passten. Vielleicht waren das diesmal Josh und ich.

Massenweise gingen die Leute zum Strand hinunter. Einige klimperten auf Gitarren herum, andere lagen auf übergroßen Strandlaken. Während der Hochsaison war es schwieriger, sich nach Einbruch der Dunkelheit zu treffen. Doch in den letzten Wochen der heißen Monate blieb die Insel ihren Bewohnern überlassen und die meisten Erwachsenen saßen in ihren klimatisierten Häusern fest. Eine selbstauferlegte Gefangenschaft. Wenn die Touristen wieder weg waren, gab es weniger Erwachsene, die genervt sein konnten, und die Polizisten konnten sich eine Pause gönnen, weil sie wussten, dass sie beinahe jeden, der ihnen über den Weg lief, beim Namen kannten.

Leigh setzte sich neben mich und band sich die Haare gegen die Hitze zu einem unordentlichen Knoten zusammen. „Wo bist du den Sommer über gewesen, Missy? Wir haben dich vermisst."

„Ach, hier und da. Ich habe ziemlich viel mit Josh gemacht. Und ein bisschen gearbeitet."

„Josh Durham? Ich habe ihn vorhin in der Bridge Street getroffen. Da war er mit so einer Brünetten unterwegs. Kommt er heute Abend auch?"

Ich schluckte. „Nein, er hat keine Zeit."

Josh hatte mir gesagt, er müsse an der Arbeit die Spätschicht übernehmen, aber nicht, dass er mit Jenny Adams abhängen wollte. Hatte er sich etwa mit ihr verabredet? Hatte sie deshalb mit offenem Mund dagestanden, als sie uns tanzen gesehen hatte? Vielleicht waren wir doch nur Freunde.

Ich dachte an ihr lockiges Haar und ihre durchdringenden graublauen Augen. Sie hatte diese gewisse Aura. Und – mehr noch – sie war gut. Sie saß im Gottesdienst, als ob sie dorthin gehörte. Natürlich traf sich Josh mit ihr und sagte mir nichts davon, weil er mich nicht verletzen wollte.

Er musste also arbeiten? In der letzten Zeit musste er oft arbeiten. Vielleicht schob er gar nicht mehr Stunden als ich – vielleicht turtelte er stattdessen mit Jenny herum. Zählte das auch als lügen, wenn man es nur aus Mitleid tat?

Ich versuchte mir den Gedanken aus dem Kopf zu schlagen.

„Da ist sie. Hey, Fremde!“

Meine Augen suchten die Stimme, die neben mir erklang. Bloße Füße, muskulöse Beine, knielange Badehose und dann schließlich Grübchen. „Sam.“

Er stand über mir mit einem Lächeln, das mir immer noch den Atem raubte.

„Du siehst großartig aus, Missy“, sagte Sam.

Er streckte mit einem lässigen Selbstbewusstsein die Hand nach meiner aus, eine Hand, die von einem Sommer voller Footballtraining gebräunt war.

Ich ergriff seine Hand, zog mich an ihr hoch und lächelte schwach zurück. „Hey, Sam.“ Das war das erste Mal, dass wir uns begegneten, seit wir Schluss gemacht hatten.

„Ich habe das ernst gemeint. Irgendwie bist du noch schöner geworden.“ Seine Augen blinzelten, während er nahe genug an mich herantrat, um mich zur Begrüßung zu umarmen. „Also, was geht bei dir so?“

Ich sah weg. Fragte er mich das wirklich? „Nicht viel.“

„Auch egal, was immer mit dir los gewesen ist, es hat dir jedenfalls gutgetan.“ Er nahm eine Strähne meiner braunen Haare und wickelte sie sich um den Finger. „Lass uns zum Wasser gehen und ein bisschen plaudern.“

Er war sogar noch größer geworden und sah stärker aus, und als er näher kam, spürte ich das alte Bedürfnis in mir hochquellen, bei ihm sein zu wollen. Ich ärgerte mich darüber, dass ich immer noch in ihn verliebt war. Aber irgendwie war es diesmal etwas leerer. Stattdessen war mein Hirn voller Bilder, in denen Josh mit Jenny auf einer Schaukel in der Bridge Street saß.

Ich spielte mit den Zehen im Wasser. „Und wie ist es mit dir? Was läuft bei dir?"

„Ich vermisse dich." Er antwortete ohne jegliches Zögern. „Ich vermisse dich wirklich sehr."

„Ich habe dich auch vermisst, Sam." Ich kam mir vor wie ein Papagei, weil ich, ohne viel nachzudenken, seine Worte wiederholte. Ich schätze, ich vermisste ihn sogar wirklich in gewisser Weise. Das Leben war einfacher gewesen, als wir noch zusammen gewesen waren – als mein Bruder noch lebte.

„Schau mal, Missy, ich weiß, dass du deinen Freiraum gebraucht hast, aber ich habe mich wirklich darauf gefreut, dich wiederzusehen. Ich bin so froh, dass wir uns heute Abend über den Weg gelaufen sind. Vielleicht sollte das so sein. So, und jetzt sage ich es: Ich will, dass du wieder zu mir zurückkommst."

Er nahm meine Hand. Er sprach ganz klar aus, was er wollte, anders als Josh. Und anders als Josh, so schien es jedenfalls, wollte er mich. Ich hatte nie herausfinden können, ob ich für Josh das Mädchen seiner Träume war oder nur so etwas wie seine kleine Schwester. Ich dachte an Jennys strahlendes Lächeln, wie nett sie zu mir gewesen war, obwohl sie doch von meinen Gefühlen gewusst haben musste. Würde ich jemals sein können wie sie?

Sam zog meine Hand näher an sich heran. „Hast du das nicht vermisst?"

„Ich denke …" Ich suchte nach den richtigen Worten. „Ich denke nicht …"

Vielleicht hatte Julie recht. Vielleicht hätte Josh bis heute tatsächlich einen Schritt auf mich zu tun müssen, wenn er mich wirklich mochte. Josh hatte nur Mitleid mit mir.

Sam fuhr fort: „Alles, was ich meine, ist: Gib uns beiden doch noch eine Chance." Er neigte sich zu mir und legte mir die Hand auf die Schulter. Dann presste er zärtlich seine Lippen auf meine und ich spürte, wie meine Lippen seine zurückküssten.

Nichts in mir wollte, dass er mir so nahe kam. Aber war das nicht der Ort, wo ich hingehörte? Er legte mir beide Hände auf die Wangen und ich muss sagen, er küsste mich mit allem, was in ihm war. Die Sekunden verstrichen und ich wartete darauf, dass die alten Gefühle mit aller Macht zurückkamen. Doch es war nicht genug. Das war nicht wirklich. Das war nicht Josh.

Ich zog mich zurück. „Sam, es tut mir leid. Ich kann einfach nicht wieder mit dir zusammenkommen."

„Was? Du möchtest nicht mehr?" Er schien schockiert zu sein.

„Nein, es tut mir leid. Ich bin nicht mehr dasselbe Mädchen wie früher."

Die alte Missy wäre in seinen Armen dahingeschmolzen. Jetzt allerdings nicht mehr. Bis heute Abend hatte ich es mir nicht erlaubt, über meine Gefühle Josh gegenüber nachzudenken, als würde meine Freude an ihm meine Trauer irgendwie verraten. Jedes Mal, wenn Josh mich um ein Uhr in der Nacht weckte, um schwimmen zu gehen, oder mich von der Couch zerrte, um zur Brandung hinunterzugehen, redete ich mir ein, dass ich nicht mehr empfinden durfte als die Dankbarkeit darüber, dass ich einen guten Kumpel hatte. Die ganze Zeit über hatte ich mir allerdings etwas vorgemacht, weil ich tief in mir so viel mehr für ihn empfunden hatte. Das wurde mir aber erst hier am Strand mit Sam bewusst. Ich hätte Sam lieben sollen. So war ich gestrickt. Doch in seinen Armen zu sein fühlte sich an wie eine Fälschung.

Sam hatte auf seine Weise versucht, mich zu lieben. Aber er konnte das nie, weil er sich selbst mehr liebte.

Und jetzt, wo mir klar wurde, dass es Josh war, den ich wollte, musste ich mich mit dem Gedanken auseinandersetzen, dass er mich vielleicht nicht wollte. Ich war vielleicht nicht gut genug für ihn, im wahrsten Sinne des Wortes.

Ich verließ Sam und ging nach Hause, um mir noch einmal alles bewusst zu machen, was Josh für mich getan hatte, um herauszufinden, wie ein Durchschnittsmädchen den Sommer interpretieren würde, den wir miteinander verbracht hatten. War nicht jede Freundlichkeit so etwas wie ein unsichtbarer Vertrag zwischen uns gewesen, ein Versprechen, dass ich eines Tages seine Freundin werden würde? Waren damit nicht Fakten geschaffen worden, auch wenn die entsprechenden Worte nie gesagt worden waren? Und was sollte ich mit all den Informationen anfangen? Wenn er sich jetzt mit Jenny traf, konnte ich da noch so tun, als wäre er für mich nur ein guter Bekannter?

Ich musste es herausfinden. Plötzlich war das Bedürfnis überwältigend. Ich wollte, dass er für mich kämpfte; nicht um meine Schmerzen zu lindern, sondern um mich zu erobern.

Ich wartete an diesem Abend am Pool des Ferienhauses auf ihn, aber er kam nicht.

Ich wartete am nächsten Tag nach der Arbeit auf ihn, aber er kam nicht.

Ich warf immer wieder einen Blick aus dem Fenster, weil ich mitbekommen wollte, wann er nach Hause kam, aber bei ihm brannte nie Licht.

Schließlich setzte ich mich in den Vorgarten und spielte mit Crystal, bis er endlich aus dem Haus kam.

Josh ging mit schweren Schritten zu seinem Pick-up. Er warf sein Skimboard auf die Ladefläche und sah in eine andere

Richtung, als ich mich zu ihm umdrehte. Allein sein Anblick ließ meinen Magen sacken.

„Josh, hey."

„Ich kann jetzt nicht reden, Melissa." Seine dunklen Augen blitzten mir einen Sekundenbruchteil zu, als bitte er um Gnade.

„Wo bist du gewesen?"

„Ich hatte zu tun. Wir reden später darüber."

Ich ging durch das Gras zu ihm. „Komm schon. Wie viel kannst du schon zu tun gehabt haben? Ich habe dich die ganze Woche nicht gesehen."

Er ließ mich im Garten stehen, während er wegfuhr. Seine Kieferknochen waren fest zusammengepresst, als er den Gang einlegte und zur Hauptstraße raste.

An diesem Abend kam er nach dem Essen nicht mehr vor die Tür. Und er reagierte nicht auf meine Telefonanrufe. Irgendetwas zwischen uns war seltsam und ich verstand nicht, was es war. Es war auf einmal da gewesen und nahm mir die Möglichkeit herauszufinden, ob an der Geschichte mit Jenny etwas dran war. Wie konnte ich ihn bereuen lassen, dass er mich nicht gewollt hatte, wenn er noch nicht einmal mit mir redete?

Ich hinterließ ihm einen Zettel auf der Fensterbank seines Schlafzimmers, aber er holte ihn nicht herein, sodass das Papier im Regen aufweichte. Ehrlich gesagt hatte es seit meiner Rückkehr auf die Insel nicht einen Tag gegeben, an dem ich mir nicht sicher gewesen war, dass Josh Durham für mich da war. Sogar dann, wenn ich nicht daran erinnert werden wollte, war er der feste Punkt in meinem Leben gewesen. Und selbst als ich meinen Bruder verloren hatte, hatte Josh nicht lockergelassen. Noch nie zuvor hatte ich diese sicheren, festen Gefühle für ihn gehabt, die sich jetzt zu entwickeln begannen, jetzt, wo er anfing, sich zurückzuziehen. Er war in meinem Herzen eingezogen und die ganze Zeit über hatte ich gedacht, dort sei die Wohnung immer noch frei. In Wahrheit sehnte ich mich danach, in seiner Nähe zu sein, selbst wenn wir tatsächlich nur Freunde sein würden. Ich hätte mich noch mit zwanzig anderen Sam Kings verabreden können, aber keiner von ihnen würde mir so sehr das Gefühl geben, geliebt zu sein, wie Josh es mir gab, wenn ich bei ihm war.

Die Tage vergingen. Die Angst, dass er mich nicht wollen könnte, verwandelte sich in Ärger darüber, dass er mich nicht wollte. Und noch schlimmer: Das alles schien zu bedeuten, dass ich ihn auch als Freund verlieren würde. Was hatte ich nur getan?

Josh schloss mich aus seinem Leben aus und es war nicht mehr genug Zeit, die Gründe dafür herauszufinden. Ein Sturm zog herauf.

In Florida ist die Hurrikansaison ausschließlich das Problem der Einheimischen. Wenn die großen Stürme mit ihren alles vernichtenden Wirbeln vom Südatlantik oder aus der Karibik heranziehen, haben die Touristen die Gegend längst verlassen. Von den Einheimischen hat dagegen jeder eine Sturmgeschichte zu erzählen, eine Mischung aus Trotz und Ehrfurcht, die damit endet, dass man die eigenen Verluste aufzählt oder zusammenfasst, was man gelernt hat.

Im Lebensmittelgeschäft standen Frauen mit lose zusammengerafften Haarknoten Schlange, um Batterien und Wasserflaschen zu kaufen, während ihre Ehemänner Bretter besorgten, um die Fenster zur Bucht zu vernageln. Im Vorfeld des Hurrikans, der die Insel jedes Jahr traf, sahen die Einwohner Floridas eine Wolkenmasse mit Windgeschwindigkeiten von hundertachtzig Stundenkilometern und wussten genau, dass sie nicht fliehen konnten.

Die Hauptmacht des Sturmes traf die Landstriche vier Stunden im Südosten. Und nachdem er durch die Everglades und die Golfküste hinaufmarschiert war, würde er die Kraft verloren haben, die Hausdächer abhob und Segelboote wie Frisbeescheiben aufs Festland warf. Das bedeute, dass die Vorhersage für Anna Maria im Vergleich dazu nicht mehr als ein übler Kater der Bestie war, und das wussten wir auch. Verwandte von außerhalb des Staates riefen an und berichteten uns, dass sich gefährliche Winde und strömender Regen auf Manatee County zubewegten, als verfügten sie über Informationen, die sich unsere lokalen Wetterleute nicht zu sagen trauten. Die Einheimischen wussten jedoch, dass der Kampf, der uns bevorstand, nur eine Kleinigkeit gegenüber dem in anderen Gegenden war.

Wir hatten eine Ausgangssperre zu erwarten, überflutete Straßen, die Rationierung von Trinkwasser und einen langen Tag und eine Nacht ohne Strom. Doch das war nichts im Vergleich zu dem, was anderswo geschehen würde. Und damit sprachen sich die Inselbewohner Mut zu, als sich das Meer in eine seltsame, brettebene Fläche verwandelte und der Geruch von etwas Schwülem und Elektrischem die Luft erfüllte. Gegen Mitternacht würde der Sturm auf das Land treffen, sagte die Wettervorhersage. Und bis dahin blieb uns nichts anderes übrig als zu warten.

„Wir schließen den Laden heute früher", befahl mein Chef. „Hol alles von draußen herein. Räum alles, was zerbrechlich ist, von den Fenstern weg, und dann machen wir sobald wie möglich zu."

Ich hatte noch nie so schnell gearbeitet. Josh war nirgendwo zu sehen. Aus irgendeinem Grund arbeiteten wir schon seit einer Weile nicht mehr in derselben Schicht. Versuchte er, mir aus dem Weg zu gehen? Ich überlegte, ob ich meinen Chef nach Josh fragen sollte, doch stattdessen ging ich nach

Hause. Als ich dort ankam, zählten Crystal und Denise die Dosen Hühnersuppe mit Nudeln, holten den Campingkocher heraus und legten Kerzen bereit.

„Heute Nacht wird es stürmisch", verkündete Crystal mit sorgenvoller Stimme. Seit Robbys Tod waren Bedrohungen kein Abenteuer mehr. Sie waren real. Ihre kindliche Freude über das Unbekannte war verschwunden.

„Ja", sagte Denise. „Aber wir haben doch auch darüber geredet, dass der größte Teil des Sturmes nicht über unsere Insel ziehen wird."

Ich streichelte meiner Schwester über die Schulter. „Das stimmt. Unser Sturm wird nur ein richtig heftiger Regen sein. Nichts Besonderes."

„Und warum geht Mrs Durham dann weg?" Crystal deutete auf das Fenster zur Straße hinaus.

Sie hatte recht. Joshs Großmutter zog einen Rollkoffer hinter sich her und verstaute ihn auf dem Rücksitz ihres Buicks. Von Josh war nichts zu sehen.

Ich rannte aus dem Haus und rief nach Mrs Durham. „Wie geht es Ihnen? Ist alles in Ordnung?"

„Ja, Liebes. Seid ihr gut vorbereitet?" Sie schloss die hintere Tür ihres Autos und sah zum Himmel. „Das ist der Preis dafür, um diese Zeit des Jahres im Paradies zu leben. Das war nicht anders zu erwarten."

„Ja, Ma'am." Ich nickte. „Gehen Sie zur Evakuierung? So wie ich es verstanden habe, sind die Evakuierungen doch nur freiwillig, es gibt keinen Zwang."

„Nein, ich fahre in die Stadt und bleibe bei Joshs Vater. Ich habe bisher nicht viele Stürme dieser Art durchgestanden und vermutlich bin ich bei meinem Sohn besser aufgehoben als hier draußen auf der Insel. Ich sehe zu, dass ich aufs Festland komme, bevor sie die Brücken schließen."

Ich versuchte an ihr vorbei in die dunklen Fenster ihres Hauses zu sehen, um die Umrisse von Josh auszumachen. Er konnte mich einfach nicht ignorieren, wenn ich hier in der Einfahrt stand und mit seiner Großmutter redete.

„In ein paar Tagen sind wir sicher wieder zurück." Sie betrachtete mein besorgtes Gesicht und lächelte höflich. „Josh ist im Augenblick nicht hier, Liebes. Er ist unterwegs, um Pastor Bill mit seinem Boot zu helfen. Bill hat in der letzten Woche seine Familie im Norden besucht und deshalb ist Josh vorbeigegangen, um zu sehen, ob alles in Ordnung ist."

„Oh, ich verstehe. Na, dann eine gute Fahrt. Und rufen Sie ruhig an, wenn Sie möchten, dass wir nach dem Haus oder dem Grundstück schauen."

„Danke, Missy. Das werden wir. Wenigstens brauche ich mir keine Gedanken darüber zu machen, ob mein Briefkasten den Sturm überleben wird." Sie zwinkerte. „Und weißt du … Josh ist erst vor ein paar Minuten gegangen. Ich wette, er ist noch dort."

18. Kapitel

Anna Maria ist eine kleine Insel; die meisten Bewohner wissen übereinander Bescheid. Schon bevor ich Pastor Bill zum ersten Mal getroffen hatte, hatte ich zum Beispiel schon gewusst, dass er an der Kanalseite von Holmes Beach wohnt, in einer Straße, wo ein Boot von der Mole im hinteren Bereich weggeschwemmt werden kann. Wegen der Gerüchteküche auf der Insel weiß auch jeder, dass er das Haus von seinen Eltern geerbt hat. Während des Booms hätte er es zu einem sehr guten Preis verkaufen und sich in der Stadt niederlassen können. Doch er war auf der Insel geblieben, weswegen einige Leute – unter anderem meine Mutter – laut darüber nachdachten, ob das Gehalt, das ihm die Gemeinde zahlte, überhaupt ausreichte, um die Steuern und die Sturmversicherung zu bezahlen. Ich gab Crystal zum Abschied einen Kuss und fuhr mit meinem Fahrrad zum Haus von Pastor Bill.

Die Gegend sah völlig ausgestorben aus, auf meinem Weg kam ich an keinem einzigen Auto vorbei. Die Familien, die die

Evakuierung mitgemacht hatten, waren schon am Tag davor aufs Festland geflohen. Das Haus des Pastors sah dunkel und leer aus. Die größeren Fenster waren mit Hurrikan-Klappläden aus Aluminium gesichert, die fest verklemmt worden waren, um die Scheiben zu schützen. Braune Schmutzstreifen zogen sich über den Betonweg bis zur Eingangstür. Die Topfpflanzen waren wegen des Sturmes hereingeholt worden, vermutlich zusammen mit den Mülltonnen und den Gartenmöbeln.

Ich rannte zur Seite das Hauses und rief völlig außer Atem über den Zaun auf der Rückseite: „Josh! Josh! Bist du hier?" Ich wollte nicht eine Minute länger ignoriert werden.

Zwischen den hohen braunen Brettern konnte ich sehen, dass sich auf der gegenüberliegenden Seite etwas bewegte, dort, wo der Kanal an der Rückseite der Häuser vorbeilief.

„Josh!"

Wenn er mein Rufen gehört hatte, reagierte er nicht.

Das Haus rechts von mir besaß keinen Zaun, der den Weg in seinen hinteren Garten blockierte, und dort schien auch niemand zu Hause zu sein. Ich rannte durch den Garten des Nachbarn, an der Grundstücksgrenze des Pastors entlang, bis ich die Flutmauer erreicht hatte. Das Ende des Zaunes reichte ein Stück ins Meer hinaus. Wenn ich mich am Pfosten festhielt, könnte ich meinen Körper über dem Wasser um die Kante herumschwingen und würde im Garten des Pastors landen. *Eins … zwei … drei!*

Ich kam mit dem rechten Fuß zuerst auf. Ich zog mich am Zaun hoch und schob den Rest meines Körpers auf die andere Seite. Dann blickte ich auf. Josh sah mich mit einem missbilligenden Blick an. Er kniete auf einem Boot und hielt einen Schraubenschlüssel in der Hand.

„Unerlaubtes Betreten eines fremden Grundstücks? Sogar

das von einem Pastor? Du hast auch gar keine Hemmungen, oder?“

Ich zuckte hilflos mit den Schultern und ging zur Mole, während er seine Aufmerksamkeit wieder dem Motor des Bootes zuwandte.

Im grauen Licht des heraufziehenden Sturmes sah Josh unglaublich gut aus. Seine Unterarme waren ölverschmiert und die feucht-warme, schwüle Unwetterluft hatte seine Haut in ein wolkiges Glänzen gehüllt, das mich an das erste Mal erinnerte, als wir uns am Pool seiner Großmutter begegnet waren.

Er sprang an Deck und drehte an Knöpfen herum, um die Zündung auszuprobieren, als hätte mein Erscheinen keinerlei Einfluss auf seine Arbeit. „Warum bist du hier, Melissa?“

„Weil ich dich sehen wollte.“

„Da habe ich aber Glück gehabt.“ Er sah aufs Deck und schloss kurz die Augen, als müsse er kämpfen, dass ihm keine noch unfreundlicheren Worte über die Lippen kamen. „Tut mir leid.“

„Wir müssen reden, Josh. Du kannst mich nicht einfach ignorieren.“

Er lächelte abschätzig und machte sich mit dem Schraubenschlüssel an einer schmierigen Mutter im hinteren Teil des Bootes zu schaffen. „Missy, es tut mir leid, dass ich mich in letzter Zeit so rar gemacht habe. Nach dem Sturm können wir gern reden. Aber jetzt muss ich dieses Boot hier in Gang bekommen.“ Ich hatte ihn in eine Ecke gedrängt und war nicht bereit, ihn gehen zu lassen, ohne ihn konfrontiert zu haben.

Er balancierte auf dem Boot herum, das dabei leicht schwankte, weil es weiterhin an der Mole befestigt war. Seine Finger spannten sich um den Schraubenschlüssel. Ein Gewirr verwaister Leitungen lag vor ihm, das offensichtlich seine ganze Aufmerksamkeit nötig hatte. „Ich habe keine Zeit. Ich bin in einer Minute fertig und dann geht's los."

„Dann geht's los? Wovon sprichst du überhaupt?"

Josh hielt den Kopf nach unten gesenkt. „Ich muss den Fluss hinauf und das Boot an einer Stelle festmachen, die sicherer ist. Mach dir deswegen keine Sorgen."

„Das ist Wahnsinn. Der Sturm kann jeden Augenblick hier sein."

„Ich habe noch ein paar Stunden. Aber wenn ich das Boot jetzt nicht hier wegbekomme, wird es vom Sturm zertrümmert werden." Er warf mir aus den Augenwinkeln einen strengen Blick zu. „Es wäre genug Zeit, wenn mir nicht irgendwelche Leute im Weg herumstehen würden."

„Josh, ich weiß, dass dein Pastor nicht damit einverstanden wäre, wenn er wüsste, dass du dich wegen ihm in solche Gefahr begibst. Und dieses Boot scheint noch nicht einmal besonders neu zu sein. Ich bin sicher, dass er es verstehen würde, wenn du es nicht rechtzeitig hier wegbekommst. Lass uns einfach nach Hause gehen."

Josh wischte sich mit dem Arm über die Stirn und verteilte dabei eine dünne Mischung aus Schmiere und Schweiß unter seinem Haaransatz. „Hör zu, ich werde es ein Stück flussaufwärts festmachen und mein Vater wird mich von da abholen. In ein paar Tagen komme ich bei dir vorbei, dann können wir reden, sobald ich wieder auf der Insel bin."

In meiner Brust flammte Ärger auf. „Was ist bloß mit dir los? Hast du keine Lust mehr, mit mir abzuhängen, oder was? Hast du ein neues Opfer für deine Wohltätigkeit gefunden? Ich will das einfach nur wissen und dann lasse ich dich in Ruhe, versprochen."

Er biss die Zähne zusammen. „Glaube mir, im Augenblick willst du die Antwort auf diese Frage gar nicht hören."

„Jede Antwort ist besser als das, was ich bisher von dir bekommen habe. Ich weiß einfach nicht, warum du schon seit über einer Woche nicht mehr mit mir redest. Und wenn es dir keine Probleme macht, dann sag es mir einfach."

„Keine Probleme", entgegnete er trocken.

Seine Worte trafen mich wie ein Schlag in die Magengegend. Kurz bevor er wieder wegsah und an den Muttern herumschraubte, hatte ich einen Hauch von Angst in seinen Augen entdecken können und seine Unterlippe war ein klein wenig nach unten gefallen, als müsse er nach Luft schnappen.

Die Möwen suchten so schnell wie möglich das Weite, während der Horizont dunkelgrau wurde. Eine zu früh hereinbrechende Dunkelheit erfüllte nach und nach den ganzen Himmel. Auf der Insel machte sich Stille breit. Nur das Knarzen des Bootes und die Schreie der Vögel, die über uns kreisten, wagten es, die Stille zu durchbrechen.

Josh richtete sich von seiner Arbeit auf und sah entschlossen aus. Er setzte sich auf den Fahrersitz und startete den Motor. „Ich rufe dich an."

Er meinte es ernst. Er wollte wirklich ohne mich losfahren. Er beugte sich über den Bug und löste das Tau vom ersten Pfosten, dann die anderen ebenfalls. In wenigen Sekunden würde er weg sein.

Etwas in mir ahnte, dass wir eine unsichtbare Linie überschreiten würden, wenn er mich jetzt hier im Garten seines Pastors mitten im heraufziehenden Hurrikan stehen ließe. Etwas, das nicht mehr rückgängig zu machen wäre, würde sich in dem sicheren Ort zwischen uns einnisten, in dem Bereich zwischen unseren Schlafzimmerfenstern, wo er seine Spuren hinterlassen hatte und ich meine Fußabdrücke. Ich konnte ihn so nicht gehen lassen. Und vor allen Dingen musste ich wissen, wie es geschehen konnte, dass ich es beinahe geschafft hatte, alles bei ihm richtig zu machen, und warum ich dann doch versagt hatte. Ich würde ihn dazu zwingen, es mir zu erzählen. Ich rannte über die Mole und sprang in das Heck des Bootes, als er gerade Gas gab.

„Bist du verrückt geworden?“ Er hob protestierend die Hände, während das Boot seitwärts von der braunen Mole wegdriftete. Der Motor brummelte nur noch im Standgas.

„Ich komme mit, wenn es sein muss. Ich lasse mich jetzt nicht mehr abschieben.“

„Nein, Melissa!“

Ich setzte mich auf den Beifahrersitz und hielt mich entschlossen fest. Er konnte den Ärger in meinem Gesicht sehen. Ich wusste sehr gut, dass uns beiden klar war, dass er mich nur mit nackter Gewalt wieder aus dem Boot herausbringen konnte – und das war etwas, was er nie tun würde. Zudem würde ihn dieser Kampf die wertvollen Minuten kosten, die er brauchte, um rechtzeitig vor dem Sturm zu verschwinden. Entweder stieg er selbst mit aus oder er musste mich mitnehmen.

„Das ist kein Spiel, Missy. Wenn du mit mir den Fluss hinauffährst, wirst du es sicher nicht mehr rechtzeitig auf die Insel zurückschaffen. Die Straßen werden überschwemmt sein und sie schließen die Brücken.“

„Mir fällt schon etwas ein. Es ist ja nur eine Nacht.“

Josh schloss frustriert die Augen, als bete er für einen Engel, der ihn retten könnte. *„Steig. Aus.“*

„Komm. Nach. Hause.“

Er starrte mich böse an, als versuche er, mich mit bloßer Gedankenkraft aus dem Boot zu entfernen, aber ich blinzelte nicht einmal. Schließlich atmete er geschlagen aus.

„Gut. Sobald wir in der Stadt sind, bist du auf dich allein gestellt.“ Trotzig schweigend fuhren wir den Kanal hinunter, an dessen Seiten Menschen die hinteren Teile ihrer Häuser mit Sandsäcken verbarrikadierten.

Nachdem wir das letzte Haus am Kanal passiert hatten, fuhren wir in die Bucht hinaus. Das Wasser war weich und dick wie ein Bottich Quecksilber. Der alte Motor brummte und stöhnte im Rhythmus der Wellenkämme und -täler, wodurch die Ruhe zwischen uns noch unheimlicher wirkte.

Die Häuser an der landseitigen Küste der Insel wurden kleiner, während wir nach Norden fuhren, noch weiter weg vom Land, und dann um die nördliche Spitze von Anna Maria herum, wo die südliche Mündung der Bucht von Tampa und die westliche Mündung des Manatee River sich zu so etwas wie einem geisterhaften Dreieck verschworen hatten, dessen Ecken allein durch Salzwasser und unsichtbare Strömungen verbunden waren. Es war zu schnell dunkel geworden und das Boot hatte nur ein schwaches Licht am Bug, mit dem man wenig erkennen konnte. Josh fuhr langsam um die Sandbänke herum, die wir bei Ebbe betreten konnten. Ich blieb ruhig, während er auf die Fahrrinne zusteuerte. Er gab sich immer noch alle Mühe, mich zu ignorieren.

„Ich möchte, dass du dich in den Bug setzt und dafür sorgst, dass uns nichts im Weg ist. Ich will hier nicht auf Grund laufen.“ Er deutete auf den vorderen Teil des Bootes.

Ich gehorchte und setzte mich dorthin, wo die beiden Seiten des Bootes so etwas wie eine Pfeilspitze bildeten. Normalerweise war in diesen Gewässern viel los, überall waren Fischerkähne und Segelboote. Aber heute Nacht war die Fahrrinne verwaist, die Kapitäne saßen auf dem Trockendock und zählten sicher mit bangem Herzen die Stunden. „Wir sind allein hier draußen.“

Josh sah flüchtig zu mir hinüber. „Yeah, alle anderen haben ihre Boote schon heute Morgen weggebracht und die Küstenwache hat allen gesagt, sie sollten bis Sonnenuntergang von hier verschwunden sein. Ich wäre ja auch früher losgefahren … aber ich bin aufgehalten worden."

Während er redete, kreischte eine Windböe von hinten heran. Auf meinem Arm bildete sich eine Gänsehaut, nicht wegen der Kälte, sondern wegen der nicht zu leugnenden Vorahnung, dass sich die Gefahr unaufhaltsam näherte. Etwas tief in mir, etwas, das man nicht in Wettervorhersagen messen kann, wusste, dass der Sturm schnell über den Horizont rollen würde.

Ich deutete nach rechts. „Ich glaube, da drüben Richtung Festland sind eine Menge Sandbänke. Ich kann ein paar von ihnen sehen."

„Ja, ich werde einen großen Bogen machen und direkt von vorn in den Fluss hineinfahren, dann umgehen wir die seichten Stellen. Es ist gerade Ebbe, deshalb ist es ein bisschen schwerer als sonst."

Wir tuckerten in die offene Weite der Bucht. Während das Wasser unter uns dahinzog, wurde die Luft wilder und brannte Wolken von Salz in meine Nasenlöcher. Wir waren jetzt ein ganzes Stück von der Insel entfernt und weit vor uns konnte ich schon das Marschland erkennen, das die Flussmündung markierte.

Und dann blieb das Boot ohne Vorwarnung auf einmal stehen.

Wir fielen nach vorn und aufgrund der Massenträgheit gleich wieder zurück. Der Motor heulte auf, bis Josh ihn ausschaltete. Ich sah ihn an, weil ich auf eine Erklärung wartete, doch er eilte ins Heck, um nach den Schrauben zu sehen. Ich folgte ihm. Gemeinsam beugten wir unsere Köpfe über das Heck. Unter uns war nichts zu sehen außer dem finsteren Wasser, aber wir merkten, dass sich das Boot nicht mit der

Strömung bewegte. Wir waren gegen irgendetwas gefahren und die Schrauben des Bootes hatten sich wie ein Anker darin festgehakt.

Josh rieb sich die Stirn. „Wir müssen auf eine Sandbank gelaufen sein."

„Aber wir sind doch gar nicht in der Nähe des Landes!" Ich suchte das Wasser um uns herum ab. Flach und weich. „Aus dem Wasser ragt nirgendwo etwas heraus. Ich sehe jedenfalls nichts."

„Missy, das ist nicht deine Schuld. Auf diesem Ding gibt es kein vernünftiges Licht. Diese Sandbank liegt mindestens einen Meter unter der Wasseroberfläche." Er startete den Motor erneut, dieses Mal im Rückwärtsgang. Der Motor heulte, das Boot bewegte sich nicht. Er schaltete den Motor wieder aus und sprach ruhig. In seinen Augen war kein Ärger mehr zu sehen, nur noch Konzentration. „Ich muss aussteigen und das Boot freischaufeln."

„Das Boot freischaufeln? Josh, wir sind mitten auf dem Meer und es ist dunkel. Du weißt, was uns heute Nacht erwartet, und du weißt noch nicht einmal, ob das unter uns überhaupt eine Sandbank ist. Nach allem, was wir wissen, könnten wir auch gegen Moby Dick gefahren sein."

Ein kurzes Kichern entschlüpfte Joshs Lippen und ich ließ es zu, dass sich meine Mundwinkel zu einem Lächeln hoben.

Er schüttelte meinen Kommentar ab, zog sich T-Shirt und Schuhe aus und sprang in die schwarze Bucht unter uns. Ich hatte erwartet, dass er nur bis zur Taille im Wasser stehen würde, tatsächlich versank er aber ganz und tauchte erst nach zwei Sekunden wieder auf. Selbst dreißig Zentimeter von den Schiffsschrauben entfernt ging ihm das Wasser bis weit über den Kopf.

Die Sandbänke waren vollkommen unberechenbar: Flach.

Tief. Flach. Wären wir nur einen Meter weiter links gefahren, wären wir nicht auf Grund gelaufen.

Joshs Kopf bewegte sich wie ein Ball auf dem Wasser, bis er den Motor erreicht hatte und im Sand stand. Er tauchte unter die Wasseroberfläche und kam wieder hoch – wieder und wieder – und tat sein Bestes, um Sand und Seegras von den Schrauben zu entfernen. Doch das Ergebnis war niederschmetternd. Es war, als hätte das ganze Gewicht des Bootes die Schrauben mit solch einer Kraft in die Sandbank gedrückt, dass die Schraubenblätter ganz in ihr verschwunden waren. Schließlich tauchte er eine volle Minute lang, bis er wieder aus dem Wasser schoss und nach Luft schnappte.

„Ich komme auch mit hinein. Ich kann dir helfen."

„Nein, Melissa. Das macht keinen Sinn. Das würde nicht funktionieren. Und wir brauchen jemanden, der Ausschau hält."

Ich würde keine Ausschau halten, solange er jemanden zum Graben brauchte. Ich sprang ins Wasser und arbeitete mich an seine Seite vor. Unter der Wasseroberfläche grub ich mit bloßen Händen im Sand rund um die eisernen Schraubenblätter herum. Wir tauchten gemeinsam und zogen an den Schrauben, aber wie sehr wir uns auch anstrengten, es schien nichts zu bringen. Es gelang uns noch nicht einmal, eine Delle in den Sand zu graben. Die Schrauben waren festgebacken, hineingesaugt, und bewegten sich unter der gewaltigen Masse des Holzbootes kein Stückchen.

Josh spuckte etwas Salzwasser aus. „So bekommen wir es nicht frei und das Boot ist auch zu schwer, um es herauszuziehen. Vermutlich steckt der halbe Rumpf in der Sandbank fest." Er zerrte am oberen Teil des Motors, um mir zu zeigen, was er meinte. „Egal, was wir tun, es wird nicht reichen. Und wir können auch nicht warten, bis uns die Flut von der

Sandbank hebt. Bis dahin ist der Sturm hier und es gibt keine Garantie dafür, dass der Motor noch richtig funktioniert." Sein Mund schloss sich zu einer vollkommenen Ruhe. Er würde nicht mehr sagen. Ich war ebenfalls in Schweigen gehüllt, während er mir die Leiter an der Seite festhielt, sodass ich wieder ins Boot klettern konnte.

Ein Schwall Wasser strömte aus meinen Shorts auf die Stufen unter mir, als ich aus der Bucht stieg. Als wir auf dem Deck angekommen waren, war der Wind schon so stark, dass sich das sommerliche Wasser auf unserer Haut kühl anfühlte.

Er hob eine Augenbraue. „So, das ist also der eine Tag in deinem Leben, an dem du einmal keinen Badeanzug trägst, hm? Es tut mir leid, aber ich habe kein Handtuch an Bord."

Er reichte mir sein graues Baumwoll-T-Shirt, das ich mir über mein nasses Oberteil zog. Ich zog mein nasses Shirt darunter aus, wobei ich es wie eine Zauberkünstlerin durch den Nackenausschnitt fädelte. Er lächelte leicht, um mir zu zeigen, dass er beeindruckt war.

„Wenn du mich hier herausholst, zeige ich dir, wie man so etwas macht."

Seine Augen schweiften zum Deck. Er lachte nicht mehr.

Ich setzte mich ihm gegenüber. „Nun, ich schätze mal, wir sollten jemand anrufen. Sie werden eine Weile brauchen, bis sie hier draußen sind. Und wer weiß, wer noch alles anruft."

Josh bewegte sich nicht, er starrte nur auf sein Handy.

„Möchtest du keinen Anruf machen?"

Er hob das Gerät und zeigte mir die Fehlermeldung. „Hier draußen auf dem Wasser haben wir keinen Empfang. Ich kann nicht einmal eine SMS verschicken." Er schluckte.

Ich zuckte mit den Schultern. „Auch gut. Aber das Boot hat doch sicher Funk, oder?"

Er schüttelte leicht den Kopf. „Nein."

„Du meinst doch nicht etwa …"

„Es gibt keine Möglichkeit, Hilfe zu rufen."

Ich warf einen Blick auf den Horizont. Die Brücke des Sunshine Skyway leuchtete ein paar Meilen weiter nördlich. Aus Richtung der überwältigend großen Weite im Westen streckte die finstere Hand des Golfs von Mexiko ihre Finger in die Bucht und in die Strömungen, die unser Boot umspülten. Wären wir an Land gewesen, hätten wir die paar Meilen zum nächsten Haus gehen können, wir hätten es vielleicht sogar bis nach Hause geschafft. Aber auf dem Wasser hätte das alles auch hundert Meilen entfernt sein können. Ich sagte kein Wort, weil sich in mir eine kleine Panik breitmachte. In einer normalen Nacht auf Grund zu laufen, war vielleicht ein Abenteuer. Aber in der Finsternis gestrandet zu sein, wenn ein Hurrikan hereinzog und alle anderen Boote längst vertäut waren, war Wahnsinn.

„Ich bin mir sicher, dass wir irgendwie Hilfe rufen können, Josh. Vielleicht ist etwas unter den Sitzkissen."

„Da ist nichts." Er sah auf seine Füße. Er rührte keinen Finger, was die Suche betraf.

„Vielleicht liegen da ein paar Leuchtfackeln. Woher willst du das so genau wissen? Das ist das Boot des Pastors. Er muss hier irgendwo so etwas haben."

„Glaub es mir einfach."

Das konnte ich nicht. Ich fing an, die Kissen von den Sitzen zu holen und die Vorratskisten darunter zu durchwühlen. Sie waren alle leer. Wir waren in einem ausgehöhlten Baumstamm unterwegs, einem Boot, das scheinbar schon seit Jahren nicht mehr benutzt worden war. „Da sind ja noch nicht einmal Schwimmwesten unter den Sitzen!"

Josh rieb sich den Nacken. „Es tut mir leid. Das Boot sollte auch noch gar nicht zu Wasser gelassen werden. Ich habe es nur wegen des Sturms bewegt. Ich habe nicht für einen Augenblick daran gedacht, dass wir bei einer Fahrt den Kanal hinauf Probleme bekommen könnten. Ich hatte noch nicht einmal vor, so weit in die Bucht hinauszufahren."

„Wie kann es sein, dass hier noch nicht einmal Schwimmwesten sind?" Ich lief ärgerlich auf dem Boot hin und her und war nicht in der Lage, mich auf Joshs Worte zu konzentrieren. „Was für ein Pastor ist das denn, der sein Familienboot nicht einmal mit Schwimmwesten ausstattet? Sollte sich so einer nicht an alle Regeln halten?"

„Das ist jetzt auch egal. Wir müssen mit dem klarkommen, was wir haben."

„Es ist nicht egal, Josh. Schau uns an. Wir sind mitten im Nichts. Wir können das Land noch nicht einmal sehen."

Er lehnte sich vor und stützte sich mit den Ellenbogen auf seine Knie. „Das Land ist in Sichtweite, Melissa."

Ich sah verwirrt zum Horizont. Das nächste Land war das kaum zu erkennende Marschgebiet im Naturreservat rund um die Flussmündung, und das war beinahe zwei Kilometer weit entfernt. „Na gut. Aber es könnte auch in Timbuktu sein."

„Es ist nah genug."

Ich verschränkte meine Arme, während mir die Angst zwischen die Knochen und in meine Nackenmuskeln und Lippen fuhr. „Josh, du meinst doch nicht etwa, dass wir so weit schwimmen können?"

„Nein", antwortete er. „*Wir* nicht."

„Das kannst du nicht ernst meinen. Es ist mittlerweile fast stockdunkel. Du weißt, was man nachts hier fängt, und du kennst auch die Strömungen. Es ist völlig unmöglich, so weit zu schwimmen."

„Missy, wenn der Sturm kommt, dürfen wir nicht mehr

hier sein. Und es wird nicht mehr lange dauern, dann fängt der Regen an und der Wind wird stärker. Es gibt keine andere Möglichkeit."

„Es wird schon noch ein anderes Boot vorbeikommen. Wir müssen einfach warten. Ich bin sicher, dass noch jemand kommen wird."

Seine Augen suchten die Bucht um uns herum ab. „In jeder anderen Nacht könnten wir uns darauf verlassen, dass noch ein Boot vorbeikommen wird. Aber heute Nacht ist niemand draußen."

„Josh, wir haben noch nicht einmal Schwimmwesten und du redest davon, eine Strecke zu schwimmen, die selbst an guten Tagen unmöglich weit wäre."

Ich konnte sehen, wie sich seine Lippen verspannten, während er nachdachte. Er bat mich nicht um Erlaubnis. Er sagte mir einfach, was geschehen würde. Er nickte, aber nur, um mich zu beruhigen. „Ich warte noch ein paar Minuten. Aber nicht länger."

Ich setzte mich neben ihn auf die Holzbank. Weil es so eng war, berührten unsere Arme einander. Der Mond schien durch eine Wolkenlücke und ich konnte erkennen, dass das Wasser glatt wie Stahl aussah, genau so, wie ich es mir immer vorgestellt hatte, wenn ich davon geträumt hatte, in die Unendlichkeit zu schwimmen. Außer dass ich jetzt nicht mehr davon träumte, in den Golf zu entfliehen, sondern mir nichts mehr wünschte, als wieder auf der Insel zu sein, egal wie elend ich mich da fühlte. Es schien so, als würde ich nirgendwo Zuflucht und Frieden finden.

Josh starrte geradeaus auf das Marschland, das wie ein dunkler Schatten vor dem Horizont stand. Er redete leise. „Selbst wenn wir ein Boot sehen, bedeutet das noch nicht, dass sie uns auch entdecken. Wir haben keine Leuchtraketen. Wir haben kein Signalhorn. Und das Licht am Bug ist so klein, dass wir praktisch unsichtbar sind."

„Warte noch. Bitte. Ich bin sicher, dass jemand vorbeikommen wird." Ich konnte mich nicht dem stellen, von dem ich wusste, dass es uns bevorstand. „Ich hasse Boote. Ich hasse Boote so sehr."

Josh sah aufs Deck, weil er nicht antworten wollte.

„Was ist denn an diesem alten Boot überhaupt so besonders? Wenn Bill wüsste, dass wir in diesem Ding hier draußen sind, würde er einen Tobsuchtsanfall bekommen. Was für ein Pastor würde schon darum bitten, dass du dich um einen alten Haufen Holz kümmerst, wenn ein Sturm der Kategorie zwei vor der Tür steht?"

„Spielt das eine Rolle?"

„Ja!" Ich trommelte mit den Fäusten auf die Bank. „Er sollte sich Sorgen um uns machen, nicht um sein Boot. Aber stattdessen fragt er dich, ob du sein Boot ohne jegliche Sicherheitsausstattung den Fluss hinauffahren kannst."

Josh wippte nervös und energisch mit dem Knie auf und ab. „Nein, das hat er nicht."

„Was?"

„Er weiß noch nicht einmal davon."

Ich drehte mich schockiert zu Josh um. „Und warum war dir das dann so wichtig? Warum sind wir überhaupt hier draußen?"

Josh schwieg wie erstarrt, als hätte er Angst, mir in die Augen zu sehen. Irgendetwas stimmte nicht. Ich stand auf und ließ meinen Blick über das ganze Deck bis zum Eingang der kleinen Kabine schweifen. Plötzlich kam mir das Boot seltsam bekannt vor. Es war ein altes Fischerboot, so eines, wie es die Leute aus Cortez Village immer benutzen. Deshalb konnte man sie auch jeden Tag auf dem Wasser sehen – und nicht nur eins von ihnen. Aber etwas an diesem Boot …

„Josh."

„Missy, nicht …"

Das Boot war jetzt weiß gestrichen. Und auch die Seepocken waren alle verschwunden. Trotzdem war es dasselbe – dasselbe Boot. Langsam ging ich auf Josh zu, bis ich direkt vor ihm stand. Doch seine Augen starrten immer noch wie gebannt aufs Deck. „Warum ist dir dieses Boot so wichtig?"

Josh schluckte mühsam. Als er mich endlich ansah, hatte er Tränen in den Augen.

„Robby?" Ich drehte mich zu der Reling um und strich mit der Hand über das Holz. Es war das Boot meines Bruders. Es war das Boot, an dem er so hart gearbeitet hatte, das Boot, das er unbedingt hatte reparieren wollen. Und es war auch das Boot, das Bruce ihm gestohlen hatte, weil meine Mutter ihn betrogen hatte. Auf dieses Boot hatte Robby alle seine Hoffnung gesetzt, dafür hatte er alles gegeben – doch es war wertlos.

Josh räusperte sich und schluckte seine Tränen herunter. „Ich habe keine Überstunden im Laden gemacht. Nach der Beerdigung habe ich das Boot hier gekauft – Bruce hat mir ein gutes Angebot gemacht, weil er es loswerden wollte. Ich habe versucht, Robbys Arbeit zu Ende zu bringen."

„Was? Aber warum?" Plötzlich wurde mir ganz schwindelig und ich musste mich an der Reling festhalten, um nicht umzufallen.

„Das war Robbys Traum. Ich wollte ihn zu Ende bringen."

„Ihn zu Ende bringen?" Ich spürte, wie sich alles in mir zu einer Faust zusammenballte. „Dieses Boot hat ihn kaputt gemacht."

„Das Boot ist nicht schuld an dem, was passiert ist, Missy."

„Wie kannst du so etwas sagen? Wegen diesem Boot habe ich meinen Bruder verloren!" Ich rannte auf Josh zu und hämmerte mit den Fäusten auf das Holz neben ihm ein.

Josh fuhr herum und sah mich wütend an. „Ich habe Robby auch verloren. Aber das Boot ist nicht schuld daran. Du brauchst nur etwas, dem du die Schuld zuschieben kannst, damit alles Sinn macht. Aber das Boot ist nicht der Grund, warum Robby nicht mehr bei uns ist."

„Robby ist nicht mehr da, weil er diese bekloppte Idee hatte, dass dieses Boot alles wieder ins Lot bringen könnte. Doch ich habe von Anfang an gewusst, dass das nicht funktionieren würde. Aber wenn Bruce ihm das Boot nicht weggenommen hätte …"

„Nein, Missy." Er rieb sich mit einer Hand über sein Gesicht, als wollte er etwas wegwischen. Dann sah er mich wieder an. Jetzt war er ganz ruhig. „Wir müssen uns damit abfinden, Missy, dass wir nie wirklich wissen werden, warum Robby nicht mehr bei uns ist. Es ist größer als wir. Und wir können Bruce dafür verantwortlich machen oder das Boot oder uns daran erinnern, dass er oft richtig depressiv war, damit wir es verstehen. Doch am Ende können wir es nicht verstehen – es macht keinen Sinn –, denn es hätte nicht passieren sollen. Aber eins weiß ich ganz sicher – Robby hat nicht gewusst, was er wirklich wert ist. Und für mich ist das viel größer als das, was mit seinem Boot passiert ist. Und was mir am meisten Angst macht, ist, dass ich nicht glaube, dass du anders bist. Robby hat all seine Hoffnung auf das Boot gesetzt, um sein Leben hinzukriegen. Wem oder was bist du hinterhergelaufen, um dein Leben in Ordnung zu bringen? Anerkennung? Einem Moment, an dem dich endlich alle sehen und mögen? Am Ende mögen dich alle, weil du genauso bist wie sie, und dann?"

Bei seinen Worten fingen meine Knie an zu zittern und ich ließ mich auf die Bank ihm gegenüber sinken. „Du hast leicht reden, Josh. Du hast ja keine Ahnung, wie das ist, wenn dich jeder ansieht, als ob du … oder wenn du eine Familie hast wie ich. Und ich weiß, dass ich nie so sein könnte wie die Mädchen bei dir in der Gemeinde, die ihr Leben im Griff haben."

Er beugte sich vor und ließ meinen Blick nicht los. „Du versuchst immer noch, nach ihren Regeln zu spielen und am Ende zu gewinnen. Deine Mutter ist genauso. Ihr sucht immer noch nach der einen Sache, die alles in Ordnung bringt. Oder vielleicht nach dem einen Typen, der euch aus allem rausholt. Aber nichts von den Dingen, die ihr vor euch seht, kann euch wirklich retten – jedenfalls nicht so, wie ihr es eigentlich braucht. Kein Boot. Kein Mann … noch nicht einmal Sam."

„Sam?"

Josh lehnte sich wieder nach hinten. Er sah erschöpft und traurig aus.

„Was ist mit Sam?"

Er sah mich nicht mehr an.

In diesem Moment verschwand der Mond wieder hinter den Wolken und tauchte das Boot in noch schwärzere Dunkelheit. Jetzt konnten wir den Horizont nicht mehr sehen. Jetzt konnten wir nicht mehr erkennen, wo das Wasser aufhörte und der Himmel anfing. Auch um uns herum war alles dunkel. Der Sumpf vor uns war wie ausgelöscht.

Josh räusperte sich mehrmals. „Ich weiß von dem Kuss am Strand. Ich habe es selbst gesehen."

Sofort wurde ich rot. Auch in Joshs Gesicht konnte ich sehen, wie er mit seinen Gefühlen kämpfte. Meine Hände fingen an zu zittern und ich versuchte sie hinter meinem Rücken zu verstecken. Doch ich konnte den Kuss am Strand nicht rückgängig machen.

Enttäuscht schüttelte Josh den Kopf.

Ich durfte ihn nicht verlieren. Nicht ihn auch noch. Selbst

wenn Josh mich nicht liebte, wollte ich seine Freundschaft nicht verlieren.

„Was hätte ich denn machen sollen, Josh? Du willst mich nicht. Das hast du mir klar und deutlich gezeigt. Jemand hat mir erzählt, dass du an dem Abend mit Jenny ausgegangen bist. Ich bin nicht gut genug für dich."

„Das hast du gehört, was?"

„Ich bin nicht wie sie. Ich habe es versucht. Und ich werde nie so sein wie sie – oder wie die anderen Mädchen. Ich kann mir nicht entkommen. Ich bin, was ich bin."

„Und was ist das?"

Angewidert schüttelte ich den Kopf. Wollte er wirklich, dass ich es laut aussprach? Die Tränen kamen so schnell, dass ich sie kaum zurückhalten konnte. Doch ich spürte auch, wie in mir die Wut hochkochte. Trotz meiner nassen Kleidung wurde mir glühend heiß. „Sieh dir doch nur an, was ich Robby angetan habe. Ich habe ihn abgewiesen, als er mich brauchte. Sieh dir meine Mutter an und was sie macht. Selbst du hast gesagt, dass ich genauso bin wie sie. All die Mädchen, die du aus der Gemeinde kennst, werden erwachsen und heiraten jemanden wie dich und leben anständig. Doch ich gehöre nicht dazu. Ich werde immer eine Außenseiterin bleiben. Ich bin nicht gut genug und ich verdiene es auch nicht besser. Ich bin wie das verseuchte Wasser, von dem euer Pastor gesprochen hat. Und für mich gibt es keinen Weg zurück."

Mit einem Ruck stand Josh auf und lehnte sich gegen die Wand. Sein Gesicht wirkte angespannt. Das lag sicher an dem Adrenalin, das gerade durch seine Adern pulsierte. „Melissa, der einzige Unterschied zwischen ihnen und dir ist, dass sie wissen, dass ihnen vergeben worden ist. Die vielen Situationen, die du jetzt bereust, weil du Robby nicht geholfen hast, müssen dein Leben nicht kaputt machen. Jesus ist am Kreuz gestorben und auferstanden, um dich von alldem freizumachen. Diesen Teil der Geschichte hast du anscheinend nicht gehört, weil deine Schuld dir zu groß erschien. Du denkst, du musst die Last alleine tragen, aber Jesus kann sie dir abnehmen. Und diese Last, die du mit dir herumträgst, ist der einzige Unterschied zwischen dir und den Mädchen in der Gemeinde.

Und es stimmt nicht, dass ich mit Jenny zusammen bin. Wir sind schon seit der Grundschule gute Freunde. Und es stimmt auch nicht, dass du nicht gut genug für mich bist. Ich bin nur abgehauen, weil ich dachte, du hättest dich auch dieses Mal wieder für Sam entschieden."

Ich sah auf das Boot. Ein Haufen Schrott, der auf dem Wasser schaukelte. Doch er hatte den ganzen Sommer daran gearbeitet und es repariert. Genauso wie er den ganzen Sommer versucht hatte, mich zu reparieren. „Ich glaube, ich verstehe dich nicht, Josh. Ich verstehe einfach nicht, was du wirklich willst."

Er kam über das Deck auf mich zu und setzte sich neben mich. Der Ärger war aus seinen Augen verschwunden, als er seinen Arm vorsichtig um meine Schultern legte. „Du verstehst mich nicht, weil ich nicht den Mut gehabt habe, es dir zu sagen. Ich habe alles andere getan, außer es dir direkt zu sagen. Melissa, seit dem Tag, als ich dich das erste Mal gesehen habe, wollte ich mit dir zusammen sein. Und als Sam dazwischenkam, habe ich mich zurückgezogen. Ich dachte, dass ein guter Freund das so machen sollte. Von Anfang an wusste ich, dass du hinter ihm her warst. Deshalb habe ich versucht, meine Gefühle zu verstecken. Ich wollte dich vor Sam schützen, weil das für mich leichter war. Aber eigentlich habe ich mich nur selbst geschützt. Ich habe einfach nicht geglaubt, dass ich eine Chance habe, wenn so viele gut aussehende Jungs hinter dir her sind. Eigentlich wollte ich nur, dass du weißt, wie wunderbar du bist. Wie wunderschön du bist."

„Warum hast du mir das nie gesagt?" Ich drehte meinen Kopf und sah ihm direkt in die Augen.

Langsam atmete Josh aus. „Ich glaube, ich habe mich einfach nicht getraut. Mich nicht getraut, um dich zu kämpfen."

„Also keine Jenny?"

„Keine Jenny."

„Und das Boot?"

Josh lächelte. „Ich wollte dir zeigen, dass es einen Grund zur Hoffnung gibt, trotz allem, was passiert ist. Und vielleicht auch, um mich selbst daran zu erinnern. Ich wollte dir zeigen, was ich für dich empfinde – dass du in allen Bereichen wunderschön bist."

„Wunderschön? So habe ich mich noch nie gefühlt. Noch nie."

„Melissa, du kannst dein Leben wie alle anderen leben – immer wieder etwas hinterherrennen, von dem du hoffst, es würde alles in Ordnung bringen. Oder du kannst Gott erlauben, dir zu zeigen, wie wunderbar du jetzt schon bist. Ich habe die ganze Zeit über versucht, dir das zu zeigen, aber ich habe es nicht geschafft. Doch ich kann dir versprechen, dass Gott dich noch mehr liebt als ich."

Plötzlich konnte ich nicht mehr atmen. *Gott liebt mich?*

„Die ganze Zeit, Melissa, habe ich versucht, dir zu zeigen, wie ich dich sehe."

Jetzt konnte ich es auch sehen. Immer war Josh für mich da gewesen und hatte darauf gewartet, dass ich ihn auch sah. Aber meine Augen waren zu sehr mit anderen Dingen beschäftigt gewesen. „Und ich habe nur Sam gesehen. Du hast wegen all dem einen guten Freund verloren, stimmt's? Weil du versucht hast, mich zu schützen? Er fand das schrecklich, habe ich recht?"

Josh schluckte. Mein stiller Nachbar hatte schon mehr als genug gesagt.

„Es stimmt. Sam hat mich am Strand geküsst. Und ich habe ihn zurückgeküsst, jedenfalls am Anfang. Aber an dem Abend am Strand habe ich mich entschieden, lieber an der Hoffnung festzuhalten, vielleicht doch eines Tages mit dir zusammen zu sein, als wieder Sams Freundin zu werden."

„Wenn ich um dich gekämpft hätte, wäre es nicht so schwer für dich gewesen. Dann hättest du gewusst, was ich für dich empfinde. Aber jetzt – jetzt werde ich kämpfen."

Sanft nahm Josh meine Hand in seine und zog sie an seinen Mund. Er drückte seine Lippen gegen unsere gefalteten Finger und schloss die Augen. Seine Lippen bewegten sich fast unmerklich und ich wusste, dass er betete.

Schon bevor er das Wasser berührte, konnte ich ihn nicht mehr sehen.

19. Kapitel

Wenn die Leute wissen wollen, was am Anfang meines Abschlussjahres in der Schule passiert ist, dann stellen sie immer nur eine einzige Frage. Sie fragen immer nur, was seine letzten Worte waren. Irgendwie müssen es bedeutungsvolle Worte gewesen sein, das stellen sie sich jedenfalls vor. Die Art von letzten Worten, die ein Mädchen selbst Jahre nach dem Schulabschluss nicht vergisst. Atemlos warten sie auf den Teil in der Geschichte, wo ich beschreibe, wie er vom Boot gesprungen ist, mitten hinein in das vom Mondlicht beschienene dunkle Wasser. Nur das Weiße seiner Haut war danach noch für einen kurzen Moment im Wasser zu sehen.

Doch ich habe Josh deshalb nicht wegschwimmen sehen, weil er nicht wollte, dass ich ihn fand. Anscheinend ahnte er, dass ich ihm dann bestimmt hinterhergesprungen wäre. Und damit hätte ich mich nur unnötig in Gefahr gebracht. Atemlos wartete ich an der Reling. Wie gerne hätte ich ein

Platschen gehört oder eine kleine Bewegung gesehen, aber vor mir und um mich herum war nichts als Finsternis.

Wenn ich jetzt sprang, könnte ich ihn vielleicht noch einholen oder er würde mich hören und umdrehen. Er würde es auf keinen Fall bis zum Ufer schaffen. Er hatte keine Chance. Selbst wenn ihn all die Sachen in Ruhe ließen, die unter der Wasseroberfläche auf ihn lauerten, würde ihn die Flut doch einholen. Und gegen die starke Strömung hatte er keine Chance.

Mit nackten Füßen stand ich am Rand des Decks und klammerte mich an die Reling. In der Dunkelheit konnte ich kein anderes Boot sehen. Ich konnte nur den Wind hören, der immer stärker von Osten wehte und heulte. Wir waren allein.

Nein, *ich* war jetzt ganz allein.

Ich sprang ins Wasser und hoffte, dass das laute Platschen Josh von seiner Selbstmordmission abhalten würde. Mit dem Mund voller Salzwasser tauchte ich aus dem Wasser wieder auf und schwamm ein paar Meter, bis ich das Boot nicht mehr hinter mir sehen konnte. Wenn Josh mich gehört haben sollte, hatte er jedenfalls nicht umgedreht. Und ich konnte ihn nirgends erkennen, nicht einmal die kleinste Bewegung.

Ich trat Wasser, um auf der Stelle zu schwimmen, bis eine große Welle über mich schwappte und mich unter Wasser drückte. Unter mir war nichts als Wasser und ich fragte mich, wie tief der Ozean hier wohl war. Als ich endlich wieder auftauchte, spuckte ich eine große Ladung Salzwasser. Um mich herum sah ich die ersten Regentropfen aufs Wasser klatschen. Trotz all meiner nächtlichen Schwimmaktionen, mit denen ich versucht hatte, die Insel wenigstens für kurze Zeit hinter mir zu lassen, wusste ich doch, dass ich das Ufer nicht aus eigener Kraft erreichen konnte. Ich gab auf und schwamm zurück zum Boot. Als ich endlich wieder auf dem Deck saß, suchte ich den ganzen Horizont nach einem Lebenszeichen von Josh ab. Hinter mir in weiter Ferne konnte ich die Lichter der Insel blinken sehen. Der Sturm war auf dem Weg und ich konnte Josh nirgendwo sehen.

Das Wasser unter mir wurde unruhiger, während der Wind langsam stärker wurde. Die Ankunft von Hurrikan Paul war sanft, aber das war nur der Anfang eines wilden Kampfes der Elemente. Der Löwe regte sich in seinem Bau und ich spürte, wie sich das Boot langsam neigte, als würde es von den dunklen Tiefen des Ozeans magisch angezogen.

Ich suchte Schutz unter einem Brett unter dem Steuerruder. Wenn ich es schaffen könnte, in den kleinen Schrank darunter zu kriechen, wäre ich vor dem Regen geschützt – jedenfalls solange es nur nieselte – und könnte nach Hilfe Ausschau halten. Ich zog die Knie bis unters Kinn und stellte mir jede Welle vor, mit der Josh auf seinem Weg ans Land kämpfen musste. Jetzt kämpfte er nicht mehr nur gegen die Strömung. Mittlerweile kämpfte er auch gegen heftige Wellen, die mit jeder Minute höher wurden. Er brauchte Hilfe. Der Sturm wurde schlimmer und die Flut kam so schnell wie nie. In der Ferne sah ich Blitze zucken.

Ich durfte ihn nicht verlieren. Ihn nicht auch noch. Er brauchte ein Wunder. Und ich hatte kein Recht, darum zu bitten. „Ich habe Angst. Bitte verschone ihn." Die Worte waren aus meinem Mund, bevor ich es merkte.

Auf keinen Fall würde er es schaffen, gegen die Strömung des Flusses anzukämpfen, der mit aller Macht in Richtung Ozean strebte. Ich konnte es nicht kontrollieren. Ich konnte es nicht in Ordnung bringen. Ich konnte nichts tun. Wieder einmal. Allein der Gedanke brachte mich auf die Knie.

„Gott!"

Das Wort überraschte mich. Ich hatte es schon so oft

gesagt, aber jetzt rief ich einen Namen. Ich rief nach ihm. „Wenn du da draußen irgendwo bist und mich hören kannst, dann lass Josh bitte noch am Leben sein. Bitte hilf ihm, bis zum Ufer zu kommen. Ich weiß, dass ich nicht das Recht habe, dich um irgendwas zu bitten – ich habe einfach zu viel falsch gemacht. Ich habe Robby im Stich gelassen, als er mich brauchte. Ich habe Leute benutzt, um zu bekommen, was ich wollte. Und ich habe ihnen erlaubt, mich zu benutzen. Ich kann so nicht weiterleben. Und ich kann die Situation, in der ich jetzt bin, nicht in Ordnung bringen. Ich will das, von dem Josh vorhin gesprochen hat. Bitte vergib mir und nimm die Last von mir, nimm das Gift aus meinem Leben. Und gib mir die Kraft, denen zu vergeben, die meinen Bruder im Stich gelassen oder ihn abgewiesen haben. Ich brauche dich jetzt." Der Wind wurde noch stärker. „Und ich brauche deine Hilfe."

Josh hatte gesagt, dass es nur einen einzigen Unterschied zwischen mir und den Mädchen aus der Gemeinde gab: Sie wussten, dass ihnen vergeben worden war, und ich nicht. Selbst jetzt, nachdem ich Gott darum gebeten hatte, fühlte es sich zu einfach an, zu bequem. Ein Gebet, ein Glaube, durch den sie eine Beziehung mit Gott hatten, ein Gott, der für alle unsichtbar ist? Aber hatte eine von ihnen ihren Bruder im Stich gelassen, als er sie ganz dringend gebraucht hatte? War eine von ihnen so weit weg von Gott?

Doch Josh wusste alles über mich und er wollte mir immer noch nahe sein. Und jetzt riskierte er sein Leben, um mein Leben zu retten. Ich verdiente keinen Freund wie ihn, der mich ganz ohne Grund einfach liebte – der mich trotz meiner Fehler liebte.

Ich hielt den Atem an, als mich ein ganz neuer Gedanke traf. Könnte Gott mich vielleicht auch so lieben? Wenn Josh vom Boot sprang und Gott vertraute, dass er uns retten würde, könnte ich ihm dann nicht auch vertrauen?

Mir stiegen die Tränen in die Augen und ich erwartete fast, dass mich der Ozean im nächsten Moment einfach verschluckte. Doch dann lichtete sich der Regen und die Wolken rissen auf. Der Mond schien wie ein Scheinwerfer direkt auf mich und tauchte das Boot in sein sanftes Licht. Es sah aus wie im Märchen, nicht so, als ob sich gerade ein heftiger Sturm zusammenbraute und das Meer zum Beben brachte.

„Bist du das?", fragte ich atemlos.

Die nassen Bootsplanken glitzerten im Mondlicht. Direkt vor mir, auf einem Brett nur ein paar Zentimeter von mir entfernt, sah ich, dass jemand etwas in das dunkle Holz geritzt hatte. Es war normalerweise kaum zu sehen, weil es direkt unter dem Steuerrad war. Doch ich konnte es von hier unten deutlich im Mondlicht sehen.

R̃K

Das waren die Initialen meines Bruders.

Ich beugte mich vor und streichelte mit den Fingern immer wieder über die eingeritzten Buchstaben. Irgendetwas in den Buchstaben schien im Mondlicht weiß zu glänzen. Dieses Weiße war glatt und zerbrechlich. Ich sah es mir genauer an.

Tauben.

Viele kleine Tauben aus Crystals Sanddollars waren vorsichtig ins Holz gedrückt worden und formten die Initialen meines Bruders.

Jetzt erinnerte ich mich wieder an Crystals Worte: „Robby, jetzt kannst du dich immer an diesen Moment erinnern. Friede!"

Er hatte mit ihnen seinen Namen auf sein Boot geschrieben. Und auf einmal konnte ich es sehen. Da in dem alten Holz, einzementiert in dem Namen meines Bruders durch seine eigenen Hände. Friede.

„Gott, du wusstest, dass das passieren würde, oder?"

Tränen liefen mir übers Gesicht, aber ich konnte trotzdem das Lächeln nicht unterdrücken, das sich auf meinem Gesicht ausbreitete. Ich war davon ausgegangen, dass der Traum meines Bruders mit ihm gestorben war und dass das Boot irgendwo im alten Hafen langsam verrotten würde. Und doch war es genau dieses Ding, dem ich die Schuld für den Tod meines Bruders gab, das schließlich alles veränderte. Hier saß ich nun mitten in einem Sturm und umgeben von dunklem, tiefem Wasser und erkannte zum ersten Mal, was wirklicher Friede war – Frieden, den nur Gott schenken konnte. Und kein anderer war hier, um dieses wunderbare Zeichen des Friedens zu sehen, außer mir. Zum ersten Mal in meinem Leben fühlte ich mich wunderschön.

Als der Sheriff sein Boot neben mein Boot manövrierte, hörte ich die ersten Worte seit einer Ewigkeit. Joshs letzte Worte erschienen mir mittlerweile ganz unwirklich und doch wusste ich, dass er mich liebte. „Alles in Ordnung. Wir sind hier", rief der Sheriff mir zu.

Oben auf dem Deck seines Boots wartete Josh auf mich. Er war in eine Decke gehüllt und sehr erschöpft. „Ich habe es geschafft", flüsterte er.

Erleichterung breitete sich in meinem ganzen Körper aus. Ich rannte zu ihm und schlang ihm die Arme um den Hals. „Ich habe dafür gebetet, dass du es schaffst."

Bei diesen Worten zog er mich noch enger an sich heran.

Dann schob er mich in die Kabine, aus dem Regen heraus, der immer stärker auf uns niederprasselte. Der Sheriff umrundete unser gestrandetes Boot und fuhr zurück zur Insel.

Josh nahm sanft meine Hand und deutete aus dem Fenster auf Robbys Traum. „Sie haben nicht genug Zeit, um es zu retten."

Ich sah auf das Boot, an dem mein Bruder alle seine Hoffnungen festgemacht, in das er sogar seinen Namen geschnitzt hatte. Er hatte sich für dieses Boot ganz hingegeben, denn es war für ihn der einzige Ort gewesen, an dem er wirklich Hoffnung finden konnte. Auf dem Boot konnte er davon träumen, dass es uns eines Tages von unserem bisherigen Leben befreien würde.

„Wir können es loslassen", sagte ich leise. „Es hat seine Aufgabe erfüllt." In den nächsten Minuten trauerte ich wieder um meinen Bruder, doch diesmal trauerte ich nicht allein. Ich spürte, dass mein Leben in den Händen eines Gottes lag, der so viel größer war als alles um mich herum. Diesmal hatte ich wirkliche Hoffnung, dass sich keiner von uns beiden jemals wieder einsam fühlen würde.

Josh strich mir vorsichtig die nassen Haare aus dem Gesicht und hob mein Kinn, damit er mir in die Augen sehen konnte.

Ein kleines Lächeln hob seine Mundwinkel. Er nahm meine Hand und küsste sie. Doch diesmal war es kein Abschiedskuss. Mit seinen dunklen Augen, die so tief waren wie der Ozean, sah er mich an und ich versuchte, nicht zu blinzeln. Ich wünschte mir, dass er mich nie wieder loslassen würde.

Außerdem wollte ich keine Sekunde von dem Abend verpassen, an dem Himmel und Erde in Bewegung gesetzt worden waren, weil mein Vater im Himmel mich liebte. Und der Beweis dafür saß neben mir und sah mir in die Augen. Der beste Freund, den ich je gehabt hatte und der mich so sehr liebte, dass er sein Leben für mich riskiert hatte. Zum ersten Mal in meinem Leben erfüllte eine tiefe Gewissheit jeden Winkel meiner Seele, als ob der Mond sein zartes Licht in die Dunkelheit schickte. Ich wusste, dass ich geliebt wurde – mit einer Liebe, die ich vorher noch nicht gekannt hatte. Und mit jedem Moment wurde es heller. Das zarte Mondlicht verblasste langsam und machte den Weg frei für den Sonnenaufgang. Wir warteten auf die große Flut und vertrauten darauf, dass alles gut werden würde.